Denise Mina

Het dode uur

Vertaald door Ineke Lenting
en Sandra van de Ven

D1438337

Anthos|Amsterdam

Eerste druk april 2007
Tweede druk mei 2007
Derde druk juni 2007
Vierde druk juni 2007

ISBN 978 90 414 1146 4
© 2006 Denise Mina
© 2007 Nederlandse vertaling Ambo|Anthos *uitgevers,*
Amsterdam, Ineke Lenting en Sandra van de Ven
Oorspronkelijke titel *The Dead Hour*
Oorspronkelijke uitgever Bantam Press
Omslagontwerp Studio Jan de Boer
Omslagillustratie Hollandse Hoogte/Arcangel/Michael Manzanero
Foto auteur Colin McPherson

Verspreiding voor België:
Veen Bosch & Keuning uitgevers n.v., Wommelgem

Voor Owen,
die weet hoe hij de aandacht op zich moet vestigen

Zoals altijd ben ik veel dank verschuldigd aan de fantastische Selina Walker, een geduldige, vriendelijke en eerlijke redacteur die een onschatbaar scherp oog heeft voor de cadans van een verhaal en met wie je altijd kunt lachen. Verder ook dank aan het (t)huisteam: Rachel Calder, Henry Dunow, Camilla Ferrier en alle mensen bij The Marsh Agency die mijn huizen voor me hebben gekocht.

De redacteuren, marketeers en verschillende andere medewerkers van Transworld verdienen een eigen alinea, met een welgemeend dankjewel voor alle inzet en hulp, waarvoor ze maar weinig beloning en waardering hebben gekregen. Velen van hen ken ik, sommigen ook niet, maar toch waardeer ik al hun werk en zou ik hen graag op een drankje trakteren. Helaas ben ik een vrek, dus dat zal wel niet gebeuren.

Ook dank aan mijn moeder, en aan Louise, Amy en Sam, omdat ze dit en andere boeken in geld hebben omgezet.

Die vervloekte Considines zijn er weer in geslaagd zich er op deze bladzijde tussen te dringen, Joost mag weten hoe, want ze hebben me geen steek vooruitgeholpen met dit boek.

Ten slotte bedank ik Fergus, Stevo en Ownie, die mijn dagen vullen met goud.

I

Anders dan wij

1984

1

Paddy Meehan zat comfortabel achter in de auto. Het geruis van de politiescanner vulde de woordeloze ruimte tussen haarzelf en Billy, haar chauffeur. Ze kreeg het net weer een beetje warm nadat ze een halfuur in de stromende regen bij een auto-ongeluk had gestaan, en eigenlijk wilde ze liever niet de nachtelijke februarikou in, maar in de deuropening van de elegante villa stond een knappe man met een duur, gestreept overhemd en een even duur kapsel de deur achter zich dicht te houden. Hier was een verhaal te halen. Geen twijfel mogelijk.

Ze bevonden zich in Bearsden, een rijke buitenwijk in het noorden van de stad, een en al lommerrijke straten en grote huizen omringd door gazons, als slotgrachten om de buren op afstand te houden. Na vijf maanden nachtdienst in de dienstauto was het pas het tweede incident in die buurt waar Paddy naartoe was geroepen. De andere keer was er een nachtbus dwars over een rotonde gereden en had een klapband opgelopen.

Het adres was aan een zijstraat met oude huizen achter hoge heggen. Tussen twee granieten palen door volgde Billy de met grind bedekte oprijlaan, tegen een steil heuveltje op. Een politiewagen stond slordig voor het huis geparkeerd en nam alle beschikbare ruimte in beslag. Billy stuurde de auto scherp in de richting van het gazon, zodat het voorwiel wegzakte in de gleuf tussen gras en grind.

Ze keken naar de deur. Een politieagent stond met zijn rug naar hen toe, maar desondanks herkende Paddy hem. De nachtdienst was een klein wereldje. Dan McGregor maakte onder een stenen portiek aantekeningen terwijl hij de bewoner ondervroeg. De man droeg nog zijn kantooroverhemd, waarvan de mouwen zorgvuldig tot aan zijn ellebogen waren opgerold. Hij had het vast koud. Achter zijn rug hield hij zijn hand op de deurknop, zodat de deur niet open kon gaan terwijl hij geduldig glimlachte naar de grond en de agent ertoe probeerde te bewegen weg te gaan.

Mopperend op de kou, de nacht en de lamlendige man opende Paddy het portier en stapte op het grind, zich ervan bewust dat de behaaglijke warmte in de auto zich vermengde met de kou. Snel gooide ze het portier dicht en zette de kraag van haar groene leren jas op tegen de regen.

In de auto stak Billy zijn hand uit naar het pakje sigaretten op het dashboard. Paddy en Billy brachten vijf nachten per week vijf uur met elkaar door, en ze kende elk gebaar van hem. Nu tikte hij met zijn vinger tegen de onderkant van de wegwerpaansteker die hij in het cellofaan van het pakje sigaretten had gestoken, trok hem eruit, duwde in dezelfde beweging het kartonnen klepje omhoog, pakte een sigaret en stak die op. Paddy bleef lang genoeg staan om de plotselinge warm oranje gloed achter zijn raampje te kunnen zien, en toen ze zich omdraaide naar het huis, wenste ze dat ze nog in de auto zat.

De victoriaanse villa aan de andere kant van het gladde, doornatte gazon was oogstrelend symmetrisch. Voor de grote erkerramen aan weerszijden van de voordeur hingen ouderwetse vitrages met kantjes en zware chintzgordijnen, die nog niet waren dichtgetrokken. Het raam rechts van de deur was donker, maar uit dat aan de linkerkant kwam een fel licht dat op het grind scheen, niets verhullend als de lampen in het laatste halfuur voordat de disco sloot.

Paddy glimlachte toen ze Tam Gourlay, de andere politieagent, bij de patrouillewagen zag rondhangen, blazend in zijn handen en stampend met zijn voeten. Als ze naar een gevaarlijke wijk aan de rand van de stad werden geroepen, bleef een van de agenten altijd achter om de auto te bewaken tegen boze buurtbewoners, maar dat was hier toch echt niet nodig. Paddy stelde zich een bende woeste artsen voor die over de oprijlaan kwamen aanrennen om de zijspiegels van de auto te rukken en de voorruit in te slaan. Ze giechelde hardop, maar hield meteen op zodra ze het zichzelf hoorde doen. Ze deed weer vreemd. Al die nachtdiensten begonnen hun tol te eisen.

Langdurig slaapgebrek. Het leek wel een soort koorts die haar zicht beïnvloedde, zodat alles een beetje scheef kwam te staan. Het bizarre karakter van de verhalen waarop ze tijdens haar diensten stuitte sprak haar aan, maar de nieuwsredacteuren zaten niet te wachten op verrassende, surrealistische sfeertekeningen. Ze wilden simpele, saaie nieuwsberichten, het wie, wat en wanneer, en slechts zelden het waarom of het dit-geloof-je-niet. Haar uitputting kleurde alles. Ze merkte dat ze er telkens net naast zat als ze iemand in de ogen wilde kijken, alsof haar eenzame hart helemaal alleen op de wereld was, een halve tel uit de maat ten opzichte van de rest. Ze ving Tams blik toen ze op de politiewagen afliep.

'Meehan,' zei hij.

'Alles goed, Tam? Dus je bent terug van vakantie?'

'Ja.'

'Leuk gehad?'

'Twee weken met mijn vrouw en een blaag van zes maanden,' sneerde Tam. 'Wat dacht je zelf?'

Hij was ongeveer zo oud als Paddy, voor in de twintig, maar hij aapte de oprechte melancholie van de oudere agenten na.

'Maar goed.' Ze haalde haar notitieboekje uit haar zak. 'Wat brengt jullie hier?' Ze had de oproep op de politiescanner in de auto gehoord: de buren hadden geklaagd over geluidsoverlast. Dit was geen buurt waar veel nachtelijk kabaal werd getolereerd.

Tam sloeg zijn ogen ten hemel. 'Klachten over lawaai: piepende autobanden, gesmijt met deuren, geschreeuw.'

Paddy trok haar wenkbrauwen op. Klachten over geluidsoverlast namen twee minuten in beslag: de bewoner opende de deur, beloofde verder zachtjes te doen en iedereen ging naar huis.

Tam wierp een vluchtige blik op de deur. 'Binnen zit een vrouw met bloed op haar gezicht.'

'Heeft hij haar geslagen?'

'Kennelijk. Of anders heeft ze zichzelf een klap tegen haar mond gegeven.' Tam moest grinniken om zijn eigen grapje, maar Paddy had het gevoel dat hij het al eens eerder had gemaakt. Of het van iemand anders had gehoord. Ze glimlachte niet terug.

'Niet bepaald een buurt waar je op maandagavond een luidruchtig feestje verwacht.'

Tam snoof. 'Heb je die wagens gezien?' Hij knikte naar twee glimmende BMW's die in de schaduw achter het hoge huis geparkeerd stonden. De ene was groot en imposant, de andere was een sportwagen, maar op de een of andere manier pasten ze bij elkaar, als trouwringen voor hem en haar. Paddy wist niet veel over auto's, maar ze wist wel dat ze drie jaar lang de huur van haar ouderlijk huis kon betalen met wat deze per stuk kostten.

Samen keken ze naar de man. 'Rekent Dan hem in?'

'Nee,' zei Tam. 'De vrouw wil dat we het door de vingers zien. Vhari Burnett. Ze is juriste. Een van ons.'

Paddy was verrast. 'Is ze openbaar aanklager?'

'Ja.' Hij wees naar de agent bij de deur. 'Dan kent haar van het hooggerechtshof. Zegt dat het een fatsoenlijk mens is. Maar dan vraag je je toch af waarom ze hem niet wil aangeven.'

Paddy vond het vrij logisch dat een vrouw geen aanklacht wilde indienen tegen een man die de sleutel van haar voordeur had. Haar oudste zus Caroline kwam regelmatig thuis opdagen met grote kneuzingen op haar armen, maar werd kwaad als iemand erover begon. De familie was katholiek; weggaan was geen optie. Paddy had Tam wijzer kunnen maken, maar het was twee uur 's nachts en ze moest elke nacht dezelfde gemakzuchtige, ondoordachte onzin aanhoren van agenten die bij gevallen van huiselijk geweld werden geroepen. Ze was voor haar artikelen van hen afhankelijk en kon hen er niet op aanspreken. Ondanks haar pluimstrijkerij en het feit dat ze nooit tegen hen inging, pikten de jongens van de nachtdienst haar afstandelijkheid op en gaven achter haar rug om de beste verhalen aan andere journalisten, mannen met wie ze weleens voetbal keken of een biertje dronken. Paddy zette alle gedachten aan haar wegkwijnende carrière van zich af en draaide zich om naar het huis.

Het eerste wat haar opviel aan de donkerharige man was zijn bouw: lang, met lange benen en slanke heupen, om van te watertanden. Hij stond met zijn gewicht op één voet en zijn heupen opzij Dans kletspraatje geduldig aan te horen. Zijn wimpers waren lang en donker en hij hield zijn ogen een beetje dicht, alsof het gewicht van die wimpers hem dwong slaperig te kijken. Het conservatieve witte overhemd had een dun zalmroze streepje. Eroverheen droeg hij zwarte bretels met glanzende metalen gespen, en hij had dure zwarte schoenen en een pantalon aan. Het zag eruit als een kantoorkostuum. Zijn gezicht stond kalm en vriendelijk, hoewel zijn vingers op de deurknop achter hem onrustig bewogen. Hij was mooi.

Paddy slenterde langzaam op de deur af, waarbij ze in de schaduw aan de zijkant van het huis bleef. Dan stond tegen zijn opschrijfboekje te knikken terwijl de man iets zei.

'... Dan, het zal niet weer gebeuren.' Hij leek heel nonchalant en Paddy kon zien dat Dan niet van plan was hem aan te houden, zelfs niet om hem een paar uur in een cel op te sluiten en hem een lesje te leren omdat hij een arrogante zak was. Ze had Dan en Tam bij heel wat nachtelijke ordeverstoringen meegemaakt, en ze stonden niet bekend om hun tolerantie. Dan was een fitte man, ook al was hij mager en al wat ouder. Ze had weleens meegemaakt dat iemand brutaal tegen hem deed, waarop hij dat pezige lijf van hem had ingezet om het gezicht van diegene kennis te laten maken met de zijkant van zijn patrouillewagen.

Dan krabbelde met een kort potloodje iets in zijn boekje. Toen hij dacht dat niemand naar hem keek, liet de man zijn behoedzaamheid even varen en Paddy bespeurde een trekje van opwinding, terwijl de hand op de deurknop verstrakte.

'Goed,' zei Dan. 'Hou het een beetje binnen de perken. Als we nog een melding krijgen, zullen we iets moeten ondernemen, dan hebben we geen keus.'

'Begrijp ik. Maak je maar geen zorgen.'

Dan klapte zijn opschrijfboekje dicht en stapte achterwaarts van het stoepje af. 'Misschien moet je even met haar naar de dokter.'

'Zal ik doen.' Hij leek zich te ontspannen. Paddy stapte de gele lichtkring bij de voordeur binnen. 'Hallo. Ik ben Paddy Meehan van de *Scottish Daily News*. Mag ik u een paar vragen stellen over de reden dat de politie hier is?'

De man keek boos naar Dan, die zijn schouders ophaalde en achteruit naar de politiewagen liep. Van dichtbij waren zijn ogen zo blauw als die van Paul Newman en zijn lippen roze en vlezig. Ze wilde ze met haar vingertoppen aanraken. Zijn blik ging keurend over Paddy's tweedehands groene leren jas, haar stekelige donkere haar, beige suède puntschoenen en grote gouden oorringen. Ze zag dat hij de rode emaillen duimring aan haar rechterhand opmerkte. Het was een goedkoop ding, gekocht in een hippiewinkel, en de blauwe emaillen stipjes brokkelden af en vielen eruit.

'Je ziet er leuk uit,' zei hij glimlachend, maar ze kon zien dat hij loog.

'Dank u. U ziet er nogal zakelijk uit, hè?'

Hij streek het voorpand van zijn overhemd glad en stak zijn duim achter zijn bretel. 'Vind je 't mooi?' Hij verplaatste zijn gewicht, vestigde haar aandacht op zijn heupen. Het was een beetje te expliciet, te weinig subtiel om voor een nonchalant, flirterig gebaar te kunnen doorgaan. Ze vond het niet prettig.

'En, hebt u uw vrouw geslagen?'

'Pardon...' Hij hield zijn linkerhand omhoog en liet haar ter verdediging zijn kale ringvinger zien. Hij was niet getrouwd.

'Kent u Dan?'

Hij keek haar recht in het gezicht, met een wrevelige blik in de ogen. 'Nee, ik ken Dan niet.'

Ze fronste en trok sceptisch haar wenkbrauw op. 'Dan?' Het feit dat hij de agent bij de voornaam noemde, verried meer over hun verstandhouding dan zijn gedrag naar hem toe.

Hij haalde zijn schouders op alsof het hem niet kon schelen wat ze dacht, en haalde zijn vingers door zijn zwarte haar. Ze kon het fijne, gesteven linnen van zijn mouw horen knisperen.

Achter hem ging de deur op een kier open. Paddy zag een imposant victoriaans kapstokmeubel van donker eiken, met haken voor hoeden en aan een van de staanders een bak voor paraplu's en wandelstokken. Midden in de donkerhouten belijsting zat een grote spiegel, en in het glas zag ze de reflectie van een angstig vrouwengezicht.

De aantrekkelijke blondine stond te luisteren in de deuropening naar de woonkamer. Ze had een ranke hals en fijne gelaatstrekken, en de puntjes van haar bobkapsel waren roze gevlekt van het bloed. Toen ze Paddy via de spiegel aankeek, streek ze met een snelle haakbeweging van haar slanke vingers het gordijn van haar achter haar oor, waardoor haar bebloede kaak zichtbaar werd. Vanaf haar mondhoek liep een dun, vuurrood straaltje langs haar hals en sleutelbeen omlaag, waar het werd opgenomen door de brede kanten Lady Dikraag van haar witte blouse.

Een fractie van een tel keken ze elkaar recht in de ogen, en Paddy zag de lege blik die ze al zo vaak had gezien bij auto-ongelukken en knokpartijen, een blik doordrenkt van shock en pijn. Ze trok haar wenkbrauwen op naar de blondine om haar te vragen of ze hulp wilde, maar de vrouw schudde vaag van nee en verbrak het oogcontact, waarna ze achteruit stapte en uit het spiegelbeeld verdween.

De man zag Paddy kijken en trok de deur achter zich dicht. 'Echt, er is niets aan de hand.' Hij glimlachte vriendelijk en knikte, alsof hij Paddy wilde bedanken omdat ze naar een feestje was gekomen. Het schijnsel van het portieklampje was zwak en geel, maar opeens zag ze het: bloed op zijn hals, tussen de korte zwarte haartjes. Het waren vlekjes, spatjes. Hij glimlachte naar haar. Ze zag het stalen braampje van onverzettelijkheid in zijn ogen.

'Hebt u haar al eerder geslagen?'

Nu raakte hij geërgerd, maar slechts een klein beetje. Hij keek vluchtig naar Tam en Dan bij de patrouillewagen, en Paddy volgde zijn blik. Dan schudde zijn hoofd, bij wijze van antwoord, een teken dat Paddy niet begreep. De man slaakte een vermoeide zucht. 'Zou je heel even willen wachten?'

Hij deed de deur nog geen vijftien centimeter open en glipte naar binnen. Even, toen de deur richting de deurpost zwaaide, dacht Paddy dat hij verstandig was geworden en haar buiten had gesloten, maar een tel later kwam hij glimlachend terug.

Hij boog naar voren en stopte Paddy iets in de hand. 'Ik kan niet genoeg benadrukken hoe belangrijk het is dat dit niet in de krant komt.' Het was een briefje van vijftig. 'Alsjeblieft?'

Het briefje was vochtig en roze van het bloed.

Paddy keek steels om zich heen. Beide agenten stonden met hun rug naar haar toe bij de politiewagen. De ramen van het huis aan de andere kant van de dichtstbijzijnde haag waren donker, effen en leeg. Haar koude vingers sloten zich om het bankbiljet.

'Een fijne avond nog.' Hij glipte het huis weer binnen en deed de deur zachtjes maar gedecideerd dicht.

Paddy keek naar de nerven in de eikenhouten deur, die vergeelde slijtageplekken vertoonden op de plaatsen waar handen gewoontegetrouw naar de knop hadden getast of de sleutel in het slot hadden gestoken. De grote bronzen deurknop was besmeurd met bloed. Ze had vijftig pond in haar hand. Ze kneep er even in om zich ervan te verzekeren dat het er nog was, en het vochtige bloed verkilde haar. Een beetje opgewonden propte ze haar vuist in haar jaszak, draaide zich stijfjes om en liep terug over het volmaakte, knerpende grind van de oprijlaan. De wind streek door haar haren. Ergens in de verte reed een auto over de weg, en het gebrom van de motor stopte even toen er werd geschakeld.

Bij de auto haalde Tam zijn schouders op. 'Het is belangrijk voor hen. Zij is juriste,' zei hij, waarmee hij haar onbedoeld liet weten dat ook zij waren omgekocht.

Dan gaf Tam een tik tegen zijn achterhoofd en maakte een afkeurend geluidje. In het voorbijgaan hoorde ze dat Tam zichzelf zachtjes verdedigde. 'Het is die kleine Meehan maar.' Ze stapten in de politiewagen en startten de motor, waarna Dan voorzichtig achteruit de oprit af reed, tot voorbij Paddy, die naast de dienstauto stond.

Terwijl ze het portier aan de passagierskant opende, wierp ze een blik over haar schouder op het felverlichte raam van het grote huis. Heel even zag ze achter de vitrages iets bewegen, een kolk van licht en beroering. Ze knipperde met haar ogen, en toen ze weer keek, was alles rustig in de kamer.

Billy keek toe terwijl ze zich op de achterbank liet vallen en nam een trek van zijn sigaret. Hij had gezien dat ze het geld aannam, daarvan was ze overtuigd. Ze had kunnen aanbieden het te delen, maar ze wist niet wat de ongeschreven regels waren, want ze was nog nooit omgekocht. En trouwens, vijftig pond zou de oplossing betekenen voor een hele reeks problemen.

Billy reed achteruit de oprit af, maar Paddy's blik bleef rusten op het huis. In de weken en maanden die volgden zou ze vaak terugdenken aan de lichtflits die ze achter het raam had gezien, en zich herinneren hoe blij ze was geweest dat ze weer in de warme auto zat en hoe opwindend het bankbiljet in haar zak had gevoeld. En vervolgens zou ze zich brandend van schaamte herinneren hoe volledig overtuigd ze ervan was geweest dat ze helemaal niets te maken had met de bebloede vrouw aan de andere kant van dat raam.

II

Billy reed in stilte over de zwarte glanzende weg in de richting van het centrum, luisterend naar het gekraak en geruis van de politiescanner. Paddy durfde hem nauwelijks aan te kijken in de achteruitkijkspiegel.

Zelfs als Billy haar het geld had zien aannemen, zou hij er niets over zeggen, wist ze. Ze waren heel voorzichtig met wat ze elkaar vroegen, omdat de waarheid moeilijk was. Door het stellen van onbezonnen vragen had ze ontdekt dat Billy en zijn vrouw continu ruzie hadden en dat hij zijn zoon niet meer zo aardig vond sinds die de tienerleeftijd had bereikt. Zij had hem verteld dat ze zich vies dik voelde, dat haar werkloze familie het vreselijk vond dat ze van haar inkomen moesten leven en dat dat haar thuis een onnatuurlijk grote macht verleende.

Tussen Billy en Paddy was nooit een collegiale band berustend op geruststellende leugens ontstaan. De politiescanner stond altijd aan en vormde een muur van ruis waardoor ze alleen maar in korte, bondige bewoordingen gesprekken konden voeren. Ze praatten nooit zo lang dat Billy kon laten doorschemeren dat zijn zoon in feite een genie was dat zijn draai nog niet had gevonden, of dat Paddy kon suggereren dat haar overgewicht een hormonale oorzaak had. Het enige dat er tussen hen bestond, was een rauw vlak van waarheid. In elk geval waren ze aardig voor elkaar. Anders zou het onverdraaglijk zijn geweest.

'Hé, dit vind je vast een goeie.' Billy zette de scanner even wat zachter. 'Wat is een huiselijk conflict?'

'Ik weet het niet, Billy, wat is een huiselijk conflict?'

'Knokken in een huis in Bearsden.' Hij zette de scanner weer harder en glimlachte tegen haar in de achteruitkijkspiegel, ten teken dat het niet gaf.

Verdrietig keek ze naar haar hand, die openviel op haar schoot. Er zat bloed op haar handpalm. 'Je hebt gelijk, Billy, dat vind ik een goeie.'

Ze had het geld nodig. Haar vader was al twee jaar werkloos. Er woonden vier kinderen thuis en zij was de enige die geld binnenbracht. Ze was de jongste en nu ook de kostwinner. Daardoor had ze een onuitgesproken veto bij beslissingen binnen het gezin; haar moeder vertelde haar wat de afzonderlijke boodschappen hadden gekost en benadrukte hoe zuinig ze met het eten omsprong. Paddy hield niets over voor zichzelf, en ze wist niet hoe ze het scheve machtsevenwicht in huis recht kon trekken. Toch hadden de Meehans het nog niet zo slecht: in grote delen van de stad was een op de drie volwassenen werkloos. Haar moeder zou het bloed op het bankbiljet niet eens opmerken als ze het droog en bruin liet worden.

'Was het een stel?' Billy draaide zijn raampje een klein stukje naar beneden en liet zijn sigarettenpeuk door de kier naar buiten vallen.

Hij stuiterde in een regen van vonken tegen de rubberen rand voordat hij uit het zicht verdween.

'Ze had bloed op haar gezicht. Ik weet niet of we haar daar wel hadden moeten achterlaten.'

'Ik zou me er niet te druk om maken. Ze zijn heel anders dan wij, die rijkelui.'

'Ja.'

'Ze kan bij hem weggaan als ze dat wil.'

'Dat zal wel.'

De huiselijke ruzies waarvan ze meestal getuige waren, in piepkleine flatjes in achterstandsbuurten, werden vaak open en bloot uitgevochten omdat de stellen de straat op moesten, wilden ze behoorlijk naar elkaar kunnen uithalen. Mannen en vrouwen stonden vaak jarenlang op de wachtlijst voor een eigen woning, terwijl de gespannen situatie in de kleine kamertjes doorbroeide. Slaande ruzie was onvermijdelijk.

Opnieuw ving Billy haar blik. 'Gaan we dat verhaal nog melden of niet?'

Als ze niet dacht dat Billy haar het geld had zien aannemen, zou ze zich op de volgende oproep en het volgende incident hebben gericht, maar ze wilde niet dat hij een lage dunk van haar zou krijgen.

'Oké,' zei ze. 'We gaan wel op zoek naar een telefooncel.'

'Daarna kunnen we misschien in Easterhouse gaan kijken,' stelde Billy voor, waarmee hij haar liet weten dat hij betwijfelde of het verhaal de krant zou halen. 'In Barrowfield wordt flink met zwaarden gezwaaid.'

Overal in de stad legden gekken en gangsters de hand op machetes, degens en slagzwaarden, waarmee ze elkaar te lijf gingen. Al jaren braken er met grote regelmaat zwaardgevechten uit, en de morele paniek die was opgelaaid, was tot de laatste druppel uitgemolken. Het was een afgezaagd verhaal, maar toch.

'Ja, er wordt vast wel ergens iemand door een of andere klootzak vermoord,' zei Paddy. Ze haatte haar baan en de plaatsen waar die haar naartoe bracht.

2

Een leven op zijn knieën

I

Toen Paddy na haar werk wegging, was het nog drie uur voor zons-opgang. De paar vroege forenzen op straat haastten zich met de kin op de borst voort, in beweging blijvend om zich warm te houden, vastberaden als muizen in een rad. Zij was de enige die met het hoofd geheven door het stadscentrum slenterde, de enige die om zich heen keek. Ze had ontdekt dat niemand 's ochtends op- of om-keek, vooral niet als het donker was. Ze haastten zich voort, diep in gedachten verzonken, en piekerden over ruzies of namen de dag door die voor hen lag, waarbij ze soms in zichzelf praatten. Zij alleen was op straat aanwezig, alleen in het vluchtige moment.

Ze liep langzaam. Ze wilde niet te vroeg bij Sean zijn, anders moest ze gaan zitten wachten terwijl zijn moeder in haar onderjurk rondliep en haar ontbijt verorberde, terwijl ze verhalen doorvertel-de, voor het merendeel boosaardige geruchten over vrouwen uit de parochie.

Paddy besloot een lange omweg naar het station te nemen en liep terug over Albion Street, waarna ze de Siberische vlakte van George Square overstak. Ze had het lekker warm in haar groene leren jas. Het was een knielange jas uit de jaren vijftig met een ronde kraag en drie grote, groene knopen. Ze had hem voor een pond op de vlooi-enmarkt gekocht, die jas van boterzacht kalfsleer. Het mooiste er-aan was dat hij van achteren recht naar beneden hing en helemaal niet getailleerd was, zodat hij haar kont een beetje verhulde. Hij zat zo ruim dat ze er gemakkelijk een trui onder kon dragen. Even bleef ze staan om haar rode sjaal, die om haar nek hing, om haar hoofd te binden, over haar oren, zodat ze geen oorpijn zou krijgen van de ijs-koude wind.

Een man in een groene overall en zware werkschoenen haastte zich voor haar langs. Ze keek hem na terwijl hij in de richting van het gemeentehuis liep, en opeens besefte ze waarom ze groen zo mooi vond: vanwege Betty Carson en de dag waarop Paddy Meehan uit de gevangenis was vrijgelaten. Dat verband had ze nog niet gelegd. Misschien had ze zich daarom zo aangetrokken gevoeld tot de groene mouw aan het rek op de vlooienmarkt.

Patrick Meehans verhaal was met haar leven verweven als de inslag met een lap stof. Op de onwaarschijnlijkste momenten schoten haar veelzeggende details te binnen, die opborrelden uit haar onderbewustzijn als ze het het minst verwachtte.

Paddy Connelly Meehan was beroepscrimineel, een onbeduidende brandkastkraker die meer tijd in dan buiten de gevangenis had doorgebracht. Als hij niet in een verlaten huurkazerne vloeibaar dynamiet zat te koken in een koekenpan, zat hij in de Tap Inn op te scheppen over zijn schelmenstreken. Hij was schuldig bevonden aan een beruchte moord toen Paddy nog maar een kind was, en omdat ze toevallig dezelfde naam hadden, had ze haar hele jeugd het verhaal op de voet gevolgd, en hoorde ze lang voor de meeste andere mensen in de stad dat hij onschuldig was, dat de echte dader had geprobeerd zijn verhaal aan de roddelbladen te verkopen en dat een beroemde journalist een boek over de zaak aan het schrijven was. Paddy, die zonder te geloven opgroeide in een obsessief katholiek gezin, was in de buitenwereld op zoek gegaan naar rolmodellen, en in haar belevingswereld had Meehans verhaal de plaats ingenomen van het Nieuwe Testament. Zo ongebruikelijk was dat niet eens, besefte ze: veel gesjeesde katholieken wendden zich tot het marxisme, vanwege de volmaakt inwisselbare mentale infrastructuren. Beide kenden één grondtekst en hun eigen heiligen en gevallen helden. Beide vereisten tijd, geld en evangelisatie en beide keken vooruit naar een toekomst waarin gerechtigheid zou overheersen en de zachtmoedigen de wereld zouden erven.

Ze was geobsedeerd geraakt door het verhaal van Paddy Meehan, waarin ze heldenmoed en waardigheid had gezien, eerzaamheid en vasthoudendheid, integriteit en loyaliteit. Het enige detail dat het nu voor haar verpestte was Paddy Meehan zelf: na zijn amnestie was hij in Glasgow gebleven, waar hij rondhing in cafés en zijn verhaal vertelde aan wie het maar wilde horen, en ruziemaakte met journalisten, barkeepers en iedereen om zich heen. Zijn moment van glorie was allang voorbij, en in de alledaagse strijd om het bestaan kon hij geen held blijven.

Hij was de reden dat ze journalist was geworden, de reden dat ze misdaad wilde verslaan en glorie en eer zag in een baan die de meeste mensen beschouwden als iets wat ze zouden doen als er niets beters voorhanden was.

Een groene jas.

In Paddy's verbeelding stak Betty Carsons vuurrode haar fel af tegen de crèmekleurige muur en was haar huid zo licht als witbrood. Betty en Patrick Meehan waren allebei achttien en schuilden in hetzelfde donkere hofje, wachtend tot de regen ophield. Ze praatten een tijdje met elkaar en hij liep met haar mee naar de tramhalte, waar hij samen met haar bleef staan wachten en met zijn hart luid bonzend in zijn keel zag dat ze vanuit de wegrijdende tram naar hem zwaaide.

Betty kwam uit een goed nest. Haar onwankelbaar protestantse familie was verbaasd toen ze een paar maanden later thuiskwam en verkondigde dat ze getrouwd was, maar in een bekrompen stad waren zij ruimdenkend en accepteerden de katholieke jongeman. Ze gaven Meehan alle kans om zijn leven te beteren. Telkens als hij uit de gevangenis kwam, verwelkomden ze hem met open armen, in de verwachting dat het deze keer anders zou gaan, want dat beweerde hij immers.

De dag van de vrijlating. Volgens Meehan wachtte Betty hem aan het eind van elke gevangenisstraf bij de poort op. Elke keer stond ze buiten, in weer en wind, of in de bijtende duisternis van de lange Schotse winter. En dan droeg ze een nieuwe groene jas of jurk of broek, groen voor een nieuw begin, groen dat haar rode haar mooi deed uitkomen.

Meehan en Betty kusten elkaar, zo stelde Paddy zich voor. Ze kusten elkaar en sloegen hun armen om elkaar heen, heel stevig, dolblij om weer samen te zijn, en dan vertrokken ze, arm in arm, net zo rustig wandelend als zij in de ochtendspits, omringd door mensen die zich naar hun werk haastten, met gebogen hoofd, pratend in zichzelf, jachtig lopend door een grauwe ochtend. Op de dag van de vrijlating zweefde Betty met haar man door de stad naar huis, naar een stevig ontbijt.

Betty, een vrolijk, feestelijk groen-met-rood vlekje in de grote grijze stad.

II

Paddy stapte de trein uit, het winderige perron van station Rutherglen op, met brandende ogen en een droog laagje poederachtige gepofte aardappel op haar tanden. Ze was veel te warrig om zich aan haar vezelrijke dieet te houden, maar ze deed haar best en had altijd een koude gepofte aardappel in haar tas. De laatste paar jaar was ze aangekomen, vooral rond haar heupen en borst. Ze geloofde allang niet meer dat ze zich aan een streng dieet kon houden en paste de principes ervan maar half toe, door maaltijden aan te vullen met gepofte aardappelen of koude bonen die ze rechtstreeks uit het blik oplepelde, met als gevolg dat ze zich altijd moe en schuldig voelde en beschaamd een hoek in vluchtte om stinkende winden te laten.

Toen ze over de lange trap van het perron naar de straat liep, boog haar rug door onder de last van haar overmatige vermoeidheid, zodat haar handen tegen de treden sloegen. Ze had een grote zetmeel- en suikerrijke oppepper nodig en wist dat er bij de Ogilvy's thuis pap met honing klaarstond. Terwijl ze over Rutherglen Main Street liep, langs de forenzen die uit het bushokje stroomden, kreeg ze zo haar twijfels over de pap die haar wachtte. Het feit dat ze dik was hinderde haar carrière. Ze had niet genoeg zelfvertrouwen om zich te laten gelden of het heft in eigen handen te nemen en in Londen naar een betere baan te solliciteren. Als ze slanker was, zou ze dat wel kunnen. Ze was slechts tien kilo verwijderd van het leven dat ze hoorde te leiden.

Aan de andere kant hoefde ze vanochtend niet te werken, en ze was moe en vervuld met zelfmedelijden. Daar mocht ze best aan toegeven, door zich te goed te doen aan warme pap en koppen thee met veel melk.

Rutherglen Main Street bevond zich in het rustpunt tussen de ochtendspits van de werkenden en de samenkomst van ouden van dagen en jonge moeders voor de mis van tien uur in de St. Columkille. Langzaam maar zeker zouden ze vanuit de kleine woonwijken her en der langs Main Street heuvelafwaarts daarnaar op weg gaan, via het overdekte winkelcentrum. Al haar oudere familieleden zouden er zijn. Haar zus Mary Ann zou over de rechte weg vanuit Eastfield komen aanlopen. Paddy hield haar hoofd omlaag en haastte zich door de achterafstraatjes naar Seans huis aan Gallowflat Street. Bij Sean thuis zou ze zich tot lang na het einde van de mis schuilhouden, anders moest ze honderden vragen beantwoorden van haar vader, moeder, broers en zussen voor ze de trap op kon naar haar warme bed om heerlijk lang te slapen.

Het keukenraam van de Ogilvy's was beslagen en in de woonkamer was het nog donker. Als Sean op was, was het licht altijd aan, want hij keek graag naar school-tv terwijl hij ontbeet. Paddy liep de doodlopende straat in, waarbij ze bijna tegen een jonge vrouw met een krijsende baby in een ouderwetse kinderwagen botste.

'Fiona O'Conner, hoe gaat het met jou?' vroeg Paddy, hoewel ze haar op school nooit had gemogen en zich vaag herinnerde dat ze door haar was gepest. 'Is dat jouw kleine?'

Fiona sloeg haar rode, brandende ogen naar haar op. 'O, ja, hoi. Help me eens even met de kinderwagen.'

Paddy pakte de vooras van de kinderwagen vast en tilde hem de twee treetjes naar de straat af. Fiona keek geërgerd. 'Ik dacht dat Sean tegenwoordig verkering had met Elaine McCarron.'

Paddy kromp een beetje ineen toen ze Elaines naam hoorde en vroeg zich af waarom. 'Ja, klopt, ze zijn nu een jaar samen. Volgens mij gaat het wel goed.'

'O, natuurlijk,' zei Fiona cynisch. 'Behalve dat jij er altijd bent, maar ach.'

Paddy glimlachte stijfjes naar Fiona en glipte langs haar heen de straat op.

Ze had inmiddels met Sean getrouwd kunnen zijn, en misschien zouden ze dan een gezinnetje en een eigen huisje hebben gehad. In plaats daarvan had ze ervoor gekozen om bij de *News* te blijven werken in de hoop daar carrière te kunnen maken, en ervan te dromen dat ze op een dag een eigen huis zou hebben waar het niet constant naar soep en aardappelen rook. Het was niet genoeg dat ze die moeilijke keuze had gemaakt. Ze woonde nog thuis en haar vijf familieleden waren van haar salaris afhankelijk. Haar kleren waren goedkoop, afkomstig van What Every's, en gingen niet meer dan twee wasbeurten mee. Een eigen huis was heel verre toekomstmuziek.

Op school had ze verkering gekregen met Sean. Ze hadden een hechte band en waren allebei afkomstig uit een groot gezin, dus deden ze geen van beiden moeite om vrienden te maken. Nu was het te laat. De levenslange vriendschappen die na school blijven voortbestaan, met mensen die je als getuige vraagt en met wie je op vakantie gaat, waren voor hen voorgoed buiten bereik. Ze waren tot elkaar veroordeeld, ook al waren ze niet verloofd en hadden ze niet eens verkering, en overdag hingen ze samen voor de tv om *County Court* te kijken, of een van de drie korrelige illegale video's die zijn broer bezat: *Airplane*, *Evil Dead* en *The Exorcist*. Soms liepen ze doelloos langs de Brae.

Mimi Ogilvy trok net haar jas aan toen ze de deur opendeed. 'Kom binnen, Paddy, meisje, fijn dat je er bent.'

Paddy stapte de hal binnen, waar het warm was en waar de huiselijke geur van geroosterd brood en sterke thee hing. Het wijwaterbakje bij Mimi's voordeur was groot genoeg voor een kapel: een Disney-achtige Onze Lieve Vrouwe keek liefdevol neer op een mollig kindje Jezus, dat een roze oesterschelp vol wijwater vasthield. Paddy doopte twee vingers van haar rechterhand in het water en tikte ermee tegen haar voorhoofd, borst en schouders terwijl ze over de drempel stapte. Het was een oude gewoonte die ze maar niet kon laten. Ze geloofde niet, maar wist dat het gebaar haar moeders bezorgdheid suste. Telkens als ze het deed, vond ze zichzelf een hypocriet, maar dan wel een hypocriet met een geruste moeder.

Ze zag dat er een nieuwe stapel pamfletten onder het telefoontafeltje lag. Zwarte letters op rood papier deze keer, waarmee Callum Ogilvy's onschuld werd betuigd. Het kostte veel geld om ze te laten drukken, en ze vroeg zich af waar Sean het in 's hemelsnaam vandaan haalde. Juist op dat moment kwam Mimi uit de keuken gekuierd, haalde twee briefjes van een pond uit haar portemonnee en legde die op het telefoontafeltje. Daarmee was haar vraag beantwoord.

'Dat is voor zijn sigaretten en een biertje tegen etenstijd. En,' voegde ze eraan toe terwijl ze een vijfje en nog drie briefjes van een pond pakte, 'hij heeft straks zijn laatste rijles.'

Het was als compliment bedoeld dat ze dit deed waar Paddy bij was, een teken van acceptatie. Paddy wendde haar blik af. Mimi had al zoveel rijlessen betaald dat Sean over een paar dagen examen mocht doen. Sean had helemaal geen rijbewijs nodig, want hij kon zich toch geen auto veroorloven. En bovendien had zij niemand die rijlessen voor haar betaalde.

Mimi wierp een blik op de klok aan de muur van het keukentje en liep langs Paddy heen naar de deur. 'Er staat pap voor je in de pan en de honing staat in het kastje naast de koelkast.'

Weg was ze, en Paddy bleef in de hal achter, luisterend naar het gesnurk van haar ex-verloofde en pogend de verleiding van warme pap na een lange nachtdienst te weerstaan. Sean at geen pap bij het ontbijt. Die arme Mimi had al die moeite speciaal voor haar gedaan. Het zou ondankbaar zijn om hem te laten staan.

III

Hij was wakker. Zijn ademhaling was minder diep geworden, maar hij lag nog steeds met zijn gezicht naar de muur, zijn ogen gesloten en zijn benen opgetrokken om zijn ochtendstijve te verbergen.

Ze klopte nog een keer op de open slaapkamerdeur. 'Opstaan.'

Sean rekte zich uit onder de dekens, genietend van het nevelige, slaperige gevoel in zijn ledematen. Hij droeg zijn bruine pyjama met het gele biesje op het borstzakje. Hij leek wel een uit de kluiten gewassen jochie van tien.

'Hé, stinkdier, word eens wakker. Kom, je moet je uitkering gaan ophalen.'

'Ja, ja.' Hij sloeg zijn handen voor zich in elkaar en rekte zich loom uit, glimlachend toen hij haar in de deuropening zag staan, zijn ogen dik van de slaap, zijn wimpers alle kanten op gedrukt door het kussen.

Paddy werd overspoeld door oprechte woede. Zijn moeder en zij werkten allebei keihard in hun ondankbare baantjes en kookten en zorgden ook nog voor hem. Ze wist dat zijn broers hem af en toe ook iets toestopten: hier twee pond, daar een pakje sigaretten. Een van hen had zelfs een jaarabonnement voor Celtic Park voor hem gekocht, zodat ze met z'n allen naar de wedstrijden konden gaan. Om de twee weken kwam Paddy meteen na haar werk hiernaartoe om ervoor te zorgen dat hij op tijd opstond om zijn bijstandsuitkering te innen. Zelfs dat kon hij niet zelf.

'Je bent een luie donder. Spring eens op je fiets en ga op zoek naar een baan.'

Ze keken elkaar van weerszijden van de kamer strak aan en grijnsden naar elkaar in de zachte duisternis, een moment dat te lang duurde. Overvallen als ze waren door dat plotselinge gevoel van tedere verbondenheid, werd hun glimlach langzaam onhandig, tot Sean zijn armen boven zijn hoofd strekte en er een eind aan maakte. 'Maar goed, melk en vijf scheppen suiker, schat.'

'Je kan de pot op.' Ze zei het een beetje te boos voor een gespeelde ruzie, en hij was zo verrast dat hij haar weer aankeek. Ze was niet boos op Sean, ze was boos op zichzelf omdat ze de pap had opgegeten, vervolgens nog meer pap met honing had opgeschept en ten slotte bij het keukenraam was gaan staan kijken naar de passerende oude vrouwtjes met hun gevlochten boodschappentassen, en ondertussen het papierachtige laagje opgedroogde pap langs de rand van de pan lospeuterde en opat, zich afvragend waarom ze dat eigenlijk deed. Het smaakte nergens naar. Het was niet eens lekker om op te kauwen. Maar zolang ze at, dacht ze alleen maar aan eten. Dan maakte ze zich niet druk om haar werk, haar familie of haar gewicht. Zelfs vies eten maakte haar blij. Behalve roomkaas met ananas. Dat kon ze niet meer zien, nadat ze een week lang een roekeloze poging had gedaan om niets anders te eten.

Sean hield haar blik vast en rolde bij haar vandaan, waarna hij een zachte scheet ruwweg in haar richting liet. Ze deed haar best om niet te glimlachen.

'Deze zag ik in de hal liggen.' Ze hield het pamflet over Callum Ogilvy omhoog.

'Ja, een vrouw heeft er gisteren een meegenomen uit Elaines salon.' Hij duwde zichzelf op een elleboog omhoog. 'Ze schrijft voor de *Reformer*, zei dat ze wel interesse had. Misschien brengt dat schot in de zaak.'

Paddy gromde. *The Rutherglen Reformer* was een advertentieblaadje. Ze schreven vooral over plaatselijke zwemgala's en conflicten over rolcontainers. Aan een verhaal als dat van Callum zouden ze zich nooit wagen, maar Sean wilde haar bang maken, zodat zij voor de *Daily News* over zijn campagne zou schrijven voordat iemand anders er met de primeur vandoor ging.

Callum was elf toen hij en een andere jongen waren veroordeeld voor de moord op een peuter van drie die ze voor zijn ouderlijk huis hadden ontvoerd. Achteraf leek het bizar dat alleen Paddy ervan overtuigd was dat er een volwassene bij de moord betrokken moest zijn geweest. De rest van de stad had zich tevredengesteld met de bewering dat de twee jongens op eigen houtje hadden gehandeld.

Paddy had de man achter de moord opgespoord – de littekens op haar ziel waren nog steeds niet geheeld – maar zelfs zij wist dat Callum het kleine ventje had vermoord. Het mocht dan zo zijn dat iemand hem met de auto naar die plek had gebracht en hem zo bang had gemaakt dat hij het wel móést doen, maar dat deed niets af aan het feit dat Callum Ogilvy schuldig was. Hij had bloed van het jongetje op zijn kleren, zijn haar was op de plaats delict aangetroffen en hij had min of meer bekend.

Alleen Sean weigerde het te accepteren. Callums onschuld was voor hem uitgegroeid tot een geloofsartikel, en ze dacht dat hij Callum inmiddels ook half had overtuigd. De Ogilvy's hadden hun kleine neefje één keer aan zijn lot overgelaten en hem laten opvoeden door een labiele moeder, en Sean was niet van zins hem nogmaals te verraden. Zijn onbuigzame overtuiging en de oprechtheid waarmee hij de ene na de andere brief schreef aan parlementsleden, journalisten en iedereen die hem zou kunnen helpen, begonnen vrucht af te werpen.

'Sean,' zei ze met geforceerde kalmte, 'er is geen nieuw bewijsmateriaal...'

'Het oude bewijsmateriaal zou vals kunnen zijn.'

'Mevrouw Thatcher zou een kwaadaardige robot kunnen zijn, maar dat is ze niet. Dat iets geloofwaardig is, betekent niet automatisch dat het mogelijk is.'

Opnieuw keken ze elkaar aan. Een van die monsters bij haar op het werk hoefde maar een mogelijkheid te zien om met het verhaal hogerop te komen, dacht ze, en Sean werd levend verslonden.

'Het zou beter zijn als je het gewoon liet rusten. Niemand wil dat verhaal in stand houden, alleen jij.'

'Pad.' Weliswaar gebruikte hij haar koosnaampje, maar hij klonk ernstig. 'Voor mij is het niet zomaar een verhaal. Ik keer me niet samen met de rest van de wereld tegen die knul. Hij heeft verder niemand.'

'Kun je niet gewoon voor hem klaarstaan en toch accepteren dat hij het heeft gedaan? Kun je hem soms alleen maar aardig vinden als hij onschuldig is? Hij was pas tien toen hij het deed. Wat weet je nou als je tien bent?'

'Hou nou op.'

Paddy knikte berustend. 'Maar goed, sta nou eens op.'

Sean ging languit op zijn rug liggen. 'Zet je even theewater op? En stop twee boterhammen in de broodrooster.'

'*Playschool* begint zo.' Ze liep achteruit de kamer uit en aarzelde op de drempel tussen de woonkamer en de keuken. Ze was hier meteen na haar nachtdienst naartoe gekomen, maar het ging haar te ver om zijn ontbijt voor hem klaar te maken. Ze koos voor de deur naar de woonkamer, liet zich op de bank vallen en keek om zich heen.

De Ogilvy's waren brave kerksoldaatjes, net als haar eigen familie. Hun meubilair was niet slecht, gemaakt voor de eeuwigheid, maar niet mooi of modern. Alle foto's aan de muur waren van religieuze of sacrament-gerelateerde triomfen van de verschillende gezinsleden: Seans ouders tijdens hun zilveren bruiloft, de priesterwijding van een verre neef, het bescheiden trouwfeest van een van de broers met een mooi meisje uit Hamilton en de daaropvolgende doopfeesten van hun vier kinderen, allemaal gemaakt voor hetzelfde lelijke kapelletje, in verschillende seizoenen. Paddy en Sean waren tijdens twee van de doopfeesten verloofd geweest, dus stond ze met de familie op de foto, hoewel Mimi er een dusdanig had ingelijst dat ze doormidden werd gesneden door de rand van de lijst, haar enige blijk van ergernis over het feit dat Paddy de verloving had verbroken.

Paddy pakte een exemplaar van de *Daily News* uit haar rugzak van licht leer, zwaar fronsend om te voorkomen dat ze zou gaan grijnzen toen ze de tweede pagina zag. Daar was haar nieuwsbericht afgedrukt: na klachten van de buren over geluidsoverlast bij een feestje aan Drymen Road 17 was de politie naar Bearsden gegaan. Er was een gewonde vrouw aangetroffen, maar er waren geen arrestaties verricht. Het was haar eerste geplaatste stuk na vier nachtdiensten.

Ze legde de krant weg en luisterde of ze in de gang al iets hoorde. Niets. 'Sean!' riep ze geïrriteerd. 'Je komt er niet nog een keer mee weg.'

'Ik sta onder de douche te ontbijten.'

Aan zijn stem kon ze horen dat hij nog in bed lag. Als hij weer te laat was, verwerkten ze zijn girocheque later die middag, met als gevolg dat de cheque pas over drie dagen zou arriveren in plaats van over twee dagen. Dat deden ze om laatkomers te straffen, en Mimi had het geld hard nodig.

'Je moeder heeft betalingsachterstanden bij alle postorderbedrijven. Straks komt meneer McKay al je ondergoed in beslag nemen.'

Ze hoorde het geklikklak van hoge hakken op straat, en toen het krassen van een sleutel die in het slot van de voordeur werd gestoken. Ze hoopte dat het Mimi was, maar ze wist wel beter. Schuldbewust, alsof ze op spijbelen was betrapt, stopte ze haar handen tussen haar knieën en ging rechtop op de bank zitten.

Elaine McCarron stapte de hal in, met een regenjas over haar blauwe werkschort, heimelijk glimlachend. Elaine, een slank meisje met fijne gelaatstrekken, had op school twee klassen lager gezeten. Ze had een hekel aan Paddy, maar was niet assertief genoeg om Sean te vragen niet meer zoveel tijd met zijn ex door te brengen. Als leerling-kapster was ze de hele dag in touw, terwijl Paddy en Sean de middagen doorbrachten met tv kijken of bij Woolworth's schepsnoep eten en met speelgoed spelen.

Paddy kuchte nadrukkelijk om haar aanwezigheid kenbaar te maken. Elaine draaide zich woedend om, en Paddy deed haar best om te glimlachen.

'Ik was niet van plan om langs te komen,' fluisterde ze, 'maar Mimi stond erop.'

Elaine klemde haar lippen stevig op elkaar, zodat al het bloed eruit trok, en richtte haar blik op Seans slaapkamerdeur. Ze trok haar werkschort recht om zichzelf te kalmeren en klopte toen bevallig aan.

Schaapachtig zakte Paddy onderuit op de bank. Ze kon niet meteen weggaan. Dan zou het lijken of ze iets verkeerd had gedaan. Ze voelde een vertrouwd, hol schuldgevoel, alsof ze het chocoladelaagje van Elaines ijsje had gelikt en niemand dat wist, behalve zij tweeen. Ze kon Mimi de schuld geven zoveel ze wilde, ze kon het ten overstaan van iedereen ontkennen, maar ze wist dat ze zich aan Sean vastklampte omdat hij de enige was bij wie ze zich volledig op haar gemak voelde. Nu had ze hem harder nodig dan ooit, omdat ze haar zus Mary Ann zo miste.

Aan de andere kant van de hal hoorde ze Elaine sexy giechelen, luider dan noodzakelijk was – zodat Paddy het zou horen, daar was ze zeker van. Met een ruk stond ze op en zette het journaal aan. Inmiddels was een op de tien mensen werkloos. De Scott Lithgow-scheepswerf werd met sluiting bedreigd, waardoor vijfenzestighonderd banen op de tocht kwamen te staan. Boy George was gefilmd toen hij met zijn Japanse vriendinnetje in Parijs was aangekomen op vliegveld Charles de Gaulle. Over naar het plaatselijke nieuws.

Mist steeg op van een gazon. In de verte stond een victoriaanse villa met ernstig kijkende politieagenten ervoor, en hun adem vormde zilveren wolkjes in de kilte van de ochtend. De eigenaresse van het huis, Vhari Burnett, was die ochtend aangetroffen door een collega die haar op weg naar het werk kwam ophalen. Er werd een korrelige foto getoond van de vrouw die Paddy in de spiegel had gezien. Op de foto was haar haar korter en stond ze buiten, met haren die wapperden in de wind en lachende, halvemaanvormige ogen.

Paddy ging rechtop zitten. De knappe man had haar vermoord. Ze herinnerde zich de lichtflits achter het raam in Bearsden, en opeens zag ze een woest zwaaiende arm voor zich, een vuistslag, een uithaal met een machete, een doodsklap. Ze moest denken aan de nachtelijke kou op haar wangen, de wind die haar haren uit haar gezicht blies, en zag weer die vingers voor zich die de deurknop omklemden, en zo de deur dicht en de vrouw binnen hielden.

Burnett was een vooraanstaand werkneemster van de belastingdienst geweest, en een ongetrouwde politiek activiste. In het overzichtsshot viel het Paddy op dat de twee BMW's niet meer naast het huis stonden.

Terwijl Paddy met open mond en vervuld van afschuw op de bank zat, zich slechts vaag bewust van stemmen in de hal, verschoof ze een stukje en voelde het briefje van vijftig in haar zak knisperen. Eigenlijk moest ze de politie bellen en hen op de hoogte stellen. Misschien was het wel belangrijk, want zoveel mensen waren er niet die zomaar vijftig pond in de hal hadden liggen. Maar de politie zou erover roddelen. Voor de eerste en enige keer in haar leven was ze omgekocht, en het zou meteen bekend worden.

De voordeur ging met een klik dicht en Sean zei iets. Ze zou als corrupt bekend komen te staan en het briefje zou in de zak van een of andere politieagent verdwijnen. Er raakten om de haverklap bewijsstukken zoek, meestal geld of waardevolle spullen – het leek nooit te gebeuren met beschimmelde boterhammen met jam of hoeden met een gat erin.

'Heb je geen thee gezet?' vroeg Sean voor de tweede keer. Hij stond bij de deur van de woonkamer.

Paddy wees naar de tv. 'Hij heeft haar vermoord.'

'Wie?'

'Ik heb vannacht bij dat huis voor de deur gestaan, en net zeiden ze dat daar een vrouw is vermoord nadat we vertrokken waren. Ik heb met de dader staan praten.'

Sean wierp een vluchtige blik op de televisie. 'Griezelig.'

Paddy ademde diep in, met het nieuwtje over het briefje van vijftig op het puntje van haar tong, niet wetend of ze zichzelf erop wilde vastleggen te doen wat juist was. Ze keek Sean recht aan en zwichtte. 'Hij heeft me geld gegeven, een briefje van vijftig, om van me af te komen.'

'Godsamme.'

Paddy kromp ineen. 'Wat een hoop geld, hè? Ma zou haar geluk niet opkunnen met zo'n bedrag.'

Sean sperde zijn ogen open, denkend aan wat hij met vijftig pond allemaal zou kunnen doen. Dat was vijf weken bijstand voor hem. Daarvan zou hij zijn moeder op een pelgrimstocht naar Rome kunnen sturen. Schoenen kunnen kopen die hem pasten. De tot op de draad versleten vloerbedekking in de hal kunnen vervangen.

'Maar toch moet je het aan de politie geven, Pad.'

'Ja,' zei ze snel, alsof ze dat al die tijd al van plan was geweest. 'Ja, dat weet ik.'

'Je krijgt het vast wel terug.'

'O, vast wel.' Ze draaide zich weer om naar de tv en knikte, iets te heftig. 'Ik krijg het wel terug.'

3

Thuis

I

Kate had al bijna twee dagen niet geslapen. Paniekerig en opgewonden tegelijk zat ze achter het stuur van haar hippe nieuwe auto, bijna giechelend als ze dacht aan de waarde van wat ze achter in de auto had, bang als ze dacht aan de gevolgen van wat ze had gedaan. Toen ze een hoek om reed, zag ze voor zich een langzaam rijdende vrachtwagen op de rechte weg. Ze remde, tikte heel zachtjes op het pedaal, met haar blote tenen omgekruld op de zachte leren binnenzool van haar marineblauwe pump, en meteen vertraagde de gevoelige auto op het natte wegdek. Zo soepel. In een reflex streek ze met haar duim over het emaillen BMW-embleem op het midden van het stuur. Het blauw paste mooi bij haar wollen pakje van Chanel, haar oorbellen en haar horloge. Heerlijk om door mooie dingen te worden omringd.

Het was die ochtend rustig op Loch Lomond Road. Het was te koud voor toeristen, en zelfs voor Duitsers was het te regenachtig. De drommen zomergasten waren niet meer dan een vage herinnering. Op de borden van alle pensionnetjes in de plaatsjes aan weerszijden van de kale weg waarover ze reed stond 'Geen kamers vrij'. Als kind was Kate hier elke zomer geweest, dus ze wist wat voor mensen het Loch kwamen opzoeken, van bleke stadsbewoners die er tijdens de regenachtige, van muggen vergeven zomer met de bus naartoe kwamen voor een dagje in een theehuis, tot oude gevestigde families als die van haar, die met Kerstmis en Hogmanay naar hun vakantiehuisjes gingen en in grote groepen van het ene huis naar het andere togen om elkaar prettige feestdagen te wensen en flessen goede maltwhisky uit te wisselen.

Waarschijnlijk zou hij wel vermoeden dat ze naar de cottage in

Balmaha zou komen en daar naar haar op zoek gaan. Ze had de sleutel van de voordeur niet, maar kon gemakkelijk de achterdeur openbreken. Ze stelde zich voor dat ze, op het moment dat hij binnenkwam, in een beha en kousen met jarretels op een stoel bij de voordeur zou zitten, verleidelijk trekjes nemend van een sigaret. Dat zou hij prachtig vinden, dacht ze grijnzend, dat zou hij helemaal te gek vinden. Ze stelde zich het tafereel nogmaals voor: het licht gedempt, haar blonde krullen opgestoken, maar met een paar losse lokken over haar schouders, en haar bril op haar neus. De sexy secretaresse. Geweldig vond hij dat. Helaas had ze dat soort ondergoed niet bij zich.

Ze was de vrachtwagen aan het inhalen, was hem al voor ongeveer een derde voorbij, toen ze de ruitenwissers aanzette om het opspattende water dat van de grote banden kwam weg te vegen en de rode auto zag die recht op haar afkwam. Het scheelde nog maar een meter of zeven.

'Shit!' Met wijd opengesperde ogen, opeens klaarwakker, haalde ze haar voet van het gaspedaal, trapte op de rem en slaagde erin zo keurig achter de vrachtwagen in te voegen dat de rode auto haar voorbumper op een haar miste.

'Shit!' Ze hoorde eigenlijk helemaal niet achter het stuur te zitten, begon opeens te twijfelen aan haar beleving van tijd, ruimte en veiligheid. De vrachtwagen liep op haar uit, en Kate liet de auto uitrollen en zette hem aan de kant, zonder zelfs maar te wachten tot de eerstvolgende parkeerhaven. Ze liet de auto gewoon uitrollen in de grindberm, met de bumper bijna in de greppel.

In de autoruit voor haar was slechts een steile zwarte rots zichtbaar, kartelig en nat, bedekt met een net om te voorkomen dat er losse rotsblokken op de weg zouden stuiteren die de situatie nog verraderlijker zouden maken dan die al was.

Ze was al twee dagen bijna constant onderweg, en nu besefte ze dat het een wonder mocht heten dat ze zichzelf niet had doodgereden. Ze moest slapen. Ze had ook niets gegeten, nu ze erover nadacht. Zodra ze bij de cottage was, ging ze in bad. Er stonden altijd wel blikken ham in de voorraadkast. En melkpoeder. Daar kon ze wel een beker van klaarmaken voor bij het eten. Geoefend ademde ze diep in en uit om haar hartslag omlaag te brengen. Ze zat te rillen. Haar vingers beefden gewoon van angst.

Ze stak haar hand in de beenruimte vóór de passagiersstoel, pakte haar marineblauwe handtas en zette die op de stoel, waarna ze op de tast haar pakje sigaretten zocht. Ze stak er een op. Dat was niet wat ze echt wilde, maar ze moest rustig aan doen, kalmeren, beheerst blijven. Alles op een rijtje krijgen en naar de cottage rijden. Een bad nemen. Een beetje ham eten. Melk maken van het poeder in de voorraadkast. Als er politie langskwam, zou die misschien met haar willen praten omdat de auto zo vreemd geparkeerd stond. Misschien zouden ze haar herkennen, de auto controleren, de kofferbak openmaken.

Kate nam een trek van haar sigaret en hield zichzelf voor dat dat allemaal nog niet was gebeurd. Ze had het zich alleen maar ingebeeld. Het was niet gebeurd. Toen ze zich realiseerde dat ze niet wist of ze nu een paar tellen of al een uur had stilgestaan, zette ze de radio aan om zichzelf enig tijdsbesef te geven. Duran Duran. Die vond ze goed. Schitterende outfits. En bruin, mooi zongebruind. Prinses Diana vond hen ook goed. Ze nam nog een trekje van haar sigaret en stelde zich voor dat ze op een duur feestje in Chelsea was, met chic geklede jongedames met haarbanden en mannen in pakken die in de City werkten. Rijke, stinkend rijke mensen. Heel veel geld, champagne, en niemand die at omdat iedereen net zo tjokvol coke zat als zij. Een kamer vol gestreepte meubels en mooie spullen, van goede kwaliteit. Italiaanse spullen.

Ze had het lekker warm. Ze nam nog een trek van haar sigaret en glimlachte naar het raam aan de passagierskant alsof dat een gast op het feestje was. Ze knikte naar een vrouw aan de andere kant van de kamer. Een vrouw van adel. Iemand die feestjes gaf in haar buitenhuis. Gasten konden het hele weekend blijven, want het huis was zo groot dat ze elkaar niet eens tegen hoefden te komen. Zo konden ze elkaar ook niet beu worden. Ze had Kate een weekendje uitgenodigd. Ze had de helft van de aanwezigen uitgenodigd, maar niet meer dan de helft, en Kate was een van hen. Kate glimlachte nog een keer naar haar. Hoi.

Duran Duran hield op en er volgde een nieuwsbericht. Vhari Burnett. Kate hoorde de naam, en een fractie van een seconde lang dacht ze dat Vhari iets leuks was overkomen. Dat ze door een prins ten huwelijk was gevraagd, een koninklijke onderscheiding had gekregen, een belangrijke zaak had gewonnen. Vhari Burnett was in haar woning vermoord. Haar lichaam was ontdekt door een collega die haar een lift naar haar werk zou geven. Haar lichaam. Vermoord. Kate nam snel achter elkaar drie stevige trekken van haar sigaret, totdat ze er bijna zeker van was dat geen hoekje van haar longen rookvrij was gebleven. Ze probeerde zich de adellijke vrouw op het feestje weer voor de geest te halen, maar dat lukte niet.

Ze drukte de radio uit. Ze kon zich domweg niet voorstellen dat Vhari dood was. Dat Vhari op vakantie was, was mogelijk, dat kon ze zich wel voorstellen, maar niet dood. Niet vermoord.

Kate draaide haar raampje een klein stukje omlaag en voelde een ijskoude windvlaag tegen haar wang terwijl ze de sigarettenpeuk naar buiten tikte, de weg op. Toen draaide ze het weer dicht en startte de auto.

Een warm bad en een blikje ham en alles op een rijtje zetten. Met haar blik gericht op de weg achter haar en haar linkerarm over de naad op de achterkant van de crèmekleurige leren stoel geslagen keerde ze de auto. Wat was het toch een mooie auto. Mooi spul.

II

Voorzichtig stak Paddy haar sleutel in het slot van de voordeur en duwde die open. De trap voor haar was verlaten, de deur van de badkamer op de overloop stond open, het licht was uit. Door de woonkamer rechts van haar kon ze het gemurmel van de radio in de keuken horen. Twee borden sloegen tegen elkaar, harder dan nodig was. Een kopje tikte tegen een schoteltje.

Trisha stond in de keuken kabaal te maken terwijl ze afwaste, afdroogde, de spullen wegzette en ontbijt klaarmaakte voor een gezin dat nergens naartoe hoefde. Ze wisten niet of het door de overgang of door de omstandigheden kwam, maar Trisha was tegenwoordig meestal aan het schreeuwen of aan het huilen om niets, en Paddy maakte zich zorgen over haar. De kranten stonden bol van de verhalen over gezinnen die onder druk van de recessie uiteenvielen, moeders die met een leeg medicijnpotje naast zich dood in de logeerkamer werden aangetroffen en vaders die van de ene op de andere dag naar Londen vertrokken. Maar niemand anders leek het in de gaten te hebben. Con was een schim en de anderen werden allemaal door hun eigen beslommeringen in beslag genomen.

Paddy trok haar leren jas uit en hing die in de kast onder de trap. Ze beeldde zich in dat ze het geknisper van droog papier in een van de zakken voelde en bloosde omdat het bebloede bankbiljet zo dicht bij haar moeder in de buurt was. Ze liep de woonkamer door en leunde tegen de lijst van de keukendeur, om duidelijk te maken dat ze niet van plan was binnen te komen.

De ontbijttafel was voor twee personen gedekt: voor Paddy en Trisha. Martin en Gerard lagen nog in bed, ook al was het al halfelf. Mary Ann was waarschijnlijk naar de mis. Haar vader Con zat aan tafel, met rode wangen van de koude buitenlucht, want hij was al een uurtje of twee wezen wandelen.

'Ben je al buiten geweest, pa?'

Knikkend streek Con over zijn David Niven-snorretje. Vroeger verfde hij het altijd, dat wist ze zeker, met een of ander poedertje dat Trisha in een papieren zak van de drogist meebracht, maar kortgeleden was hij daarmee gestopt. Nu begon het grijs te worden, waardoor het wegviel tegen zijn grauwe huid, afgezien van het streepje rood dat zich aan de zijkant liet gelden en dat er vanuit de verte uitzag als een veeg ketchup. Con was twee jaar eerder ontslagen en had de hoop op een nieuwe baan inmiddels opgegeven. Uit gewoonte stond hij nog steeds elke dag om zeven uur op, nuttigde het ontbijt dat Trisha hem voorzette, en werd dan opeens geconfronteerd met de eindeloze, lege dag die zich voor hem uitstrekte. Hij maakte lange wandelingen door de industriële woestenij tussen Eastfield en Shettleston. Achter gammele afrasteringen lagen uitgestrekte vlakten, verlaten alsof het Armageddon al voorbij was, bezaaid met verwrongen metaal en leegstaande gebouwen, en daar dwaalde Con stilletjes rond, op zoek naar spulletjes die ze thuis konden gebruiken.

'Nog leuke dingen gevonden?'

Hoofdschuddend richtte hij zijn aandacht weer op zijn thee. 'Nee, niets.'

Het scherpe licht van de laagstaande zon sneed tussen de puntjes van het gras in de overwoekerde achtertuin door en doorkliefde de keuken. Trisha stond bij het lege aanrecht, haar ogen samengeknepen tegen het felle ochtendlicht, en poetste het metaal tot het glom. Ze keek op naar Paddy. 'Ik heb ontbijt voor je klaargezet.' Ze wees naar een pak vezelrijke ontbijtgranen die smaakten naar bordkarton.

Paddy verlangde naar haar bed. 'Ik heb bij Sean al iets gegeten, mama.'

Trisha keek haar met nauw verholen woede aan. 'Goed, maar neem in elk geval een kop thee.' Ze draaide zich om naar het aanrecht en pakte de gebreide theemuts van de metalen pot, waarna ze twee mokken volschonk met sterke thee. 'En hoe was het vannacht?'

'O, rustig,' zei Paddy, die toekeek hoe de thee werd ingeschonken en zich stevig vasthield aan de buitenkant van de deurpost, alsof haar moeders behoefte aan gezelschap anders sterk genoeg zou zijn om haar de keuken in te zuigen. 'Alle grote verhalen weer misgelopen.'

'Heb je het gehoord van dat meisje dat in Bearsden is vermoord? Een juriste, een fijne meid. Protestants, maar een fijne meid. Het was op de radio.'

Paddy glimlachte naar haar moeder om haar te laten zien dat ze niet bevooroordeeld was. 'Hoe weet je dat ze protestants was, mama? Dat hebben ze er toch niet bij gezegd?'

Trisha schonk melk in beide mokken. 'Jawel, wijsneus, ze zeggen het er altijd bij als iemand katholiek is. En trouwens, ze woonde in Bearsden en haar achternaam was Burnett.' Ze stak de mok uit naar Paddy, net buiten het bereik van haar vingertoppen, zodat ze de keuken in moest lopen om hem aan te pakken. 'Zo meteen begint het journaal weer.'

Paddy werd erin geluisd, en dat had ze donders goed in de gaten. Trisha tilde de mok thee een beetje verder op, zodat de troostende, geurige damp eraf sloeg. Paddy kon het bij de deur ruiken. Ze stak haar hand ernaar uit, en ze had haar vingers nog niet om het oor van de mok gevouwen of Trisha trok een stoel naar achteren.

'Is Caroline er vandaag?' Dat vroeg Paddy alleen maar om haar moeder te ergeren, en dat wisten ze allebei.

Gewoonlijk was Caroline er al als Paddy laat thuiskwam, en het was een slecht teken dat haar stoel nu onbezet was. De kleine Con ging inmiddels naar school, en meestal kwam Caroline wel even naar huis. Als ze de twee bussen vanuit Eastfield niet nam, kwam dat altijd door haar echtgenoot: dan had John haar gezicht bont en blauw geslagen of had hij haar een uitbrander gegeven over het huishouden, zodat ze thuis moest blijven om te poetsen.

'Ze belde vanuit een telefooncel. Ze heeft het vandaag te druk.' Trisha bracht haar mok naar haar mond. 'Ga zitten. Praat nou heel even met me.'

Paddy voelde zich klein en onaardig toen ze ging zitten. 'Nou, eerst zijn we naar een auto-ongeluk geweest, maar daar waren geen gewonden bij gevallen, en daarna zijn we naar het politiebureau in Anderston gegaan.' Ze stak de monoloog af waarvan ze wist dat haar moeder die verwachtte, waarbij ze haar de hoogtepunten uit de nachtdienst vertelde, maar niets zei over het bezoek aan Bearsden.

Zoals al haar vriendinnen praatte Trisha hoofdzakelijk over het leven van anderen. Paddy hoorde hen kletsen in het Cross Café en voor de kerk: ze wisselden tweedehands verhalen uit over vrienden van hun kinderen, maakten zich boos over werkconflicten van hun echtgenoten en schepten op over wat familieleden hadden bereikt, terwijl ze zelf in de keuken bleven. Met een werkloze man en drie kinderen die thuis zaten te wachten op het eind van de recessie had Trisha heel weinig te vertellen. Ze kon niet openlijk praten over Carolines gezinsleven en Mary Ann bracht al haar tijd in de kerk door. Marty en Gerard zeiden zelfs in het beste geval bijna geen boe of bah. Als Paddy geen tijd voor haar maakte, kon Trisha helemaal niets aan een gesprek bijdragen.

Ze zat te ratelen over de persprijzen die de vorige week waren uitgereikt en waarvan JT een van de winnaars was geweest, toen het journaal begon. De moord in Bearsden was het eerste item. Eerder die avond was de politie na een melding op het adres langs geweest. Er werd een onderzoek ingesteld naar de reden dat de agenten Vhari Burnett in het huis hadden achtergelaten. Trisha had gelijk: Vhari's familie behoorde tot de hogere kringen, de villa was recentelijk aan haar nagelaten door een opa en ze woonde er nog maar net. Ze was actief lid van Amnesty International en de antikernwapenbeweging Campaign for Nuclear Disarmament.

'Zie je wel,' zei Trisha. 'Je moet eens wat rondvragen over haar, er een artikel over schrijven. Dan moeten ze je wel promotie geven.'

Op een ochtend, toen ze overdreven paranoïde en wanhopig was geweest, had Paddy haar moeder toevertrouwd dat ze ervan overtuigd was dat de redacteuren een hekel aan haar hadden, geen enkel verhaal wilden afdrukken dat ze doorbelde, en dat ze het dus allemaal voor niets deed. Het kwam vooral door haar vermoeidheid dat ze dat had gezegd, maar Trisha had het letterlijk opgevat. Paddy vermoedde dat Trisha haar vriendinnen erover had verteld, want ze vroeg vaak naar de samenzwering en had al eens gezegd dat ze de redacteuren moest aangeven bij de vakbond. Paddy wist niet hoe ze de beschuldigingen moest intrekken zonder een modderfiguur te slaan.

'Het is allemaal politiek.' Trisha wees naar de radio. 'Let op mijn woorden. Ze wist iets belangrijks en daarom hebben ze haar vermoord. Ga maar eens praten met die lui die met haar bij de CND zaten.'

'Zo vaak komt de CND niet bij elkaar. Amnesty wel, maar daar heeft iedereen vast al aan gedacht. Vanochtend gaan ze er allemaal naartoe.'

'Nou, dan ga jij toch eerder? Vandaag. Nu meteen.'

'Ik moet slapen, mama.'

'Jij je zin.' Trisha stond op en begon haar beker af te wassen, zonder eerst het laatste restje thee eruit te gieten.

Con glimlachte zwijgend, zijn blik gericht op zijn beker. Paddy wist dat ze haar moeder een overwinning ontzegde. Snel dronk ze haar thee op, waarna ze wegglipte naar boven om te slapen.

4

Aftiteling

Het was net of ze naar de aftiteling van een actiefilm stond te kijken. Telkens als Paddy voor haar nachtdienst op het werk kwam, had ze het gevoel dat al haar opwindende, interessante collega's net de deur uit zweefden. Overal op kantoor pakten mensen hun jassen en pakjes sigaretten en deden lampen uit, blij en opgelucht dat het tijd was om naar huis te gaan.

Er kleefde een klam air van teleurstelling aan de mensen van de nachtdienst. Het was zo alomtegenwoordig dat ze eigenlijk niet eens iets met elkaar te maken wilden hebben.

Paddy hield haar flatteuze jas aan toen ze door de grote ruimte naar de donkere deur van het kantoor liep. De lange loopjongensbank scheen haar nu heel laag toe. Toen ze net bij de krant werkte, ging ze altijd op die bank zitten en trok met haar duimnagel groeven in de nerven van het zachte hout en stelde zich voor dat ze in de toekomst, als ze zich had opgewerkt tot journalist en terugdacht aan vroeger, die markeringen zou terugzien. Ze bezorgden haar echter nooit de kick die ze had verwacht. Als ze ze zag, was ze teleurgesteld en verachtte ze haar vroegere zelf om haar naïviteit.

Achter de bank bevond zich een kantoor met een glazen wand, met voor de ramen en de deur kunststof jaloezieën die waren verkleurd na een decennium lang te zijn schoongemaakt met bijtende middelen. Het leek of er aan de randen grijze schimmel overheen groeide.

De hoofdredacteur van de krant, Farquarson, had een dikke bos haar. De pommade was verdwenen na een dag met zijn hoofd in zijn handen, en zijn haren waren gerezen als warm wit brooddeeg. De huid onder zijn ogen was erg blauw. Hij had zijn jas al aan en trok net de deur van zijn kantoor achter zich dicht toen ze op hem afliep.

'Chef, kan ik je even spreken?'

'Niet weer, Meehan.'

'Het is belangrijk. En persoonlijk.'

Aan haar gezicht kon hij kennelijk zien dat ze niet haar bek zou houden en oprotten, want hij maakte de deur weer open, knipte het licht aan, zette zijn aktetas neer en nodigde haar met uitgestoken hand uit om naar binnen te gaan.

Het rommelige kantoor vertoonde de sporen van een lange dagdienst, van de halfvolle koffiebekertjes die zich 's ochtends en 's middags tijdens redactievergaderingen hadden verzameld tot de uitgetekende pagina-indelingen op de grond. De onderste la van de archiefkast naast de deur stond open, en Paddy zag dat er zakjes snoep en pakjes koekjes in lagen. Murray Farquarson had de eetgewoonten van een huisvlieg: hij leefde op suiker en alcohol, maar was desondanks nog steeds broodmager. Zijn haar was de afgelopen jaren wit geworden.

Hij liep achter haar aan het kantoor binnen en trok de deur achter zich dicht. Hij nam niet de moeite om om de lange tafel heen te lopen die als bureau diende, maar leunde tegen de statisch knetterende jaloezieën en hield zijn vermoeide blik op haar schoenen gericht.

'Snel.'

'Ik wil een andere functie.'

Hij sloeg zijn ogen ten hemel. 'Godsamme.'

'Chef, ik word stapelgek...'

Farquarson leunde zwaarder tegen de jaloezieën aan, een beweging die vergezeld ging van het geknak van geteisterde kunststof.

'Dat is belangrijk noch persoonlijk.'

'Alsjeblieft?'

Hij zuchtte tegen de vloer, met een hangend hoofd dat te zwaar leek voor zijn slappe nek. Ze wist dat ze hem nu niet moest storen. Uiteindelijk zei hij iets. 'Meehan, hou je gewoon even gedeisd.' Hij sloeg zijn vermoeide ogen naar haar op, en even dacht ze dat hij een afschuwelijk persoonlijk geheim ging opbiechten. Knipperend met haar ogen kromp ze ineen, maar toen ze hem weer aankeek, was zijn blik op de deur achter haar gericht. 'Blijf nog maar even bij de nachtploeg, goed, meid?'

Toen gebeurde er nog iets bizars en beangstigends: hij legde zijn hand om haar elleboog en gaf er een kneepje in. 'Je redt het wel.'

Begeleid door het gekraak en geknap van jaloezieën ging hij rechtop staan en stak zijn hand uit naar de deur. Verstijfd van schrik bleef Paddy zo stil mogelijk staan. Hij trok de deur open, en de onderkant ervan sloeg hard tegen haar hak. Ze moest opzij schuifelen om hem voorbij te laten.

'Het hoeft geen promotie te zijn...' zei ze.

'Ja.' Hij wreef in zijn ogen. 'Maakt niet uit. Ik heb een telefoontje gekregen van bureau Partick Marine. Ze hebben je stukje gelezen over die melding in Bearsden vannacht. Ze willen dat je langskomt om te vertellen wat je hebt gezien. Mooie meid, die is vermoord. Kun je niet iets over haar schrijven? Geen voor de hand liggende invalshoek die we kunnen gebruiken?' Even las ze sympathie in Farquarsons bloeddoorlopen ogen, maar die was snel weer verdwenen. 'Volgens mij ben jij de laatste die haar in leven heeft gezien. Ik wil een beschrijving van honderd woorden van je: de situatie bij het huis, de sfeer, onderbouwd met feiten. Inleveren voordat je in de auto stapt. Als je het om halftien af hebt, zal ik tegen de nachtredactie zeggen dat ze het als inzet in het artikel moeten opnemen. Verder nog iets?'

Ze schudde haar hoofd. Als ze een man was geweest en na zo'n gebeurtenis met niets op de proppen was gekomen, zou Farquarson hebben gezegd dat ze een nutteloos stuk vreten was. Pure ruimteverspilling, godverdomme.

'Nou, oprotten en aan de slag, dan.'

Ze draaide zich om en wilde weggaan, maar botste tegen Keck van de sportredactie op. Hij duwde haar minachtend opzij, gnuivend om de ellendige blik in haar ogen.

'Hé,' schreeuwde Farquarson, die altijd zocht naar een excuus om hem op de kast te jagen. 'Wees verdomme een beetje beleefd tegen je collega.'

Keck probeerde een gezicht te trekken dat naar Farquarson toe welgemanierdheid, maar naar Paddy toe hooghartigheid uitdrukte, met als gevolg dat hij ergens halverwege bleef steken. Farquarson trok zijn wenkbrauw op. Paddy knikte en liep achteruit het kantoor uit.

Het was halfnegen 's avonds en ze had een uur om honderd woorden te schrijven. Ze liep naar de archiefkast, maakte voor zichzelf een kop koffie, keek of er nog koekjes waren en koos twee biscuitjes uit die ze achter haar bureau wilde opeten terwijl ze schreef. Bij de nieuwsredactie was nog een typemachine vrij, dus draaide ze daar drie velletjes in met carbonpapier ertussen.

Nog steeds met haar jas aan staarde Paddy naar de vijandig lege pagina, at haar koekjes op en nam slokjes koffie terwijl ze in gedachten het incident herbeleefde en overwoog wat ze erin en eruit wilde laten. Als ze iets zei over het briefje van vijftig, moest ze het bij de politie inleveren. De moordenaar kregen ze toch wel te pakken, want Tam en Dan hadden hem ook gezien, en het had geen zin om het bankbiljet af te staan en spoorloos te laten verdwijnen op het politiebureau, als het ook in de zak van haar moeder kon verdwijnen en haar even van haar zorgen kon verlossen. Het verhaal zou alleen niet erg logisch zijn als ze geen verklaring bood voor het feit dat zij en de politie bij het huis waren weggegaan. Dan hadden ze immers moeten geloven dat er geen gevaar dreigde voor de vrouw, en hoe meer ze erover nadacht, hoe duidelijker het Paddy werd dat ze in grote moeilijkheden had verkeerd.

Even werd Paddy boos op Vhari Burnett, omdat ze was teruggegaan naar de woonkamer, uit de spiegel was weggeglipt, in plaats van zich langs de man heen te dringen, de vrijheid tegemoet. Het was dezelfde boosheid die ze ook voelde jegens Caroline omdat die bij haar man bleef, een felle steek van verbijstering, alsof ze alle vrouwen ter wereld verrieden door hun kans om te vertrekken niet aan te grijpen en de mannen te laten denken dat ze hen best mochten slaan.

Paddy nam nog een slok koffie en ramde de alinea eruit, waarna ze hem nog eens nalas om te controleren of de opsomming van de feiten zo haperend was als ze verwachtte. Een vrouw had onder het bloed gezeten, maar iedereen was weggegaan. Deprimerend genoeg was het in werkelijkheid een goedlopend geheel.

II

Terwijl hij zijn leren jas aantrok keek Shug Grant naar Paddy, die tegenover hem aan de tafel zat. Hij werd geflankeerd door Twiedeldie en Twiedeldom, twee onbetekenende types die altijd rondhingen bij de pestkoppen van de redactie en grinnikten om hun grapjes. Alle drie hadden ze hun jas aan, klaar om iets te gaan drinken, dat kon ze zien aan de opwinding in hun ogen en horen aan het gerammel in hun zak van de losse muntjes waarmee ze stonden te spelen.

'Hé Meehan, wat hebben we nou verdomme aan jou?' vroeg Shug lijzig. 'Eén alinea kopij na vier nachten in de auto? Wat, rij je soms rondjes om George Square met je ogen dicht?'

Quasi-opgewekt haalde Paddy haar schouders op, niet van plan toe te happen. 'Als er niets gebeurt, gebeurt er niets.'

'Ik zou me maar eens nuttig gaan maken als ik jou was, meid.' Hij likte zijn lippen en zweeg even voordat hij daar een van zijn meest geliefde boude uitspraken aan vastplakte. 'Al buk je maar, zodat we onze pennen ergens in kunnen steken.'

Ze grinnikten naar haar, met drie stuks boosaardig ontblote gebitten, waar de lucht in korte, geforceerde pufjes vanuit hun verstikte keel tussendoor kwam.

Paddy's nekharen stonden recht overeind toen ze opstond en minachtend haar bovenlip optrok. 'Die had ik nog niet gehoord, Shug. Heb je daar nou de hele nacht op liggen oefenen?'

Dom en Die deinsden terug toen ze Shugs gezicht zagen verstrakken. Hij zag dat Paddy laaiend was, gek van vermoeidheid, en niets meer in de juiste verhoudingen kon zien.

'Heb je vannacht de hele nacht wakker gelegen, Shug, en in het donker liggen staren naar dat dikke, lelijke wijf van je, je afvragend waarom je kinderen zo'n hekel aan je hebben gekregen?' Dat was ver onder de gordel, en buiten alle proportie, maar de woede verwarmde haar. 'En je hebt het lef niet om bij haar weg te gaan of haar de nek om te draaien, dus denk je: weet je wat, ik ga naar mijn werk, en dan ga ik daar iemand pesten om mijn zelfvertrouwen op te vijzelen.' Ze moest kalmeren. De drie mannen aan de andere kant van de tafel voelden zich hoogst ongemakkelijk. Twiedeldie sloop zijwaarts weg en Twiedeldom probeerde zich achter Shugs schouder te verbergen. Maar ze kon niet ophouden. 'Daar lig je dan wakker te liggen, in de hoop dat je uit de waardering van je gelijken nog enig zelfrespect kunt putten. Moet je je gelijken nou eens zien, Shug. Dom en Die. Dat is je publiek.'

Ogenschijnlijk uit het niets stond George McVie opeens naast haar. 'Zo is het wel genoeg,' mompelde hij.

Ze praatte echter gewoon door. 'Je bent een klassiek midlife-crisisgeval. Margaret Mary zei al dat je 'm niet meer omhoog kreeg.'

Achter haar op de sportredactie hoorde ze iemand naar adem happen. Margaret Mary was een vrouw met grijzend rood haar die rondhing in de Press Bar en in de loop van de jaren weleens wakker was geworden naast iedere man op het kantoor. Ze was berucht om haar gebrek aan discretie, maar de meeste roddels werden niet doorverteld omdat iedere groep wel een lid van de Margaret Mary-club te beschermen had.

McVie pakte Paddy bij haar arm en stuurde haar weg bij haar stoel, de hoek in. 'Hou je kop, stom wicht. Doe nou niet net zo kleinzielig en vals als zij.'

Dom en Die schuifelden het redactielokaal uit. Shug Grant had meer lef en bleef nog even hangen, klagend tegen een van de fotografen over de behandeling die hij kreeg.

Hoewel hij zijn dienst er al op had zitten, droeg McVie keurig gestreken kleren en een nette, glanzende broek. Tegenwoordig waren zijn kleren altijd schoon en vormden ze een schril contrast met zijn gerimpelde buldoggezicht. Sommige outfits grensden zelfs aan modieus: hij had een vliegeniersjack van grijs leer dat hij soms droeg met bijpassende grijze houtje-touwtje-instappers. Een paar weken geleden was hij met een bos bloemen in het centrum gesignaleerd.

Kennelijk onderging hij een soort persoonlijke renaissance. Na jarenlang te hebben vastgezeten in de dienstauto waarin Paddy nu rondreed, was hij eindelijk op een verhaal gestuit dat hem promotie had opgeleverd. De dood van een negentienjarige jongen aan een overdosis heroïne had de stad op z'n kop gezet, en McVie had als allereerste de moeder geïnterviewd. Dat had hij zo sympathiek aangepakt dat ze de *Daily News* toestemming had gegeven foto's te maken van haar stervende zoon in het ziekenhuis, als waarschuwing voor andere jongelui. McVie was nu drugscorrespondent, een functie die snel belangrijker werd nu grote hoeveelheden harddrugs, ooit voorbehouden aan feestvierende popsterren en Amerikanen, Glasgow overspoelden. 'Je ging echt te ver.'

'Sorry, ik ben moe. Ik heb Farquarson net om een andere baan gevraagd, en toen raakte hij mijn elleboog aan. Dat bracht me van mijn stuk.'

McVie keek verrast. 'Heeft hij iets gezegd?'

'Volhouden, meid. Zoiets.'

'Zie je,' zei hij, serieus knikkend, 'de verkoopcijfers zijn weer gedaald, de directie wil mensen gaan ontslaan en jij levert niets in. Er zijn grenzen aan wat hij voor je kan doen.'

Iedereen was zenuwachtig. Medewerkers van de drukkerij namen veel minder vaak theepauze en riepen niet meer om een staking bij het eerste teken van een conflict. De directie en de nieuwe voorzitter wilden bezuinigen en probeerden de langzame daling van de verkoopcijfers tegen te gaan met promotiegeschenken, prijsvragen en constante druk op Farquarson om de kwaliteitsnorm van de krant wat te laten zakken en zo af en toe met een seksschandaal te komen. De voorzitter, die de bijnaam King Egg had gekregen, had zijn geld verdiend in de kippenindustrie voordat hij in de uitgeverswereld was gestapt. Eerst had hij een paar tijdschriften opgekocht en ontdekt dat hij er veel talent voor had om zich te bemoeien met andermans zaken. Nu hij de *Scottish Daily News* had gekocht, hield hij die dicht bij zich en gluurde over haar schouder naar Zuid-Engeland, want de Schotse krant was slechts een middel om ervaring op te doen voordat hij zich aan een landelijk dagblad waagde.

'Je bent nooit op mijn uitnodiging ingegaan,' zei McVie. 'Ik verwacht nog steeds een bezoekje aan mijn nieuwe huis.'

Paddy probeerde iets positiefs te bedenken wat ze kon zeggen. 'Billy's zoon heeft volgende week een try-out bij het jeugdteam van de Jags.'

McVie en Billy hadden drie jaar samengewerkt. Na de eerste paar maanden praatten ze niet meer met elkaar, maar in de loop der jaren was hun oprechte wederzijdse afkeer verzacht tot een soort pantomime. Paddy wist dat ze elkaar misten en hield hen van elkaars wel en wee op de hoogte zonder hen te dwingen ernaar te vragen.

Aan McVies gezicht kon ze zien dat hij onder de indruk was van Billy's zoon. 'De Jags zijn bereslecht.'

'Ja.' Paddy had geen zin om in een gesprek over voetbal verzeild te raken. 'Ik heb gehoord dat je in de stad bent gesignaleerd met een bos bloemen.'

'Nou en?' McVie trok een wantrouwig gezicht, tilde zijn kin op en keek langs zijn neus op haar neer. 'Wie heeft je dat verteld?'

Ze aapte zijn houding na. 'Heb je soms een vriendin?'

Even was er sprake van een impasse: zij probeerde iets aan zijn gezicht af te lezen en hij probeerde niets te laten merken, met opengesperde neusvleugels van inspanning. Ze glimlachte onzeker en McVie deed 'Ha!', recht in haar gezicht. Zijn adem rook naar een dure ademverfrisser met een lichte bloemengeur.

Opeens glibberde JT heel brutaal tussen hen in en staarde Paddy met heldere, schitterende ogen aan, ook al was zijn gezicht maar een paar centimeter van het hare verwijderd. 'Ha, die Paddy. Hoe gaat het?'

JT was geen hoofdcorrespondent nieuws geworden door beleefd en welgemanierd te doen. Hij werd aangetrokken door goede verhalen, had er een scherpe neus voor. Nog maar een week geleden was hij Nieuwsreporter van het Jaar geworden bij een jaarlijks persprijsgala waarvoor Paddy niet was uitgenodigd. Als hij het ook maar enigszins kon voorkomen, bewees hij niemand een dienst. Ze had hem een keer aan een overvolle tafel een heel pakje Polo-pepermuntjes zien leegeten zonder iemand anders er eentje aan te bieden.

'Wat is er, JT?' Ze stak haar handen in haar jaszakken, maar haalde ze er net zo snel weer uit. Het briefje van vijftig zat er nog steeds in, onaangeroerd sinds de vorige avond, verfrommeld tussen de koekkruimels en grijze pluisjes. Ze wachtte tot haar geweten haar in een messcherpe aanval zou vertellen wat ze moest doen, en hoopte dat de politie vanzelf de moordenaar zou vinden als ze lang genoeg wachtte, zodat ze het geld niet hoefde af te staan.

'Ik heb vanochtend je verslag gezien,' zei JT. 'Zijn jij en Billy daar geweest?'

'Ja, een paar minuutjes maar.'

'En de politie is gewoon weggegaan en heeft haar met een moordenaar in dat huis achtergelaten?'

Paddy haalde haar schouders op.

'Waarom zijn ze niet gebleven? Hadden ze haast? Kregen ze een andere oproep?'

'Weet ik niet.'

JT kwam dichterbij staan. 'Verder nog iets gezien?'

'Niets. Het was gewoon een huiselijke ruzie.'

'Maar die vrouw bloedde al toen de politie er was?'

'Ja.' Paddy raakte haar mond aan. 'Volgens mij had ze een kapotte lip of zo.'

'Nou, niet dus. Aan één kant van haar kaak waren alle tanden eruit getrokken. Daarna hebben ze met een hamer haar achterhoofd ingeslagen. Ze hebben haar voor dood achtergelaten, maar ze leefde nog. Ze is erin geslaagd zichzelf in vier uur tijd zeven meter voort te slepen, tot aan de voordeur. Het bloedspoor liep dwars door het huis. Ze is achter de deur aangetroffen, met opgetrokken knieën, alsof ze lag te wachten.'

Paddy kromp ineen. 'Dus hij heeft haar tanden eruit getrokken?'

'Was dat je niet opgevallen?'

'Nee.'

Zowel McVie als JT keek haar aan, de een vol leedvermaak, de ander verdrietig om haar onbekwaamheid.

JT glipte tussen hen uit, met zijn hand geheven alsof hij wilde zeggen dat hij hen tot zijn grote spijt alleen en JT-loos moest achterlaten, tot de volgende ochtend, als zijn ster weer zou rijzen.

Ze wachtte tot hij weg was. 'Ik heb dat bloed wel degelijk gezien. Ik wilde het hem alleen niet cadeau geven.'

McVie weigerde haar echter aan te kijken. 'Wat een eikel,' mompelde hij.

5

Godsammeliefhebben
godverdomme shit

Kate keek tussen twee verrotte houten planken door naar buiten. Vanaf hier kon ze de cottage zien, hoewel de helling naar de rand van het *loch* zo steil was dat zij bijna onzichtbaar was. Een vreemde, iemand die hier nog nooit was geweest, zou niet weten dat het botenhuis bij de cottage hoorde. Ze zat weer op haar tong te bijten, wetend dat ze hem weer helemaal kapot kon knauwen als ze zo doorging. Daarom hield ze ermee op, stapte bij de rottende planken vandaan en deed haar mond wijd open, zodat ze met haar onnatuurlijk roze tong grote kringen kon beschrijven.

Hoog boven het kabbelende water hing een geel roeibootje dat vastzat aan het dak. De roeispanen hingen aan de muur, alles was waar het hoorde te zijn, en in de twee decennia dat ze hier kwam was er nog niets veranderd. Ze kon de cottage van de hand doen, een advertentie plaatsen in *The Times* en hem als vakantiehuisje in de Highlands verkopen aan een Londenaar met bergen geld. Ze was er nog maar drie maanden eigenaar van, maar de onderhoudsman had er de brui aan gegeven en nu al dreigde het huis en alles eromheen in verval te raken. De tuin was overwoekerd, de munt die achterin stond bedekte alles en had in zijn opmars naar het huis alle andere begroeiing verstikt.

Ze dronk nog wat waterige poedermelk uit de maatbeker en keek weer door de kier naar buiten.

Ze had het blik ham bij zich, maar geen blikopener. Stommeling. Ze moest ook nodig in bad, maar ze had de dompelaar nog niet eens aangezet of ze was opeens misselijk geworden van angst, had alles bij elkaar gegrist wat ze zo snel kon vinden en had zich hier verstopt. De maatbeker met aangemaakte melk had ze meegenomen. Het smaakte vreselijk, maar ze dronk het op alsof het het ultieme medicijn tegen de dorst was. Het hielp, maar het was niet wat ze nodig had. Alleen al de wetenschap dat ze op het punt stond om toe te geven aan haar hunkering zorgde ervoor dat haar opgetrokken schouders zich ontspanden en dat haar gezicht verzachtte, kalm werd.

Zorgvuldig zette ze de maatbeker neer en haalde een plat zilveren doosje uit haar handtas. In de zijkant ervan zat een geheim vakje, en daar streek ze met haar duim overheen terwijl ze terugdacht aan al die fijne momenten. Ze keek om zich heen, op zoek naar iets om op te zitten, en koos voor de grote oranje kist waarin de zwemvesten werden bewaard. Daar nam ze plaats, bil voor bil naar achteren wiebelend, zich voorstellend hoe mooi ze eruitzag terwijl ze dat deed. Met een glimlach opende ze het doosje.

'Godsammeliefhebben godverdomme shit.'

Het was op. Tot op het laatste kristalletje. Zelfs de hoekjes waren leeg, en daar kon ze met haar lepeltje niet bij komen. Kennelijk had ze het laatste restje met een bankbiljet opgesnoven. Dat vond ze maar niets. Een echte dame gebruikte een lepeltje. Trieste verslaafden gebruikten bankbiljetten. Ze probeerde te bedenken of er nog iemand anders bij was geweest, zodat ze diegene de schuld kon geven, maar ze was al dagenlang alleen.

Boos en teleurgesteld over haar slechte manieren wiebelde ze weer van de oranje kist af. De hakken van haar pumps kwamen met een nadrukkelijk klak-klik op de houten vloer terecht. Aan het gevaar dacht ze niet meer nu ze zichzelf verlichting had beloofd en die haar vervolgens door de neus was geboord. Snel liep ze naar de deur en trok die open, zonder zelfs maar te luisteren of er buiten auto's of mensen waren. Haar hart sloeg een slag over toen ze besefte wat ze had gedaan. Ze bleef even staan, maar hoorde niets. Buiten kabbelde het water tegen de oever. De wind ruiste door de bomen. Stommeling.

Haastig en ademloos, met bonzend hart, schuifelde Kate zijwaarts van de steile helling af naar haar auto, die aan de waterkant geparkeerd stond. Ze stak de sleutel in het slot van de kofferbak en maakte hem in één sierlijke beweging open.

De zak coke was zo dik, vol en uitnodigend als een pas opgeschud kussen. Ze glimlachte ernaar.

Heel zorgvuldig, met handen die opeens even zeker bewogen als die van een chirurg, peuterde ze het plakband van de bovenkant van de zak en drukte haar snuifdoos erin, schepte hem vol, zo vol dat het korrelige poeder over de randen heen stroomde. Wat was ze gejaagd en hebberig. Als een heel trieste verslaafde. Ze goot een derde deel van het poeder terug in het kussen en drukte de snuifdoos weer dicht, waarna ze het plakband over de open wond drukte en de randen gladstreek. Ze kon de gedachte niet verdragen dat het kussen onder het rijden open zou springen zonder dat ze het in de gaten had, totdat alles uit de achterbak was weggewaaid.

Hij had er veel gereedschap in laten liggen, zwaar gereedschap voor zwaar werk. Ze vroeg zich af waarvoor hij zulke spullen nodig had en waarom hij ze in haar auto moest verbergen, voordat het vertrouwde luik in haar hoofd dichtklapte. Hij deed zoveel vreemde dingen. Mannen die op zo'n manier aan hun geld komen, kunnen niet overal een verklaring voor geven, domme meid. Dat zijn jouw zaken niet.

Ze sloot de kofferbak en hield haar snuifdoos stevig vast terwijl ze op haar tenen tegen de modderige helling op naar het botenhuis liep. Ze zette de snuifdoos op de oranje kist en opende hem, waarna ze het lepeltje uit het vakje aan de zijkant haalde, één portie voor één neusgat opschepte en die opsnoof alsof het zuurstof in poedervorm was.

Haar hoofd rolde achterover op haar slanke nek, haar ogen tintelden. Het eerste lepeltje haalde de scherpe kantjes van de wereld en bracht haar hart weer op gang, zodat ze niets anders hoorde dan het bonzen ervan. Het tweede lepeltje zou haar de roes bezorgen en de geluiden en kleuren in de wereld weer tot leven wekken, maar ze bleef even hangen tussen de kilte van het diepe water en de verschroeiende hitte van de droge oever, denkend aan niets, zich niets herinnerend, met alleen een beeld van zichzelf in het hier en nu, en daarmee was ze tevreden.

Ze hoefde haar ogen niet eens te openen om het lepeltje opnieuw vol te scheppen en er haar neusgat mee op te zoeken. De cocaïne deed haar ontbranden, maakte haar bloed warm en glibberig, zodat haar brein los glipte uit zijn meertouwen en opzij gleed, om met een bons tegen haar schedel tot stilstand te komen. Ze liet zich op haar zij vallen, met haar blonde haar als een waaier om haar hoofd en haar opgetrokken benen opzij, volmaakt parallel aan elkaar in een symmetrie die haar erg zou hebben bekoord. Een straaltje donker bloed stroomde uit haar linkerneusgat, stak haar witte wang over en verdween in haar geelblonde haar.

II

De zon was al een hele tijd onder en de avond was opeens bitter, bijtend koud. Niemand ging zonder doel de straat op en niemand stelde lichaamsdelen aan de elementen bloot die niet strikt noodzakelijk waren om vooruit te komen. Oranje verlichte taxi's zochten in het stadscentrum naar ritjes, reden langzaam langs bushaltes en namen gas terug om de enkele wandelaar te lokken. Het was vroeg in de avond en heel Glasgow had besloten om binnen te blijven.

Ze zouden het politiebureau bij Partick Marine tijdens hun ronde sowieso hebben aangedaan, want ze gingen altijd alle bureaus in de stad af op zoek naar de laatste nieuwtjes, dus vroeg Paddy aan Billy of hij daar als eerste naartoe wilde rijden. Ze vond niet dat ze in haar eigen tijd bij de politie langs hoefde te gaan. Het had immers allemaal met de *News* te maken.

Ze bedacht dat ze Billy misschien ook wel wilden spreken, want die was er tenslotte ook bij geweest. Als iemand het geld van hand had zien wisselen, was hij het.

'O, trouwens,' zei ze in een poging vriendelijk te zijn, hopend dat hij ook vriendelijk voor haar zou zijn als ze hem ernaar vroegen, 'ik heb McVie verteld over jullie Willie en de try-out bij Partick Thistle.'

'O. Ja. En wat zei hij?'

'Dat de Jags bereslecht zijn.'

Billy glimlachte warm tegen de weg en keek haar in het spiegeltje aan. 'Goeie.'

'Volgens mij mist hij je.'

'Ja, ach, misschien gaan we ons wel verloven.'

Ze reden in westelijke richting, langs de gotische universiteit hoog op de heuvel. Ze namen Dumbarton Road, een brede weg die het westelijke deel van de stad doorsneed. Op een gegeven moment ging de snelle weg over in de hoofdstraat van Partick. Billy noemde het de bowlingbaan, omdat de voetgangers blindelings de weg overstaken, zonder acht te slaan op bussen en auto's. Vanavond was het uitgestorven en het enige felle licht was afkomstig van een friettent.

Billy reed een zijstraat in en zette de auto voor Partick Marine stil. Het gebouw zag eruit als een kantoorpand in achttiende-eeuwse stijl. De lichtblauwe deur was breed en aan de bovenkant afgerond, met links ervan een rij bijpassende ramen. Rechts van de deur stond een blinde muur met erbovenop een stenen balustrade, met hier en daar wilde struiken en taaie plukken gras. Daarachter lekte door de piepkleine getraliede raampjes een vaalgeel licht naar buiten, dat je alleen kon zien omdat het op straat zo donker was.

Ooit was de Marine het drukste politiebureau van Glasgow geweest. Het was de plek van waaruit er langs de rivier werd gewerkt, in de tijd dat Partick en het aangrenzende Anderston nog hadden gefungeerd als tussenstations voor vissers uit het noorden en de wereldgemeenschap der zeelieden. Immigranten uit de Highlands en van de eilanden hadden zich in Partick gevestigd. De oudere politieagenten kwamen vaak uit die families, omdat een agent in Partick in het niet zo verre verleden nog ruzies tussen Gaelic-sprekende zeelieden en immigranten moest kunnen sussen.

Nu was de rivier van alle leven verstoken en werd de Marine ervan gescheiden door een snelweg. De scheepswerven waren verlaten en lagen weg te rotten, om uiteindelijk te verdwijnen in de rivier waaraan ze waren ontsproten. De Partick Marine was een door land omsloten anomalie, een plek waar studenten van de universiteit van Glasgow kwamen om zich vol te gieten.

Vanavond zag het er stil uit. Het licht uit de hoge boogramen glinsterde op de natte straat.

Paddy maakte haar portier open. 'Kom me halen als er een interessante melding is, oké?'

'Doe ik.'

Paddy hield haar leren jas dicht tegen de regen en rende over de lege straat naar de deur van het politiebureau. Ze duwde hem open en kwam midden in een bacchanale menigte dronkenlappen in glimmende pakken en mooie jurken terecht. Ze keek om zich heen, verbijsterd over de vele mensen die stonden te wachten totdat de drie agenten in uniform bij de balie hun gegevens konden noteren. Toen zag ze de anjers in de knoopsgaten.

Ze baande zich een weg door de rij naar voren en trok de aandacht van Murdo McCloud, een keurige man met wit haar en het zachte accent van een Highlander. De balie waar hij nacht na nacht achter zat was een langwerpig houten bureau op een podium van een meter hoog, zodat de agenten de hele wachtruimte konden overzien. Achter het bureau ging het podium over in een reeks ramen zonder glas. Daarachter liep een gang waar efficiënte spoken doorheen schuifelden op hun nachtelijke reis. Op stille avonden kon Paddy voetstappen en het gekraak van hout horen in de wachtruimte.

'Goedenavond.'

'Juffrouw Meehan, hoe maakt u het op deze prachtige avond?' Hij had een brauw-r die het puntje van Paddy's tong deed tintelen.

'Gaat er soms iemand trouwen?'

Hij knikte plechtstatig. 'De vloek van de gratis drank.'

Naast haar zwaaide een dronkenman in een gesteven grijze pantalon, met een smalle leren stropdas en recht afgeknipt haar wild heen en weer in de armen van een kleine, oudere vrouw, mogelijk zijn moeder. Ze hoopte maar dat het zijn moeder was.

'Iemand van het bureau heeft naar de krant gebeld om te vragen of ik langs wilde komen. Het heeft te maken met dat incident in Bearsden.'

Murdo keek haar aan alsof de thuisploeg werd aangevallen, stond op en opende de deur die naar de gang achter het bureau leidde. Hij leunde erdoor, met zijn voeten nog in de wachtruimte, en riep iemand toe dat ze er was vanwege die meid uit Bearsden – de Bearsden Bird. Dat klonk als een personage uit een kinderserie. Paddy had ontdekt dat er een omgekeerd evenredig verband bestond tussen de dwaasheid van namen en de bruutheid van de bijbehorende zaken. 'The Razor Attacks' waren een golf van ruzies tussen dronkenlappen in het café, waaraan messen te pas kwamen en die meestal tot verwondingen aan de handen en vingers leidden. 'The Bunhouse Guy' was een gewelddadige verkrachter die zijn misdaden pleegde op en rond het braakliggende terrein aan Bunhouse Lane en zijn slachtoffers tot bloedens toe beet.

Murdo kwam terug naar de balie en glimlachte naar haar, wijzend met zijn duim over zijn schouder. 'Loop maar door. Sullivan zit op je te wachten.'

Paddy nam de steile trap naast het bureau, die haar het gevoel gaf dat ze de bühne betrad, en liep door de deur achter Murdo.

Achter de scheidingswand liep een gammele houten gang, parallel aan de balie. De muren waren wit geschilderd, wat een nautische sfeer creëerde. De zwarte verf op de grond was afgebladderd, zodat eronder splinters kaal hout zichtbaar waren. Er zaten drie deuren met raampjes in de achterste muur. Ze schatte in bij welke Murdo naar binnen had kunnen leunen zonder de wachtruimte te verlaten, duwde die open en keek in het kleine kantoortje erachter.

Je moest drie treden af om er te komen, in dat grijze kantoortje met een groot raam dat rechtstreeks uitkeek op een natte bakstenen muur. Aan een bureau bij het raam zaten twee mannen met losse stropdassen en opgestroopte mouwen een sigaret te roken en verbijsterd naar een formulier te turen. Ze keken op toen ze binnenkwam.

'Ik ben Paddy Meehan.'

'Aha.' De jongere man stond op en streek met zijn vlakke hand zijn korte bruine haar glad. Hij had een vlekkerige huid en een hoekig gezicht met bijpassende handen en lichaam. Zijn partner was lang en had wit haar en een zongebruinde, tanige huid. Ooit, voordat hij de middelbare leeftijd bereikte, was hij slank geweest. In wezen was hij nog steeds niet dik, alleen zaten er vetophopingen op zijn kin, zijn buik en zijn bovenbenen. Hij bewoog zich nog altijd als een jongeman, want hij stond met zijn heupen naar voren op om haar met uitgestoken hand te begroeten.

'Hier, gaat u zitten.' De jongere man wees naar een stoel aan de andere kant van de tafel, en de oudere man kantelde zijn stoel naar achteren, waarmee hij zich uit de groep terugtrok en zijn collega de ruimte gaf om de vragen te stellen.

Paddy ging zitten en schudde haar jas voorzichtig van haar schouders en over de rugleuning. 'Paddy Meehan,' zei ze nogmaals. Ze boog over de tafel om de mannen een hand te geven, hen te dwingen zich voor te stellen en haar in de ogen te kijken. Dat was een truc gebaseerd op jarenlange ervaring. Niemand keek haar in de ogen, tenzij ze hen dwong: ze was klein en zag er jonger uit dan haar eenentwintig jaar. Eerst reikte ze naar de oudere man, zodat hij zijn stoel weer op vier poten moest zetten.

'Gordon Sullivan,' zei hij. Zodra het kon, wendde hij zijn blik weer af.

De geometrische jongere man hield haar blik langer vast. 'Andy Reid.'

'Aangenaam. Ik ben van de *Daily News*.'

Gordon Sullivan was niet van plan de machtsbalans naar haar kant te laten doorslaan. 'We weten waar u van bent.' Hij onderdrukte een glimlach. 'Wij hebben u immers gevraagd langs te komen.'

Ook Paddy onderdrukte een glimlach. 'Ik stel me alleen maar even voor, uit beleefdheid. Omdat ik goede manieren heb geleerd. Weet u nog wat dat zijn, goede manieren?'

Hij hield zijn hoofd scheef. 'Was dat niet iets uit de jaren zestig?'

'Bent u toen voor het laatst beleefd tegen iemand geweest?'

Reid keek toe terwijl Sullivan en Paddy elkaar plaagstootjes uitdeelden. Hij voelde wel aan dat er iets speelde, maar was te onervaren om te begrijpen wat.

'Goed dan,' zei Sullivan, die nu het initiatief nam in het verhoor. Paddy maakte zichzelf wijs dat hij dat deed omdat hij er plezier aan zou beleven. 'Juffrouw Meehan. Het is toch juffrouw, hè?'

'Nee,' zei Paddy. Zijn blik viel even op haar ringvinger. 'Het is mevrouw.'

Sullivan lachte haar recht in haar gezicht uit. 'Mevrouw?'

'Ja. Bent u getrouwd, meneer Sullivan?'

Sullivan had een bierbuik en een slappe kin, maar zijn witte haar was dik en zorgvuldig gekamd in de stijl van de oudere Elvis. In zijn tijd moest hij een aantrekkelijke man zijn geweest, en ze vermoedde dat hij dol genoeg was op de vrouwtjes om zijn huwelijkse staat te verdoezelen.

Even pruilde hij. 'Maar goed,' zei hij. 'Uw reputatie snelt u vooruit. Ik weet wat u hebt gedaan in de zaak van de kleine Brian.'

Ze zuchtte en tikte geduldig op de tafel.

Sullivan knikte moeizaam. 'Ik weet het, ik wil er alleen maar mee zeggen dat u niet zo dom bent als u... eh...' Slecht op zijn gemak en een beetje van zijn stuk bewoog hij zijn vinger in haar richting. 'U weet wel. Maar goed, u was er dus bij toen de politie in Bearsden aanklopte? Wat hebt u gezien?'

Ze aarzelde, in het besef dat ze hem over het briefje van vijftig hoorde te vertellen. 'Ik heb met de man bij de deur gepraat. Hebben Tam en Dan u een goede beschrijving van hem gegeven?'

'Ja, maakt u zich daar maar niet druk om. Hebt u mevrouw Burnett gezien?'

'In de spiegel. Ze had bloed op haar hals, helemaal tot over haar schouder. Dus ze is gevonden door iemand die haar een lift naar haar werk zou geven? Stond de deur nog open?'

Sullivan deed alsof hij die vraag niet had gehoord. 'Verder nog iets?'

Paddy dacht aan de oprijlaan in Bearsden en aan de duisternis, herinnerde zich de regen op haar gezicht en de vreselijke kou van die nacht.

'Het licht brandde in de hal. En in de kamer aan de linkerkant, als ik met mijn gezicht naar de deur stond. De kamer rechts was donker. De man droeg bretels en een duur overhemd. Hij stond bij de deur met Dan te praten, en Tam bewaakte de auto, wat ik nogal grappig vond in die wijk.' Ze keek de mannen aan. Die vonden het helemaal niet grappig. 'De man hield steeds één hand achter zijn rug, om de deur dicht te houden, alsof hij niet wilde dat er iemand naar binnen zou kijken. Ik ving Vhari Burnetts blik in de spiegel en deed zo van...' Ze trok haar wenkbrauwen op. 'U weet wel, zo van: "Heb je hulp nodig?" Toen schudde ze haar hoofd en deed zo van...' Paddy trok haar kin tegen haar borst en leunde achterover in de stoel, om te laten zien hoe Vhari uit het zicht was verdwenen. Geen van beide politieagenten leek erg geïnteresseerd in de details van hun interactie. 'Ik zag twee BMW's bij het huis staan.'

Allebei de mannen leunden naar voren. Sullivan tikte op het bureau. 'Waar?'

'Aan de achterkant. Ik ben langs de patrouillewagen over de oprijlaan gelopen en heb even om de hoek gekeken. Weggestopt achter het huis. Waar het donker was.'

'Weet u zeker dat het twee auto's waren?'

'Heel zeker.'

Sullivan haalde een velletje papier uit een la en schoof dat samen met een potlood over het bureau naar haar toe. 'Kunt u ze tekenen?'

Ze schetste de ruwe vorm en hij vroeg haar om details: hoe hoog stond die boven de grond, en die, enig idee wat het kenteken was? Hoe kwam het dat ze ze had gezien, als ze achter het huis stonden?

'Nou, Tam had het erover. Hij wees naar de auto's en zei dat ze heel duur waren. Daarom dacht ik dat Burnett en de man bij de deur een echtpaar waren, vanwege die bij elkaar passende auto's.'

De agenten wierpen elkaar een blik toe, en Andy Reid, die er nog niet bedreven in was om zijn gevoelens te verbergen, trok een wenkbrauw op.

'Was het niet haar auto?' vroeg Paddy.

Reid schudde zijn hoofd. 'Als ze een BMW achter het huis had staan, had ze geen lift nodig gehad, of wel soms?'

Sullivan schraapte zijn keel en keek naar zijn handen, waarmee hij een velletje papier opvouwde, terwijl hij zei: 'Er wordt een onderzoek ingesteld om na te gaan wat de agenten bij dat huis deden en waarom ze zijn weggegaan. U zult worden opgeroepen, dus u moet zorgen dat u... u weet wel, beschikbaar blijft.'

'Oké.' Paddy haalde diep adem en bestudeerde het bureaublad.

Dit was het moment om het te zeggen, maar hun vertellen over het briefje van vijftig pond zou meer zijn dan zomaar een bekentenis; ze zouden meteen beseffen dat Dan en Tam ook geld toegestopt hadden gekregen. Politieagenten hielden elkaar altijd de hand boven het hoofd. Als ze een van hen bedreigde, bedreigde ze hen allemaal, en ze werd nu al met argwaan bekeken vanwege de zaak van de kleine Brian.

Paddy keek naar wat er op het bureau lag: twee pakjes sigaretten, een aansteker, een formulier, twee vellen carbonpapier en een kleine kale kring op het hout, rechts van het formulier, waar iemand een keer een hete beker op had gezet die dwars door het vernis heen was gebrand. Ze kon het er gewoon uit flappen.

'U mag gaan.'

Ze wachtten totdat ze zou opstaan, maar ze bleef zitten en probeerde een manier te bedenken om het hun te vertellen.

'Ik zei: u mag gaan.'

Diep inademend stond ze op. 'Oké,' zei ze uiteindelijk. 'Tot ziens.'

Gordon Sullivan wachtte tot ze bij de deur was voordat hij haar gedag zei.

Paddy Meehan stapte vanaf het podium bij de balie de rommelige wachtruimte binnen, wetend dat ze laf was geweest.

6

De kunst van het dapper-zijn

I

Mark Thillingly zat in de donkere schaduw van de brug en keek naar de modderige, grijze rivier die voorbij stroomde. Hij was nog nooit in de rivier geweest, maar had er al zo vaak vanaf dit punt naar gekeken dat hij nu, nu hij op het gras zat met de geur van vochtige aarde in zijn neus, het gevoel had dat de perioden in zijn leven dat hij hier níét was geweest niet meer dan dwaze, nutteloze intermezzo's waren geweest. Zijn vader had hem als kind hier vaak mee naartoe genomen. Hun familiebedrijf, een juristenkantoor, was gevestigd in het gebouw vlak achter hem, en in de zomer hadden ze hier tussen de middag vaak zitten picknicken. Hij was hier ook met Diana geweest, vlak voor hun huwelijk, maar ze begreep het niet echt, en eigenlijk had hij toen al moeten weten dat het een vergissing zou zijn om met haar te trouwen. Arme Diana. Zij dacht dat ze trouwde met de volgende leider van de Labour-partij, maar in plaats daarvan had ze Mark gekregen, die zijn vrienden de dood in joeg.

Hij was te moe om nog meer te huilen, had schoon genoeg van zijn eigen tekortkomingen en ellende, zo genoeg van zijn verdriet dat hij niet eens wilde accepteren dat het ertoe deed of dat er iets tegen gedaan kon worden. Hij was niet de man die hij had gehoopt. Hij was niet dapper, onbaatzuchtig en sterk. Op het eind had hij Vhari laten stikken.

Op de brug scheurde een auto voorbij in een poging nog door oranje te rijden, wat niet lukte, maar hij reed toch door. Dat deed hem denken aan de vorige avond, op de parkeerplaats bij zijn werk. Toen hij besefte dat ze hem zouden slaan, toen overduidelijk werd dat ze geweld gingen gebruiken, was hij er in blinde paniek naartoe gerend, naar zijn auto, en daarmee stom genoeg recht op het gajes af dat hem bang wilde maken.

Bij die herinnering kromp Mark ineen. Hij was nooit dapper geweest, niet met zijn vuisten. Op school had hij het aangelegd met de forse pestkoppen, zodat ze hem niet zouden klieren, en daar verachtte hij zichzelf om. Hij vermeed elke vorm van sport omdat hij bang was zich pijn te doen, en koos er zelfs voor in de voetsporen van zijn vader in de advocatuur te gaan, hoewel hij eigenlijk docent wilde worden, alleen had hij gehoord dat sommige schoolkinderen losse handjes hadden. Het was een zwakte die hij had geprobeerd uit zijn leven weg te organiseren, een zwakte waarvoor hij zich schaamde, en nu had die Vhari haar leven gekost.

Zodra hij dat voor zichzelf toegaf, werd hij opnieuw overspoeld door afschuw, en snikkend sloeg hij zijn hand voor zijn mond. Ze was dood. Door zijn schuld. Hij had gehoord wat ze met haar hadden gedaan, hij had een contactpersoon bij de politie gebeld. De zijkant van een van de leunstoelen zat onder het bloed op de plek waar die kerel haar had vastgehouden en haar tanden met een nijptang had uitgetrokken. Vervolgens hadden ze met een hamer op haar hand geslagen en twee vingers gebroken, zodat die door de zwelling twee keer zo dik waren geworden. Ze had hun niet verteld wat ze wilden weten, dus hadden ze haar hoofd ingeslagen en haar voor dood achtergelaten, maar ze had zichzelf door de woonkamer naar de hal gesleept, met rode vegen in haar blonde haar, een lang, bloedrood spoor achterlatend in de vertrouwde woonkamer en door de gewelfde doorgang van donker hout naar de victoriaanse hal, helemaal tot aan de telefoon. Een stukje bot in haar hersenen. Ze hadden haar niet kunnen redden, ook niet als ze erin was geslaagd om het alarmnummer te bellen. Pas toen herinnerde de rechercheur zich dat Thillingly haar kende. Werkte jij niet met Burnett samen of zo? Jaren geleden, had Thillingly op geforceerd luchtige toon geantwoord.

Onhandig, met koude, bevende handen, haalde hij een sigaret uit het pakje. Hij stak hem op en liet de aansteker in het gras vallen. Die had hij niet meer nodig. Geen sigaretten meer, geen copieuze maaltijden en voetbalwedstrijden op tv, geen ruzies met Diana, niet meer glimlachen om de teleurstelling te verbijten die hij om zichzelf voelde, en lieve hemel, wat was dat een opluchting.

Met de sigaret tussen zijn tanden stond hij op en liep naar de rivier. Een korte, modderige helling leidde naar de oever. Hij stelde zich voor dat hij eerst met een teen het water zou testen en vervolgens voorzichtig, als een nimf die bij nacht ging zwemmen, de grote, grijze uitgestrektheid van de rivier in zou lopen. Als hij het zo probeerde, zou hij bang worden en niet doorzetten. Dan zou hij proberen terug te krabbelen naar de oever, of om hulp roepen. Hij was een lafaard. Daarom was hij hier verdomme midden in de nacht naartoe gegaan.

Hij kneep zijn ogen dicht om er nog een laatste traan uit te persen, liep weg bij het water en ging de brug op, omlaag kijkend om te controleren of hij zich niet boven land bevond. Hij was nog te dichtbij: als hij verkeerd viel, zou hij op de oever terechtkomen. Hij deed vijf passen opzij, klom op de balustrade, zag Vhari voor zich in een zomerjurk terwijl hij haar haren aanraakte, en liet zich van de brug vallen.

Tijdens de val was hij niet bang. Hij wist dat de rivier bijtend koud zou zijn, dat hij zo'n eind naar beneden viel dat zijn botten konden breken door de klap op het water, maar hij maakte zichzelf wijs dat hij zou landen op een bed van kussens, waarop zijn lichaam ontspande, rekenend op zachtheid. Hij was gelukkig toen hij viel.

Een fractie van een seconde voordat hij het gulzig stromende zwarte water raakte, besefte Mark Thillingly dat hij de kunst van het dapper-zijn onder de knie had gekregen.

7

Het droevige lot van de laatkomers
en de verdwaalden

I

Kate werd met een schok wakker. Ze droomde net dat er een reuzeninsect op haar keel zat en zijn holle zuigorgaan in de zachte huid van haar voorhoofd boorde om een puist uit te zuigen, die veranderde in een holte vol pus. Slaand naar zichzelf werd ze wakker, met ellebogen die luid tegen de houten vloer van het botenhuis roffelden, bang en verbijsterd omdat ze niet wist waar ze was of wie haar daar had gebracht. Ze ging rechtop tegen de oranje kist zitten, keek om zich heen in het bijna-donker en besefte hoe koud het was. Ze mocht van geluk spreken dat ze in die vochtige kou niet was doodgevroren. Ze kon haar adem zien en had alleen maar een linnen pakje en een blouse aan. Een van haar schoenen was weg.

Toen haar ogen aan het donker waren gewend, realiseerde ze zich dat ze in het botenhuis van haar opa was. Loch Lomond, verdorie. Blindelings reikte ze omhoog, tastend naar de bovenkant van de kist, en glimlachte toen ze de koude kus van het snuifdoosje tegen haar vingertoppen voelde. Toen hoorde ze de motoren, en ze verstijfde.

Twee auto's, stil, goede motoren, soepele mechaniek. Ze reden langzaam over de weg, zoekend, duidelijk naar iets op zoek. Eén set wielen verliet het gladde zwarte asfalt en reed knarsend over de zanderige oprit voor de cottage. Eén stel wielen maar. Als zij het waren, zouden ze allebei van de weg af willen, voor het geval ze er was, zodat ze voor voorbijgangers niet zo duidelijk zichtbaar zouden zijn. De tweede set wielen kraakte toen de auto langzaam draaide. Op onvaste voeten stond ze op, ze schopte haar ene schoen uit en keek weer door de kier naar buiten.

Twee BMW's, naast elkaar geparkeerd. Het werd buiten al donker, maar ze herkende hem aan de vorm van zijn hoofd. Ze had hem zelfs kunnen herkennen aan een deel van zijn oor, een schouder, een teen, zo vaak en zo lang had ze naar hem gekeken terwijl hij sliep, at en met haar de liefde bedreef. Ze herinnerde zich elke centimeter van hem. Uit de tweede auto kwamen twee mannen, van wie er één een nappa jas droeg. De goedkope gangster-look. Het was beneden zijn waardigheid om zich met zulke mannen te vertonen. Hij hoefde geen sjofele mannen in dienst te nemen. Er waren toch zeker ook goedgeklede loopjongens te vinden?

Als hij haar dat had horen zeggen, zou hij hebben gelachen. Ooit zou hij erom hebben gelachen, maar nu misschien niet.

Ze had de deur van de cottage niet op slot gedaan, en ze klopten niet aan, maar duwden hem gewoon open en liepen naar binnen. Ze keek toe terwijl de lamp in de hal aanging, zodat het felgele schijnsel de donkere nacht verlichtte. Eigenlijk had ze binnen moeten zitten, in haar ondergoed, om hem op te wachten.

Giechelend dacht ze aan de twee mannen die zouden binnenkomen, stelde zich voor dat ze gegeneerd zouden zijn, van hun stuk gebracht door haar sexy verschijning. Mijn hemel, zou hij zeggen, je bent beeldschoon, en dan zou hij haar aankijken met dezelfde begerige blik die hij die nacht in Venetië in zijn glanzende ogen had gehad.

Met liefhebbende blik keek ze naar de cottage, dacht aan hem, aan het feit dat hij binnen naar haar zocht. Bijna ging ze naar hem toe, maar toen ging er in haar door coke benevelde brein een rationeel licht op en herinnerde ze zich dat Vhari dood was, vermoord.

Kate keek door het raam van het botenhuis naar de cottage en vroeg zich af wat ze verkeerd had gedaan. Zonder geluid te maken strompelde ze naar de oranje kist en opende haar snuifdoos weer, trof het lepeltje daarin aan, onder het poeder, waar het niet hoorde. Ze nam een halve portie, een onderhoudssnuifje. Ze wreef over haar neus toen ze begon te huilen, want haar neus prikte zo en nu kon ze niet helder meer denken en geen oplossingen meer verzinnen.

Het lot was haar gunstig gezind. Paddy voelde het, als een vibratie die van de stad afkomstig was, een gezoem in het grijze beton en het natte asfalt. Met glanzende ogen zat ze achter in de auto terwijl de ene na de andere dramatische melding binnenkwam: een burenruzie die was uitgelopen op een steekpartij, een ongeluk op de snelweg met twee doden, en nu een verdrinking. De verhalen waren geen van alle groot of belangrijk genoeg om haar uit handen te worden genomen en te worden doorgeschoven naar een betere journalist. Overal in de krant zou haar kopij komen te staan.

In rustig tempo reden ze over de lege straten naar de zuidelijke oever van de Clyde, waar een drijvend lichaam in het snelstromende water was gesignaleerd. Een kille mist daalde neer over de middernachtelijke stad, een stilstaande uitwaseming die zich vastklampte aan de daken van passerende auto's. Gele straatlampen vochten verwoed tegen het oprukkende duister.

Billy stopte onder een ijzeren spoorbrug, rukte aan de handrem en zette de motor af, want hij rekende op een lange wachttijd. Paddy leunde naar voren en samen keken ze naar de overkant van de straat, voorbij de marmeren balustrade van Glasgow Bridge. Ze konden de bovenkant van zwarte politiepetten zien, allemaal met de klep naar de rivier.

'Dood dus,' zei Billy, die zag dat er geen ambulance was gekomen.

'Ja, weer zo'n arme ziel,' zei Paddy, die hoopte dat het een interessant verhaal was. 'God sta ons bij.'

Billy keek haar in de achteruitkijkspiegel aan, sceptisch over haar gespeelde vertoon van emotionele betrokkenheid. Hij kon merken hoe opgewonden ze was over het verloop van de avond. Paddy sloeg haar ogen neer, opende het autoportier en stapte uit.

Toen ze de lege weg overstak, spatten kille mistdruppeltjes op haar warme huid, bleven hangen in haar zwarte wollen maillot en maakten de punten van haar laarzen donker. Uit de kolkende rivier steeg de stank van verrotting op toen ze over de verlaten brug naar het hoge hek liep.

De rivier was van de straat afgesneden door een hoge victoriaanse afscheiding, zwartgeschilderd en glanzend van het vocht. Op het gras aan de andere kant van het hek zag ze een heel stel in zwarte jassen gehulde politieagenten staan, die langs een zacht glooiende helling omlaag keken naar iemand in het water.

Een hoog hek was noodzakelijk omdat de grond achter het uitnodigend aflopende groene gazon opeens overging in een zwart klif. Voor het gemak was er een houten laddertje tegen de spijlen gezet en stond er aan de andere kant een houten kistje. Het zou zelfs voor een superfitte agent niet eenvoudig zijn geweest om langs de lange spijlen omhoog te klimmen. Gelukkig waren niet alle agenten superfit en hielden ze het houten laddertje ergens in de buurt verborgen. Paddy had nooit kunnen achterhalen waar ze hem bewaarden. Nu klom ze via de vijf sporten omhoog, zwaaide haar benen over de punten aan de bovenkant en liet zich onhandig op het kistje aan de andere kant zakken. Toen ze daar afstapte, ging ze door haar enkel, maar ze wist haar evenwicht te hervinden voordat iemand haar zag.

Boven het water hing een dikke, klamme mistdeken, van achteren verlicht en geel opgloeiend, zo dicht boven het kolkende oppervlak dat de andere oever niet zichtbaar was. Aan de voet van het klif zat een man met een zwemvest in een houten roeibootje met een lange stok naar iets drijvends te porren. Het leek wel een zwarte ballon, half onder water, dobberend in het snelstromende grijze water. Het trok aan de haak aan het eind van de stok alsof het zichzelf wilde losrukken.

De man in de boot duwde het voorwerp al prikkend en porrend naar de oever. De man was door de Glasgow Benevolent Society in dienst genomen om in de rivier naar lichamen te dreggen, dus deed hij elke ochtend zijn ronde, op zoek naar onfortuinlijke dronkenlappen en zelfmoordgevallen van de nacht ervoor. Het kwam zelden voor dat hij buiten diensttijd moest komen opdraven.

Paddy liep door en ging achter de politieagenten staan kijken naar het tafereel op de rivier. De agenten keken vluchtig achterom, zagen dat zij het was, maar ze waren zo gewend om haar achter zich te zien opduiken dat de verteller die hun aandacht vasthield niet eens de moeite nam om zijn stem te dempen.

'Ze heeft haar blouse over haar hoofd en hij staat daar maar te koekeloeren,' zei hij, en de anderen grinnikten.

Paddy had de man al eerder gezien. Telkens als ze hem zag, leek hij een voorstelling voor de groep te geven, waarbij hij meestal een lang verhaal vertelde over een vrouw die haar blouse uittrok. Hij was grappig; ze had een paar keer om zijn verhalen moeten lachen en was al een tijdje van plan om hem te vertellen over Dub en de comedyclub.

Ze vond dat ze haar komst moest aankondigen. 'Wat hebben we hier?'

'O, een dode kerel in het water,' zei de grappenmaker.

Paddy keek om zich heen naar de lege straat en de dichte mist.

'Hoe zijn jullie het te weten gekomen?'

'Een stel dat vanuit de nachtclub op weg was naar huis, wilde een telefooncel gebruiken. Zij zagen hem poedelen.' Hij knikte naar de rivier. 'Ze zagen hem vanaf de brug.'

'*Take it to the bridge*,' riep een agent in een beroerde poging om James Brown te imiteren. Er viel een korte, kille stilte.

'Ja, precies,' zei de grappenmaker, die glimlachte, maar niet moest lachen.

De man in de boot had het dobberende lichaam tegen de oever geduwd en riep nu dat ze hem uit het water moesten komen halen.

'Jezus christus,' zei de grappenmaker. 'De rest van onze dienst stinken we allemaal naar die kloterivier.'

Door de zware regenval stond de rivier hoger dan gebruikelijk, en de steile klif was nog geen meter hoog. Terwijl de agenten omzichtig naar de waterkant schuifelden, deed Paddy een pas opzij om beter te kunnen kijken. Ze had nog nooit een verdrinkingsslachtoffer gezien. Meestal werden ze overdag gevonden, als haar dienst er al op zat. Tieners en verwarde mensen gaven de voorkeur aan de rivier – van een brug springen was een impulsieve daad – maar dit lichaam leek te groot om dat van een jongere te zijn. De zwarte ballon stootte heen en weer tussen de zijkant van de boot en de rivieroever.

De grappenmaker en de niet-grappige man grepen de natte stof met beide handen vast, telden tot drie en trokken eraan. Ze kwamen overeind, en toen het gewicht van het lichaam uit het water kwam, stapten ze achteruit. Nog een laatste krachtsinspanning en ze hadden hem op de modderige waterkant.

Het lichaam rolde op zijn rug, en iedereen deinsde terug bij de aanblik. Het was een man van in de dertig, keurig geschoren, ogen open, de brug van zijn neus opengespleten door een klap met een stomp voorwerp. Ook zijn wang was opengesprongen, zodat het vlees als een bloederige roos uitstulpte. De wond was zo diep dat Paddy zijn witte kaakbeen erdoorheen zag schemeren. Zijn oor hing slap, te dicht bij zijn achterhoofd. Haar maag keerde ervan om en ze vond het weerzinwekkend, maar toch werd haar blik erdoor getrokken. Ze bestudeerde de lelijke wonden, probeerde in gedachten de puzzelstukjes op hun plaats te leggen en een logisch beeld te vormen.

'Wat denk je ervan?' De grappenmaker deed een stap achteruit en keek naar het lichaam. 'Heeft iemand hem erin gegooid of was het zelfmoord?'

Een gedrongen agent die nog niets had gezegd, boog zich over het lichaam heen en tikte met het stompe uiteinde van een balpen tegen de slordige wond, zodat de huidflap op de juiste plaats terugviel. Het oor draaide mee, als een deurknop die wordt losgelaten.

'Iets in de rivier heeft zijn gezicht geraakt en die wond veroorzaakt. Zijn neus ziet eruit alsof die één klap heeft gehad, recht van voren. Ik hou het op zelfmoord.'

Paddy wilde niet verraden hoezeer ze was geschrokken, dus concentreerde ze zich op zijn ogen. Die waren open en staarden niets ziend voor zich uit. Op het wit zat een dun filigraanpatroon van zwarte modder, die erin was gekomen toen hij langs het klif omhoog was gesleurd. Zijn huid was afschuwelijk felwit, en toen haar ogen afdwaalden naar zijn wang, werd zijn gezicht weer scherp en zag ze een slordige rijtwond, nu niet meer dan een opgezwollen zwarte plooi op zijn wang. Zijn neus zag eruit als een dikke knol tussen zijn ogen en in de opbollende huid zat een dunne barst. Hij was een van zijn instappers kwijtgeraakt, en door de natte zijden sok heen waren de contouren van zijn tenen volmaakt zichtbaar. De scherpe nagel van de grote teen sneed in de stof.

'Zo kan ie wel weer,' zei de gedrongen politieagent, die een stap achteruit deed. 'Ik zal het voor de zekerheid melden als een mogelijke moord.' Hij maakte zich los uit het gedrang en liep terug naar zijn auto en de radio.

Paddy bleef kijken, prentte zich elk detail in voor haar artikel. De man was in de dertig en ietwat mollig, iets waar hij zich een beetje voor schaamde: ze herkende de trucjes. Hij droeg een overhemd met verticale strepen onder een lange, rechte overjas. Paddy kon iemand die een hekel had aan zijn lichaam van een kilometer afstand herkennen. De overjas was een recht model met omgeslagen manchetten, dunne revers en diagonale zakken. De lichtgrijze pantalon onder zijn jas had een bandplooi en viel wijd om de heupen; de pijpen hadden een dunne omslag en liepen naar de enkel smal toe.

De grappenmaker doorzocht de zakken van de man. Uit een ervan haalde hij een natte brij van papieren zakdoekjes. In de binnenzak trof hij een portefeuille aan, die hij opensloeg.

'Geld nog aanwezig. Twintig pond. Woonde in Mount Florida. Tweeëndertig jaar.' Hij haalde kaartjes en doorweekte papiertjes uit de portefeuille, die hij achteloos op de grond gooide zodra hij ze had gelezen. 'Visa-kaart. Lid van de Orde der Juristen. Actief lid van de plaatselijke afdeling van Amnesty International en de Child Poverty Action Group. Onze Moeder Teresa heet Mark Thillingly.'

'Misschien hebben ze hem vermoord vanwege zijn lullige achternaam,' zei de niet-grappige man, maar iedereen lachte, al was het maar om de spanning te breken.

De man in de boot lachte niet. Nog steeds gezeten in zijn roeiboot onder aan het klif gebruikte hij één roeispaan om het vaartuig ondanks de krachtige draaikolkjes op dezelfde plaats te houden. Over de hoofden van de politieagenten heen ving Paddy zijn blik. Ze zag dat hij zijn medeleven voor de mensen die hij uit het water viste nog niet was kwijtgeraakt. Hij deed dit werk al ruim tien jaar, en ze wist dat zijn vader zijn voorganger was geweest. Als iemand er behoefte aan had om te lachen, zodat hij het droevige lot van de laatkomers en verdwaalden even kon vergeten, was hij het wel.

'Thillingly,' zei Niet-Grappig nogmaals, grinnikend en genietend van zijn triomf. 'En hij was nog jurist ook.'

'Dan ga ik maar eens.' De man in de boot stak zijn hand op, en de houten roeiboot gleed terug in de mistbank.

De agenten staarden naar het lichaam dat slap op de bevroren grond lag en wachtten tot de man in de boot buiten gehoorsafstand was, aarzelend omdat ze niet precies wisten wanneer het zover was. De grappenmaker verwoordde ieders gedachten, behalve die van Paddy.

'Wat een griezel.'

Kate zat al meer dan een uur tussen de donkerhouten planken door te kijken, luisterend naar het geluid van brekend glas en krakend meubilair dat uit de cottage afkomstig was. Een groot deel van de meubels was speciaal voor het huis gemaakt, toen het aan het eind van de negentiende eeuw was gebouwd als vakantiehuis voor haar overgrootouders. Het dressoir in de keuken was onvervangbaar. Ze zou nog niet half zoveel geld voor het huis krijgen als ze alles stuksloegen.

Het was flauw van hem om dat te doen, terwijl het niet nodig was. Ze zou het kussen natuurlijk nooit in de cottage hebben laten liggen, om er vervolgens zelf vandoor te gaan. Het was flauw van hem dat hij dat niet wist.

Haar ogen werden moe van het gestaar tussen de kale bomen door naar de cottage in de verte. Ze had hen een paar keer terug zien lopen naar de auto's om spullen te halen, en nam aan dat de man in de nappa jas dat deze keer ook ging doen, toen het gele licht in de hal door zijn grote gestalte werd tegengehouden. Hij passeerde de auto, liet het portier aan de passagierskant en de kofferbak ongemoeid, maar liep gewoon door. Aan de kant van de weg stopte hij om beide kanten op te kijken. Stilstaand draaide hij langzaam zijn hoofd en bestudeerde het bos, alert op elke beweging. Kate hield haar adem in.

Hij zag het botenhuis en hield zijn blik er strak op gericht. Hij stak zijn hoofd naar voren om nog eens goed te kijken. Toen liep hij de weg over, lichtvoetig voor zo'n grote man, waarna hij met uitgestoken armen om zich in evenwicht te houden op zijn tenen over de modderige grond verder ging, aarzelend toen hij een paar takjes liet knappen voordat hij de volgende stap zette, recht op haar af. Ze deinsde terug, weg bij de verrotte houten planken, op de tast zoekend naar de klep van de oranje kist en haar snuifdoosje. Ze moest zich verstoppen. Ze keek omhoog naar de boot die aan het dak hing. Ze was tenger, maar verwachtte niet dat de touwen en het dak haar zouden houden. Ze probeerde de klep van de oranje kist te openen, wetend dat die op slot zat, dat die altijd op slot had gezeten, en dat de sleutel in de cottage achter de kopjes in de voorraadkast hing.

Ze keek omhoog naar de roeispanen aan de muur, maar die waren te zwaar en lomp. Tegen de tijd dat ze zo'n ding de lucht in kreeg, kon hij haar arm al hebben vastgepakt. Ze raapte haar schoen op, klemde die samen met haar snuifdoosje tegen zich aan en drukte zich met haar rug tegen de wand achter de deur.

Ze kon hem door de kleverige modder en de natte, rotte bladeren horen aankomen. Hij stond bij de deur, waar hij was gestopt om om zich heen te kijken. Vanaf die plek kon hij haar auto niet zien, maar als hij tien passen in noordelijke richting liep, zou hij de motorkap zien, zeker weten dat ze er was en de anderen erbij roepen.

Hij nam een stap – in de richting van het botenhuis, dat wist ze zeker – en toen nog een, duidelijk op haar af. De ronde deurknop begon geruisloos en langzaam te draaien, en even later zwaaide de deur open. Hij aarzelde even voordat hij de duisternis binnenstapte.

De houten vloer kraakte onder zijn gewicht, en geen wonder. Hij was heel fors. Ruim één meter tachtig, terwijl zij maar één vijfenzestig was, en hij had schouders zo breed en afgeschuind als die van een buffel. Met zijn voeten uit elkaar keek hij naar rechts, naar de boot die aan het dak hing, de roeispanen, de overhangende rand van de vloer boven het water. Hij liep naar voren om onder de rand te kijken, en Kate wist meteen dat dit haar enige kans was.

Blindelings haalde ze met haar pump naar hem uit; ze hield hem bij de zool vast en liet de hak zijdelings naar hem toe zwiepen. Ze zou er hooguit mee tegen zijn schouder hebben getikt, ware het niet dat hij zich toevallig net omdraaide om naar links te kijken op het moment dat ze aanviel. De verstevigde hak van acht centimeter boorde zich door zijn oog en door het dunne laagje bot erachter. Het voelde alsof ze met een potlood door een strakgespannen vel papier stak.

Met de gratie van een gevelde stier liet de man zich op zijn knieën vallen, zwaaide heen en weer en viel op zijn zij, waardoor de schoen in zijn oogkas een slag werd gedraaid en de deur hard dichtsloeg. In een reflex trok hij zijn schouder op.

Kate opende het snuifdoosje, en trillend nam ze er ter plekke een snuif uit, freestyle, staand in de klamme duisternis van het botenhuis van haar grootvader, bij het lijk van een dode vreemde. Zodra ze weer rustig was, trok ze haar schoen uit zijn oog en stak haar voet erin, waarna ze de man bij de deur wegsleepte, die opende en het bos in liep.

Ze liep naar de auto en trof haar andere schoen bij de kofferbak aan, vastgezogen in de modder, alsof daar een onzichtbare vrouw met maar één been stond. Ongewoon stoïcijns door de shock trok ze kalmpjes die schoen aan haar andere voet en stapte in haar auto. Achteruit reed ze in één soepele beweging uit het donkere, diepe valleitje de weg op.

Ze liet de koplampen uit tot ze veilig voorbij de cottage was. Onopgemerkt reed ze langs het loch terug naar Glasgow.

8

Thuishaven van zwervers en hoeren

I

Het was halfdrie 's nachts en de straten waren zo stil dat ze niet eens dicht achter de patrouillewagen aan hoefden te rijden om die te kunnen volgen. Paddy zat achterin met een half oor naar de scanner te luisteren. Ongelooflijk dat de politie haar had uitgenodigd mee te gaan aan het begin van een moordonderzoek. Gewoonlijk hielden ze journalisten uit de buurt bij families aan wie ze slecht nieuws moesten vertellen, maar toen ze bij de rivier waren weggegaan, had de niet-grappige politieagent via de radio met iemand gepraat en toen gevraagd of ze mee wilde. Als ze interesse had.

Het zou haar eerste condoleancepraatje worden. Langsgaan bij een rouwende familie en een foto van de dierbare overledene lospeuteren of ontvreemden was het smerigste, afschuwelijkste karweitje dat een beginnend journalist moest opknappen. Zelfs volwassen, grauwende journalisten dachten met een huivering aan hun eerste condoleancepraatje terug.

'Je gaat toch niet irritant doen tegen die vrouw, hè?' vroeg Billy vanachter het stuur.

'Ik ga niet irritant doen. Dit was niet eens mijn idee. De politie heeft me meegevraagd.'

'Hebben zij je gevraagd mee te gaan?'

'Ja, het was hun idee.'

Billy knikte, trok zijn wenkbrauwen op en verviel weer in stilzwijgen. Door het geruis van de scanner heen kon ze zijn afkeuring voelen: ze hoorde op te zien tegen een condoleancepraatje, hoorde eropaf te worden gestuurd door een etter van een redacteur die haar geen andere keus liet, en trouwens, het was niet meer dan fatsoenlijk om er een paar uur overheen te laten gaan nadat de familie van het slachtoffer het nieuws te horen had gekregen. Ze begreep wel waarom McVie zijn geduld met Billy had verloren en zich aan hem had geërgerd.

Achter de patrouillewagen aan reden ze naar Mount Florida, waar ze links afsloegen naar een brede weg die met een ruime bocht langs grote halfvrijstaande woningen liep, allemaal met een voortuin en heggen die de ramen aan het zicht onttrokken. De patrouillewagen waar ze achteraan reden stopte achter een andere politiewagen, die al bij de stoeprand stond.

Billy parkeerde achter de tweede patrouillewagen, waarna hij zich omdraaide om Paddy aan te kijken.

'Ik ga echt niet naar binnen om de familie van die man lastig te vallen, Billy,' zei ze, in de verdediging gedrukt. 'Maar als het moet, dan moet het. Het is mijn werk. Ik kan het niet weigeren, alleen omdat het een beetje onbeleefd is.'

'Het is niet een béétje onbeleefd.'

Op dat moment ging het portier aan de passagierskant van de voorste patrouillewagen open en zag ze waarom de politie erop had gestaan dat ze achter hen aan zou rijden. Tam Gourlay stapte uit. Hij had zeker via de radio gehoord dat ze bij de rivier was en zijn collega's gevraagd haar mee te nemen. Tam liep op hun auto af, met de knoopjes van zijn uniformhemd open, terwijl hij zijn broekriem ophees. Zonder te kijken of ze wel in de auto zat, klopte hij op haar raampje, drie felle tikjes waarmee hij haar beval uit te stappen.

Paddy opende het portier en stapte op de stoep, maar stak toen haar hoofd weer naar binnen.

'Oké,' zei ze, in de hoop dat ze zo de indruk wekte dat ze nog midden in een gesprek met Billy zat. 'Roep me maar als er iets interessants via de scanner komt, Billy, goed?'

Billy knikte met een verbijsterd gezicht. Hij zou haar toch wel hebben geroepen, maar ze wilde even benadrukken dat ze niet alleen was. Ze sloot het portier.

Tam keek door het raampje naar Billy, die naar het dashboard toe boog om zijn pakje sigaretten te pakken. 'Heeft hij jou die bewuste avond ook gereden?'

Paddy pakte Tam bij zijn elleboog en trok hem weg bij de auto, naar de donkere schaduw van een natte, druipende heg.

'Hij heeft niets met lui zoals jullie te maken, dus laat hem met rust.'

'Maar wie is hij?'

'Billy werkt al als chauffeur voor de *News* sinds Mozes nog een jongetje was. Laat hem eruiten.'

Tam wierp een blik op Billy, met samengeknepen ogen in een poging er angstaanjagend uit te zien.

Twee agenten stapten uit de tweede patrouillewagen: de niet-grappige en nog een man, maar niet de grappenmaker, want die was ergens anders naartoe gegaan.

Aan het eind van een lange, smalle tuin stond een kleine cottage uit de jaren dertig. Paddy keek door de heg toe terwijl de twee geüniformeerde agenten over een grijs grindpad sjokten dat diagonaal over een grasveld vol bloemen en struiken liep, met het hoofd gebogen onder het afschuwelijke gewicht van de taak die hun wachtte.

'Mooi huis,' zei ze, hopend dat Tams aanwezigheid toeval was en dat ze nog steeds op een artikel kon rekenen.

'Die dode vent was een jurist met rijke ouders. Geen kinderen.' Tam klonk verbitterd. 'Hij zwom waarschijnlijk in het geld.'

'Dus hij heeft geen zelfmoord gepleegd vanwege schulden?'

Tam richtte zijn aandacht op haar. 'Je hebt in de Marine met Sullivan en Reid gepraat. Ik heb gehoord dat jullie het over de wagens hebben gehad.'

Zijn stoerejongenshouding begon haar op de zenuwen te werken.

'Wagens? Wat bedoel je daarmee? Auto's? Bedoel je dat?'

Tam knikte een beetje schaapachtig.

'Waarom heb je het hun niet verteld? Moeten we hun niet alles vertellen, zodat ze die bruut kunnen pakken die Burnett heeft vermoord? Hebben ze hem nog niet gevonden?'

Hij keek met een minachtende grijns op haar neer. 'Heb je hun echt alles verteld?'

Achter de heg, aan de andere kant van het grasveld, hoorde Paddy een vrouwenstem door de nacht snijden, rauw van de slaap, een hoog en wanhopig 'Nee!'

Tam stond haar aan te staren. De dikke bladeren van de haag glansden achter zijn hoofd en een kleverige druppel dauw viel als een klodder kwijl op zijn schouder.

'Tam, waarom heb je hun gevraagd me mee hiernaartoe te nemen?'

Hij keek over zijn schouder. 'Je houdt je mond dicht,' mompelde hij, 'want wij weten net zoveel over jou als jij over ons.'

Tam wist dat ze het geld had aangenomen en liet doorschemeren dat er nog meer te weten viel. Maar dat was niet zo. Hij kon zich met geen mogelijkheid voorstellen hoe alledaags en saai haar leven was. Bij die gedachte moest ze grijnzen. Het leek onnoemelijk grappig dat iemand dreigde de geheimen van haar leven bloot te leggen, en ze lachte bij zichzelf, schuddebuikend en met haar vingers tegen het puntje van haar neus om haar mond te verbergen.

'Dus jij weet alles over me?' Ze drong zich langs hem heen. 'Tam, je bent een stomme idioot.'

Ze stapte weer in de auto, blij van hem verlost te zijn. Haar hand lag al op de handgreep om het portier dicht te trekken, toen ze Tam duidelijk boven het gebrom van de scanner uit iets hoorde zeggen.

'We krijgen je nog wel.'

II

Paddy stond bij de waterkoker en keek toe hoe druppeltjes zich rond de schenktuit vormden. Er kwam een stoomwolk achteraan, de waterkoker rammelde op zijn voet en dreigde de koelkast waarop hij stond onder te laten lopen, maar toen schakelde hij zichzelf uit en werd weer rustig.

Ze hadden de knappe man bij de deur allang gearresteerd moeten hebben. Tam en Dan konden een goede beschrijving geven, en ze was er zeker van dat Dan hem kende.

Ze had nog steeds het briefje van vijftig. Dat kon ze aan Sullivan geven, maar misschien zou die er niet discreet mee omgaan. Als ze er echter op stond het bankbiljet naderhand terug te krijgen, zou dat hem misschien dwingen er zijn mond over te houden. De beste manier om een bureau vol agenten ervan te weerhouden geld achterover te drukken was immers hun niet te vertellen dat het er was. Politieagenten stonden bekend om hun vingervlugheid. Ze had ergens gelezen, in een of andere krant die ze een keer midden in de nacht had uitgeplozen, dat godsdienst- en rechtenstudenten het ergst waren als het om boekendiefstal ging. Het werd gebracht als een verrassend feit, maar zij vond het wel logisch. Zij waren immers degenen die zich het snelst zouden afvragen waarom ze het niet zouden doen.

Ze goot heet water op de koffie en de melk. Het was een halvelitermok, extra groot. Die had ze meegenomen naar kantoor en in de archiefkast verborgen. Ze ging aan een bureau zitten en haalde alle beduimelde edities van verschillende kranten van de vorige dag erbij, die ze allemaal opensloeg bij het verhaal over de Bearsden Bird en naast zich op tafel uitspreidde, zichzelf belovend dat ze dat allemaal eens lekker ging lezen zodra ze klaar was met haar klusje: de kopij over Thillingly uittypen.

Er kwamen geen interessante details in het verhaal: niets over Thillingly's gehavende wang, zijn trendy jas of zijn keurige huisje aan het eind van een goed onderhouden gazon dat hele weekenden moest hebben opgeslokt. Ze had niet meer dan vier droge regels om zijn verhaal te vertellen, ontdaan van alle details die hem menselijk maakten. Ze kon proberen het op een andere manier te schrijven, maar droog was de huisstijl en iets anders kwam nooit voorbij de redacteuren. Het kostte haar bijna een halfuur om de vier saaie regels op papier te krijgen.

Met haar kopij in haar hand liep ze zachtjes naar Larry Grey Lips. Larry zat in een Penguin Classic met een zwarte rug te lezen en keek niet op toen ze door het reusachtige redactielokaal op hem afliep. Ze bleef even staan wachten aan het uiteinde van zijn bureau voordat ze zo luid 'Godsamme zeg!' riep dat een man die achter een naburig bureau zat te dutten even in beweging kwam, zijn zware hoofd optilde en zijn dikke ogen moeizaam tot spleetjes opende om te zien wat er aan de hand was. Zonder zijn blik van de bladzijde los te maken wees Larry naar de pin aan de rand van zijn bureau. Paddy tutte afkeurend, spietste de kopij erop en liep weg om nog een halve liter sterke koffie te zetten.

De redactie vormde het hart van de krant. Een reusachtige ruimte vol bureaus, opgesplitst in drie afdelingen: nieuws, sport en achtergrond. Elke afdeling bestond uit een verzameling tafels, opgesteld in de vorm van een hoefijzer, met grote, stalen typemachines erop. Paddy had steno geleerd, maar was er huiverig voor om te goed te typen waar iemand bij was: het was nu al moeilijk genoeg om niet voor een secretaresse te worden aangezien. Het gerucht ging dat typen op drie velletjes en twee vellen carbonpapier sowieso een stervend ambacht was. In Londen werd een nieuw landelijk dagblad opgezet waarbij computers werden gebruikt, zodat er op het scherm kon worden geredigeerd en alles via een telefoonlijn kon worden verzonden om elders, niet op het eigen terrein, te worden gedrukt voor een fractie van de huidige kosten.

Op elke afdeling zaten de redacteurs aan het ronde deel van het hoefijzer bevelen uit te delen en artikelen in te korten of terug te sturen om te worden herschreven. Links van de redactie was Farquarsons kantoor, achter de bescherming van de massief eikenhouten loopjongensbank.

Het was stil in de zaal. De mensen achter de bureaus ademden in koor, als een slapende troep wolven. De ergste uren tijdens de nachtdienst waren die tussen vier en zes, als tijd en ruimte spelletjes met je leken te spelen. Momenten strekten zich uit tot oneindig lange wachtperiodes, en dan kostte het je opeens drie kwartier om je hoofd te draaien. Er was zelden echt werk te doen, maar de *News* moest toch personeel stand-by hebben, voor het geval de koninginmoeder stierf of er oorlog uitbrak.

Mannen met rode ogen dwaalden met kranten en romans door het half verlichte redactielokaal. Sommigen deden de lichten uit en gingen, heel verstandig, een uurtje slapen, met hun bovenlichaam op het bureau, zodat het kantoor veranderde in een haastig opgezette slaapzaal. Door het gesnurk en het gedempte licht werd het voor de anderen ook moeilijk om wakker te blijven, en het gebeurde regelmatig dat iemand uit een dutje ontwaakte en tot de ontdekking kwam dat zijn boterhammen waren opgegeten of dat hij correctievloeistof in zijn haar had. Slecht getimede dronkenschap leidde soms tot een opstootje, waarbij zo iemand met van alles begon te smijten en indrukwekkende uitspraken deed in de categorie 'Ik ben weg, die klootzakken ook'. De rest van de nachtdienst begreep die paranoïde behoefte aan dergelijke uitbarstingen en bedekte ze met de mantel der liefde: ze vroegen de schoonmakers om de kapotte spullen op te ruimen en zeiden niets als ze de volgende avond weer bijeenkwamen om hun slaapgebrek in stand te houden.

Paddy knipperde stevig met haar ogen om het brandende gevoel te verzachten en nam een enorme slok koffie met melk voordat ze begon te lezen over de Bearsden Bird.

Vhari Burnett kwam uit een steenrijke familie. Er was in het verleden een reusachtig fortuin vergaard in de textielindustrie, dat vervolgens langzaam was verteerd door de generaties die volgden. Na de dood van Burnetts grootvader, drie maanden eerder, was de verwachting dat er veel geld zou vrijkomen. In plaats daarvan bleek er een fors gat in het familiekapitaal te zijn geslagen.

Bij het artikel stond een archieffoto van de begrafenis van de grootvader. Een hele massa mensen in stijve, zwarte rouwkleding stond op de trap voor een grimmig ogend kerkje handen te schudden met een predikant met een gotisch gezicht. Vhari stond vlak bij een jongeman met een hoekig gezicht. Op de foto was haar haar veel langer dan toen Paddy haar had gezien, en bovendien had ze een afschuwelijk poedelpermanentje dat haar gelaat omlijstte, hier opgestoken en daar opgekamd. Achter die massa was haar gezicht nauwelijks zichtbaar. Alleen haar scherpe kin en ranke hals waren herkenbaar. Kennelijk had ze na de begrafenis haar haren laten afknippen. Maar ze had een gladde bob gehad toen Paddy haar had gezien, en het kostte meer dan drie maanden om een permanent te laten uitgroeien. Misschien had ze het laten gladstrijken. Zo'n permanentje kostte waarschijnlijk meer dan vijftig pond, en als je het goed wilde laten gladstrijken, kostte het nog een keer een fortuin.

Paddy was ervan uitgegaan dat Vhari iemands vrouw was, een verwende prinses die alles werd aangedragen en die nooit zelf zou hoeven sparen voor rijlessen, een vrouw zonder enig sociaal geweten. Vhari had echter rechten gestudeerd en voor het Easter House Law Centre en later als aanklager voor de belastingdienst gewerkt. Haar politieke betrokkenheid en carrièrekeuze botsten met haar grote huis en haar kapsel.

Paddy fotokopieerde de foto van de begrafenis, vouwde de kopie op zodra de toner droog was en liet hem in haar zak glijden. Ze stond in het kopieerhok, duizelig van de kleverige stank van toner die er altijd hing, toen het opeens tot haar doordrong, als een vrachtwagen die honderdveertig kilometer per uur reed: Burnett en Thillingly waren allebei jurist en actief lid van Amnesty. Ze hadden elkaar vast gekend. En ze waren binnen vierentwintig uur van elkaar om het leven gekomen.

Het was druk in de Brigate. Iedereen bemoeide zich met zijn eigen zaken en besteedde geen aandacht aan de verfomfaaide vrouw die in de hoek zat. Ze had blaadjes in haar haren en er liep een bloedspoor van haar neusgat naar haar haarlijn. Het pakje dat ze droeg was duur, maar had betere tijden gekend, en ze wasemde een bizarre geur uit, een mengeling van aarde en curry, alsof ze die kleren al een week droeg en er zwetend in sliep.

Een dikke serveerster met benen als cornedbeef kwam bij het tafeltje staan en nam Kates bestelling op zonder naar haar te kijken of iets te zeggen over haar verschijning. Ze hield haar hoofd een beetje achterover terwijl ze in haar notitieboekje schreef: 1 x thee en 1 x broodje ei. Wel deed ze een stap opzij om de stank te mijden, maar het was niet de eerste keer dat ze dat deed. De Brigate was gevestigd in het deel van de stad dat toebehoorde aan mensen die het niet meezat. Zwervers en hoeren en verdorven zielen in alle soorten en maten kwamen daar samen, tussen de vlooienmarkt en het mortuarium en de goedkope cafeetjes waar visbouillon en varkenspootjes werden verkocht. Al sinds de middeleeuwen was dit hun deel van de stad, een gebied waar ze konden lopen en praten zonder te worden nagestaard, een thuishaven voor verloren zielen. Kate was er nog nooit geweest. Ze was er vaak doorheen gereden op weg ergens anders naartoe en had toen door het raampje naar die jungle gekeken, gefascineerd maar onaangedaan.

De lelijke serveerster bracht haar thee in een gevlekte beker en kwakte het bord met het broodje ei op tafel, zodat het tollend en ratelend tot stilstand kwam.

Kate kon zich er niet toe zetten het op te eten. Hier hoorde ze niet thuis, dat wist ze zeker. Ze zou zich op de wc een beetje opkalefateren en een tijdje blijven zitten, de tijd doden met het lezen van de krant. Daarna ging ze naar Archie. Archie zou haar wel helpen.

IV

Paddy liet haar hoofd in haar handen zakken en wreef in haar ogen. 'Mag ik alsjeblieft weg? Ik heb nog niet geslapen.'

Ze zat weer in het grijze kantoortje in Partick Marine, tegenover Sullivan en Reid, die allebei de roze, frisse gezichten hadden van mannen die goed geslapen en lekker ontbeten hadden. Achter hen, in de gang, hoorde Paddy de geluiden van een druk politiebureau dat aan een nieuwe dag begon. Het houten podium kraakte toen het personeel er haastig overheen liep, en de andere bureaus in het kantoor werden in beslag genomen door politieagenten die terugkwamen van de ochtendbriefing.

Reid en Sullivan koesterden hun bekers thee en keken naar het doorzichtige bewijsmateriaalzakje op het bureau. Het bloed was opgedroogd op het briefje van vijftig dat erin zat en liet een roestbruin residu achter dat zich ophoopte in de naad van het plastic. Paddy's aandacht werd sterker getrokken door het pakje biscuitjes dat ernaast lag, de plastic verpakking aan de zijkant slordig opengescheurd, zodat er kruimels op de formulieren waren terechtgekomen. Het aanlokkelijke bruine randje van een koekje stak uit de rode verpakking en beloofde Paddy een lome suikerkick. Was ze maar alleen met dat pakje.

'Waarom heb je het ons gisteravond niet verteld?'

'Ik wist niet hoe ik erover moest beginnen. Ik heb het wel geprobeerd. Ik bleef nog even treuzelen bij de deur, weet je nog?'

Sullivan wierp een blik op de deuropening, alsof ze daar nog altijd stond, en knikte zachtjes.

Reid probeerde het heft in handen te nemen. 'Hoe weten we dat je dat vijftigje niet van iemand anders hebt gekregen?'

Het was een belachelijke suggestie, maar Paddy had geen zin in ruzie. Ze wilde alleen maar naar huis. Ze haalde diep adem. 'Ik wilde het liever niet vertellen omdat ik bang was dat het bekend zou worden.'

Ze keek naar hen op, maar ze ontweken haar blik. Sullivan trok opeens zijn toch al rechte stropdas nog rechter en Reid keek naar hem, alsof hij zijn ervaren partner vroeg om gedragstips.

'Hoor eens, uiteindelijk wordt het toch wel bekend,' zei Sullivan. 'Er komt een onderzoek naar het optreden van de politie bij het huis van de Bearsden Bird. Ze willen vast met je praten. Bij de politie kan niemand een geheim bewaren. Je kunt het maar beter aan je baas vertellen voordat hij het van een ander hoort.'

Paddy's maag trok samen bij de gedachte dat ze Farquarson moest vertellen wat ze had gedaan.

'Laten we het nog een keer doornemen,' zei Reid. 'Je hebt zwijggeld aangenomen, maar het artikel alsnog geplaatst?'

'Nou, strikt genomen heb ik geen zwijggeld aangenomen. Die man drukte het in mijn handen en gooide de deur in mijn gezicht dicht. Het is een hoop geld.' Ze keek verlangend naar het briefje van vijftig, en toen naar Reid, boos, alsof hij het van haar wilde stelen. 'Ik wil het trouwens wel terughebben, zeker als jullie er niets mee kunnen, en als jullie er niets mee doen, wil ik het meteen terug.'

'Je krijgt het wel terug,' zei Sullivan, langzaam met zijn ogen knipperend.

Paddy stak een vinger op om zijn aandacht te trekken. 'Denk nou niet dat ik het niet meen. Ik bel elke dag, tot ik dat geld weer terug heb. Waar wordt het bewijsmateriaal bewaard?'

'Boven zit een brigadier,' zei hij. 'Het is zijn taak om het onderzoeksproces te begeleiden. Hij houdt bij wanneer het naar het lab gaat en terugkomt, en hij bewaart het in een brandkluis.'

'Een brigadier? Wat houdt dat in? Een jochie van negentien?'

Sullivan keek beledigd. 'McDaid is vijfenvijftig. Veel oude brigadiers hebben nooit een hogere rang gekregen.'

'Mag ik hem vragen wanneer ik dat geld terugkrijg?'

Reid trok zijn bovenlip op. 'Dus jij wilt een briefje van vijftig dat onder het bloed van een vermoorde vrouw zit. Waar ga je het aan uitgeven? Make-up?'

Paddy voelde een hete vonk onder aan haar nek. 'Ik moet de huur betalen van een huis met vier slaapkamers voor mijn moeder, die nog nooit van haar leven bij iemand in de schuld heeft gestaan, dus nee, ik denk niet dat het aan make-up zal worden uitgegeven.'

Sullivan rechtte zijn rug. 'Ik heb drie broers bij Scott Lithgow. Daar werken ze al hun hele leven.'

Scott Lithgow, een scheepswerf, stond op het punt van sluiten, en als dat gebeurde, stonden er duizenden mensen op straat die wisten dat ze nergens anders werk konden krijgen. De werkloosheidsuitkering was zo laag dat het neerkwam op levenslange gevangenisstraf. Mevrouw Thatcher had de arbeiders publiekelijk beledigd, en toen een comité van echtgenotes met een petitie naar Londen was afgereisd, weigerde ze hen te woord te staan. Hetzelfde gold voor de vicepremier en de minister van Financiën. De zwaar op de proef gestelde vrouwen waren naar Downing Street nr. 10 gegaan.

Sullivan was boos en liep rood aan. 'De portier wilde de petitie niet eens naar binnen brengen. Zo'n grote moeite was dat toch niet?'

Het was ongebruikelijk dat een politieagent zich negatief uitliet over de regering. Sullivan streek zijn haar glad. Paddy vermoedde dat hij er spijt van had dat hij zijn mond voorbij had gepraat waar Reid bij zat.

'Maar goed,' zei Sullivan op heel andere toon, 'ik geef je het identificatienummer wel, dan kun je zelf het laboratorium bellen, en de opslag. Als het eenmaal in de opslag ligt, heeft een oud kereltje het voor het zeggen, en hij is de meest betrouwbare politieman van allemaal. Je krijgt het wel terug, maak je geen zorgen.'

Reid wierp hem een nerveuze blik toe en nam het over. 'Waarom ben je teruggekomen?'

'Ik kwam Tam Gourlay tegen en toen moest ik er weer aan denken.'

'Waar ben je hem tegengekomen?'

'Ik was in Mount Florida bij het huis van een man die van de brug is gesprongen, en daar liep ik hem tegen het lijf.'

Ze keek Sullivan recht aan, hopend dat ze haar niet verder onder druk zouden zetten.

Sullivan hief zijn kin op. 'Dus je bent Tam Gourlay midden in de nacht tegengekomen in het zuiden van de stad?'

'Klopt.'

'Tam, die in het noorden werkt en nooit bezuiden de rivier komt?'

'Hoor eens.' Ze wreef weer in haar ogen. 'Mag ik naar huis? Of in elk geval een koekje om wakker te blijven?'

Ze voelde dat Sullivan naar haar keek, alsof hij haar wilde dwingen hem aan te kijken. Dat deed ze niet.

'Volgens mij blijf je van koekjes niet wakker,' zei hij. 'Maar tast toe, meisje. We moeten even met iemand praten.'

Ze lieten haar tien minuten aan het bureau zitten, alleen met het pakje koekjes. Ze nam een biscuitje, en toen nog een. De suiker pepte haar een beetje op, dus pakte ze er nog een. Na een tijdje kreeg het ritmische kauwen iets hypnotiserends en hapte ze het ene na het andere koekje weg, met niets ziende ogen naar het bureaublad starend. Politieagenten liepen het kantoor in en uit. Een agent aan een bureau aan de andere kant van de tafel grinnikte wellustig tegen de telefoon. Een jonge agent in een kreukvrije grijze pantalon kwam langs om op elk bureau papieren neer te leggen.

Toen ze bij haar positieven kwam, ontdekte ze dat ze het pakje koekjes voor twee derde had leeggegeten. Ze veegde het kruimelspoor dat van het pakje naar haar schoot liep op de grond en trok de zijkanten van de verpakking recht, om te verhullen hoe weinig er nog in zat.

Sullivan en Reid kwamen terug met hun jasjes over hun arm, naar haar glimlachend en knikkend terwijl ze tussen de bureaus door zigzagden, alsof ze toestemming hadden gekregen om aardig tegen haar te zijn.

'Goed.' Sullivans blik bleef hooguit een tel op het pakje koekjes rusten, en ze wist dat het hem niet eens was opgevallen. 'Bedankt dat je nog even bent langsgekomen. We brengen je zo naar huis, maar eerst gaan we met het bankbiljet naar boven. Als je wilt, mag je mee, dan stellen we je voor aan McDaid.'

Grijnzend sprong Paddy overeind. Tegen de tijd dat Sullivan en Reid terugkwamen bij hun bureau, zouden ze de verdwijning van de biscuitjes toeschrijven aan een gulzige voorbijganger.

9

Colum McDaid

Het was druk op de trap van het politiebureau. Reid en Sullivan keken af en toe achterom naar Paddy om te zien of ze nog volgde, terwijl ze zich een weg baanden tussen de agenten die de trap af stroomden.

'En,' vroeg ze, 'hebben ze haar moordenaar al gevonden?'

'Ja.' Sullivan draaide zich om. 'Ze hebben hem te pakken, ja.'

Ze werd overspoeld door een golf van opluchting. 'Zit hij hier in de cel?'

Sullivan schudde zijn hoofd en gebaarde dat ze hem moest volgen. Het trappenhuis leek wel een bos op een bewolkte dag: dikke groene glansverf tot schouderhoogte en daarboven wit. Afgaand op de vegen en de stukken die uit het groen waren gevallen, stelde Paddy zich voor dat zich heel wat schermutselingen op die trap hadden afgespeeld. De donkere houten balustrade op de eerste overloop was kapotgegaan en gerepareerd met een halve meter hout van een heel andere kleur. Paddy raakte hem in het voorbijgaan aan en voelde met haar vinger aan de bobbelige naad. Ze moest denken aan een van Terry Pattersons artikelen over de marteltechnieken die door het Argentijnse leger werden toegepast. Ze gooiden bewusteloze politieke gevangenen vanuit helikopters in zee, zodat niemand de verantwoordelijkheid bij het leger kon leggen als de verdronken lichamen werden gevonden. Ze had onpubliceerbare geruchten gehoord dat de Britse regering in Noord-Ierland verdachten geblinddoekt uit helikopters gooide. De helikopters vlogen maar anderhalve meter boven de grond, maar dat wisten de verdachten niet.

Sullivan kwam naast Paddy lopen. 'De man die Burnett heeft vermoord is dood. Ze hebben hem vannacht uit de rivier gevist.'

'Uit de rivier?'

'Ja.'

'Was zijn gezicht kapot?'

Sullivan bleef staan en keek wantrouwig op haar neer. 'Hoezo?'

'De drenkeling is geïdentificeerd als Mark Thillingly.' Ze liet haar stem dalen en mompelde: 'Sullivan, ik heb de man bij de deur gezien. Hij was het niet.'

Met een vluchtige blik op Reid gaf Sullivan haar een por, ten teken dat ze buiten gehoorsafstand moest blijven. 'Maar hij kende Burnett. Hij kende haar goed. Ze hebben ooit verkering gehad, zijn in dezelfde buurt opgegroeid. Ze zijn verloofd geweest.'

'Ik kan je alleen maar vertellen wat ik heb gezien,' fluisterde ze. 'Zelfs met die wond in zijn gezicht weet ik zeker dat hij niet de man was die de deur opendeed. Die man had haar bloed op zijn hals.'

'Ja, maar het kan geen toeval zijn dat hij binnen vierentwintig uur na haar dood zelfmoord heeft gepleegd.'

Paddy knikte. 'Dat is wellicht geen toeval, maar toch was hij het niet die bij de deur stond.'

Sullivan zuchtte door zijn neus. 'Als ik ervoor kan zorgen dat je Thillingly nog een keer te zien krijgt, kom je dan langs?'

'Ja hoor.'

Reid bleef staan en keek achterom; ze stonden met z'n tweeën tien treden lager op de laatste trap dan hij. '... is lasser. Als jonge jongen is hij al in de leer gegaan,' zei Sullivan, die zich haastig weer bij zijn partner voegde. 'En er is nergens werk te vinden. Man, hij heeft geen schijn van kans op een nieuwe baan als die scheepswerf echt dichtgaat.'

Paddy pakte de draad van de leugen snel op. 'Ik weet het, het zijn gemene rotzakken. Ze proberen ook al een zomerstaking bij de mijnwerkers uit te lokken. Ze zijn de kolen aan het oppotten, zodat ze het even kunnen redden als het zover is. Als de mijnwerkers erin trappen, wordt het een ramp.'

'Jullie ook met jullie politieke praatjes,' zei Reid toegeeflijk. Hij ging hen voor door een gang met een laag plafond en ramen die diep in de muur verzonken waren.

Ze bleven staan bij een deur, en Reid klopte erop in een vrolijk ritme, wierp Sullivan glimlachend een blik toe en wachtte op een reactie. Van veraf hoorden ze een opgewekte roep.

'Hallo daar?' Een mannenstem met hetzelfde Highlands-accent als Murdo McCloud, een hoge stem met een brauw-r en heel open klinkers.

Reid opende de deur, die naar een klein zolderkantoortje leidde. Het achterste deel van de ruimte was afgeschermd met een hek van kippengaas met een hangslot erop, waarachter twee grijze archiefkasten en enkele open schappen zichtbaar waren. Een grote brandkast van blauw staal stond naast de mollige, grijsharige man die aan het bureau zat. Zijn ogen waren warm en vriendelijk. De Kerstman in een politie-uniform.

Het was in die kamer warmer dan in de rest van het politiebureau, heel behaaglijk, en het rook er naar gepoetst leer en thee. Op het bureau stond een blauw theekopje met een schoteltje, met ernaast een bijpassend schaaltje met gemberkoekjes. Voor zijn mond hield hij een koekje waar al een halvemaan uit gebeten was.

'O nee,' zei hij met een beteuterd gezicht. 'Ik wilde net een kopje thee gaan drinken. Kunnen jullie niet straks terugkomen?'

Sullivan hield hem het plastic zakje met het briefje van vijftig erin voor. 'Belangrijk bewijsmateriaal. Moet direct worden gearchiveerd. Je kunt je thee zo meteen wel opdrinken.'

Agent Kerstman liet de hand met het koekje op het bureau zakken, sloeg theatraal zijn ogen ten hemel en deed alsof hij vreselijk geërgerd was. 'Dan moet ik weer een nieuw kopje zetten en helemaal overnieuw beginnen. Wie is deze mooie jongedame?'

Alsof ze zich toen pas herinnerden dat zij er ook bij was, weken Reid en Sullivan uiteen en namen Paddy met hernieuwde interesse op, om te zien of ze inderdaad mooi en een dame was. Slecht op haar gemak onder hun vorsende blik nam Paddy het initiatief door met uitgestoken hand naar voren te lopen. 'Altijd fijn om iemand te ontmoeten die zijn thee-met-een-koekje serieus neemt. Ik ben Paddy Meehan.'

De agent stond op om haar hand vast te pakken, die hij één keer stevig schudde. 'Aha, Meehan. En uit welke county is jouw familie afkomstig?'

Normaal gesproken stond suggereren dat iemand met een Ierse naam niet Schots was bijna gelijk aan een dreigement tot uitzetting, maar Highlanders waren net zo geobsedeerd door hun voorouders als Ieren.

'Donegal, geloof ik, in de buurt van Letterkenny.'

'Niet uit Derry?'

Hij had gelijk. Verrast glimlachte ze. 'Ja, de meeste Meehans komen uit Derry, maar onze voorouders komen uit Donegal.'

'En jullie zijn de anderen niet achternagegaan naar New York?'

Paddy's mond viel open. 'Hoe weet u dat nu weer?' Cons wereldse neef woonde in New York, in de Bronx. De familie praatte over hem en zijn gezin alsof ze filmsterren waren.

Hij knipoogde. 'Gewoon goed geraden. Ik ben een McDaid.' Hij schudde nogmaals haar hand en liet die toen los. 'Colum McDaid.'

Hij wilde haar duidelijk maken dat ook hij katholiek was. Veel inwoners van de westelijke eilanden waren katholiek, omdat ze zich tijdens noch na de Reformatie hadden bekeerd. Paddy schaamde zich ervoor dat het haar uitmaakte wat voor geloof hij aanhing en dat ze hem nu meteen meer vertrouwde. Ze kon zichzelf immers nauwelijks nog katholiek noemen.

Hij leunde achterover en keek naar de twee politieagenten. 'Goed, wat is er zo belangrijk dat jullie mijn theepauze ervoor moeten onderbreken, stelletje goddelozen?'

Reid grinnikte en legde het plastic zakje op tafel, waarop Colum McDaid zijn thee opzijschoof en naast zich een la opentrok, waar hij een groot, in zwart leer gebonden boek uit haalde. De helft van de bladzijden was beduimeld en gekreukt omdat er al op was geschreven, maar de rest was plat en maagdelijk wit. Uit het ondiepe laatje erboven haalde hij een dunne ringband, die hij opensloeg bij een vel stickers. Boven de lege plekken waar witte etiketten waren verwijderd waren zorgvuldig in een priegelig handschrift zevencijferige getallen geschreven.

Colum McDaid sloeg het leren boek open. Met een liniaal en een rode balpen waren er een marge en kolommen op de bladzijden getekend. Een derde van de bladzijde was al volgeschreven, opnieuw in dat priegelige, volmaakte handschrift. Paddy kon het ondersteboven niet lezen, maar ze begreep wel wat er stond. In elke rij stond een paragraaf in scherpe kapitalen waarin een item werd beschreven, naast het zaaknummer, de locatie, de naam en rang van een politieman, een datum en uiteindelijk een zevencijferig getal dat overeenkwam met dat van het bijbehorende etiket.

Sullivan boog naar voren en legde een briefje op de rand van het bureau. Het was een papiertje dat uit een gelinieerd notitieblokje was gescheurd, met een zevencijferig zaaknummer erop. McDaid las het en begreep meteen waar het over ging.

'Bearsden?' vroeg hij.

Sullivan knikte. 'Juffrouw Meehan is erg bang dat ze haar briefje van vijftig niet terugkrijgt.'

McDaid keek haar aan en prikte met zijn vinger in het zakje. 'Dus dit is van jou?'

'Ja.'

'Nou, je krijgt het absoluut terug, maar het kan even duren. Dat ligt eraan hoe belangrijk het voor de zaak blijkt te zijn. Maar maak je geen zorgen: dit bewijsstuk zal door mij persoonlijk van en naar het lab worden geëscorteerd, en de rest van de tijd,' zei hij, wijzend op de blauwe brandkast achter zijn bureau, 'leg ik het lekker warm daarin. En ik hou iedereen in de gaten die hier binnenkomt.'

'Kan niemand anders erbij?'

'Geen levende ziel. We zitten boven in het politiebureau, en er is hier altijd iemand aanwezig.' Hij klopte op de deur van de brandkast. 'En je hebt een hele lading dynamiet nodig om deze deur open te krijgen.'

'Mag ik u af en toe bellen om te vragen hoe het ermee staat?'

'Juffrouw Meehan, ik wacht met smart op uw telefoontje.'

II

Paddy zat achter in de politieauto en probeerde zich voor te stellen hoe boos Farquarson zou zijn als ze hem over die vijftig pond vertelde. Ze zou het hem vertellen als hij moe was: als ze vanavond op haar werk kwam, was hij aan het eind van zijn dienst. Ze had gezien hoe vreselijk hij 's ochtends tekeer kon gaan, als hij zich had volgegoten met koffie met suiker en zijn energie en razernij nog niet waren afgestompt door de vaste ochtendredactievergadering. Daarvan wilde ze nooit meer getuige zijn, laat staan dat ze het over zichzelf wilde afroepen.

'Hier?' Sullivan reed rustig over Cambuslang Road en keek vanuit zijn ooghoeken naar de huizen, die gestaag in waarde daalden en uiteindelijk in een zwart gat leken te tuimelen.

'Nee, het is nog iets verder. Ga hier maar rechtsaf,' zei Paddy. Het stoplicht stond op groen en ze reden verder de heuvel op. 'En dan hier de eerste links.'

Vroeger was Paddy altijd trots geweest als mensen van het werk haar thuis afzetten, maar tegenwoordig niet meer.

De Eastfield Star was een kleine woonwijk aan de rand van de stad. De centrale rotonde was groot en de huizen aan de straten die daarvandaan naar alle kanten uitwaaierden waren in cottage-stijl gebouwd, soms in blokken van vier, soms als vrijstaande woningen voor grotere gezinnen, zoals dat van haar. De wijk was gebouwd voor een mijnwerkerskolonie, maar de steenkoollagen in Cambuslang waren dun gebleken en de mijnen waren allang gesloten. Nu woonden er woningwethuurders en arbeiders uit de zware industrie, de sector die in de meest recente recessie de grootste klappen had gekregen.

In het wijkje hing een droefgeestige sfeer. Houten hekken bungelden scheef aan verroest ijzerdraad, en het gras en de struiken op de rotonde waren bezaaid met afval. Kinderen uit de woningwetwoningen verderop langs de straat hadden de zijmuren van huizen en garages beklad met slordige graffiti waarin ze steun betuigden aan splintergroeperingen uit de Ierse burgeroorlog. De griesmeelpapachtige beschermende coating die de gemeente op de huizen had laten aanbrengen was er slecht aan toe en moest nodig worden vervangen: hele plakken waren van de muren gevallen, zodat het slechte metselwerk eronder zichtbaar was.

Meneer Anderston, die het perkje op de rotonde had bijgehouden, was in zijn keuken aan een hartaanval overleden. Zijn plaats was ingenomen door een familie van dronkenlappen die op straat luidkeels ruziemaakten en iedereen aanvielen die vroeg of het wat minder kon. Voor het eerst in hun leven waren Paddy's ouders bang voor hun buren.

De enige die die ochtend op straat was, was de oude Ida Breslin. Toen ze langsreden, stond ze in de voortuin van mevrouw Mahon, gekleed in een groene kinderparka met de capuchon op haar hoofd, en keek in het hoge, verwilderde gras naar iets wat op de grond lag. Ze konden haar gezicht niet zien achter de bontrand, maar Paddy bad dat ze haar gebit in had. Toen Ida de naderende auto hoorde, draaide ze zich om en bleef roerloos als een geschrokken gazelle staan, likkend aan haar ingevallen lippen.

'Hier.' Paddy liet Sullivan doorrijden tot voorbij Quarry Road. 'Stop hier maar.'

Hij keek naar Ida en naar de roze nylon gordijnen van mevrouw Mahon. 'Woon je hier?'

'Eh, nee, niet echt.' Ze wilde niet dat ze naar haar eigen huis reden. De voortuin was overwoekerd door onkruid en hoog gras, en hun hek zat dicht met een stuk van een roestige kleerhanger.

'Nou, waar woon je dan?'

Ze besefte dat Sullivan haar niet uit welwillendheid naar huis bracht. Hij wilde weten waar ze woonde, zodat ze haar in de gaten konden houden. Hij draaide zich naar haar om. 'Je woont hier toch wel?'

'Ja.' Ze blikte uit het raam naar de heuvel die achter de wijk verrees. Daar was een gestolen auto achtergelaten en in brand gestoken. Lome rookpluimen kringelden uit de stukgeslagen ramen, en de motorkap smeulde.

'Verdorie.' Paddy tutte alsof het een onderzetter was die op de verkeerde plaats was teruggelegd. 'Wie heeft dat ding daar achtergelaten?'

III

Volgens de klok was het vier uur, en het was donker buiten. Geschrokken ging Paddy rechtop zitten, want even dacht ze dat het vier uur 's nachts was en dat ze tijdens het werk in slaap was gevallen. Ze zwaaide haar benen over de rand van het bed en stond op, maar haar benen waren nog niet wakker, waardoor ze strompelend een beetje uit koers raakte. Ze hoorde gemompel in het bed van haar zus. Mary Ann zat in het donker met een rozenkrans van plastic parels in haar hand. Ze keek toe terwijl Paddy terug strompelde naar haar bed en erop neerknielde. Toen ging ze verder met haar gebeden.

'Het is nogal donker, hè?'

Mary Ann glimlachte terwijl haar vingers werktuiglijk naar het volgende kraaltje verschoven.

Onredelijk boos bij die aanblik klom Paddy over de bedden heen, pakte de voeten van haar zus vast en bewoog ze op en neer onder het fluiten van 'Strangers in the Night', omdat hun oma hun had verteld dat Onze Lieve Vrouwe moest huilen als brave meisjes floten. Haar zus glimlachte even, keek naar haar rozenkrans en bad verder.

Stuiterend kwam Paddy tot stilstand op het bed en keek toe terwijl haar zus de oeroude gebeden opdreunde. 'Doe je ogen niet dicht, Mary Ann, kijk op.'

Maar Mary Ann deed alsof ze haar niet hoorde.

Al sinds hun kindertijd had Trisha elke avond gebeden dat een van hen zijn roeping zou vinden en zich zou aansluiten bij een religieuze orde. Het liefst had ze gezien dat haar oudste zoon Marty priester was geworden, maar Marty was niet zo aardig en gaf niet veel om religie, en Gerald was niet slim genoeg.

Aan Mary Anns kant van de slaapkamer hingen geen posters van knappe mannen meer, en op het ladekastje aan haar voeteneinde stond geen make-up, alleen boeken over godsdienst en novenen. Het was allemaal begonnen toen paus Johannes Paulus II een mis had verzorgd in Bellahouston Park. Zelfs Paddy was onder de indruk geweest van het spektakel en het vertoon. Zij waren immigranten, een minderheidsgroepering, en de generatie jonge mensen die de openluchtdienst bijwoonde had geleerd zich te schamen voor hun primitieve katholicisme. Johannes Paulus II had echter van religieuze opstandigheid iets gemaakt om trots op te zijn. Onder een bruut communistisch regime was hij katholiek gebleven, was hij openlijk voor zijn geloof uitgekomen en was hij als pastor opgetreden voor iedereen die dapper genoeg was om hem te volgen. Het jonge, katholieke Schotland zag het verleden opeens in een nieuw licht, en het was er trots op dat het aan zijn geloof had vastgehouden, ondanks het feit dat hun banen en woningen waren geweigerd en dat de Orangisten tegen hen in het geweer waren gekomen.

Toen de paus het podium betrad, stonden ze schouder aan schouder met tweehonderdduizend geloofsgenoten, terwijl de hete junizon op hun rug brandde, applaudisserend tot hun handen pijn deden, niet alleen voor hun voorganger, maar ook voor zichzelf.

Paddy was met de parochiebus meegegaan om haar moeder een plezier te doen, maar was zo snel mogelijk weggeglipt om achterin te gaan staan bij het losse groepje sceptici. Ze voelde iets in de zomerlucht, een zekere lading, de energie van de overtuiging. De opwinding bleef zelfs in haar ongelovige keel steken. Ze kon delen in de trots van haar volk, ook al deelde ze hun geloof niet. Ze ging nooit meer naar de kerk, maar was zo vriendelijk om haar ouders in de waan te laten dat ze het misschien toch deed, door tijdens de zaterdagavondmis, waar de verplichtingen van de zondag ook konden worden vervuld, altijd van huis te zijn.

Mary Ann was als een ander mens uit het park teruggekomen. Nu ging ze trouw elke dag ter communie en bracht ze haar dagen door met thuis bidden en passief bezig zijn met kerkzaken. Ze had de Charismatische Vernieuwing geprobeerd, een zeer emotieve beweging binnen de kerk die de Heilige Geest opriep zich kenbaar te maken door mensen zich een beetje belachelijk te laten gedragen: door ze om te laten vallen, wartaal te laten uitslaan of in het openbaar te laten huilen, maar daar was ze te giechelig en verlegen voor.

Een priester van St. Columskille met een zenuwtrekje probeerde voor Mary Ann een plaatsje te regelen in Taizé, een oecumenisch kamp voor jonge christenen, zodat ze van het religieuze leven kon proeven en kon besluiten of het iets voor haar was.

Paddy stond in het schemerlicht aan het voeteneinde van het bed te kijken naar Mary Anns trillende lippen in het donker, en naar haar vingers die op de tast hun weg vonden op de rozenkrans. Het licht leek helemaal uit de kamer weg te trekken terwijl ze naar haar keek. Ze hield meer van Mary Ann dan van welke andere levende ziel dan ook, en wilde niet dat haar leven zou bestaan uit gebeden in grauwe zalen of goed zijn voor mensen in moeilijkheden, een afschuwelijk, nederig halfleven. Ze wilde dat Mary Ann grootse avonturen zou beleven in een wereld vol wilde zonneschijn, dat ze op reis zou gaan naar Amerika en een hartstochtelijke liefdesaffaire zou beleven die in tranen of op een brug in Parijs zou eindigen.

Mary Ann boog haar hoofd boven de grijze kralen; haar vingers verplaatsten zich naar de volgende. De wc op de overloop werd doorgetrokken en ze hoorden de zachte tred van hun moeder, die de trap af liep naar de keuken.

'Deed je dat maar niet,' zei Paddy.

'Laat me met rust, Paddy,' antwoordde Mary Ann zachtjes. 'Ik probeer jou toch ook niet te veranderen?'

Paddy stapte van het bed en deed het licht aan. Toen trok ze haar nachtjapon over haar hoofd uit en liep met ontbloot bovenlijf naar de stoel, waar ze met haar gezicht naar de kamer gekeerd haar broek en trui aantrok. Mary Ann deed alsof ze niets zag. Paddy schuifelde langs de dicht op elkaar staande bedden, schoof zijwaarts langs de kast die de weg naar de deur blokkeerde, glipte de overloop op en liep de trap af.

10

Het mortuarium in Brigate

I

Het was druk in huis. Trisha was boos de oven aan het schrobben, zwetend en rood aangelopen, maar ze deed alsof ze nergens last van had. De jongens zaten onderuitgezakt in de woonkamer tv te kijken.

Paddy legde geroosterd brood op een bord, schonk een beker thee in uit de altijd volle theekan en pakte de *Daily News* die ze mee naar huis had genomen. In de gang zette ze het bord en de beker op de trap terwijl ze haar wandelschoenen, haar handschoenen en haar jas aantrok. Ze opende de voordeur en liep het pad af. Toen ze de eenzame auto aan het eind van de straat zag, bleef ze staan.

Het was een rode Ford Capri die daar geparkeerd stond, vrij nieuw en heel schoon, met een dak dat nog glansde van de laatste keer dat hij in de was was gezet. Ze had niet kunnen zeggen waarom hij haar aandacht trok, behalve dat ze hem nog nooit had gezien. De Eastfield Star liep dood; het was geen straat waar auto's per ongeluk doorheen reden. Ze huiverde een beetje, maar riep zichzelf toen tot de orde. Tijdens de zaak-Callum Ogilvy was ze gevolgd door een busje, en soms schrok ze nog steeds van vreemde auto's, als ze dacht dat ze ze eerder had gezien of de bestuurders ervan verdacht dat ze naar haar keken. Het was die besloten ruimte die haar angst aanjoeg, die paar donkere vierkante meters waar voorbijgangers een man niet zouden storen als hij een vrouw doodsloeg.

Terwijl ze keek, zag ze een schaduw bewegen in de Capri. Opeens kwam de motor brullend tot leven en werden de koplampen aangezet. Toen reed de auto snel achteruit, maakte een bocht naar links en schoot ervandoor, de rotonde op, maar tegen de rijrichting in.

Vanaf het pad keek Paddy de auto na. Hij was weggereden omdat ze hem had gezien, dat wist ze zeker. Het was vast geen inbreker, want er viel hier niets te halen. Misschien was het Sullivan met zijn eigen auto. Hij had er immers op gestaan om haar thuis af te zetten en wist waar ze woonde.

Het baarde haar zorgen, maar tegelijkertijd vroeg ze zich af of dat wel nodig was. Ze liep de tuin door, haalde de sleutel onder een baksteen vandaan, deed de zijdeur van de garage van het slot en opende die. Meteen kwam de stoffige geur van rottend papier haar tegemoet. Er hing een vochtige stank in de lucht.

Nog voordat ze het licht aandeed, wist ze dat de buren niet langs waren geweest om hun spullen weg te halen. De stapel rottende kartonnen dozen bij de deur ontstak een lethargische vonk van ergernis in haar binnenste.

Ze pakte het bord met beboterde toast van haar beker, zette het neer tussen de pennen en potloden die op de houten kist bij de vochtige leunstoel lagen en liet zich in de stoel vallen. De houten plank die over de armleuningen paste trok ze naar zich toe. Daar zette ze haar toast en thee op. Om zich heen kijkend begon ze te eten.

Ze had de garage als werkkamer ingericht, zodat ze eindelijk kon beginnen aan haar boek over de onterechte veroordeling van Patrick Meehan. Ze had elke scène van zijn verhaal in haar hoofd opgeslagen, van de nacht waarin die oude vrouw in Ayr was doodgeslagen tot de dag van zijn vrijlating nadat hem gratie was verleend door de koningin. Ze was zelfs op de hoogte van de details over zijn verblijf als jongeman in het communistische Oost-Duitsland, zijn reis naar Moskou, zijn gezinsleven en zijn achtergrond.

Het had gemakkelijk moeten zijn om het boek te schrijven, maar in eerste instantie kon ze niet op gang komen omdat het te koud was in de garage.

Haar vader had tijdens een van zijn lange wandelingen door de oude industriële woestenij een houtkachel gevonden. Die had hij op een blok beton geplaatst, waarna hij er een slangachtige aluminium pijp op had aangesloten die uit het raam stak, bij wijze van schoorsteen.

Toen zat ze niet lekker op de houten stoel. Con had een oude leunstoel voor haar gevonden en een houten plank gemaakt die ze als een tafelblad dwars over de armleuningen kon leggen.

Nu de grootste struikelblokken voor het schrijven van het boek uit de weg waren geruimd, zat ze daar middag na middag, terwijl aan de andere kant van het raampje het winterse licht wegstierf, omringd door research en vers schrijfpapier dat ze op kantoor had gejat, roerloos als een lijk, alleen met haar torenhoge tekortkomingen. Ze bracht daar heel veel tijd door, wensend dat ze het boek kon schrijven, maar haar geliefde hobby was uitgegroeid tot een monster. Ze had het gevoel dat ze in één keer een olifant probeerde door te slikken.

Paddy kauwde op haar toast en wist dat ze vandaag niet productiever zou zijn dan de voorgaande dagen. Ze probeerde haar interesse aan te wakkeren door zich Meehan voor te stellen in een spannende scène uit zijn leven: zijn verhoor door MI5 in West-Berlijn, toen hij zijn briljante plan uit de doeken deed om spionnen te bevrijden uit Britse gevangenissen; de rel bij het hooggerechtshof van Ayr toen hij daar naartoe werd gebracht om wegens moord te worden berecht; die middag in de grauwe gevangenis van Peterhead toen hij het zegel verbrak op het kalfsperkament waarin hem gratie werd verleend. Allemaal vlakke beelden. De personages in haar hoofd leken wel van bordkarton: niemand bewoog of zei iets. Als ze dit niet kon schrijven, kon ze niets schrijven.

Haar neerslachtige blik dwaalde af naar het exemplaar van de *Daily News* dat ze naast zich op de grond had laten vallen. Ze raapte het op en legde het op het tafelblad. De Bearsden Bird stond weer op de voorpagina. Deze keer werd haar familiegeschiedenis uitgemeten en was er een oude schoolfoto van haar bij geplaatst. Ze was ooit verloofd geweest, met Mark Thillingly, maar was ten tijde van haar dood alleenstaand.

Paddy bedacht wat een ingewikkeld staaltje het moest zijn om iemands tanden uit te trekken terwijl diegene bij kennis was en tegenstribbelde. Er zouden twee mensen voor nodig zijn: een om haar vast te houden en een ander om te trekken. Dat zou de twee auto's verklaren die achter het huis stonden. Hij had waarschijnlijk al een of twee tanden getrokken tegen de tijd dat Paddy bij de deur met hem stond te praten. Vhari moest vreselijke pijn hebben gehad.

Weer zag Paddy haar gezicht in de spiegel toen ze zich terugtrok in de woonkamer. Vhari had kunnen ontsnappen. Ze had zich langs de man bij de deur kunnen dringen en veilig in een politiewagen kunnen stappen. Vrouwen bleven bij mannen die hen sloegen, dat wist Paddy. Bij het verlaten van een echtgenoot kwam meer kijken dan alleen je jas aantrekken en weggaan. Maar die man was Vhari's echtgenoot niet. Zijn naam was kennelijk nog niet opgedoken in het politieonderzoek, dus hij was waarschijnlijk niet eens haar vriendje. Ze moest een goede reden hebben gehad om te blijven.

Aan de politie had je helemaal niets. Dan noch Tam wilde toegeven dat Mark Thillingly niet de man bij de deur was geweest, en ze hadden ook niets gezegd over de BMW's die achter het huis hadden gestaan. Ze hadden geld aangenomen en ze kenden die kerel, daarvan was ze overtuigd.

Piekerend leunde ze achterover, toen haar blik viel op een artikel op pagina twee. Daar stond een foto van Patrick Meehan in zijn kleine woonkamer, verbitterd grijnzend en met een brief in zijn hand. Zijn huid had de grauwe tint van een zware roker die van buiten naar binnen afstierf. Justitie had hem smartengeld betaald vanwege zijn onterechte veroordeling, een bedrag ineens. Meehan zei dat hij het geld aannam omdat hij veel mensen geld schuldig was en hen wilde terugbetalen, maar dat vijftigduizend pond bij lange na niet genoeg was.

Hij leek in niets op de eendimensionale Meehan in haar vage fantasie. Ze keek naar zijn waterige oogjes en zag sporen van verbittering, machteloze woede, een vleugje zelfverachting. Ze had roddels gehoord over de schade die de zaak aan zijn kinderen had toegebracht. Hij hield de brief te stevig vast, want zijn vingernagels waren aan de bovenkant wit. Kennelijk hield hij hem al een tijdje omhoog. Waarschijnlijk had de fotograaf moeite gehad met de belichting.

Meehan had altijd deel uitgemaakt van haar leven, maar tot nu toe had ze hem nooit als een mens van vlees en bloed beschouwd.

11

Aan het begin van het donkere, geplaveide steegje aarzelde Paddy. Steegjes in Brigate konden voor heel veel dingen worden gebruikt, en dat ze zou worden beroofd van haar OV-kaart, het enige waardevolle dat ze bezat, was nog wel haar minste zorg. In een paar steegjes lagen matrassen, die daar waren neergelegd door vooruitdenkende prostituees die nog zo verstandig waren om aan hun eigen comfort te denken.

Ze deed een stap het steegje in en voelde dat ze door de duisternis werd opgeslokt. Ze kon een natte matras op het plaveisel ruiken en beeldde zich de weeë geur van formaldehyde in. Karton smolt langzaam weg op de stenen. De stank was hetzelfde als die van de rommel van de buren in haar garage.

Ze had tien meter in de inktzwarte duisternis afgelegd toen ze zijn schaduw zag. Sullivan stond bij de zijdeur van het mortuarium op haar te wachten, zoals hij had gezegd. Hij had haar gevraagd tussen halfzeven en kwart voor zeven te komen. Hij kon het niet hardop zeggen, maar ze begreep waarom: op dat tijdstip begon bij de politie een nieuwe dienst en werden de meeste agenten gebriefd voordat ze aan het werk gingen. De kans dat ze dan voor een routineklus naar het mortuarium zouden komen, was te verwaarlozen.

Sullivan knikte naar haar en schopte naar achteren met zijn hak, zodat de gewoonlijk gesloten deur naar de felverlichte, wit betegelde gang openzwaaide. Paddy deed de deur achter zich dicht.

Zwijgend ging hij haar voor door de gang. Glanzende victoriaanse tegels bedekten de muren en de vloer. Het gereflecteerde licht van de tl-buizen aan het plafond kreeg een gele tint van het glazuur. Ze rook bleekwater.

'Bedankt voor je komst,' zei hij. 'Ik zou het op prijs stellen als je niets zei over dit bezoekje.'

'Je steekt je nek uit, hè?'

Sullivan haalde zijn schouders op, niet bereid om zijn vermoedens onder woorden te brengen. Paddy raakte zijn rug even aan ten teken dat hij kon doorlopen, dat ze achter hem aan zou komen. Hij was een dappere man.

Ze kwamen door een receptie met een leeg bureau. Over de rugleuning van de bureaustoel hing een grijze schooltrui. Daarachter stond een stapel eikenhouten kistjes vol indexkaartjes, met op de voorkant telkens een letter van het alfabet in een gotisch lettertype. Sullivan bleef voor twee eikenhouten klapdeuren staan en keek over zijn schouder naar Paddy.

'Ben je hier al eens geweest?'

'Nee.'

Hij probeerde haar niet te troosten of te waarschuwen, en dat stelde ze op prijs. Hij ademde diep in, maakte een draaibeweging met zijn vinger ten teken dat zij zijn voorbeeld moest volgen, en duwde de deur open.

De scherpe compostgeur werd verzwakt door de kou, maar niet genoeg. Aan de andere kant van de tegelvloer was een kille, stalen muur vol laden die het licht van de plafondlamp versplinterde, en ervoor stond een man met een witte jas vol verwachting naar de deur te kijken. Hij was jong, maar had een baard, en een snor die over zijn bovenlip hing en aan de puntjes nat was. Hij glimlachte verlegen, uitnodigend, maar zijn tanden waren geel en afgebrokkeld. Sullivan wendde zijn blik af, en Paddy zag de droefheid in de ogen van de man.

'Alles goed, Keano? Dit is de jongedame over wie ik je heb verteld.'

Beschaamd klemde Keano zijn lippen op elkaar voordat hij naar Paddy knikte. 'D'r komen hier niet veel meiden.' Hij tikte met zijn nagel tegen de metalen lade achter hem. 'Nou ja, hier wel, natuurlijk. Meiden gaan net zo makkelijk dood als wij, nietwaar?' Hij keek naar Sullivan, vragend om bevestiging dat ook vrouwen de dood niet te snel af konden zijn.

'O, nou en of, die gaan net zo goed dood.'

Keano kromp ineen, zich ervan bewust hoe stom hij klonk. 'Gaan net zo goed dood.'

Ze keken naar Paddy, wachtend op een reactie. Ze schonk Keano een geruststellende glimlach. 'Mooi,' zei ze, om hem op zijn gemak te stellen.

Sullivan leunde samenzweerderig naar voren. 'Heb je onze man bij de hand?'

Keano liep twee passen verder langs de stalen wand en pakte een klink vast. De lade gleed soepel open, een smalle, ruim twee meter lange plaat. Mark Thillingly's lichaam was strak in een spierwit linnen laken gewikkeld, dat hier en daar doorzichtig was van het vocht dat erin was getrokken. De modderige geur van rivierwater steeg zacht als nevel van hem op.

Keano sloeg links en rechts het laken open. Thillingly was naakt, zijn huid wasachtig en glanzend. Paddy probeerde niet verder omlaag te kijken dan zijn tepels, maar ze zag dat Keano zijn hand uitstak en het laken over de genitaliën vouwde.

Een ruwe Y-incisie in de borst en buik was met grote steken en dik garen dichtgenaaid. De wond op zijn wang was zorgvuldiger gehecht, maar toch bolde het vlees slordig op tussen het dikke hechtdraad. Thillingly was gezet. Paddy keek naar zijn hangbuik en kleine borsten en voelde met hem mee, stelde zich voor hoe vaak hij situaties had vermeden waarin hij zich voor het oog van anderen moest uitkleden, en dat hij net als zij een hekel had gehad aan warm weer en zwemmen.

Eén ding wist ze heel zeker: hij was niet de man die op de avond van de moord bij Vhari Burnetts voordeur had gestaan. Ze keek op om iets te zeggen, maar Sullivan schudde zachtjes zijn hoofd.

'Keano, kerel,' zei hij opgewekt terwijl hij bij de plaat vandaan stapte. 'Bedankt.'

'Dus je trakteert me een keer op een biertje?' Onwillekeurig grijnsde Keano weer.

'Nou en of.' Sullivan liep achteruit de kamer uit, Paddy met zich meetrekkend. 'Nou en of, kerel.'

'Ja.' Keano keek hen na. 'We krijgen niet veel vrouwen op bezoek, dat bedoel ik.'

'Ik snap het,' riep Paddy terwijl de deur achter hen dichtviel. 'Sullivan, dat is hem niet.'

'Oké.' Dat was niet wat hij wilde horen.

Ze probeerde niet te opgewonden te klinken. 'Dit is een belangrijk verhaal. Dit wordt een superverhaal.'

'Oké.' Hij leidde haar verder door de gang, en toen hij zich omdraaide, zag ze hoe zorgelijk hij keek. Geen enkele politieagent wilde met de beschuldigende vinger naar een collega wijzen. 'De commissie die onderzoek doet naar het politieoptreden bij Burnett komt volgende week samen. Ze gaan getuigen oproepen. Je krijgt nog een brief, maar voorlopig sta je gepland voor dinsdagmiddag. Dan zul je hun moeten vertellen over die vijftig pond. Ik kan niet garanderen dat het daarna niet uitlekt.' Hij hielp haar eraan herinneren dat ook zij veel te verliezen had.

'Het is niet anders. Dan zal ik dit verhaal nodig hebben. Ik wil best even wachten, maar ik heb het nodig.'

Sullivan knikte. 'Meisje, als dit verhaal in elkaar steekt zoals ik denk, zal ik jou nodig hebben. Begrijp je wat ik bedoel?'

Ze keken elkaar aan: geen van beiden populair bij hun collega's, allebei op zoek naar een steuntje in de rug en iemand op wie ze konden rekenen.

'Honderd procent.'

Buiten de auto was het nog donker, maar Kate was al tien minuten wakker. Ze rookte een sigaret bij wijze van ontbijt en keek door het raampje naar de parkeerplaats. Ze had op de bestuurdersstoel geslapen, met haar armen over elkaar en haar kin op haar borst, veilig in deze slechte buurt zolang de portieren op slot waren. Ze had ook een snuifje genomen, om haar ochtendsigaret een lekker fris, scherp kantje te geven.

Ze schudde weer met haar rechterhand, geërgerd, en sloeg met haar vingertoppen tegen het stuur. Een scherp potlood door een strakgespannen vel papier. Ze voelde het nog in haar vingers: de weerstand, die opeens met een zacht gekraak wegviel. Ze knipperde snel met haar ogen toen ze de man op de vloer zag liggen met de hak van haar schoen in zijn oog. Ze deed haar ogen, met de door de coke verwijde pupillen, stevig dicht en weer open, in de hoop dat het beeld dat op haar netvlies gebrand stond zou veranderen. Ze kon dat beeld niet verwerken, het was alsof er twee scherpe dia's over elkaar waren gelegd. Een schoen en een man, geen schoen in een man. Een schoen en een man. Zelfs door de nevel van drugs en vermoeidheid heen had ze het gevoel dat de wereld haar dreigde te ontglippen. Ze had iemand vermoord.

Kate wist wel dat ze de auto beter niet voor het restaurant kon parkeren. Zo dom was ze nu ook weer niet. Ze reed drie straten verder en stopte op een donker hoekje van een parkeerplaats bij een kantoorgebouw, waar ze de motor afzette. Ze roffelde met haar vingers op het met leer beklede stuur. Als ze hem hier helemaal alleen in het donker achterliet, zou hij zeker de aandacht trekken. Het was verdorie een spiksplinternieuwe BMW. De meeste mensen in deze buurt hadden zelfs nog nooit een nieuw paar schoenen gezien. Als ze de auto zelf meenamen, zou ze dat nog niet eens zo erg vinden, maar het pakket in de kofferbak was een ander verhaal.

Plotseling drong het tot haar door: als ze in leven wilde blijven, moest ze het kussen uit haar auto halen en op een veilige plek verbergen. Als ze dan achter haar aan kwamen – en ze wist dat ze dat uiteindelijk zouden doen – had ze iets om mee te onderhandelen. Ze voelde zich net een gescheiden vrouw die alimentatie probeerde af te dwingen en rondreed met een auto vol spullen die ze als pressiemiddel kon gebruiken: kunst, obligaties of aandelencertificaten, dat soort dingen. Ze was alleen op een parkeerplaats, kon nergens naartoe en had hersenweefsel van een vreemde man aan haar hak, maar om die gedachte moest ze glimlachen.

Maar waar moest ze het verstoppen? Ze nam in gedachten de mogelijkheden door: een bankkluisje. Alleen konden ze haar dan heel makkelijk in de val laten lopen, want dan zou ze keer op keer terug moeten om haar snuifdoos te vullen. Kende ze iemand die het veilig voor haar zou bewaren zonder te weten wat het was? Haar ouders, maar dat idee wees ze direct van de hand. Hen had ze al meer dan drie jaar niet meer gesproken, en ze zou te veel uit te leggen hebben. Alison, haar beste vriendin van school. Maar die had inmiddels twee kinderen en zou misschien weinig sympathie kunnen opbrengen voor een feestbeest als zij. Ze dacht aan de mensen die Vhari had gekend, oude vrienden uit de tijd dat ze zo'n hechte band hadden gehad dat ze eigenlijk alleen maar wederzijdse vrienden hadden. De Thillingly's. Maar hij had een afschuwelijke vrouw en Mark zelf was te bekrompen. Bernie. Ze was dol op Bernie, ook al deed hij niet aardig tegen haar. Zijn garage annex schuurtje, of zoiets, stond in de buurt van de snelweg, en 's avonds was er waarschijnlijk niemand.

Kate keek om zich heen naar de parkeerplaats en zag dat die in de schaduw van de aangrenzende kantoorpanden lag. Ze kon hier gerust een snuifje nemen, dacht ze, maar ze stierf van de dorst en moest eerst iets drinken. Of erna. Erna was ook goed.

Ze voelde zich ondeugend toen ze de snuifdoos uit haar handtas pakte en het lepeltje losmaakte, dat ze in het poeder stak zodra ze met haar andere hand het dekseltje open had gewipt.

Het deed pijn. Voor het eerst in lange tijd brandde de binnenkant van haar neus witheet. Ze had de tegenwoordigheid van geest om het snuifdoosje niet te laten vallen, ook al had ze het kussen nog in de kofferbak liggen. Met haar ogen gesloten klapte ze het doosje dicht en stopte het in haar handtas, met haar andere hand over haar neus toen ze vooroverboog.

Ze wreef stevig over het bot, alsof de pijn daardoor zou weggaan. Haar ogen traanden, haar neus liep. Er had zeker een klontje tussen gezeten. Een grote, stevige cokeklont was in haar neus terechtgekomen en kriebelde daar als een gek. Happend naar adem, maar glimlachend perste ze een traan uit haar oog. Als een gek.

II

Bij Archie

I

Zodra ze het redactielokaal binnenliep, wist Paddy dat er een vreselijke, sinistere verschuiving had plaatsgevonden. De laatste pagina's van de krant lagen al op de pers, maar op een tijdstip dat de redactie gewoonlijk leegbloedde, was het er nu stampvol mensen die deden alsof ze het vreselijk druk hadden.

Een hoofdredacteur van de nieuwsredactie voerde een serieus telefoongesprek terwijl achter hem een paar mannen nerveus om zich heen stonden te blikken, om te controleren of ze in de gaten werden gehouden. Zelfs op de sportredactie leek het een drukte van belang. Eén journalist zat te typen en naast hem zaten drie andere de concurrerende kranten te lezen. Niemand las de concurrerende kranten, behalve 's ochtends vroeg. Ze zaten tijd te vullen, te wachten op de voltrekking van een belangrijke gebeurtenis.

De fotografen hielden zich allemaal schuil in hun kantoor aan het andere uiteinde van de zaal. De deur stond op een kier, en Paddy zag Kevin Hatcher, de beeldredacteur. Hij stond bij zijn stoel afwachtend naar de drukke redactie te kijken. Kevin dronk meer en vaker dan wie dan ook bij de krant; dat hij om zeven uur 's avonds nog op zijn benen kon staan, mocht een wonder heten.

Ze schudde haar jas van haar schouders, en terwijl ze die ophing, zag ze dat de twee loopjongens op het bankje alert rechtop zaten, met hun aandacht niet op de redactie, maar op het kantoor achter hen gericht. Ze luisterden naar wat er in het kantoor van de hoofdredacteur werd gezegd.

Paddy keek naar Reg, een sportjournalist, die helemaal leek op te gaan in een artikel in de *Daily Mail* over Spud-U-Like-restaurantjes. Hij voelde haar blik en keek op, met rode ogen die iets te ver waren opengesperd.

'Farquarson krijgt de zak,' zei hij zachtjes. 'Ze hebben hem niet eens beneden apart genomen om het hem te vertellen. Ze zijn naar boven gekomen, naar zijn kantoor.'

Paddy keek naar de dichte deur van Farquarsons kantoor en begreep opeens waar de sfeer van shock en afkeer vandaan kwam die in de zaal hing. De directie drukte er veranderingen door. Farquarson was al vier lange jaren hoofdredacteur, dus het ging er niet om dat hij niet goed was in zijn werk. Ze wilden vernieuwen omdat de krant geen winst maakte. Ze zaten allemaal op de schopstoel.

'Wie gaat hem vervangen?' vroeg ze. 'Weten we dat al?'

'Een of andere klootzak uit Londen.'

'Hoe weet je dat hij een klootzak is?'

'Omdat hij uit Londen komt.'

Aan de andere kant van de redactie ging de deur van het kantoor open, en Farquarson kwam naar buiten. Achter hem vormden zijn favoriete redacteuren, zijn stercolumnist en twee secretaresses met roodomrande ogen een terneergeslagen groep.

Farquarson schraapte zijn keel. 'Goed.' Hij zweeg even, alsof hij iedereen de kans wilde geven de aandacht op hem te richten, alsof ze niet allemaal op hem stonden te wachten. 'Nou, ik hoef jullie niet te vertellen wat er vandaag is gebeurd, en zo ja, dan hoor je hier verdomme niet thuis.' Een beleefd lachje verspreidde zich door de zaal en hield abrupt op. Hij stak zijn handen uit als een visser die de afmetingen van een vis aangeeft, maar liet ze toen zakken en keek hoofdschuddend naar de grond. 'Jullie zijn...' Weer zweeg hij, moeizaam slikkend, alsof hij elk moment in tranen kon uitbarsten. Hij haalde diep adem, en toen hij weer sprak, klonk zijn stem luid. 'Kom, we gaan ons met z'n allen bezatten.'

Een luid, goedkeurend gebrul steeg op – grotendeels, zo vermoedde Paddy, uit dankbaarheid dat Farquarson het droog had weten te houden. Iedereen stond op en klapte voor hem terwijl hij de zaal door liep, handen schuddend en boude steunbetuigingen aanvaardend.

Paddy bleef bij de muur staan toen hij langsliep, want ze wilde hem niet in de weg lopen. Hij was aardig tegen haar geweest, maar ze betekende niets voor hem. De meeste mannen in de zaal kende hij al ruim tien jaar. Zijn secretaresse liep twee passen achter hem met zijn jas en aktetas in haar handen, glimlachend om de vriendelijkheid van de mensen die hij passeerde, minzaam als de vrouw van een politicus.

De zaal liep snel leeg, want iedereen ging achter Farquarson aan door de klapdeuren naar buiten. Paddy hoorde het luide geroezemoes in het trappenhuis en was net op tijd bij het raam om te kunnen zien hoe Farquarson en zijn gevolg naar buiten stormden, zonder de branddeuren achter zich dicht te doen, en hoe hij al handenschuddend met de vrachtwagenchauffeurs en de letterzetters die zich op straat hadden verzameld naar de Press Bar liep. Zijn grijns was geforceerd.

Paddy draaide zich om naar de plotseling lege redactie. Het was een rommelige, sjofele ruimte. Er zaten krassen op de muren waar stoelen tegenaan waren gestoten, de tafels waren beschadigd en de grote, grijze typemachines zagen er allemaal oeroud en aftands uit. Het eerste wat de nieuwe hoofdredacteur over haar te horen zou krijgen, was dat ze zwijggeld had aangenomen. Tijdens een economische crisis ontsloegen ze vrouwen altijd het eerst, met als argument dat ze thuis toch niemand hadden die van hun salaris afhankelijk was.

Paddy schudde haar hoofd, geplaagd door een eindeloos 'o nee' in haar hoofd, paniekerig en ervan overtuigd dat ze nog voor het eind van de zomer op straat zou staan. Ze kon nergens anders naartoe. Ze had niet veel ervaring, haar stenoschrift was zo belabberd dat ze er zelf de helft niet van begreep. En er stond meer op het spel dan haar carrière en haar toekomst. Ze hadden het geld hard nodig. Haar moeder had het geld hard nodig.

Toen ze opkeek, zag ze dat Reg nog steeds achter zijn bureau zat, met zijn hoofd in zijn handen, zijn doodsbange blik op het bureaublad gericht. Diezelfde blik had ze in de ogen van haar vader gezien.

Ze liep op hem af en probeerde hem aan zijn armen overeind te trekken. 'Reg, kom,' zei ze kordaat. 'Opstaan.'

De roodogige man kwam overeind en keek haar aan alsof hij op nadere bevelen wachtte.

'Iedereen schijt zeven kleuren stront, Reg, je bent heus niet de enige.' Ze gebaarde dat hij achter haar aan moest komen en wuifde hem door de klapdeuren de trap af, de straat op en de stoep over.

Ze duwde de deur van de Press Bar open. Ze stuitten op een muur van enigszins manische opgewektheid. Midden in de zaal stond Farquarson te drinken, omringd door concentrische kringen vrolijke mannen die allemaal het glas hieven en luide, opgewekte geluiden maakten die botsten met hun droevige, angstige ogen.

Paddy voelde een brok in haar keel. Een groot man was op zijn knieën gedwongen, en hoe je het verdomme ook wendde of keerde, het was gewoon de zoveelste economische tragedie. Ze duwde Reg voor zich uit. Farquarson keek naar de deur en zag haar. Zijn gezicht stond een beetje verloren, onzeker.

Paddy schonk hem een brede, vrolijke, onechte grijns en hij was zo vriendelijk haar voorbeeld te volgen. Ze baande zich een weg door de menigte.

'Chef,' zei ze terwijl ze hem zo hard als ze kon op zijn arm sloeg. 'Hebben ze je nou ontslagen omdat je ze hebt gevraagd mij een andere baan te geven?'

Hij knikte. 'Ja, dus ik heb een borrel van je te goed.'

Ze sloeg hem nog een keer en baande zich een weg naar de bar. Ze had er al haar concentratie voor nodig om zich tussen de mannen door te dringen, met als gevolg dat ze per ongeluk uitkwam tussen Father Richards en Half-assed Willie, een berucht pedante redacteur die nu intens verveeld stond te luisteren naar Richards, die luidkeels oreerde over Tony Benns gooi naar het partijleiderschap. Half-assed nipte van zijn bier, zichtbaar wanhopig op zoek naar afleiding van Richards en zijn donderpreek. Het ware socialisme, de belangrijkste belofte van het kamp-Benn: een terugkeer naar nationalisatie en volledige werkgelegenheid.

Paddy deed een stap achteruit om te zien of ze een van beiden, en het liefst allebei de mannen kon ontwijken voordat ze tussen hen klem kwam te zitten. Richards was de vertegenwoordiger van de vakbond, maar was zelden nog op kantoor te vinden. Het grootste deel van zijn tijd was hij op kosten van de gemeenschap op stap met de vakbond om plannen te maken voor een nieuwe socialistische republiek. Het volk was hongerig en walgde van de gevoelloze regering vol graaiende kapitalisten. Een revolutie was nu onafwendbaar.

Half-assed, gewoonlijk een mild man, had er heel plotseling genoeg van, en boog langs Paddy heen om Richards een stomp in zijn gezicht te geven. Ze sprong haastig achteruit terwijl de twee mannen van hun barkrukken op de kleverige vloer tuimelden, rukkend aan elkaars kleren, in een wirwar van maaiende armen en benen. De mensen schaarden zich om hen heen, verrukt over het schouwspel.

Toen Richards over de vloer langs Farquarson rolde, tikte die met zijn tenen tegen diens rug, en dat was het begin van een spelletje waarbij iedereen al snel naar Richards stond te trappen, soms voor de grap, soms echt gemeen. Paddy keek naar Farquarson en zag dat hij blij was dat zijn feestje zo goed verliep, tevreden over de essentiële, enigszins brute boventoon die nu eenmaal bij de nieuwsredactie hoorde. Het was meer dan passend.

Ze voelde een tikje op haar schouder en keek om, recht in McVies ellendige gezicht. Ze knikten elkaar toe. Hij had een schoon, gesteven overhemd aan.

'Je bent me nog steeds niet komen opzoeken in mijn nieuwe flat,' zei hij.

Paddy wist niet of ze wel alleen wilde zijn met McVie, maar hij had haar weken eerder het adres al gegeven en was erg vasthoudend.

Alle schijn van speelsheid was inmiddels uit het schopspelletje verdwenen. Richards kreeg er stevig van langs. Hij schreeuwde dat ze moesten ophouden en probeerde te gaan zitten, zodat hij zich kon verdedigen, maar Half-assed genoot van het gevecht en trok hem weer op de grond, wat hem gejuich van de omstanders opleverde.

Farquarson keek naar Paddy met een brede, vrolijke grijns op zijn gezicht, en beduidde met een hoofdknik dat ze naar de deur moest komen. Ze wees met haar duim over haar schouder naar de bar, ten teken dat ze nog niets te drinken voor hem had gehaald. Hij stak de glazen whisky in zijn beide handen omhoog en maakte weer dat hoofdgebaar, nog steeds haar hoofdredacteur, die wist dat Billy bij de auto op haar stond te wachten.

Ze deed het alleen omdat ze wist dat ze hem waarschijnlijk nooit meer zou zien, maar Paddy deed iets wat eigenlijk niet bij haar paste: ze drukte haar vingers tegen haar lippen en wierp hem een kushandje toe. Farquarson accepteerde het hoffelijk, zoals een goede vriend zou doen, met een trage knipoog en een brede grijns.

Paddy drong zich tussen de mensen door naar de deur en keek om naar de gesloten kring van mannen. Farquarsons haar stak boven de rij hoofden uit als een rookpluim boven een legerkamp. Ze glimlachte droevig, duwde de deur open en stapte de bittere kou in.

Billy had vier jaar onder Farquarson gewerkt en drukte zijn verontwaardiging uit door middel van belabberde stuurmanskunst. Hij slingerde met gierende banden over rotondes heen en scheurde op oranje stoplichten af alsof hij de hele wereld duidelijk wilde maken dat hij het er niet mee eens was. Het geroezemoes van de scanner hing als een dikke smogwolk tussen hen in de auto en maakte troostende woorden onmogelijk. Paddy wilde er eigenlijk niet over praten, wilde de onrechtvaardigheid ervan niet oprakelen. Ze had genoeg zorgen aan haar hoofd.

Ze gleden door de natte stad, over de verlaten straten waar het afval en het stof waren weggespoeld. Het regende nu al twee weken aan één stuk door. Paddy hield wel van regen, die ervoor zorgde dat iedereen zich, afgeschermd van de rest van de wereld, met het hoofd gebogen voortspoedde terwijl de wilde wind door de achterafstraatjes en steegjes raasde.

Thillingly was niet de man die ze bij Burnetts voordeur had gezien, maar ze vroeg zich af of hij misschien de man uit de tweede auto kon zijn geweest. Ze stelde zich voor dat hij drijfnat en met een krijtwit gezicht in Vhari Burnetts felverlichte woonkamer boosaardig naar haar zat te staren, terwijl hij zijn slappe vingers, waar het vuile rivierwater van afdroop, naar zijn wang bracht om de rauwe randen van de wond aan te raken. Voor haar gevoel klopte het niet. Oké, dus ze was niet helemaal objectief over Thillingly omdat hij dik was, maar het bruut martelen van een ex-verloofde paste niet bij iemand die actief lid was van Amnesty.

Billy stopte voor een verkeerslicht en het volume van de scanner daalde abrupt toen het signaal werd geblokkeerd in de vallei tussen de hoge kantoorgebouwen.

'Billy, hoe heeft je zoon het gedaan in die try-out voor de Jags?'

Billy knikte droevig. 'Die kleine etter is er nog doorheen gekomen ook. Hij wordt opgenomen in het jeugdteam.'

'Dat is toch goed?'

Triest keek hij haar aan. 'Ik ben voor de Gers. Ik heb gezien dat je geld van die man aannam.' Die opmerking plakte hij er doodleuk aan vast, waardoor het voor haar als een volkomen verrassing kwam. 'Heb je dat al eerder gedaan?'

'Ik heb het niet echt aangenomen. Hij drukte het in mijn hand en deed de deur dicht.'

Het licht sprong op groen en Billy trok op, met zijn hoofd een beetje scheef. Hij geloofde haar maar half. Ze verlieten de vallei, en de verstoorde scanner zond een scherp gekraak en golven van geluid door de auto. Paddy schoof naar voren en raakte zijn schouder aan. Hij kromp ineen onder haar aanraking. 'Ik heb het vanochtend bij de politie ingeleverd. Ik had het ook gewoon kunnen houden.'

Hij knikte moeizaam, en zonder haar aan te kijken keek hij in de achteruitkijkspiegel. Ze zou er vanavond voor zorgen dat ze zo min mogelijk in de auto hoefde te zitten.

De Marine zag er warm en uitnodigend uit toen ze voor de deur stopten. Het gele licht uit de ramen sneed door de regen die de plassen op straat geselde. Paddy had het portier al open voordat Billy de handrem had aangetrokken.

Haar voeten sopten in haar laarzen tegen de tijd dat ze de ingang van het politiebureau bereikte. Er tekende zich een vloedlijntje af in het suède omdat het telkens nat werd. Terwijl ze de regen uit haar haren streek, zag ze dat Murdo McCloud weer achter de balie zat. De wachtruimte was leeg. De warmte van de radiatoren had de kans gekregen om zijn werk te doen nu de deur niet keer op keer openging, en het was binnen erg behaaglijk.

Twee agenten kwamen door de deur naar de kantoren achter in het gebouw naar buiten, en een van hen gaf McCloud in het voorbijgaan een klap op zijn schouder, noemde hem 'Cloudy, ouwe knakker' en maakte hem aan het lachen. Nog steeds grinnikend zag hij Paddy staan en riep haar terwijl hij het meldingenboek opensloeg en gebaarde dat ze naar hem toe moest komen, zodat ze er zelf in kon kijken. Het was een teken van respect. Ze draafde het trapje op. De houten planken kraakten luid onder haar voeten.

McCloud was alle meldingen-van-niks van die avond met haar aan het doornemen, die fragmenten van andermans leven, toen de deur achter hen openging en Sullivan naar buiten kwam, nog steeds in hemdsmouwen. Klaarblijkelijk dacht hij voorlopig nog niet naar huis te kunnen. Hij was verbaasd Paddy te zien en wees veelbetekenend naar haar.

'Jij,' zei hij alsof hij net aan haar moest denken.

Samen gaapten McCloud en Paddy hem even aan.

'Nee, jij dan,' antwoordde McCloud namens haar.

Een luid gekraak van de houten vloer maakte hen alle drie aan het schrikken. Met hernieuwde energie gebaarde Sullivan dat ze mee moest lopen naar de witte houten gang achter hem.

Door de achterwand heen kon ze horen dat het nu druk en rumoerig was in het stille kantoor waarin ze door Sullivan en Reid was ondervraagd. De agenten lachten vrolijk, ondanks het late tijdstip.

'Wat ben jij nog laat aan het werk,' zei ze vriendelijk, in een poging de kameraadschappelijke sfeer in stand te houden die ze met McCloud had gecreëerd.

Sullivan was echter te opgewonden. 'Bedankt voor je komst... Naar Keano, bedoel ik, eerder vandaag. Toen je in Bearsden voor de deur stond, heb je toen binnen nog iemand gezien? Een gestalte achter het gordijn bijvoorbeeld?'

Ze probeerde het zich voor de geest te halen. 'Wat voor een gestalte?'

'Een grote man, kaal, brede schouders.'

Ze schudde haar hoofd en probeerde te bedenken of de beschrijving op Thillingly sloeg, maar die had een volle bos haar. Ze herinnerde zich een natte lok die over een halfopen oog viel, en huiverde bij de gedachte. Sullivan stond naar haar te kijken alsof hij haar met zijn blik wilde dwingen de beschrijving te bevestigen.

'Ik heb je verteld over die man met de bretels.'

'Ja, maar we kunnen niemand vinden die aan dat signalement voldoet.' Hij leek nog steeds opgewonden.

'Heeft dat briefje van vijftig nog iets opgeleverd?'

Hij rimpelde zijn kin, opgetogen en blij, maar wendde zijn blik af.

'Een bloedgroep?' raadde ze.

Hij schudde zijn hoofd. 'Cocaïne. Het biljet zat er helemaal onder. En...'

Ze moest raden van hem, dus deed ze dat. Vingerafdrukken aan een verdachte verbinden kon weken duren, omdat de dossiers handmatig moesten worden doorgenomen. 'Nou, in elk geval geen vingerafdrukken,' zei ze, maar Sullivan trok zijn wenkbrauwen op en beschreef een piepklein achtje met zijn hoofd.

'Hebben jullie vingerafdrukken op het briefje gevonden? En er een naam aan verbonden, binnen een dag? Mogen jullie Deep Blue soms gebruiken of zo?'

Hij grijnsde naar haar, bijtend op zijn onderlip.

Ze betrapte zichzelf erop dat ze terug glimlachte. 'En, waren ze van de man met de bretels?'

'Nee. Er zitten twee sets vingerafdrukken op: een ervan moet van hem zijn, omdat hij je het bankbiljet heeft gegeven, maar we hebben hem niet in het bestand staan.'

'Maar dan heb je in elk geval vergelijkingsmateriaal voor als je hem te pakken krijgt, toch?'

Opnieuw glimlachend keek hij langs haar heen.

Ze stelde hem een vraag waarop hij wel antwoord kon geven. 'Kwam de andere set overeen met vingerafdrukken in het huis?'

'Nee, in het huis zelf hebben we helemaal niets aangetroffen.' Weer grijnsde hij van oor tot oor. 'Alles is schoongeveegd, grondig gepoetst.'

'Maar waarom hebben ze al die moeite gedaan en zich niet druk gemaakt om dat bankbiljet?'

Hij trok zijn wenkbrauwen op, en Paddy knikte. 'Ze gingen ervan uit dat ik het zou uitgeven, nietwaar? Ze hadden niet gedacht dat ik het in mijn zak zou houden.'

'Die andere vingerafdrukken kwamen overeen met die van een bekende, een zware jongen, iemand met wie Mark Thillingly zich nooit zou hebben ingelaten. Dat ondersteunt de theorie dat hij het helemaal niet heeft gedaan.' Sullivan sloeg zijn handen ineen, erg met zichzelf ingenomen. 'Daar mag je natuurlijk niets over schrijven. Nog niet.'

'Ik zou het niet eens kunnen al had ik het graag gedaan,' zei Paddy. 'We mogen van de juristen niets publiceren wat een rechtszaak zou kunnen beïnvloeden.'

'Dat is maar goed ook. We willen niet dat die lui vrijuit gaan omdat jij hun naam in de krant hebt gezet voordat ze voor de rechter moeten verschijnen.'

'Maar, eh... welke naam ga ik niet in de krant zetten?'

Sullivan boog zich naar haar toe en fluisterde haar een naam in voor hij zich terugtrok. 'Lafferty.'

Voor haar gevoel zat Kate al maanden in haar auto te wachten, voorovergebogen over haar knieën met haar ogen stijf dichtgeknepen terwijl de tranen eruit stroomden, als reactie op de cocaïneklont die in het slijmvlies zat. Terwijl ze daar zat, bezwoer ze dat ze het poeder ergens mee ging versnijden. Ze had het melkpoeder uit de cottage moeten meenemen, maar wie dacht er nou aan dat soort dingen?

Toen ze eindelijk overeind ging zitten, voelde ze zich verfrist en verstandig. Ze had zelfstandig en heel kalm een medisch noodgeval opgelost. Applaus voor mezelf, dacht ze, en ze startte de motor, reed langzaam achteruit het parkeervak uit, stak de lege parkeerplaats over en draaide de weg op.

Het restaurant was van Archie, en hoewel Archie niet echt een vriend van haar was, had hij altijd duidelijk laten blijken dat hij haar leuk vond. Hij had een paar keer geprobeerd haar te betasten en zijn dikke Amerikaanse handen over haar achterste laten glijden als hij dacht dat ze alleen waren in het gangetje achter in het gebouw. Soms was hij tijdens besloten bijeenkomsten laat op de avond achter haar aan gekomen naar de wc, en één keer had ze hem toegestaan haar borst aan te raken en haar nek te kussen voordat ze hem had weggeduwd. Archie vond haar erg leuk.

Langzaam reed ze langs de halvemaan van winkels, tot ze het uithangbord van Tusks zag en het felverlichte raam met zijn omlaag getrokken witte blindering. Eigenlijk was het een wijnbar, maar ze serveerden ook kleine gerechten, tapas, heerlijke kleine hapjes. Ze had een paar dingen geproefd en het was echt heel lekker. Frietjes en iets met ei. Heerlijk.

Ze kwam langs het nabijgelegen straatje waar ze gewoonlijk parkeerden als ze naar Archie gingen. Ze vond een plekje en wilde de auto er net achteruit in parkeren toen ze zich herinnerde dat ze stiekem te werk wilde gaan. Als zij wist dat ze daar moest kijken of zijn auto er stond, zou hij ook weten dat hij daar moest kijken of haar auto er stond. Applaus voor mezelf.

Een scherp potlood door een strakgespannen vel papier. Ze schudde haar hand alsof ze er modder van af probeerde te krijgen. Vervelend gevoel. Ze reed de hoek om en parkeerde de auto daar, aan een straat met huizen, vlak achter een grote bestelbus zodat haar auto aan het zicht onttrokken zou zijn als hij voorbij kwam rijden.

Ze zou een glas koele, droge witte wijn bestellen, een groot glas, en samen met Archie giechelen. Misschien liet ze zich wel door hem verleiden. Hij was oud en onaantrekkelijk, maar misschien deed ze het toch. Het was al dagen geleden dat ze zelfs maar met iemand had gepraat, en een nacht met een lieve vriend zou fijn zijn.

Ze zag er een beetje tegenop, maar toch hing ze haar handtas over haar schouder en stapte uit de prachtige auto. Die deed ze op slot en uit gewoonte controleerde ze voor de zekerheid de greep. Toen kamde ze even met haar vingers door haar haren, haakte ze losjes achter haar oren en maakte de gouden knopen van haar marineblauwe pakje dicht. Terwijl ze naar Archies restaurant liep, werd ze zich er steeds meer van bewust dat mensen haar zouden zien, dus wiegde ze met haar heupen en schouders en trok een pruillipje. Ze zou iets drinken met Archie, op onderzoek uitgaan om te zien of ze het kussen ergens kon verstoppen en misschien Archie zijn gang laten gaan.

De warmte straalde dwars door het glas van de grote ramen heen. Ze herinnerde zich wel honderd avonden in het restaurant, die allemaal samensmolten tot één deur die voor haar werd geopend, één tafel die zuchtte onder de duurste wijnen en Archie die hun ongevraagd allerlei gerechten kwam brengen voor bij de wijn, om de smaaksensatie te verhogen. Ze glimlachte mee met de mannen, die ergens om moesten lachen, een grapje waar ze maar half naar luisterde, een geintje over verschillende soorten Franse mosterd. Met een zelfgenoegzame grijns opende ze de deur en liep met klakkende hakken de trap met geglazuurde terracottategels af naar de cirkel van tegels die de entree aangaf.

Het restaurant was maar halfvol, maar iedereen liet zijn bestek vallen en staarde naar de deur. In verwarring gebracht glimlachte Kate vaag en keek over haar schouder. Achter haar was niemand. Ze draaide zich weer om en besefte dat ze allemaal naar haar zaten te staren, met open mond. Dat was heel, heel onbeschoft van ze.

Ze tutte afkeurend, schoof de riem van haar damestas wat hoger op haar schouder en keek om zich heen, op zoek naar Philippe, Archies gastheer. Ze hoefde niet te wachten. Archie zelf kwam meteen uit het achterkamertje en stormde op haar af toen hij haar zag.

Kate stak haar armen uit voor een grootse, hartelijke begroeting. 'Hallo, schat.'

Archie pakte haar bij haar pols en draaide die om, zodat het zelfs een beetje pijn deed, waarna hij haar mee naar buiten trok. Hij sleurde haar bijna de drie halfronde treden naar de straat op. Haar schoudertas gleed langs haar arm naar beneden en viel met een harde bons op de tegels.

Buiten draaide Archie zich naar haar om, met zijn gezicht slechts een paar centimeter bij het hare vandaan. 'Ga weg. Ik wil je hier nooit meer zien.'

Ze liet haar kin zakken en keek koket naar hem op. 'Doe niet zo gemeen, Archie. Ik heb een paar rotdagen achter de rug.' Ze liet haar vinger over de knoopjes van zijn overhemd glijden. 'Wees lief voor me.'

'Hij zit achter je aan, wist je dat?'

'Weet ik, weet ik, het is een misverstand. Hij denkt dat ik iets stouts heb gedaan, maar ik ben alleen maar op een goede manier stout.' Ze glimlachte naar hem, hopend dat hij de dubbele betekenis zou begrijpen en haar zou meenemen naar huis, om voor haar te zorgen. Vanavond kon het haar niet schelen hoe oud hij was. Het kon haar niet schelen dat er haar uit zijn neusgaten en uit zijn kraag stak. Het kon haar niet schelen dat hij alleen maar een restaurant had. Ze wilde iemand aanraken en aangeraakt worden. Ze had behoefte aan menselijk contact en een slaapplaats.

'Archie.' Haar hand gleed over zijn overhemd naar zijn schouder. Het was een goedkoop overhemd, want ze hoorde het hoge gepiep van nylon vezels, alsof je een rits dichttrok, toen ze haar vingertoppen eroverheen liet gaan. 'Je vindt me heel leuk, toch?'

Hij legde zijn harige vingers over de hare en trok haar hand van zijn borst. 'Zal ik je eens iets vertellen, Kate? Ik moet niets van je hebben. Ik vind je een dom leeghoofd. Maar er is een tijd geweest dat ik je wel wilde neuken.' Hij stak zijn vinger omhoog om zijn argument te onderstrepen. 'Zie je, dat is het verschil. Ik had je best willen neuken, omdat je iets met hem had. Maar nu,' zei hij terwijl hij met zijn vinger van haar tenen naar haar hoofd en weer terug wees, 'nu zou ik niet eens door je gepijpt willen worden al gaf je me geld toe.'

Zo onbeschoft was nog nooit iemand tegen haar geweest. Kate deed een stap achteruit en staarde hem aan. Hij was dik en oud, hij droeg goedkope overhemden en had overal haar. Zij was het mooiste meisje van de klas geweest, de mooiste vrouw bij de jachthaven-club, het meest begeerde meisje bij elk bal dat ze ooit had bijge-woond. Ze trok een gezicht als een gebalde vuist omdat ze wist dat het haar goed stond, omdat het de beste kaart was die ze kon uitspe-len, en haalde met haar vlakke hand uit naar zijn grote, dikke kop.

Archie greep haar pols vast en hield haar arm omhoog. Hij was volkomen onbewogen. 'Rot op en waag het niet om terug te ko-men.'

Kate beet op haar lip. 'Je bent onbeschoft en vulgair,' zei ze. Toen wendde ze zich af en liep langs de rij gesloten winkels met dichte rol-luiken: een designerkledingwinkel, een tabakszaak waar je uitste-kende sigaren kon kopen, een makelaarskantoor. Leuke zaken. Ze moest maar eens terugkomen als ze open waren.

Ze voelde dat Archie zijn dikke, bolle ogen op haar gericht hield tot ze de hoek om liep, maar ze keek niet achterom. Dat plezier gun-de ze hem niet.

Ze wist zich te beheersen tot ze weer in de auto zat en het portier op slot had gedaan. Niemand had ooit zo'n toon tegen haar aange-slagen, en ze snapte niet waar hij het lef vandaan haalde. Onbe-schofte vetklep. Ze had hem een keer haar borst laten aanraken, hem toegestaan zijn dikke, harige hand in haar zijden blouse te laten glijden en even te voelen.

Ze klapte de zonneklep aan de passagierskant naar beneden en draaide die naar zich toe, zodat ze in het spiegeltje haar kapsel en make-up kon controleren. Ze zat zo ver bij het smalle spiegeltje van-daan dat ze haar hele gezicht erin kon zien.

Kate hapte naar adem. Het was te donker om kleuren te onder-scheiden, maar ze zag zwarte kronkellijnen uit haar neusgaten ko-men, dunne, zwarte strepen troep met stukjes erin, alsof er een inkt-vis naar buiten probeerde te kruipen. Een van de zwarte lijntjes liep over haar wang door tot in haar haren, en er liepen zwarte strepen naar haar mond en over haar kin. Er zat zelfs zwart in haar haren, en een hele klodder boven haar oor. De huid onder haar ogen was don-ker en gezwollen, alsof ze een klap had gekregen. Ze lachte hoopvol naar zichzelf, een dunne, nerveuze parodie van de schitterende glimlach die ze zichzelf gewoonlijk in de spiegel schonk. Ze miste een voortand. Ze wist niet eens meer wanneer ze die was kwijtge-raakt. Ze zag eruit als een zwerver.

Geen wonder dat Archie haar had weggestuurd. Ze zag er afschuwelijk uit, en ze wás ook afschuwelijk, en in een onverwacht helder ogenblik besefte ze dat Vhari dood was om wat zij had gedaan. Niet in staat het nog langer te verdragen wendde ze haar blik af van de spiegel en zag de auto door de verlaten straat rijden, maar de bestuurder zag haar auto niet staan achter de bestelbus. Een BMW, een groot model, met twee mannen erin.

12

Als stront van een laken

1

Paddy zat zwijgend aan de keukentafel met haar oudste zus. Caroline rookte openlijk een sigaret en keek met dikke blauwe ogen toe terwijl hun broer Marty door het hoge gras in de achtertuin achter kleine Con aan zat.

De Meehans hadden geen van allen verstand van tuinieren. Ze waren een beetje bang voor het platteland en de natuur in zijn algemeenheid, en de tuin werd gewoonlijk alleen gebruikt als rookplek voor bezoekers of om kapotte meubels en wasmachines neer te zetten. Alleen woekerplanten overleefden het en slokten alle kleur op. Hun oudere broer Gerard had de palen van de waslijn dichter bij het huis neergezet, zodat Trisha niet door het lange gras hoefde te ploegen om de was op te hangen.

Bij de Meehans thuis rookte niemand binnen, maar Caroline zat gewoon te roken, pal onder de neus van haar moeder, die zich bij het gasfornuis met de soep bezighield. Carolines bont en blauwe ogen waren zo opgezwollen dat ze bijna niets kon zien, en haar huid stond zo strak dat die op haar linkerjukbeen was opgesprongen.

Paddy keek naar haar moeder, die achter het gasfornuis goedkope hamresten en aardappelen aan de bouillon toevoegde om die wat meer body te geven, en ze vroeg zich af hoe ze het in vredesnaam moesten redden, nu ze van haar karige salaris nog twee monden moesten voeden, in elk geval tijdelijk, tot Caroline terugging naar John en iets van haar huwelijk probeerde te maken.

Nerveus, maar erg benieuwd naar de nieuwe hoofdredacteur, was Paddy twee uur te vroeg voor haar nachtdienst.

Ze trof een brief aan in haar postvakje bij de deur, een formele brief getypt op dik grijs papier met een watermerk erin, waarin haar werd meegedeeld dat het team voor het officiële politieonderzoek naar het Drymen Road-incident morgen voor het eerst bijeen zou komen en dat zij werd opgeroepen om dinsdag aanstaande om half-drie 's middags te komen getuigen. Na dinsdag zou iedereen het weten van het zwijggeld. Ze vouwde de brief weer op en wreef stevig met haar nagel over de vouw, alsof ze hem wilde verzegelen. Toen keek ze om zich heen.

Het gonsde op de redactie van de geveinsde activiteit: iedereen zat met een diepe frons ingespannen te lezen, liep rond met papieren in de hand of knikte ernstig tijdens telefoongesprekken met familie en vrienden. Farquarsons deur stond wagenwijd open, en Paddy zag dat de archiefkasten leeg waren, dat de foto's van de muur waren gehaald en dat het grote, lange bureau dat hij voor redactievergaderingen had gebruikt was weggehaald. Met open mond keek ze naar het lege kantoor, met haar blik gericht op de putjes in de vloerbedekking waar de enorme tafel al die jaren dat ze hier had gewerkt had gestaan.

'Waar is die tafel gebleven?' vroeg ze, bijna in zichzelf.

Een loopjongen, mager als een panlat, die vaak naar haar keek en bloosde als ze zijn blik beantwoordde, stond op van de bank. 'De nieuwe hoofdredacteur heet Ramage.'

Ramage was binnengekomen, had zichzelf voorgesteld en vervolgens gezegd dat er maatregelen zouden worden genomen, ingrijpende maatregelen, en de eerste serie was die ochtend aangekondigd. Er werden vier nieuwe redacteuren en een adjunct-hoofdredacteur van buiten aangetrokken. Dat betekende degradatie voor vier oude redacteuren. Een van hen had dat geaccepteerd en de andere drie hadden ontslag genomen. De nieuwe drukpersen die hun waren beloofd waren afbesteld, dus ze zouden het zo goed en zo kwaad als het ging moeten doen met de apparatuur die ze hadden. De drukpersen zelf waren minder belangrijk dan de belofte voor de toekomst die ze inhielden. De dagdienst had de nieuwe baas al een bijnaam gegeven: Random Damage, ofwel willekeurige schade.

Ze zag McVie aan de andere kant van de zaal staan en liep op hem af.

'Heb je ooit gehoord van een crimineel die Lafferty heet?'

'Nee,' zei hij kortaf. 'Heb je het gehoord van die man? Hij heeft zijn kantoor naar beneden verplaatst, bij de bureauredactie. Hij heeft drie kantoren voor zichzelf.'

'Gaat hij niet bij de nieuwsredactie zitten?'

'Hij is daarstraks naar boven gekomen om een praatje te houden en te zeggen dat hij hier is om ons weer in de zwarte cijfers te trekken. Hij wil de uitstraling van de krant veranderen en als iemand het er niet mee eens is, kan die oprotten. Maar niemand is weggegaan. Hij probeert ons zo op te fokken dat we vanzelf weglopen, zodat hij geen geld hoeft te spenderen aan afvloeiingsregelingen.' Hij liet zijn stem dalen. 'Hij is van *News of the World*.'

Paddy's mond viel open. 'Goeie genade.' Dat was een vod, een roddelblad, en het verschilde van de droge, zakelijke *Daily News* als stront van een laken.

'Straks komt hij ook met jullie praten. Jullie moeten hier allemaal om halftien zijn. Maar jij hoeft je geen zorgen te maken, want jij zit bij misdaad.'

Nee, zolang ze niets wisten over die vijftig pond, hoefde ze zich geen zorgen te maken. Haar nachtelijke autodienst, waarop iedereen zo lang had neergekeken, was opeens een van de weinige zekere baantjes die er nog waren. En als een vingervlugge politieagent er met het bankbiljet vandoor was gegaan, zou iedereen het feit willen verhullen dat het ooit had bestaan.

Ze liep naar een bureau op de nieuwsredactie, pakte de telefoon van de haak, belde Partick Marine en vroeg naar Colum McDaid.

'Hallo brigadier McDaid, u spreekt met Paddy Meehan. Ik ben pas geleden bij u langs geweest.'

'En ik was zeer vereerd!' zei hij spontaan.

'Nog nieuws over de vriendin die ik bij u heb achtergelaten?'

'Aha.' Ze kon horen dat McDaid moest glimlachen. 'Jazeker. Onze vriendin is teruggekeerd van haar korte vakantie in het vingerafdrukkenlaboratorium. Ze heeft de reis per auto afgelegd, begeleid door mij persoonlijk, en geniet nu thuis van de faciliteiten.'

'Welke faciliteiten?'

'Een gezellige brandkast, mijn gezelschap, haar eigen plastic zak-je.'

'Geluksvogel.'

'Ja, ze ligt er knus en tevreden bij, dus je hoeft je helemaal geen zorgen over haar te maken. Je hoeft niet telkens te bellen om naar haar te informeren, want ze ligt veilig opgeborgen en gaat nergens meer naartoe totdat de zaak voor de rechter komt.'

'Brigadier McDaid,' zei ze terneergeslagen, 'dank u wel.'

Ze hing op en keek om zich heen. Haar toekomst dreigde haar te ontglippen, als een klif die afbrokkelde in de zee. McDaid was een integer man. Ze was de klos.

III

Een late trein denderde over de hoge victoriaanse boogbrug, over de spoorlijn naar het westen. Achter Kate schoten auto's voorbij op de drukke snelweg. Op de weg voor haar was het rustig: de enkele voorbijganger was meestal afkomstig uit de betonnen blokkendoos waarin een sociëteit was gevestigd, kleine mannen met slappe knie-en die op weg naar huis langs haar auto stommelden zonder acht op haar te slaan.

Kate was nu pas echt bang. Iedereen op straat, elke schaduw die over de weg speelde was het eerste teken van een ophanden zijnde aanval, duidde op een bende, een team Archies, mannen op wie ze geen enkele invloed of macht kon uitoefenen.

Zonder haar schoonheid, zonder de mogelijkheid om de welwillendheid uit te buiten van elke man die ze tegenkwam, was ze niets dan een trieste cokeverslaafde die haar beste tijd had gehad. Voor het eerst van haar leven zou ze haar eigen boontjes moeten doppen.

De sociëteit was gevestigd in een grijze betonnen doos met een rood met wit brouwerijbord dat als een rood kruis bij de deur hing. Drie oude mannen in wijde broeken en vuile jasjes ondersteunden elkaar op weg naar hun huurflats.

Kate wachtte tot de straat verlaten was voordat ze het autoportier opende en uitstapte, waarbij ze elegant de riem van haar tas over haar schouder hing. De hak van haar pump, die tot op het metaal was afgesleten, gleed weg op de natte straatklinkers en ze verloor bijna haar evenwicht, maar wist zich vast te grijpen aan het autoportier. Ze steunde er met haar hele gewicht op. Twee dagen eerder zou ze nog hebben gekeken of ze het portier niet had beschadigd toen ze het zo ruw vastpakte en eraan trok, maar nu kon het haar niet schelen wat er met die rotauto gebeurde. Die hoorde bij een andere Kate. Voorovergebogen pakte ze de draadschaar met de blauwe handvatten die ze in de kofferbak had gevonden van de achterbank. Toen duwde ze zo zachtjes mogelijk het portier dicht en bleef even staan luisteren.

Achter de duisternis van de boog onder de spoorbrug lag een stuk braakliggend terrein. Op de ongelijke, modderige heuvels groeiden her en der plukjes gras, en daarachter stond een rood gebouw met huurflats, met donkere ramen en een fel licht bij de ingang.

Ergens in de verte jankte een hond, die abrupt tot zwijgen werd gebracht. Aangespoord door het geluid stapte ze uit haar schoenen en liet ze bij de auto achter, waarna ze naar het andere eind van de boog liep, dicht langs de muur. De rijp op de kasseien verdoofde haar voetzolen, maar ze voelde het nauwelijks. Na Archie had ze geprobeerd nog een snuifje te nemen. God, wat had ze het nodig, maar het deed te veel pijn om te snuiven, dus had ze het maar op haar tandvlees gesmeerd. Dat was niet zo prettig, maar het werkte wel: ze werd er een beetje wakker van en het haalde de scherpe kantjes eraf.

Boven Bernies garage hing een bord. Het was goedkoop gemaakt en slordig opgehangen. Geen logo, geen ontwerper was eraan te pas gekomen, gewoon 'Bernie's Motors' in zwarte verf, met de hand geschreven. Het was zo simpel en eenvoudig en zo typisch Bernie dat ze moest glimlachen toen ze er door de schaduw op afliep. Wat zou ze het heerlijk vinden om Bernie nu te zien, in Mount Florida in de tuin te zitten en Pimms of een ander lekker drankje te drinken, Bucks Fizz of zo, iets zomers. Normaal gesproken vrolijkte een dergelijke gedachte haar op. Normaal gesproken zou ze het drankje op haar tong kunnen proeven, zou haar huid warm worden van de denkbeeldige zon en zou ze Bernies aanwezigheid voelen, maar vanavond werkte het niet. Vanavond wist ze wat de realiteit was. Ze voelde het gewicht van de draadschaar langs haar zij, haar blote voeten en gevoelloze tenen op de door de tijd geërodeerde stenen, de koude regen die als speeksel op haar verwoeste gezicht spatte.

Bernies boog was dichtgemetseld met grijze B2-blokken en versteende grijze specie die ertussenuit leek te sijpelen als roomijs tussen wafels. Midden in de hoge, dichtgemetselde doorgang zaten twee rode metalen deuren die met een ketting en een hangslot waren afgesloten, zodat ze een paar centimeter naar binnen of naar buiten konden, maar niet open wilden. Ze hief de draadschaar en klemde die om een schakel van de ketting, waarna ze de bek stevig klemzette en de handvatten naar elkaar toe drukte. Het metaal bood even weerstand, maar brak toen onder de druk.

Grijnzend trok Kate de ketting uit de handgrepen, opende de deuren net ver genoeg om naar binnen te kunnen en trok ze weer achter zich dicht.

Het was volkomen donker. Ze was hier nog nooit geweest, maar zelfs als ze hier geblinddoekt naar binnen was geduwd, zou ze Bernies geur hebben herkend, de geur van motorolie en sterke, zoete thee. Een beetje bang voor het olieachtige, zwarte duister zocht ze in haar tas op de tast naar een aansteker, en toen ze hem vond, begon ze van pure opluchting te zweten.

Het plafond boven haar was spelonkachtig, een lappendeken van rode en gele baksteen met flakkerende schaduwen erop. Boven haar hoofd reed een trein voorbij, en de boog trilde als de buik van een broeds dier. Kate liep haastig naar de muur om het licht aan te doen.

De tl-balk hing aan twee kettingen, die nog heen en weer wiegden ter nagedachtenis aan de laatste trein. In de hoek zag ze een wastafeltje met erboven een spiegel in een plastic lijst. Daar liep ze snel naartoe. Geen stop. Ze liet de kraan lopen – zelfs het water rook naar motorolie – en gebruikte een stuk van de oranje handdoek om haar gezicht te wassen. Ze slaakte een kreetje toen ze in de spiegel keek.

Haar neus was bij de brug plat geworden. Op haar bovenlip zat een morene van hard, opgedroogd bloed en witte huid. Ze drukte er met haar vingertop tegen. Keihard. Geen wonder dat ze niet kon snuiven of door haar neus ademen. Ze draaide een kwartslag om en bekeek haar profiel. Plat als een dubbeltje. Ze haalde diep adem en rechtte haar schouders. Als alles een beetje achter de rug was, zou ze wel plastische chirurgie ondergaan. Ze konden tegenwoordig wonderen verrichten.

Ze probeerde de rommel voorzichtig met de natte handdoek weg te deppen, maar peuterde de enorme korst uiteindelijk gewoon van haar lip. Het grootste deel liet ze echter in haar neus zitten, zodat de rauwe huid niet in contact zou komen met de lucht. Eindelijk schoon schonk ze zichzelf haar gebruikelijke hoopvolle glimlachje, maar ze wendde zich vol afkeer af.

Het was een grote ruimte. Een behoorlijk oppervlak. Keurig op een rijtje geparkeerd stonden er een oude groene Jaguar, een MG en een met roestvlekken bedekte groene Mini Cooper. Doeken, vettige moersleutels en stukjes metaal lagen verspreid over de vloer. Bernie was een sloddervos, altijd al geweest. Naast haar, tegen de muur bij de wastafel, stond een tafel vol kringen, witte verfvlekken en kwitantieboekjes, een stapel bruine enveloppen om facturen in te verzenden, en een ontstellend smerige thermosfles met een Schots ruitpatroon op de buitenkant en een dikke ring opgedroogde bruine thee aan de binnenkant. Netjes weggestopt onder de tafel stond een rode metalen gereedschapskist. Kate liep om de tafel heen om de kist van de voorkant te bekijken. Er zaten langwerpige, lage latjes in waarin je gereedschap en zo kon bewaren. Ze liep naar de andere kant. De tafel en de gereedschapskist werden geflankeerd door een dossierkast, niet hoger dan de tafel, die de achterkant van de gereedschapskist aan het oog onttrok van iedereen die niet pal tegen de wastafel aan stond.

Ze deed het licht uit voordat ze de deuren weer opende en voorzichtig langs de muur naar de auto schuifelde. Ze opende de kofferbak, haalde het kussen eruit, met de provisorisch gedichte opening zorgvuldig naar boven, en droeg het als een slapend kind terug naar de garage en door de deuren naar binnen.

Ze ging op de grond zitten, pulkte het plakband los dat over de opening zat en vulde twee enveloppen die ze van de tafel had gepakt. Ze plakte ze dicht en zette ze rechtop op tafel, zodat de contouren van de witte duintjes door de adresvensters heen te zien waren. Vervolgens probeerde ze zo veel mogelijk lucht uit het kussen te drukken zonder het fijne poeder te laten ontsnappen, plakte de opening weer dicht en vouwde de lege hoeken naar binnen om het pakketje zo klein en compact mogelijk te maken. Toen boog ze naast de wastafel vooruit en stopte het kussen weg achter de gereedschapskist.

Ze ging rechtop staan en bekeek de bergplaats met onderzoekende blik. Zelfs als ze naast de wastafel stond, kon ze het kussen niet echt zien. Ze ging ervoor staan, liep naar de zijkant, keek ernaar vanaf de andere kant van de ruimte. Hij was niet zichtbaar.

Ze was verzot op dat pakketje. Ze kon het bij onderhandelingen gebruiken om zichzelf uit de penarie te halen, maar ze wilde het eigenlijk niet afgeven. Het was natuurlijk waardevol, het vertegenwoordigde veel geld, maar hij zou het niet zo waarderen als zij. Ze had iets anders nodig om mee te onderhandelen. Toen wist ze het opeens: Knox. Ze wist het van Knox en kon die informatie gebruiken. Haar eigen slimheid deed haar naar adem happen. Knox zou veel meer voor hem betekenen dan het kussen. Het enige dat ze moest doen, was bedenken hoe ze haar kennis zo volledig mogelijk kon uitbuiten.

Opgewonden en gesterkt door de gedachte dat ze het kussen niet zou hoeven teruggeven, zichzelf op de borst kloppend omdat ze behoorlijk snugger was voor een feestbeest dat nodig haar neus moest laten opkalefateren, spitte ze de rommel op de tafel door en vond de sleutels van de Mini Cooper. Die startte meteen. Goede oude Bernie. Ze liet de motor draaien en liep op haar tenen terug naar de tafel om de twee bruine enveloppen in een grotere envelop te stoppen, voor het geval er iets uit viel. Ze pakte een stompje potlood van de tafel en schreef op de bovenste rand van een oud exemplaar van de *Scottish Daily News*: 'Sorry, Bernie.'

Dat was een beetje zwak. Ze wilde hem laten weten dat ze was veranderd en wist wat ze had gedaan. Ze voegde eraan toe: 'Sorry, sorry, sorry.' Maar dat kwam geen greintje oprechter over. Ze probeerde het nog een keer. 'Ik hou van je.' Ze vroeg zich af waarom alles wat ze opschreef op een afscheid leek.

Ze deed de lichten uit en opende de deur. Met haar draadschaar in de hand stapte ze in de Mini. De kostbare envelop stopte ze weg onder de zitting, waarna ze moeizaam aan het stuur draaide om de garage uit te rijden.

Buiten stopte ze. Ze durfde de motor niet af te zetten uit angst dat hij niet meer zou starten, dus liet ze hem lopen terwijl ze de deuren sloot en het hangslot er weer aan hing, zodat het op het oog leek alsof de deur nog steeds stevig op slot was. Ze reed naar de BMW, stapte uit en pakte haar schoenen. Toen zette ze het portier aan de passagierskant van de BMW wagenwijd open, stak de sleutels in het contact en deed de koplampen aan voordat ze terugging naar de

Mini. De boog bevond zich in een stil hoekje van de stad, maar ze wist dat iemand de auto zou zien. Het zou hooguit een paar uur duren voordat iemand hem meenam.

De Mini stuiterde over de kasseien tot ze eindelijk een behoorlijke weg bereikte. Zelfs daar kon ze elke hobbel en bobbel in het wegdek voelen. Ze reed naar het westen, over de verlaten straat naar Loch Lomond en de cottage.

13

Ramage

I

De nachtploeg stond als een kudde bijeengedreven schapen in de hoek van het redactielokaal. Ze stonden onnatuurlijk dicht bij elkaar, een divers gezelschap. Her en der werden versleten stropdassen rechtgetrokken en stukgerookte kelen geschraapt. Iedereen probeerde zich achter iemand anders te verstoppen; allemaal vermeden ze oogcontact met de man die voor hen stond.

Andrew Ramage sprak de troepen toe. Paddy zag meteen dat hij dezelfde achtergrond had als de rest van de aanwezigen. Hij was afkomstig uit de arbeidersklasse, net als de meeste journalisten en redacteuren. Hij had dezelfde magere kansen gehad als zij en verachtte hen omdat ze het niet zo ver hadden geschopt als hij. Dat kon ze horen aan zijn gecultiveerde Londense accent en zien aan zijn dure kleren, die hij af en toe aanraakte. Dan streek hij over de zoom van zijn nette staalgrijze colbert of trok aan het volmaakte manchet van zijn witte overhemd. Ze zag de spieren in zijn nek, die aangaven dat hij op een bepaald moment in zijn leven zware lichamelijke arbeid had verricht. Farquarson had op een privéschool gezeten, een jongen uit de middenklasse die begreep dat hij vergeleken met de mannen die voor hem werkten afkomstig was uit een bevoorrecht milieu, en hij had zijn uiterste best gedaan om dat verschil te compenseren. Hij had altijd een milder air gehad.

Ramage ijsbeerde door het redactielokaal, voor de open deur van Farquarsons lege kantoor langs. Zijn handen had hij in Napoleonstijl op zijn rug gevouwen; af en toe liet hij ze los om een nadrukkelijk, fel handgebaar te kunnen maken.

De nachtploeg van elke krant vormde de frontlinie, zei hij tegen hen, de commando's. De nachtploeg waren de jongens van de achterwinkel, en het meisje, zei hij met een scheve glimlach op zijn gezicht, knikkend naar Paddy. Zij vingen de onverwachte verhalen op die binnenkwamen, en zonder die verhalen zou de krant veel, veel minder wat-dan-ook zijn. Paddy's aandacht dwaalde af. Ze vermoedde dat zij niet de enige was die haar baantje niet herkende in Ramage' beschrijving. De enige reden dat zij in dienst waren genomen, was dat de reputatie van de krant onherroepelijk beschadigd zou raken als ze het grote verhaal misten dat zich eens in de tien jaar midden in de nacht aandiende – een aardbeving in Armenië die tienduizenden levens had geëist, de onverwachte dood van een Sovjetleider – en de adverteerders zouden wegblijven. De nachtploeg wist dat ze niet meer waren dan een verzekeringspolis om te voorkomen dat Suits for Sirs en Bejam's Freezer Stores met hun advertenties naar de *Glasgow Herald* gingen.

Ramage raaskalde verder, stapelde de ene beschamende overdrijving op de andere, tot velen zich begonnen af te vragen of ze 's nachts iets heel nobels hadden moeten doen in plaats van een uiltje knappen, aan hun ballen krabben en ruziën als een stel schoolkinderen dat moet nablijven. Hij wilde hun laten weten dat de ondernemingslust die Groot-Brittannië stormenderhand veroverde ook bij de *News* zou worden verwelkomd. Iedereen kon rechtstreeks naar hem toe komen met een voorstel voor een artikel. Dag en nacht, maakt niet uit, klop maar gewoon aan. Kranten verkopen, daar draait het om, en om kranten te verkopen heb je verhalen nodig. Laten we dat vooral niet vergeten.

Toen deelde Ramage de genadeklap uit: iets minder dan de helft van hen zou boventallig worden. De dicht opeengepakte groep hapte collectief naar adem, maar niemand klaagde of zei iets. Achterin gniffelde iemand en ergens anders deed iemand zijn best zijn onschraapbare keel te schrapen. De *News* had producenten nodig, producten. Kom met een product en je bent veilig, zei hij. Iedereen die het niet met het nieuwe beleid eens was, kon oprotten. Duidelijk? Hij pinde hen zorgvuldig vast met zijn drakenblik, in de hoop dat iemand zijn jas zou pakken en hem een dure afvloeiingsregeling zou besparen. Het bleef doodstil in de zaal.

Hij hielp hen er nogmaals aan herinneren dat je verhalen nodig had om kranten te verkopen en vertrok, dwars door de stille ruimte heen, met alle ogen op zich gericht.

Even bleven ze als verstijfd naar de deur staan kijken. Achter in het lokaal mompelde iemand voorzichtig: 'Klootzak.' Ramage kwam niet teruggestormd om diegene te ontslaan, dus werd het nog een keer gezegd, luider deze keer, en een andere stem zonder gezicht was het ermee eens. Paddy keek om zich heen. Overal grote, bange ogen, gericht op de mensen om hen heen, inschattend waar ze allemaal stonden op de ladder van onmisbaarheid. Paddy had geen directe collega's. Haar baantje was uniek, dus waarschijnlijk was ze veilig. Tenzij ze iemand uit de dagploeg trokken om haar te vervangen. Of een persbureau inschakelden.

De sombere groep viel uiteen en de mensen liepen langzaam terug naar hun bureau. De meesten van hen waren naar de nachtploeg verbannen omdat ze impopulair en ongelieerd waren. Voor hen zou Richards niet knokken. Het was heel goed mogelijk dat Richards Ramage de nachtploeg zou laten uitdunnen in ruil voor concessies omtrent wijzigingen in de dagploeg.

Paddy sprak het weglopende gehoor toe. 'Moeten we niet iets doen? Protest aantekenen of zo?'

Een van de eindredacteuren draaide zich naar haar om. 'Ze moeten mensen ontslaan, anders gaat de hele krant failliet. Richards weet dat. De journalistenvakbond weet dat. We kunnen er niets tegen doen.'

'Zouden de drukkersvakbonden dan niets ondernemen?'

De eindredacteur bleef staan en keek haar somber aan. 'Meehan, daarom weigert de directie de nieuwe drukpersen te kopen. Als de technologie zich in dit tempo blijft ontwikkelen, heeft de drukkersvakbond over een jaar of vijf niets meer in te brengen en moeten we het allemaal zelf doen. Nieuwe hoofdredacteuren nemen sowieso graag harde maatregelen om hun stempel op een krant te drukken.' Hij wees naar de deur. 'Hij gaat een lijst opstellen van iedereen die niet met een idee voor een verhaal komt. Het kon weleens op een slachting uitdraaien.'

Ze was al halverwege de trap toen ze besefte dat ze helemaal geen ideeën had voor artikelen over wat voor onderwerp dan ook.

Ramage' kantoor bevond zich één etage onder het redactielokaal. Omdat er tijdens Farquarsons bewind niemand was geweest behalve de directie en de administratief medewerkers, leek er in de gang altijd een zware citroenlucht te hangen, alsof de schoonmakers net waren geweest en er niemand doorheen was gelopen die de lucht in beweging had gebracht. Nu waren de deuren van een aantal kantoren echter open en stonden er stapels dozen tegen de muren van mensen die de ruimte voor zich opeisten. Het leek alsof er onder het nieuwe regime een nieuwe klasse was opgestaan, die zich had afgewend van de oude journalistieke kameraadschap en zichzelf ver bij de anderen vandaan had verschanst.

Ramage' naam stond op een deur die Paddy zich nog herinnerde van een angstaanjagend incident, lang geleden. Nu ze er weer naar stond te kijken, werd ze misselijk van angst. Ze klopte aan, wachtte op een reactie en deed toen de deur open van de vergaderzaal, de grootste ruimte op die verdieping.

Ramage zat een kilometer verderop achter een massief donker eiken bureau naar de deur te kijken. Het bureau leek wel een kasteel in het klein: solide, vierkant en rijk bewerkt met kruisbloemen en gravures van appels en oesterschelpen, afgewerkt met een bureaublad van dik groen leer. De lelijke industriële vloerbedekking en het marineblauwe rauhfaser op de muren staken er karig bij af. Het enige dat hij voor zich had, waren een telefoon, een schrijfmap met een leren omslag en een gouden vulpen. Zijn stoel was van rood leer met een eikenhouten onderstel dat naar achteren scharnierde. Hij droeg een gesteven blauw overhemd met zwarte bretels erover en zat achterovergeleund in zijn stoel met de gouden pen tegen zijn tanden te tikken terwijl hij haar van top tot teen opnam.

'Ik ben Meehan, nachtploeg dienstauto.' Ze vond het niet prettig dat hij naar haar keek. Als hij niet bezig was links en rechts mensen te ontslaan, zou ze onbeschoft tegen hem hebben gedaan.

'Wat moet je?'

'Ik ben met een verhaal bezig. De politie van Strathclyde beweert dat Vhari Burnett is vermoord door een man die een paar dagen geleden 's nachts zelfmoord heeft gepleegd. Ik heb de man bij Burnetts huis gezien, en hij was het niet. De politie heeft hem ook gezien, maar er wordt bewijsmateriaal achtergehouden.'

Ze zag een vonk van opwinding in zijn blik, maar hij knipperde met zijn ogen en leunde naar voren om het voor haar te verbergen.

'Het probleem is dat ik het nog niet op papier kan zetten. Het is mijn woord tegen dat van hen en ik moet meer bewijs verzamelen voordat ik er iets mee kan doen.'

'Mooi. Goed verhaal, er zit vaart in. Burnett was een mooie vrouw, dus voorlopig blijft het nog wel actueel.'

Ze kon het minachtende krullen van haar bovenlip niet verhullen, en hij zag het.

'Meehan, kom nou niet met feministische *shit* aan.' Ramage siste dat woord bijna. 'Ik heb geen tijd voor dat gezeur.'

'Nee, chef.' Ze zei het op zo'n vlakke toon, en met haar ogen half gesloten, dat ze haar allebei hoorden zeggen dat ze een hekel aan hem had.

'Bij mijn vorige krant werkte er ook een meisje voor me. Ze had grotere tieten dan jij, maar ik heb graag meiden op de werkvloer, want ze verlenen zo'n kantoor een andere sfeer. Ik ben een groot fan van het vrouwelijk geslacht.' Hij lachte al zijn tanden bloot, maar zijn ogen deden geen moment mee.

Paddy glimlachte al even kil terug, en overwoog hem met zijn briefopener in zijn gezicht te steken.

III

Beide bestuurders die bij de botsing betrokken waren stonden gemelijk in de steile berm naast de snelweg, met hun armen over elkaar, met zeven meter tussen hen in en deden of ze elkaar niet zagen terwijl de politie, de brandweer en de ambulancemedewerkers rond de samengedrukte auto's met elkaar kletsten. De rijbaan was in westelijke richting helemaal afgesloten, en verderop hield een politiekordon de paar middernachtelijke bestuurders op een afstand die wachtten tot al het puin veilig van de weg kon worden gehaald.

De chauffeur van de Mini Metro zei dat het een ongelukkige samenloop van omstandigheden was; volgens de Ford Anglia was het zo'n stommiteit dat het grensde aan valse opzet. De twee auto's, die om halfdrie 's nachts over de snelweg reden, waren op de middelste rijstrook met elkaar in aanraking gekomen toen de Metro zich realiseerde dat hij zijn afslag dreigde te missen en zonder te kijken of richting aan te geven de meest rechtse rijstrook verliet. De auto's waren op de een of andere manier met de flanken aan elkaar vast komen te zitten en over alle drie de rijstroken geslingerd, en de enige reden dat ze niet over de kop waren gegaan, was dat ze zo stevig aan elkaar waren verankerd.

Toen de politie arriveerde, zaten de mannen muurvast in hun auto's naast elkaar te schreeuwen en te schelden dat het een aard had. Ze hielden pas hun kop toen een brandweerman dreigde te vertrekken en hen zo achter te laten. Toen ze eenmaal uit hun wrakken waren bevrijd en het ambulancepersoneel de kans had gekregen hen te onderzoeken, bleken ze geen van beiden een schrammetje te hebben opgelopen. De twee auto's waren echter total loss.

Het was een leuke oproep. Er waren geen knokpartijen waarbij moest worden ingegrepen, niemand was omgekomen en de hulpdiensten bleven in een moment van onverwachte verbroedering op de lege snelweg staan treuzelen, alsof ze op een braderie waren die op een bevroren rivier werd gehouden.

Een halfuur eerder was Billy op zoek gegaan naar een telefooncel om het kantoor te vragen de fotograaf langs te sturen. Frankie Miles was gekomen met een hele berg fotoapparatuur in een schoudertas en was vervolgens tot de ontdekking gekomen dat hij geen briefje van de *News* had voor de taxirit terug. Met die zware tas kwam hij lopend niet ver en op dit uur van de nacht zou hij niet snel een toevallig passerende taxi treffen. Billy en Paddy hadden hem een lift terug aangeboden, dus nu stonden hij en Billy bij de auto zwijgend een sigaret te roken terwijl ze met hun achterste op de warme motorkap op haar wachtten.

Paddy legde de laatste hand aan haar aantekeningen en controleerde juist het nummer van het knooppunt op het bord boven haar hoofd, toen ze de grappige agent van Thillingly's verdrinkingsdood een voorstelling zag weggeven voor een publiek van agenten in uniform. Ze moest meteen aan Dub denken, dus ging ze bij hen staan, waardoor ze zijn toehoorders kortstondig afleidde en hij een belangrijke zin verkeerd timede. Ze stak haar handen op en wachtte tot hij klaar was met zijn verhaal.

'Dus ik zeg: "Dat mens kraamt zoveel onzin uit, daar kan geen politicus tegenop."'

De mannen lachten plichtsgetrouw en liepen een voor een weg.

'Hartstikke bedankt. Je hebt mijn verhaal verpest.'

'Ik wist niet dat je zo op dreef was. Ik wilde je iets vragen. Die dode bij de rivier, een paar dagen geleden, was dat inderdaad zelfmoord?'

'Ja, tenminste, ze behandelen het wel als een zelfmoordzaak.'

'En die kapotte wang dan? Was dat geen wond van het een of ander?'

'Nee, ze hebben er een stukje van een stok uit de rivier in aangetroffen. Op de dag van zijn dood was er niets met die man aan de hand, zei zijn vrouw. Maar hij heeft een briefje achtergelaten in zijn auto, hij zei niet echt waarom, het was vooral: blablabla, ik kan zo niet verder.'

'Wat voor auto was het?'

'Een Golf GTI, met alles erop en eraan.' Hij knikte goedkeurend. 'Mooi ding.'

'Oké, oké.' Paddy wierp een blik op de weg. 'Ooit gehoord van Lafferty, een zware jongen?'

'Bobby Lafferty?'

Ze wist niet wat zijn voornaam was, maar herhaalde Sullivans beschrijving. 'Grote kerel? Brede schouders, kale kop?'

'Ja. Ik heb hem een paar jaar geleden gearresteerd wegens rijden onder invloed. Hij was zo zat dat hij op de achterbank zat te zoeken naar het stuur.'

Ze lachte hard, wat hem zo plezierde dat hij er nog een verhaal aan vastknoopte.

'Ik had geluk dat hij te dronken was om tegen te stribbelen. Hij heeft iemand een keer in z'n oog gebeten, wist je dat? De man is nu blind. Hij maakt iedereen af als hij zin heeft: zijn familie, zijn schoolvrienden, maakt niet uit wie.'

Paddy keek hem met een kruiperige glimlach op haar gezicht aan en probeerde in gedachten de puzzelstukjes op hun plaats te leggen. Lafferty was een berucht crimineel en Vhari Burnett was juriste. Er was vast een verband tussen die twee. Misschien had ze hem wel ergens voor vervolgd en had hij haar daarom aangevallen.

'Hij heeft zijn eigen hond vermoord. Snap je de mentaliteit van zo'n man nou? Heeft het beest van de twintigste verdieping uit het raam gesmeten.' Zijn ogen glansden – als je niet op zijn woorden lette, zou je denken dat hij het over een groot sportman of een oorlogsheld had.

'En recentelijk? Is hij nog ergens voor opgepakt?'

'Voor zover ik weet niet. Maar dat wil niets zeggen. Die lui halen altijd wel rottigheid uit. Beesten zijn het, beesten.' Hij knikte naar haar, wachtend op haar instemming, maar zij was met haar gedachten bij Lafferty, Thillingly en Burnett en was net een halve tel te laat met haar reactie.

'Ja,' zei ze. 'Ja, wat je zegt.'

Hij keek achterdochtig. 'Jij kent Lafferty toch niet?'

'Net als jij geloof ik dat gewelddadige mensen beesten zijn.' Ze praatte als een slecht functionerende robot. Giechelend keek ze over het glanzende zwarte wegdek naar de afzetting van drie politiewagens. 'O hemeltje. Heb jij ooit maanden achter elkaar zonder onderbreking nachtdiensten gedraaid?'

Hij fronste. 'Wij draaien wisseldiensten.'

'Nou, dit is al mijn vijfde maand. Als ik een beetje raar overkom of als mijn timing niet helemaal klopt, dan komt dat niet... Ik bedoel er niets mee.'

'Ja.' Ze kon aan hem zien dat hij al een verhaal aan het verzinnen was over de journalist die niet kon praten. 'Je bent je wel bewust van de Engelse taal, maar je bent er niet vertrouwd mee. Ben je soms voor het eerst in dit land?'

Ze moest zo hard lachen dat haar hoofd van haar schouders dreigde te vallen. 'Goeie.' Ze maande zichzelf tot bedaren. 'Goed, dan laten we het kletspraatje achterwege en concentreren we ons op de belangrijke details. Werkt Lafferty alleen?'

Een politieagent bij een patrouillewagen, een meter of zeven verderop, riep iets naar hen.

'Nee, hij werkt op huurbasis.' Hij keek achterom naar de patrouillewagen en zag dat hij werd teruggeroepen. 'Ik moet gaan.'

Ze wilde zijn arm vastpakken om te voorkomen dat hij langs haar heen glipte, maar ze schatte de afstand verkeerd in en greep twee vingers beet, waar ze een kneepje in gaf om te controleren of ze inderdaad zijn hand vast had.

Ze stonden schouder aan schouder als twee flamencodansers. Hij keek glimlachend op haar neer, niet afkerig van het intieme contact. Toen ze zijn vingers losliet, overwoog ze even te doen alsof het een opzettelijk flirterig gebaar was geweest. Hij was aantrekkelijk en grappig, hij was lang en hij was niet Sean, allemaal goede zaken, maar toen ze zich voorstelde dat ze hem aanraakte, dat ze hem kuste en werd teruggekust, deed het haar niets. Ze kreeg hooguit een klein beetje honger. Maar grappig was hij wel. Ze moest hem echt vertellen over de comedyclub en hem zeggen dat hij met Dub McKenzie moest gaan praten.

'Mijn vriend...' Ze aarzelde, zich afvragend of het wel een goed idee was om hem mee te vragen naar de club nu ze zijn hand had aangeraakt, maar toen besefte ze dat het klonk alsof ze hem haar vriend noemde. 'Eh, een vriend van me is stand-upcomedian. Hij heeft morgen een optreden in de comedyclub in Blackfriars. Je moet eens met hem gaan praten.'

Verrast trok hij zijn wenkbrauwen op, glimlachend alsof hij haar tieten had gezien. 'Oké. Misschien zie ik je daar wel.'

'Daar bedoel ik alleen maar mee dat comedy leuk is. Ik wil geen afspraakje met je.'

'Tuurlijk niet.' Zijn blik gleed kort over haar hals, en hij likte zijn onderlip, een glanzend spoor achterlatend dat in het donker glinsterde als zilver. 'Tuurlijk niet. Misschien zie ik je daar wel.'

Er was geen redden meer aan. Hij glimlachte naar haar, met samengeknepen ogen, zodat ze niet kon zien wat erin af te lezen was. Zwierig liep hij terug naar zijn collega's, die hadden staan toekijken en ongetwijfeld nieuwsgierig waren waarom die kleine Paddy Meehan zijn hand had vastgepakt.

Het kille witte licht van de lampen op de snelweg weerkaatste op zijn linkerhand, en het duurde even voor het tot haar doordrong dat hij een ring droeg. De grappenmaker was getrouwd.

14

George Burns

I

Het verbaasde Kate dat de Mini het zo goed bleef doen. De tank was halfvol toen ze bij Bernies garage was weggereden, maar de naald bewoog steeds sneller richting 'leeg', en ze vermoedde dat de benzinetank lekte. Ze reed langzaam, veel langzamer dan in de BMW, want ze miste de goede vering van de grote Duitse auto.

Het was vlak voor zonsopgang en er stak een briesje op toen ze de bocht voor de cottage naderde. Ze hield haar adem in toen ze erlangs reed, omdat ze verwachtte auto's voor het huis te zien staan, maar er stonden er geen. Ze wierp een tersluikse blik op het botenhuis aan de linkerkant, aan de rand van het water, maar ook daar wees niets erop dat er iemand was. Ze nam gas terug en haalde nog een keer diep adem toen ze de auto in de berm zette. Ze kon maar beter aan de kant van de weg parkeren voor het geval ze snel weg moest.

Binnen was het een verwoest stilleven. Ze hadden alles stukgemaakt, alles kapot gegooid wat niet aan de muren vastgeklonken zat, kussens van de banken getrokken, de spiegels en alle foto's van de muren getrokken en met de voorkant omlaag op de grond laten liggen. In de keuken was het nog erger. Alles was van de planken op de vloer geveegd, zware aardewerken potten waren in de stenen gootsteen gesmeten, zodat er nu een enorme, rafelige barst in zat. De tafel lag op z'n kant. De boodschap was luid en duidelijk. Dit gaan we ook met jou doen.

Kate raapte een rieten eiermand van de vloer en legde daar alle conservenblikken in die ze kon vinden. De kartonnen doos met melkpoeder had ze op het aanrecht laten staan toen ze naar het botenhuis was gevlucht, en ze hadden hem omgegooid, maar niet meegenomen. Ze vouwde het waspapier aan de bovenkant zorgvuldig dicht en zette de doos voorzichtig in de mand. Het melkpoeder kon ze gebruiken om de duintjes in de bruine envelop mee te versnijden. Als ze dat deed, kon ze er weken mee doen.

Ze keek door het keukenraam naar buiten, naar de schoorsteen van de dichtstbijzijnde buren op de heuvel, wetend dat hun huis tot mei leeg zou blijven staan, want dan kwamen ze altijd pas uit Kenia terug om de zomer in de cottage door te brengen. Voor de zekerheid keek ze of er geen rook uit kwam. Er bewoog niets in en om het huis, en de okerkleurige schoorsteen ging volmaakt op in het groen van de coniferen op de achtergrond. Tenzij je heel goed keek, kon je niet eens zien dat het huis er stond.

Ze glimlachte bij zichzelf, maar toen drong tot haar door dat er in de tuin iets was veranderd. Een stuk omgewoelde aarde, een groot stuk, vlak bij de achterste muur van het huis.

Ze wist precies wie daar lag en hoe weinig het had gescheeld of zij had daar gelegen.

11

Het was haar vrije avond, en Paddy had overwogen deze week niet naar de comedyclub in Blackfriars te gaan, een beetje ongerust omdat de getrouwde politieagent er ook zou kunnen zijn. Ze had die dag echter goed geslapen en zat in de woonkamer naar *Junior Superstars* te kijken toen ze besefte dat ze toch de hele nacht wakker zou zijn en in haar eentje zou gaan zitten kniezen over de mogelijkheid dat Ramage na het politieonderzoek van de komende week de details over haar bezoek aan huize Burnett te horen zou krijgen. Dan kon ze net zo goed de stad in gaan.

Het café stond aan de rand van de oude pakhuiswijk. De meeste gebouwen waren opslagloodsen voor balen tabak en bergen suiker, met hoge muren en kleine ramen, monumenten voor het eind van het Britse Rijk, nu slechts leegstaande rattenholen.

Er werd beweerd dat het op het punt stond een zeer gewilde woonwijk te worden. De van ratten vergeven graanloodsen waren opgedeeld in studioappartementen in New Yorkse stijl, door projectontwikkelaars die niet echt wisten hoe ze de goede punten van de gebouwen het best konden benutten. Ze hadden kleine stadsappartementen tussen de hoge muren van de loodsen gepropt, ramen doormidden gesneden en gietijzeren pilaren midden in keukens en gangen laten staan.

Het herstel was net begonnen, en de gemeente had veel straatlantaarns laten plaatsen om de nieuwe yuppiebewoners een gevoel van veiligheid te bezorgen, zodat ze hun Volvo's en Saabs buiten durfden te laten staan. Toch voelde het nog steeds aan als een goed verlichte spookstad. Paddy wist dat McVie hier ook ergens een flat had. Ze was er benieuwd naar, maar was ook bang dat hij haar zou proberen aan te raken of zo. McVie was een vreemde vogel, soms vaderlijk, soms wellustig, en de seksualiteit spatte meestal van hem af.

In Blackfriars was het rokerig, en er heerste een vrolijke stemming. Aan een tafeltje bij de bar zat een stel psychobilly's bij elkaar, allemaal gekleed in spijkerstof en versleten leer, en alle meisjes droegen felrode lippenstift, ongeacht hun huids- of haarkleur. Drie heftig uitziende jongens met hanenkammen speelden op de fruitautomaten, hun grote glazen cider met bier en crème de cassis in wankel evenwicht op een smal plankje.

Paddy baande zich een weg door de mensenmassa. In een smalle gang die naar de achteruitgang leidde, stond een kleine zwarte deur open in een muur die was volgehangen met posters voor evenementen uit verleden, heden en toekomst. Ervoor zat een meisje achter een langwerpig, smal tafeltje op wacht. Ze had een popperig gezichtje en mooie bruine pijpenkrullen die ze eindeloos om haar vinger wond. Ongelukkig kijkend tikte ze met een dikke zwarte viltstift op de tafel.

Paddy deed haar sjaal af en trok haar wanten uit en stopte ze in haar jaszak. Toen zag ze een bord dat haar de moed in de schoenen deed zinken. Open podium. In de twee jaar dat ze nu in comedyclubs kwam, had ze nog nooit een goed openpodiumoptreden meegemaakt. Elke idioot met een zenuwtic kon op het podium stappen en een figuur slaan met een betalend publiek als getuige. Dub zei dat ze ongeluk bracht. Hij had eersteklas acts meegemaakt tijdens een open podium, en soms maakten gevestigde stand-uppers er gebruik van om iets nieuws uit te proberen, maar telkens als Paddy er was, was het om te kotsen zo slecht.

Lorraine zag dat Paddy met een grimas naar het krijtbord keek. 'Eén kaartje?'

'Hoi, Lorraine, hoe gaat het? Ik sta op de gastenlijst. Ik ben uitgenodigd door Dub McKenzie.'

Lorraine knikte wat opgelaten terwijl ze met een gedecideerd 'plok' het dopje van haar zwarte stift trok. Paddy hield haar haar vuist voor en Lorraine krabbelde haar initialen op de rug van haar hand.

'Mooie jas.' Paddy wees naar Lorraines bruine leren jas. Hij was helemaal niet mooi. Hij was gemaakt van stijve, glanzende kunststof en zat niet goed bij haar schouders.

'Dank je.' Lorraine schoof ongemakkelijk heen en weer in haar kartonnen jas. Paddy glimlachte en streek over haar eigen jas van zacht groen leer toen ze de trap af slenterde.

De kelderdeur bood toegang tot een ruimte met een benauwend laag plafond. De bar stond in een hoek van negentig graden ten opzichte van de ingang. Rechts was het podium, een iets kleinere ruimte met een paar rijen klapstoelen ervoor.

Te midden van het schaarse publiek van rondlopende drinkers stond Dub McKenzie voorovergebogen over de bar. Sinds hij bij de *Daily News* was weggegaan, was de magere Dub begonnen met roken en was hij zowaar nog meer afgevallen. Hij droeg een broek met rode ruiten, een blauw hawaïhemd en blauwe suède schoenen met een rubberen zool van drie centimeter dik. Hij draaide zich om naar de deur toen ze binnenkwam, stak zijn hand op en vouwde zijn lange vingers open in een groetend gebaar.

'Je had wel even kunnen melden dat het vanavond open podium was,' zei ze terwijl ze haar dikke sjaal uit haar jaszak haalde. 'Dan was ik niet gekomen. Het is onmenselijk.'

Dub nam de sjaal van haar aan, rolde hem op tot een bal en wierp hem in de hoek achter de bar waar de jassen hingen. De barkeeper ving haar blik en ze bestelde een klein glas shandy voor Dub en cola voor zichzelf.

'Ik wist niet of je vanavond wel zou komen,' zei hij.

'Waar moet ik dan naartoe? De Press Club? Jij bent de enige man die ik ken die niet overweegt bij zijn vrouw weg te gaan.'

'Afgezien van Sean.'

Hij trok altijd een vies gezicht als hij de naam van haar ex zei, en Paddy wist niet zo goed waarom. Ze hadden elkaar zelfs nooit ontmoet. 'Wie is er als eerste?'

'Een of andere kerel die een slissende bankmanager imiteert.'
'Grappig?'
Hij haalde zijn schouders op. 'Het publiek lacht en klapt erom.
En het is geen comedysongapplaus, ze klappen de hele tijd.'

Dub had een theorie: comedysongs waren nooit grappig en als
het publiek naderhand klapte, was dat omdat ze opgelucht waren
dat het voorbij was. Hij was een soort comedytheoloog die ontelba-
re comedywetten had geformuleerd en een encyclopedische kennis
had van de geschiedenis van comedy. Hij kon je precies vertellen
waar een grap vandaan kwam en hoe hij in de loop der jaren was veranderd. Hij had een ongelooflijke verzameling comedyplaten, va-
riërend van de begintijd van Goons tot Lenny Bruce-bootlegs en
het vroege werk van Ivor Cutler. Paddy was al heel vaak bij Dub
thuis geweest om ernaar te luisteren in zijn krappe slaapkamer in
zijn ouderlijk huis. Dan zaten ze op het bed te drinken en te roken
– dat vond Dubs moeder niet erg – en te luisteren, lachend tegen het
behang. Af en toe tilde Dub de naald op om uit te leggen waarom
iets grappig was. Het aantal keren dat ze Dub had zien lachen kon ze
op de vingers van één hand tellen, maar er was niets waar hij zo in
opging als comedy. Ze had hem weleens in trance naar een goede act
zien kijken.

De club begon vol te lopen voor het begin van de show om negen
uur, en mensen kwamen op Dub af om hem te complimenteren
met zijn optreden van de week ervoor, of om een gunst te vragen of
boodschappen door te geven van stand-uppers die hij in het circuit
weleens tegenkwam. Paddy bleef in zijn slungelige schaduw en
wierp telkens als ze een gestalte zag die op de grappige politieagent
leek een nerveuze blik op de deur. Hij kwam toch niet, dat wist ze
zeker. Als hij wel kwam opdagen, zou ze proberen de indruk te wekken dat Dub haar vriendje was. Ze zou dicht tegen hem aan gaan
hangen en om zijn grapjes lachen of zoiets. Misschien zou ze zelfs
haar hand op zijn arm leggen.

Het was het gebruikelijke publiek: veel vrienden van degenen die
gingen optreden, een paar echte toeschouwers, een paar doodsbange, lijkwitte jongens die het open podium kwamen betreden. De
paar toeschouwers zagen er vrij gewoon uit, mannen in overhemden of sweaters van C&A met vriendinnen gekleed in citroengele
truitjes of bloesjes met hoogsluitende kragen met een strik, allemaal

uit grote warenhuizen. Ze hadden over de comedyscene gehoord en waren uit de buitenwijken gekomen om de nieuwe Ben Elton te zien. Het waren vriendelijke, inschikkelijke mensen die zochten naar een excuus om te lachen, niet het berucht intolerante publiek van de Glasgow Variety dat de meeste grote Britse acts van de laatste helft van de eeuw met rotte tomaten had bekogeld.

Er werd niets omgeroepen, maar toch liep iedereen op een gegeven moment naar de klapstoelen voor het podium en ging zitten, met hun drankje naast zich op de grond en hun jas gevouwen op hun knieën. Dub glipte weg om de boxen en de snoeren te controleren, en Paddy wierp nog een laatste blik op de deur. Hij kwam niet, en ze was opgelucht. Ze ging achterin zitten, op een stoel aan het gangpad waar Dub haar gezicht kon zien in het licht van het podium. Hij had tegenwoordig geen glimlachend, vriendelijk gezicht in het publiek meer nodig, maar ze deed het uit gewoonte. Hij had het niet altijd even gemakkelijk gevonden.

De lichten werden gedimd en Paddy had nog net genoeg tijd om erbij stil te staan hoe gevaarlijk het eigenlijk was om het licht uit te doen in een kelder vol rokers, toen Dub door het gangpad rende en in het voorbijgaan langs haar schouder streek. De bühneverlichting ging aan, Dub tilde zijn slungelige been over het zestig centimeter hoge opstapje naar het podium, pakte de microfoon van de standaard en ging meteen van start met zijn 'Ga dan gewoon in Rusland wonen'-act.

III

Het was alsof je een stel veganisten dwong naar het doodknuppelen van een zeehondenjong te kijken. Het publiek was speciaal hiernaartoe gekomen en het waren aardige mensen die ervoor kozen hun vrijdagavond giechelend door te brengen in plaats van dronken te worden en ruzie te maken met geliefden of buren. Maar nu zaten ze naar hun knieën te staren en steelse blikken te werpen op de nooduitgang terwijl een jongeman op het podium een kleine zenuwinzinking kreeg.

Muggo the Magnificent stond de symptomen van zijn plankenkoorts te beschrijven terwijl die zich voordeden: zijn keel werd droog en nu stond hij te beven. Kijk dan, kijk eens naar zijn hand, die beefde gewoon, dit was heel iets anders dan als hij op een feestje opstond om een praatje te houden, eerlijk waar. Mijn voeten zitten vastgeplakt, vertelde hij, ik kan me niet bewegen en ik sta te zweten als een otter. Volgens mij ga ik zo huilen. Het zou van genade hebben getuigd als iemand hem had afgeschoten.

Dub dook uit de schaduwen naar voren, pakte de jongen als een decorstuk op en droeg hem door het gangpad naar de bar. Paddy zette het applaus in.

De volgende openpodiumvrijwilliger kwam op zonder een introductie van Dub, die in het achterkamertje druk bezig was de stervende man een zoet drankje toe te dienen. Hij droeg een bruin pak en een narrenkap, en hij zweette en trilde van opwinding. Hij stond te dicht bij de microfoon, waardoor die begon rond te zingen.

'Oké,' zei hij. 'Goed luisteren, eikels, want dit is grappig.' Ergens in de wereld zou iemand daarom hebben gelachen, maar hier helaas niet.

'Jezusmina,' mompelde Paddy, en ze stond op om naar de wc te gaan en even te ontsnappen aan het bloedbad.

'Hé, dikzak!' De man op het podium had haar gezien. 'Wat doe jij voor de kost?'

Ze draaide zich naar hem om met een blik die ze op de nieuwsredactie had opgepikt. Hij kromp ineen, wetend dat hij weliswaar in het voordeel was omdat hij de microfoon had en zijn stem dus werd versterkt, maar dat hij de verkeerde dikke meid had uitgekozen om de draak mee te steken. Hij wankelde, en het publiek zag het. Sommigen draaiden zich om naar Paddy.

'Wat doe je voor de kost?' vroeg hij opnieuw.

'Ik boek stand-uppers,' zei ze luid.

Het publiek lachte verrast om haar gevatte antwoord, voornamelijk uit opluchting omdat ze hun een excuus had gegeven om wat stoom af te blazen, want daar hadden ze immers voor betaald. Paddy maakte van het lawaaiige intermezzo gebruik om weg te glippen naar de lege dames-wc.

Ze bekeek zichzelf in de spiegel. Zelfs vanaf de andere kant van een donkere zaal kon een slechte komiek zien dat ze te zwaar was. Ze pakte de vetrol onder haar kin vast en kneep er gemeen in. Ze deed niet genoeg haar best. Iedereen viel af met het vezeldieet, maar zij droomde van zoet glazuur op suikerbroodjes en chocola en vrat zich tonnetjerond aan calorieën. Ze had al maanden geen hap meer kunnen nemen zonder er een schuldgevoel aan over te houden. Ze snapte niet waarom ze niet slank was geboren, zoals Mary Ann.

Met haar handen kamde ze haar haren aan de zijkant naar achteren, waar het een beetje plat hing, en ze streek met haar vinger onder haar ogen om de dikke streep zwart oogpotlood te fatsoeneren. Ze kwam net op tijd naar buiten voor de pauze.

De grappenmakende politieagent stond aan de bar, en aan alles kon je zien dat hij een smeris buiten dienst was. Alleen de knuppel ontbrak. Hij droeg een kreukvrije broek en een nette trui met V-hals over een overhemd. De barkeeper bracht hem een hoog glas met een doorzichtig drankje met citroen en ijs erin, en hij nam er een slokje van, met een vage glimlach in de richting van het podium.

Paddy overwoog terug te vluchten naar de dames-wc en daar te blijven tot hij wegging, maar Dub zou haar komen zoeken. Erger nog, straks vroeg de politieagent naar haar en dan wist iedereen dat hij voor haar was gekomen. Ze haalde diep adem en liep op hem af.

'Alles goed?'

'Hoi,' zei hij met een krokodillengrijns. 'Hoi. Je ziet er leuk uit.'

Tot haar ontzetting zag ze dat hij zijn trouwring had afgedaan.

'Heb je nog iets van de optredens meegekregen?'

'Nee.' Terwijl hij haar van top tot teen opnam, verschoof zijn glimlach naar de zijkant van zijn gezicht en nestelde zich daar. 'Ik heb er niets van gezien.'

'Het was niet veel soeps.'

De pauze was begonnen en het publiek kwam om hen heen staan, verdrong zich voor de bar en herhaalde Paddy's inschatting van de kwaliteit van de optredens. Ze keek om zich heen en zag dat Dub verdekt opgesteld stond in de deuropening naar de bierkelder, een gedeelte dat voor de grap weleens backstage werd genoemd.

Vlak onder de bar, in het donker op heuphoogte, vond de hand van de politieagent die van Paddy. Hij omvatte haar vingers en gaf er een veelbetekenend kneepje in. Geschrokken rukte Paddy haar hand los en mompelde 'Af!' op een toon die haar afkeer zo duidelijk maakte dat ze niet kon terugkrabbelen of het kon verdoezelen.

Hij reageerde verontwaardigd. 'Je hebt me hier verdomme zelf uitgenodigd,' zei hij. Hij torende dreigend boven haar uit.

Paddy greep hem bij zijn mouw en trok hem tussen de mensen vandaan. Ze leidde hem naar de stoelen voor het podium. Hier en daar zaten nog mensen, die plaatsen bezet hielden of op de bezittingen van hun vrienden pasten, te staren naar het lege podium met het gescheurde gordijn en de kapotte stoel die er half achter schuilging.

Ze liet hem plaatsnemen. 'Ik heb je uitgenodigd omdat je grappig bent, niet omdat ik een oogje op je heb. Dat is niet zo. Het was midden in de nacht, ik greep mis en kreeg per ongeluk je hand te pakken. Je bent ontzettend grappig. Je moet gewoon weten dat deze comedyclub er is. Omdat je zo grappig bent.'

Het was een afwijzing verpakt in een compliment. Hij keek naar het lege podium en de toeschouwers. Toen richtte hij zijn blik weer op Paddy, die de indruk had dat hij zich herinnerde dat hij haar eigenlijk helemaal niet zo leuk vond. Hij besloot er geen punt van te maken. Hij knikte. 'Ik ben inderdaad grappig.'

'Ja, dat ben je zeker.'

'En waar ben jij op uit? Wil je m'n manager worden of zo?'

'Ik wil helemaal niets van je. Ik wil niet eens vrienden met je zijn, maar ik kom hier elke week, en voor elke goede stand-upper zie ik er zes om wie ik niet kan lachen. Ik dacht dat je wel zou willen weten dat deze club bestond.'

Dub dook naast Paddy op en staarde naar de politieagent, die opstond en zijn hand uitstak.

'Alles goed, vriend? Ben jij een van de stand-uppers?'

'Ja.' Dub schudde de hand van de agent één keer stevig en liet hem toen weer los. 'Ik fungeer hier als presentator. Dub McKenzie.'

'Ik ben George Burns.'

Dub wankelde alsof hij een klap tegen zijn achterhoofd had gekregen. Hij keek Burns hoofdschuddend aan. 'Nee, vriend,' zei hij. 'Weet je wat jij bent? Een topkomiek.'

15

Geen fijne tijd voor forse meisjes

I

Het publiek was naar huis. De komieken en de barkeepers zaten met z'n allen in de lege kelder aan een hoektafeltje aan hun drankje van het huis te nippen. Voor de deelnemers aan het open podium was dit de enige betaling die ze voor hun inspanningen konden verwachten, één miezerig drankje, een glas van het goedkoopste bier of een zoete wijn. En nog vond Paddy dat ze overbetaald werden.

Het scheelde nog maar twee giechels en één keer schudden met haar haren, of Lorraine zou zich ter plekke aan George Burns aanbieden. Paddy hield hem in de gaten en zag dat hij genoot van de aandacht van het meisje, maar dat hij afstandelijk bleef, alsof hij Lorraines gedrag bestudeerde en erover nadacht. Samen met de anderen aan de tafel luisterde Lorraine naar zijn verhalen, maar ze lachte extra hard om de clou, boog naar voren om zijn blikveld te domineren en raakte haar haren, lippen en decolleté aan om zijn aandacht erop te vestigen.

De hele tafel hing aan Burns' lippen. Hij had nog nooit opgetreden, maar bijna elke komiek aan tafel luisterde terwijl hij praatte. Gewoonlijk, zo was Paddy opgevallen, volgde er zodra een komiek een mop had verteld meteen een betere mop, of werd de verteller onderbroken zodat de clou kon worden aangescherpt, maar nu bogen ze allemaal het hoofd voor Burns. Ze lachten om zijn verhalen en genoten van hem. En het kwam niet eens door zijn leeftijd, maar doordat hij geweldig verhalen kon vertellen en de politie de volmaakte omgeving was om ideeën op te doen. Zelfs Dub luisterde, glimlachend naar de tafel, af en toe knikkend terwijl hij in gedachten de technieken in kaart bracht die Burns instinctief toepaste.

Paddy dronk de laatste slok op van de cola zonder prik die ze een uur eerder had besteld, deed haar sjaal om, stond op en verkondigde dat ze weg moest als ze de laatste trein nog wilde halen. Normaal gesproken liep Dub met haar mee naar het station, maar voordat hij de kans kreeg zijn jas te pakken schoot Burns overeind, zo abrupt dat hij Lorraine aanstootte.

'Ik geef je wel een lift.'

'Nee,' zei Paddy. 'Nee, ik heb toch een abonnement. Het kost me geen cent.'

'Ik moet je iets vertellen over die man over wie je het een tijdje geleden had.' Hij wierp een blik op de bewonderende clowns rond de tafel en besloot dat hij zich een kleine indiscretie kon veroorloven. 'Lafferty.'

Dub liet zijn hand op zijn schoot vallen en gaf zich over. Hij kon hooguit aanbieden met haar mee te lopen naar het station. Hij had geen auto.

'O,' zei ze. 'Oké.'

Burns keek naar de anderen. 'Tot volgende week.'

'Te gek,' zei Muggo the Magnificent.

Burns en Paddy pakten hun spullen en namen afscheid. Ze was er trots op dat hij met haar mee naar buiten liep. Ze vond hem niet leuk en hoefde ook niet zo nodig bij hem te zijn, maar ze vond het een heerlijk idee dat Lorraine en de anderen hen samen weg zagen gaan. Lorraine keek erg beteuterd omdat hij met iemand anders meeging. Zelfs Dub, die zojuist van zijn leiderstroon was gestoten, hief zijn hand in een groet. 'Tot kijk, Paddy.'

Paddy liep voorop de trap op, zich bewust van het feit dat Burns' blik op haar dikke reet gevestigd was. Ze betrapte zichzelf erop dat ze een beetje meer met haar heupen wiegde, trots bijna, zonder zich zoals gewoonlijk als ze zich bekeken voelde te schamen voor haar lichaam.

Boven, in het café, was het personeel aan het opruimen. Ze wasten asbakken af en zetten vuile glazen op de bar. Een man sleepte een vuilniszak achter zich aan en gooide daar de rommel van de tafeltjes in. Niemand besteedde enige aandacht aan Paddy en Burns toen die door de deuren aan de andere kant van het café naar buiten liepen, de berijpte straat op.

Burns trok trots zijn schouders naar achteren toen hij bij zijn auto kwam, een Triumph TR7 sportwagen, beige met zwarte sierstrippen en met een dak dat schuin afliep, alsof het was verbogen door de hoge snelheden die er regelmatig mee werden behaald. Door het raampje zag ze kuipstoelen bekleed met zwart leer, ontworpen om het lichaam te omsluiten, met bijpassende luxe hoofdsteunen en een met leer bekleed stuur. Ze was onder de indruk, maar vastbesloten er niets over te zeggen.

'Ik woon in Eastfield, weet je waar dat is?'

'Ja.' Hij keek een beetje verrast. 'Ik had verwacht dat je uit Pollockshaws kwam, als ik eerlijk moet zijn. In elk geval uit een betere buurt.'

'Eastfield is best een goede buurt, alleen zit het de mensen daar nu even niet mee.'

Hij maakte het portier aan de passagierskant voor haar open, waarbij hij haar een openhartige blik schonk die te lang duurde om voor onschuldig te kunnen doorgaan. Hij liep voor de auto langs naar de bestuurderskant terwijl Paddy zich in de lage stoel liet zakken. De auto was vanbinnen smetteloos schoon; ze kon zich voorstellen dat Burns op zijn vrije dagen liefdevol het leer in de olie zette.

Hij opende zijn eigen portier en plofte naast haar neer, in zichzelf glimlachend bij de gedachte dat hij de week erop zou terugkeren naar de comedyclub. 'Jij ziet veel komieken, dus vertel eens: wat doet het beter, typetjes of observatie?'

Ze dacht erover na. 'Nou,' zei ze, 'met typetjes scoor je meestal meteen, maar observatie is een langer leven beschoren. Met observatie kun je jarenlang op dezelfde act teren, maar met een typetje is het gemakkelijker om door te breken.'

Hij glimlachte naar de weg terwijl hij de motor startte. 'Maar waar komen de meisjes het eerst op af?'

Slecht op haar gemak trok ze haar strakke zwarte rokje recht om haar dikke benen te verhullen. 'En,' zei ze, 'hoe lang ben je al getrouwd?'

Hij tutte gemelijk en keek haar aan. 'Jij windt er ook geen doekjes om, hè?'

Ze haalde haar schouders op. 'Ik vraag het alleen maar.'

Burns zette de richtingaanwijzer aan en keek over zijn schouder om de lege straat te controleren. Hij gaf niet rechtstreeks antwoord. 'Hoezo? Ben jij getrouwd?'

'Burns, als ik getrouwd was, zou ik mijn trouwring nooit afdoen en zou iedereen het weten.'

Een paar minuten reden ze in een drukkende, knagende stilte verder, een weg zoekend door de verlaten, smalle straten tussen de gebouwen. De luchtverfrisser met dennengeur bungelde ritmisch aan de achteruitkijkspiegel, met de cellofaanverpakking er nog half omheen, als een broek die tot op de knieën was afgezakt. Ze had de trein moeten nemen.

Ze bereikten de hoofdstraat en het vrijdagavondverkeer. Overal op straat strompelden dronkenlappen die tot sluitingstijd in het café waren blijven hangen. Ze doken wankelend vlak voor auto's op en schopten stennis in de rijen bij de bushaltes. Een vrouw in een broekpak met een gouden riem en schoenen met hoge hakken en smalle bandjes haalde speels met haar tasje uit naar haar vriend. Paddy zag korte rokjes met stroken, skibroeken en wespentailles. Het was geen fijne tijd voor forse meisjes. Opeens moest ze aan Vhari Burnett denken, en herinnerde ze zich dat ze Burns aan het praten moest krijgen als ze te weten wilde komen wie Lafferty was.

'Het is de laatste maand rustiger in de stad,' zei ze tegen het raampje. 'Of misschien lijkt het alleen maar zo.'

'Het is rustiger. Wil je weten waarom?'

'Goed, waarom dan?'

'Ik zal het je laten zien.' Burns maakte een scherpe U-bocht, een volkomen illegale manoeuvre, zodat hij over de Throngate terug kon rijden, en negeerde een rood stoplicht. Vervolgens reed hij naar de Gorbals, via Rutherglen Road en een afrit naar de St. Theresa-kapel naast de wolkenkrabbers. Even dacht Paddy dat het geen goed idee was om alleen te zijn met deze man, die een beangstigende energie uitstraalde. Als hij haar iets aandeed, kon ze niet eens naar de politie stappen, want hij was de politie.

11

Burns parkeerde de auto aan de kant van de weg, zette de motor af en liet zich in zijn stoel onderuitzakken.

'Goed kijken,' zei hij.

Ze stonden tegenover een winkelcentrum, een hoge, brede steeg met aan weerszijden enorme pijlers die de hoge flats ondersteunden die erboven uittorenden. Over de hele breedte van het gebouw waren grijze en zwarte strepen aangebracht. De onderbuik van de flats was een vlekkerige betonnen plaat. Tussen de pijlers bevond zich een rijtje lage, kleine winkeltjes met de rolluiken dicht.

Het was een vertrouwde aanblik voor Paddy. Het politiebureau dat ernaast stond was een vaste halte voor haar en Billy. Meestal was het de laatste plek die ze 's nachts aandeden voordat ze om halfdrie hun 'doodsburger' gingen eten, en toen ze het verlichte blauwe bord met POLITIE erop boven de deur zag hangen, kreeg ze honger en werd ze een beetje opgewonden bij de gedachte aan een cheeseburger. De meeste incidenten op dat bureau waren echtelijke ruzies waarbij alcohol in het spel was.

'Wat doen we hier?'

'Kijk nou maar.'

'Ga je me nog iets vertellen over Lafferty?'

'Kijk nou eerst eens even.' Hij wees naar het hoge flatgebouw dat dreigend boven hen uittorende. Veel ramen stonden open, zag ze. Ongewoon veel, zeker als je naging dat het februari was. Ze had gehoord dat de verwarming in de oudere gemeenteflats soms centraal werd geregeld en dat die soms oververhit raakte als het systeem op hol sloeg. Maar niet alle ramen stonden open.

In eerste instantie dacht ze dat er uit een raam op de derde verdieping iets langzaam naar beneden viel, maar het was een stukje papier dat aan een touwtje werd neergelaten. Toen het anderhalve meter boven de grond was, leek er uit het niets een piepkleine schaduwgestalte achter een van de pijlers vandaan te komen, die het papiertje lostrok en weer uit het zicht verdween. Het touwtje bleef zachtjes wiegend hangen, tot een andere jongeman tevoorschijn kwam, een briefje aan het uiteinde vastknoopte en toekeek terwijl het boven zijn hoofd omhoog werd getrokken. Verderop werd uit een raam op de eerste verdieping nog een verzwaard koord neergelaten, en weer stapte er iemand uit de schaduw om het op te vangen en er een papiertje aan vast te binden.

'Wat is daar aan de hand?' fluisterde Paddy.

'Dat is geld dat omhoog gaat en heroïne die naar beneden komt. Daarom is het zo rustig in de stad. Vroeger was iedereen op vrijdagavond in de stad om elkaar met messen te lijf te gaan. Nu gaan ze bij elkaar thuis zitten om high te worden en tv te kijken.'

Ze dacht aan de sporen van cocaïne die Sullivan had aangetroffen op haar bankbiljet, dat op dat moment in de kast van brigadier McDaid lag. 'En cocaïne? Verkopen ze dat hier ook?'

'Nee, dat is het andere uiteinde van het spectrum. Rijkelui. Die pakken ze eigenlijk nooit, want die hebben te veel connecties. Zie je, we kunnen de flats niet doorzoeken zonder een huiszoekingsbevel, en de huurders doen alleen de deur open als ze weten wie er aanbelt. Op deze manier kunnen ze dealen zonder de deur te hoeven openen.' Burns zweeg even. 'Ik heb trouwens eens navraag gedaan over Lafferty. Hij zit hier tot aan zijn nek in.'

'Echt waar?'

'Ja.' Hij wees naar de schaduwen en de touwtjes. 'Hij is een bekend gezicht, maar niemand weet voor welke club hij werkt en er staan geen aanklachten tegen hem open.'

'Heeft Vhari Burnett hem ooit vervolgd?'

'De Bearsden Bird?'

Ze wilde Sullivans aanwijzing eigenlijk niet verklappen en wenste nu half dat ze er niet over was begonnen, maar ze knikte zachtjes.

'Niet dat ik weet.' Burns streek over het leren stuur. 'Iemand anders heeft daar ook naar gevraagd. Heb je iets gehoord wat wij zouden moeten weten?'

'Nee, maar zijn naam komt steeds weer bovendrijven, snap je.' Paddy keek naar hem en zag dat hij naar haar blote hals en haar mond zat te staren. Hij hield er niet mee op toen hij de kille uitdrukking op haar gezicht zag, maar glimlachte spijtig, alsof hij wist dat hij haar nooit zou aanraken en dat erg jammer vond.

Hij draaide de sleutel om, startte de motor en maakte de kopers aan het schrikken, zodat ze, zwart op zwart, als een vlucht vleermuizen wegschoten onder de donkere buik van het gebouw.

16

Dan maar branden

I

Kate zat in het groene keukentje aan tafel, verstijfd van angst, en zei als in een mantra keer op keer zachtjes Knox' naam in een poging een gevoel van veiligheid op te roepen. Ze kon zichzelf er niet toe zetten om zich om te draaien en te kijken naar de man die nieuwsgierig door het raam naar binnen tuurde. Ze hoorde dat hij met zijn hand het vuil wegveegde van het raampje boven de gootsteen en hoorde het geritsel van de dode planten onder zijn voeten terwijl hij van de ene voet op de andere wipte. Ongetwijfeld had hij het net zo koud als zij.

En het was koud in huis. Ze had houtblokken onder de achterveranda gevonden, en kolen in de kelder, maar durfde geen vuur te maken. Ze wist niet wie er toekeek. Gelukkig had ze een kast vol wollen truien en broeken in de achterste slaapkamer aangetroffen, en nu droeg ze drie lagen kleren die haar allemaal niet stonden. Dat kon haar niets schelen. Ze had alle spiegels naar de muur gekeerd. Ze kon haar spiegelbeeld niet verdragen.

Het licht scheen schuin op de tafel, en ze zag lange, tongvormige sporen in het stof. De vorige avond had ze het opgelikt in een poging zuinig te zijn en geen gemorst kruimeltje te verspillen, want de enveloppen leken helemaal vanzelf leeg te raken. Ze had de inhoud van een ervan versneden met het melkpoeder, maar dat betekende alleen maar dat ze er meer van moest nemen om hetzelfde troostende effect te bereiken, en dat viel niet mee omdat haar neus zo pijnlijk en rauw was. Ze moest het puntje naar voren trekken om te kunnen snuiven. De inhoud van de tweede envelop had ze niet met melkpoeder versneden, maar ook die leek gewoon te verdampen. Ze kon er met haar hoofd niet bij dat zij het allemaal gebruikte. Er was niemand anders in het huis, hoewel ze er de vorige avond even van overtuigd was geweest dat ze gezelschap had, dus ze moest het zelf wel hebben gedaan.

Kate stelde zich voor dat het gezicht achter het raam onduidelijke gelaatstrekken had vanwege de aarde die aan zijn bleke huid vastkleefde. Er zat een diep, bloederig, zwart gat op de plaats waar zijn oog hoorde te zitten. Zijn vingernagel kraste langzaam over het raam en veroorzaakte een hoog gepiep, dat haar een rilling bezorgde die zich wervel voor wervel over haar rug verplaatste.

Kate sloeg haar handen voor haar ogen en probeerde rustig te ademen. Het deed er niet toe naar welke kamer ze ging of waar ze in het huis ging zitten, want de man onder aan de heuvel was altijd ergens achter haar. Soms zong hij met zijn diepe, grommende stem een vaag deuntje om haar aandacht te trekken. Elk vrij hoekje van haar geest werd door hem in beslag genomen; telkens als ze haar ogen sloot, zag ze hem weer voor zich en tintelden haar vingers bij de herinnering aan dat gevoel van een potlood dat door papier heen ging.

Sinds de vorige nacht raakte hij in haar gedachten soms vermengd met Vhari. Ze zag hen als een stel, gelukkig samen en alleen kwaadaardig naar haar toe, de oorzaak van hun problemen, de oorzaak van hun dood. Vhari had al geen vriendje meer gehad sinds die dikke Mark Thillingly haar had gedumpt, maar nu werd ze naar de eenogige man toe getrokken door hun gedeelde haat jegens Kate. Het stel hield zich verborgen in de schaduw en werd 's nachts brutaler, want dan slopen ze over de overloop, lachten ze achter de deuren en haalden ze fluisterend trucjes uit met een klaarwakkere, lelijke Kate.

Lelijk zijn. Ze was nu lelijk. Dat had ze altijd voor onmogelijk gehouden. Misschien als ze zestig of vijftig was, maar niet op haar tweeëntwintigste. Overdag ving ze haar spiegelbeeld op in de ramen en zag ze een vreemde, zo mager dat ze wel een jongen leek, haar neus plat zodat haar gezicht breder leek en ze er eerder griezelig dan lelijk uitzag. Ze was opgegroeid in de wetenschap dat ze mooi was. Dankzij haar uiterlijk had ze bepaalde privileges genoten, en die had ze altijd met beide handen aangegrepen. Op haar zestiende was ze van school gegaan. Ze had nooit gewerkt, was nooit iets te kort gekomen, had nooit om gunsten hoeven vragen; ze had alles op een presenteerblaadje aangeboden gekregen. Mensen hadden haar graag om zich heen. Maar nu niet meer.

Ze keek naar de bijna lege tweede envelop. Er stond niemand bij het raam, wat haar oren haar ook vertelden. Dat wist ze in elk geval nog. Ze moest hier als de wiedeweerga weg. Ze moest terug naar de stad, naar Bernies garage.

Als ze niet snel uit die stoel opstond en wegging, zou ze pas in mei worden gevonden, bungelend in het trapgat.

11

Het stak Paddy dat Burns een eindje bij haar huis vandaan parkeerde en de motor afzette. Het was niet aan hem om te beslissen dat ze nog even gingen zitten praten. En toch treuzelden ze, gescheiden door een strijdlustige stilte. Ze zaten allebei midden in een reeks nachtdiensten en waren verre van moe.

Huize Meehan stond als een dikke, ineengedoken kikker in de overwoekerde tuin. Alleen in de woonkamer brandde licht. Marty en Gerard zaten ongetwijfeld tv te kijken. Ze zouden vanavond een kamer moeten delen, net als voordat Caroline trouwde en het huis uit ging. De hele avond waren ze waarschijnlijk bezig geweest om op aanwijzing van Con Gerards bed terug te zetten in wat nu Marty's kamer was en Carolines stoffige eenpersoonsbed via de smalle ladder van zolder te halen. Het kampeerbed, dat dodelijk was voor iedereen die meer woog dan vijfentwintig kilo, was ongetwijfeld uitgeklapt en in de kamer tegen de muur gezet, zodat kleine Con bij zijn moeder kon slapen. Paddy dacht aan de busreis van Carolines huis hiernaartoe, en de schaamte omdat iedereen kon zien wat haar man haar had aangedaan. Trisha zou erop staan dat Caroline terugging naar John. Keer op keer zou ze haar dwingen terug te gaan, tot ze inschikkelijk, gehoorzaam en onderdanig genoeg was om het te kunnen volhouden. In hun familie konden huwelijken niet stuklopen. Scheidingen waren voor andere mensen, protestanten, filmsterren.

Paddy keek naar het huis. Liever trouwen dan branden in de hel, zeiden ze. Nou, dan brandde ze liever.

Een zacht briesje bracht de takken van een boom achter hen op straat in beweging, zodat de zachte lichtvlekken op de weg en de huizen om hen heen veranderden in een bewegend landschap van zwart en grijs.

Burns draaide zich naar haar om. Het leer kraakte onder hem. 'Dus hier woon je.'

De sfeer die tussen hen hing was opwindend en onvriendelijk.

'Ja,' zei ze stijfjes, zich afvragend waarom ze niet gewoon het portier opensmeet en uitstapte. 'En waar woon jij, met je vrouw?'

Hij probeerde te glimlachen. 'Je bent wel erg geïnteresseerd in mijn vrouw.'

'Ik ben geïnteresseerd in het feit dat je naar je werk een trouwring draagt, maar niet als je naar het café gaat.'

Hij zuchtte geduldig en vouwde zijn hand om de versnellingspook. Ze keken er allebei naar. Als hij zijn vingers strekte, zouden de topjes slechts centimeters van haar bovenbeen verwijderd zijn. 'Je weet niet hoe politieagenten zijn. Het is belangrijk om erbij te horen. Je kunt niet in de kantine zeggen dat je vrouw geestesziek is en dat je bang bent om naar huis te gaan.'

Hij keek vluchtig naar haar op om te zien of de leugen was aangeslagen, maar ze was sceptisch. 'Dus je vrouw is geestesziek?'

'Waarom denk je anders dat een vrouw zoiets zou doen?' Hij tilde de onderkant van zijn trui op, maakte twee knoopjes van zijn overhemd open en trok de slippen uiteen, zodat zijn blote buik zichtbaar werd. De huid was zo glad en glanzend als toffee. Ze kon de contouren van zijn spieren zien. Een suggestief streepje zwart haar kroop achter zijn broekband naar beneden.

'Kijk maar.' Hij raakte een stuk volmaakte huid aan.

'Waar?' vroeg ze, blij met het excuus om te blijven kijken.

'Daar.' Opnieuw raakte hij zichzelf aan.

'Ik zie niets.'

'Hier.' Hij pakte haar hand vast en drukte haar vingers tegen zijn warme huid. Haar hand gleed over zijn buik en ze voelde een klein litteken.

'Daar?'

'Ja. Een kurkentrekker. Ze heeft me aangevallen met een kurkentrekker.'

Hij dacht kennelijk dat ze een idioot was, want hij paste de goedkoopste versiertruc op haar toe: zijn vrouw zwartmaken zodat zij voor hem uit de kleren zou gaan. Toch liet ze haar vingers over zijn zijdezachte huid glijden, en het water liep haar in de mond. Zijn hand lag op die van haar en drukte haar vingers diep in zijn huid.

'Volgens mij lieg je dat je barst,' fluisterde ze.

Zijn vrije hand gleed over haar bovenbeen. Het kon haar niet schelen als hij het vet voelde dat daar zat. Hij verdiende geen slanke vriendin.

'Dat zie je verkeerd,' zei hij ademloos. 'Ik ben een goed mens.'

De duisternis drukte tegen de auto, verhulde de ramen, sijpelde door de kieren naar binnen en vulde de kleine ruimte met de vochtige, muskusachtige geur van de nacht. Als vanzelf gleed Paddy's hand omhoog naar zijn borst, waar ze een stijve tepel voelde, een plukje haar op het borstbeen, een hartslag zo krachtig dat ze de echo ervan bijna in de auto kon horen.

Hij stak zijn hand onder haar jas en legde die op haar zachte, ronde buik, terwijl zijn duim langs de onderkant van haar borst streek. Haar hand gleed weer af naar zijn buik, in een vederlichte streling over zijn zijdezachte huid, zodat zijn ogen wegdraaiden in hun kassen. Hij leunde al achterover in zijn stoel toen ze haar hand weghaalde.

'Niet voor het huis van mijn ouders.'

Burns ging rechtop zitten. 'Is er een andere plek hier in de buurt?'

Paddy leunde achterover. 'De grote weg op en rechtsaf,' zei ze.

Ze namen de oude weg naar de staalfabriek, een in onbruik geraakte metaalzuiveringsinstallatie die ooit vijfhonderd hectare land in beslag had genomen. Nu was hij echter gesloten en was er slechts een verwoest landschap overgebleven waar de zwavelstank van de duivel nog steeds uit de grond wasemde.

Burns vond een weggetje vol kuilen en gaten dat aansloot op de hoofdstraat en deed de koplampen uit toen ze eroverheen reden.

Het maanlicht scheen op een omgewoeld terrein vol achteloos weggegooid touw en scherpe metaalscherven. Toen ze vanaf de weg niet meer zichtbaar waren, zette hij de auto stil, deed de motor uit en keek haar aan.

Paddy was een beetje afgekoeld, op adem gekomen, en ze begon nu te twijfelen, maar Burns' vingers streken langs haar oor.

'Je hals,' fluisterde hij, trekkend aan haar sjaal. Die viel op de grond, soepel als een slang die zich van een tak laat glijden.

Er waren genoeg redenen waarom dit een slecht idee was, maar Paddy had moeite zich te herinneren wat die redenen waren. Hij haalde een vierkant stukje folie uit zijn heupzak, een condoom, en legde dat op het dashboard met een zelfvoldaan, zelfverzekerd gebaar dat niets dan minachting bij haar opriep. Hij merkte er echter niets van, maar legde zijn andere hand om haar middel, trok haar bij zich op schoot en schoof haar rokje over haar benen omhoog. Zijn warme handen lagen op haar bovenbeen, om haar kont, op haar blote borsten, en zijn lippen waren vochtig en vurig.

De laatste bewuste gedachte in Paddy's hoofd was een waarschuwend gerinkel, zo zacht dat het betrekking leek te hebben op iets wat heel ver weg was.

Ze leunde achterover en gaf hem het condoom, zodat hij het zelf om kon doen terwijl zij haar maillot en slipje over haar enkel kon uittrekken, onelegant en wanhopig; ze liet ze aan haar linkervoet bungelen. Schrijlings ging ze boven op hem zitten om hem te kussen, zijn overhemd omhoog te schuiven en haar blote huid tegen de zijne te drukken.

Toen Burns zichzelf bij haar naar binnen duwde, had hij nog een reepje van de condoomverpakking tussen zijn tanden. Paddy voelde haar gretige kut ontluiken om hem te ontvangen, als een reusachtige roos van vlees.

Ze kon zich nergens op concentreren, behalve op de haartjes in zijn nek en de doolhof van plooien in de leren hoofdsteun achter hem. Ze kon haar ademhaling niet beheersen. Ze klemde zich stevig vast aan zijn schouder, misschien deed ze hem wel pijn, dat wist ze niet en het kon haar niets schelen ook terwijl ze heen en weer bewoog en met haar vrije hand haar clitoris streelde.

Ze was niets dan een overweldigende behoefte en had niet kunnen stoppen al had ze het graag gedaan. Opeens trok haar kut zich samen, klemde ze haar benen tegen elkaar en viel ze voorover tegen zijn borst. Elke porie in haar huid beefde en een koude golf sloeg over haar heen.

Ze voelde iets warms over haar blote dijen sijpelen. De huid tussen haar benen was nat, maar niet slijmerig, en ze was ervan overtuigd dat ze op zijn schoot had geplast. Beschaamd bleef ze stijfjes zitten waar ze zat. Ze voelde zich belachelijk, naakt en kwetsbaar. Zijn grote hand voelde opeens obsceen aan op haar vochtige bil. Ze verplaatste haar gewicht en wilde haar trillende benen wegtrekken, maar Burns hield haar tegen, dwong haar te wachten terwijl hij met open mond haar hals kuste en haar naam fluisterde.

Ze keek hem niet aan toen ze terugkroop naar de passagiersstoel. Ze staarde door het raam naar buiten alsof ze volledig in beslag werd genomen door het vlakke, verwoeste land, en vroeg zich af wat er in godsnaam met haar was gebeurd. Haar slipje en maillot zaten nog steeds strak om haar enkel, maar ze trok preuts haar rok omlaag, terwijl ze zich afvroeg hoe ze ze zo waardig mogelijk kon optrekken om haar naaktheid te bedekken.

Naast haar deed Burns het condoom af en legde er een knoop in, in zichzelf glimlachend op een manier waardoor ze zich buitengesloten, stom en boos voelde. De ramen waren beslagen. Burns streek met zijn vinger over de voorruit en grijnsde opnieuw. Toen zette hij de motor aan en leunde geduldig tikkend op zijn knie achterover om te wachten tot de ramen schoon waren. Hij reikte naar de radio, maar Paddy raakte in paniek omdat ze dacht dat hij haar weer wilde aanraken.

'We moeten gaan,' zei ze ten overvloede. 'Ik ben moe.'

Het was halfdrie en ze draaide vijf keer per week nachtdienst. Ze zou de hele nacht klaarwakker blijven, en dat wisten ze allebei. Burns glimlachte vaag en stuitte op een zender waar ze 'Running with the Night' van Lionel Richie draaiden. Hij keek zo blij als een kind, tot hij haar hoorde grinniken, waarop hij snel overschakelde naar een andere zender, met Echo and the Bunnymen.

'Beter?'

'Ik hou niet zo van Lionel Richie, maar je mag dat liedje best weer opzetten als je het graag wilt horen.'

'Nee, ik vind hem ook niks.' Hij kromp ineen bij die overduidelijke leugen. 'Oké, ik vind hem goed. Is hij dan niet cool?'

Ze glimlachte. 'Lionel Richie?'

'Ja? Nee zeker, hè?' Hij beet op zijn lip.

'Burns, hoe oud ben je eigenlijk?'

'Drieëntwintig.'

'Dus je bent maar een jaar ouder dan ik. Waarom kleed je je dan zo ouwelijk?'

Hij leunde achterover en glimlachte naar haar terwijl hij zijn trui rechttrok. Het was niet zijn gebruikelijke stralende tandpastaglimlach, maar een verlegen, asymmetrisch gezichtsplooitje. 'Ik ben een smeris. Deze kleren zijn populair bij de pliesie. Vind je hen wel goed?' Hij wees naar de radio.

'Ja, ik vind Echo and the Bunnymen wel goed, ja.' Eigenlijk niet, maar ze wilde het wel graag.

'Ik vind juist dat die kerel helemaal niet kan zingen.'

Ze knikten allebei aarzelend en schonken elkaar een heel open blik. Ze stelde zich even voor hoe hij eruit zou zien als hij leuke kleren droeg, zonder het strenge kapsel en die afschuwelijke outfit. Hij had donkere ogen en een grote, karakteristieke neus. Hij krabde aan zijn nek. 'Ik wil nog een keer met je afspreken.'

Paddy glimlachte om het eufemisme en begon toen te lachen. 'Hebben we dat net niet gedaan? Met elkaar "afgesproken"?'

'Ja.' Hij zuchtte tevreden. 'En het was een topafspraak.'

Ze voelde zich ongelooflijk ontspannen en kalm toen ze haar maillot omhoog trok, met haar jas om haar heupen zodat hij niet kon zien wat ze deed, en zich grijnzend achterover in de stoel liet vallen. 'Breng me naar huis, Burns.'

Op de terugweg luisterden ze naar de radio. 'Killing Moon' was afgelopen en de deejay kondigde aan dat het tijd was voor iets heel anders. Hij draaide een plaatje van Madness. Ze zongen mee. Het was een teenybopperband, maar toch kenden ze de hele tekst. Al snel waren ze terug in Eastfield.

'Oké.' Paddy raapte haar spullen bij elkaar. 'Ik ken heel veel politieagenten. Als je dit ooit aan iemand vertelt, bel ik je vrouw op.'

Hij drukte preuts zijn handen tegen zijn borst. 'Hoor eens, ik schaam me net zo goed als jij.'

Ze wilde niet naar hem kijken of glimlachen, want dan bleef ze misschien wel. Ze maakte het portier open, stapte uit de auto en keek hem na toen hij wegreed en haar alleen op de gebarsten stoep achterliet.

Als haar moeder had gezien dat ze waren gestopt en vervolgens weer waren weggereden, zou ze zeggen dat ze iets in de comedyclub had laten liggen. Haar sjaal. En dat ze die waren gaan halen en nog even iets hadden gedronken.

Ze keek hem na terwijl hij wegreed. Burns keek niet achterom, maar ze kon aan de stand van zijn hoofd zien dat hij haar in de achteruitkijkspiegel in de gaten hield. Pas toen zag ze de rode Ford

Capri die voor het huis van mevrouw Mahon stond. Ze keek er ingespannen naar, ook al stond hij in de schaduw van een straatlantaarn, maar zag er niemand in zitten. Ze begon paranoïde te worden. Niemand had haar toestemming nodig om zijn auto op de rotonde neer te zetten.

Pas toen ze in bed lag en elke aanraking en streling van die avond opnieuw beleefde, herinnerde ze zich dat de Ford er niet had gestaan toen ze de eerste keer naar haar huis waren gereden. Mevrouw Mahon was in de zeventig. Zij kreeg op vrijdagnacht om halfdrie vast geen bezoekers meer.

Paddy stond op, trok haar ochtendjas aan, liep zachtjes de trap af en keek door de voordeur naar de straat, bedekt met zilveren rijp.

De Ford stond er niet meer.

17

Onderwerpen in plaats van lijdende voorwerpen

1

Bernie dronk koude thee uit de plastic dop van de thermoskan en wierp een blik op zijn horloge. Het was al laat, maar hij zat nu lekker in het ritme van zijn werk, ging erin op. De krik stond stevig onder de auto en hij had zijn gereedschap in een waaier om de rolmat heen gelegd, zodat hij er gemakkelijk bij kon zonder te hoeven opstaan. Het was een ingewikkelde klus die veel concentratie vergde, en alle barsten en kieren in zijn gedachtegang werden opgevuld door het gebabbel van een beller op de radio.

De thee was bitter, maar hij dronk toch alles op in de hoop dat hij zo zijn honger kon stillen. Hij had al zes uur niets gegeten, maar had geen zin om naar zijn flat te gaan om te eten en klaarwakker te zitten piekeren over Kate en Vhari terwijl hij telkens die 'sorry, sorry'-boodschap op zijn krant zag. Vhari dood en Kate weg. De politie had geen enkele twijfel gelaten over de manier waarop Vhari was gestorven. Geen detail was hem bespaard gebleven, omdat hij heel kortstondig verdachte was geweest.

Toen de politie hem dwong te kijken naar foto's van een bloederig spoor door het huis met Vhari op een hoopje aan het eind ervan, moest Bernie zo vreselijk huilen dat hij ervan ging overgeven. De politieman had hem een papieren zak aangereikt, en de stank van zijn eigen kots was onder zijn neus en aan zijn kin blijven kleven.

Fronsend keek hij naar zijn horloge. Het was halfdrie. Als hij tot een uur of drie, vier doorwerkte, zou hij zo moe zijn tegen de tijd dat hij thuiskwam dat hij misschien zelfs even zou kunnen slapen.

Hij rolde net terug onder de auto toen er op de radio een discussie losbarstte over de ethiek van privéscholen. Hij wist nog hoe hij op natte winterochtenden met Vhari en Kate bij de bushalte had staan wachten, terwijl ze ruziemaakten om maar warm te blijven, want de blote benen van de meisjes waren roze en vlekkerig geweest van de kou. Hij moest ook aan de terugrit denken, als hij weer bij de bushalte stond en vurig hoopte dat de kinderen van de plaatselijke scholengemeenschap hen niet zouden zien staan in hun blauwe uniformen van de Academy. Hij was de enige jongen bij de bushalte, totdat Paul op school kwam. Hij kwam er in de vijfde klas bij, en vanaf dat moment was alles anders geworden.

Paul Neilson was wegens diefstal van de kostschool Fettes geschopt. Dat wisten ze allemaal al voordat hij bij hen op school kwam, want iemands broer zat op Fettes en die had het doorverteld. Veel meisjes hadden besloten niets tegen hem te zeggen. Alle brave meisjes. Vhari zei dat het verkeerd was om mensen te negeren op grond van geruchten en dat ze zou proberen aardig tegen hem te zijn. Kate, zo was hem indertijd opgevallen, zei niets.

Maar toen kwam Paul, en iedereen veranderde van gedachten. Paul was niet alleen knap, hij was nog cool ook. Hij droeg zijn rugbyshirt met de kraag omhoog en straalde een zeker rebels, dreigend air uit. Kate, het mooiste meisje van de school, was vanaf de eerste busrit weg van hem. Ze keek toe terwijl hij zich voorstelde aan de groep, op al hun vragen inging, hun vertelde waar hij woonde, dat zijn vader spullen importeerde vanuit Zuid-Afrika en hoeveel de jaaromzet bedroeg. Ze keek naar hem met haar mooie grijze ogen en draaide aan een blonde haarlok achter haar oor. Tegen de tijd dat ze in Mount Florida uit de bus stapte, verwaardigde ze het zich om naar hem te glimlachen. Hij liep met hen mee de straat uit, ook al was zijn huis de andere kant op. De volgende ochtend stonden Kate en Paul een stukje bij de rest van de wachtenden vandaan met hun rug tegen de muur een intiem gesprek te voeren. Als Bernie toen had geweten wat er zou gebeuren, zou hij haar bij haar haren bij hem vandaan hebben gesleurd.

In de duisternis onder de auto rolden de tranen over Bernies slapen in zijn haar. Hij schudde zijn hoofd. Ze had verdomme een auto van hem gestolen. Zelfs voor Kates doen was dat heel min. De Mini was niet veel waard, maar hij had niet veel. Gelukkig was het niet de auto van een klant geweest die daar stond voor een onderhoudsbeurt. Iedereen wist dat zij meer geld had dan hij, maar aan de andere kant was hij blij dat ze had verkozen van hem te stelen en niet van hen. De mensen met wie ze nu omging, waren niet het soort dat je kwaad wilde maken.

De discussie op de radio ging nu over yuppies en belastingontduiking, en Bernie, die de hongerkrampen in zijn buik niet langer kon negeren, draaide alles stevig aan en rolde onder de auto vandaan. Hij was nog steeds niet moe.

Terwijl hij probeerde te luisteren naar die sukkels die naar de radiozender belden, en die het dan weer wel, dan weer niet ergens mee eens waren, draaide hij langzaam de krik onder de auto omlaag totdat die weer met de voorwielen op de grond stond, waarna hij de krik eronderuit trok. Terwijl Bernie zijn moersleutels opraapte en de olie eraf wreef, stak een man met een Birminghams accent een tirade af tegen het zuiden van Engeland omdat dat de rest van het land had opgescheept met een tweede termijn van Thatcher. Oud nieuws.

Bernie liep naar de tafel en ging er op zijn hurken voor zitten om de bovenste la van zijn gereedschapskist open te maken. Hij trok hem naar voren, legde de moersleutels op hun plek en duwde hem terug. Hij wilde niet helemaal dicht. Hij deed hem weer open om te kijken of er iets boven de rand uitstak, maar dat was niet zo. Opnieuw probeerde hij hem dicht te duwen, maar weer bleef hij ongeveer een centimeter openstaan, net ver genoeg om erin te kunnen kijken. Achterin zat iets wat weerstand bood.

Op zijn hurken waggelde Bernie langs de zijkant van de tafel, tot hij een hoekje van de doorzichtige plastic verpakking zag. Hij glimlachte, want hij dacht dat het eten was, iets waar hij de schimmel van af kon schrapen en wat hem nog een uurtje op de been zou houden. Hij pakte het plastic hoekje tussen duim en wijsvinger vast en trok eraan. Het was groter en zwaarder dan een boterhamzakje; er kwam geen eind aan. Uiteindelijk stak hij blindelings zijn handen achter de gereedschapskist en trok het erachter vandaan. Het was zo groot als een sierkussen, vierkant en zwaar.

Het doorzichtige plastic was meerdere keren omgevouwen en dof van het witte stof, maar het veelgebruikte zilverkleurige isolatietape, dat al heel wat aan kleefkracht had ingeboet, had losgelaten van een snee in de voorkant toen hij het optilde, en Bernie wist wat erin zat. Wit poeder vormde een hoopje op de grond. Bernies adem stokte als een visgraatje in zijn keel. Hij kon niet uitademen van paniek.

Dit was de reden dat Kate zo'n vreselijke spijt had. Dit was de reden dat ze van hem hield. Dat ze een auto had gestolen en er ongewild voor had gezorgd dat Vhari werd vermoord, stelde in vergelijking hiermee niets voor.

II

De scherpe ochtendwind raasde over George Square en wervelde om de monumenten voor de vergeten helden van vergeten oorlogen. Het was de koudste plek in het stadscentrum. De stevige wind scheerde ongehinderd over de open vlakte en dreef mensen de zijstraatjes in.

Paddy liep langs het reusachtige postkantoor en stak over naar het plein, voor het stadhuis met zijn torentjes langs, om de imposante witte cenotaaf heen, en daar zag ze hen, aan de andere kant van het plein: een kleine groep mensen in witte kleren met borden met protestleuzen in hun handen. Sommigen droegen een witte trui of jas, een van hen had een dunne anorak aan. Ze stonden op een kluitje bij elkaar terwijl ze met een aansteker sputterende kaarsjes aanstaken en de vlammetjes zorgvuldig beschermden met hun handen, lichamen en jassen.

Ze had onderweg hiernaartoe een hele zak citroenzuurtjes opgegeten, hoewel ze ze in de snoepwinkel op het station had gekocht als traktatie voor haar moeder. Ze had één zuurtje genomen, gewoon om te proeven, en toen nog een en toen nog een, en nog een en nog een tot het zakje overduidelijk halfleeg was en ze ze óf moest weggooien, óf allemaal opeten en een nieuwe zak kopen. Er zat een suikerlaag op haar tanden, die piepten van het bicarbonaat uit de poedervulling.

Misselijk van de suiker en het schuldgevoel liep ze over het plein op de groep af, tot ze voor de smetteloze linie een bekend groen sportjasje zag zweven, dat het beeld verstoorde. Het was JT, met zijn notitieboekje in zijn hand en zijn hoofd een beetje schuin, een houding die altijd wees op een zware ondervraging. Hij had het nieuws over Thillingly vernomen en was haar voor geweest. Met een zucht van berusting bleef ze staan en sloot haar ogen. De wind streek haar haren voor haar oren weg, en opeens voelde ze Burns' neus in haar hals en zijn vochtige, hete adem op haar huid. Ze rilde van genot bij de herinnering.

Seks was in haar beleving altijd een verbijsterend gepruts geweest waarvan ze altijd werd afgeleid en waarin ze zich nooit had kunnen verliezen. Tijdens de seks was er altijd wel een moment waarin ze opging in alledaagse gedachten: waar ze haar huissleutels had gelaten, of haar dieet zou aanslaan, of ze haar haren moest laten knippen. Maar deze keer niet. Dat kwam doordat ze geen respect had voor Burns. Ze glimlachte en opende haar ogen, met verhitte wangen, en al snel wist ze weer waar ze was en wat ze hier deed.

Het groene sportjasje schoof langs de linie. Vloekend liep ze op JT af en bleef zo onopvallend mogelijk bij zijn elleboog staan luisteren. Hij ondervroeg een lange vrouw met een aristocratische neus en prachtig dik grijs haar dat met behulp van een leren klem was opgestoken.

'Voor de eerlijke berechting van Nelson Mandela.' Haar accent was zacht en Engels, maar toch klonk ze gezagvol, alsof ze gewend was om in het openbaar te spreken. 'Hij is een jurist die in Zuid-Afrika is gevangengezet...'

'Omdat hij opgeroepen heeft tot geweld.' JT sprak snel, zoals altijd wanneer hij in de aanval ging. 'Je zou kunnen beweren dat u gewelddadige criminelen steunt. Wat hebt u daarop te zeggen?'

'Nou,' zei de vrouw met een ongemakkelijke glimlach, 'Amnesty eist niet zijn onmiddellijke vrijlating. We eisen alleen een eerlijk proces.'

JT's potlood bleef werkloos boven het papier zweven. Hij keek vluchtig op, wachtend tot ze iets schandelijks zou zeggen.

'Dat moet u eigenlijk opschrijven,' zei de vrouw. 'Het is belangrijk.'

'Wees maar niet bang, ik zal het niet vergeten. Er zijn mensen die beweren dat hij aan het hoofd staat van het Zuid-Afrikaanse equivalent van de IRA. Wat hebt u daarop te zeggen?'

Paddy stond achter hem naar zijn gewauwel te luisteren. Hij vroeg helemaal niets over Thillingly, en ze vroeg zich af wat hij hier in 's hemelsnaam uitvoerde. Amnesty hield elke zaterdag een fakkelwake op George Square, en elke week voor iemand anders. Mandela was een controversiële keuze, omdat hij na de massaslachting in Sharpeville een gewapende opstand had gesteund.

'Kon je geen beter verhaal vinden?' vroeg ze.

JT draaide zich om en keek haar wantrouwig aan. 'Wat doe jij hier?'

'Nou, ik hoorde dat ze deze week Nelson Mandela steunden. Daar wilde ik hun een paar vragen over stellen.'

'O ja? Op zoek naar iets om Ramage mee te verrassen? Nou, dan ben je deze keer mooi te laat, schatje.' JT glimlachte zelfgenoegzaam. 'Ik ben er al mee klaar. En ik ga nu naar de redactie om het artikel te schrijven.' Hij klapte zijn notitieboekje dicht en liep weg. Paddy keek hem na terwijl hij over het plein slenterde, langzaam haar hoofd schuddend en met een teleurgesteld gezicht, voor het geval hij omkeek.

De Amnesty-leden vormden een plechtige halve cirkel rond twee posters, een met het logo van Amnesty erop en een met een getypte samenvatting van de zaak-Mandela onder een ietwat vage foto van hem als ernstig kijkende jongeman met een zijscheiding in zijn afrokapsel. Erboven stond in paarse viltstift geschreven: 20 JAAR ZONDER PROCES.

Paddy stampte met haar voeten om de ijzige kou te verdrijven. De betogers keken haar wantrouwig aan en meden oogcontact omdat ze JT kende.

'Eh, moet u horen...' Ze deed een pas naar achteren om te laten zien dat ze heel anders was dan de bombastische JT. 'Ik weet niet goed hoe ik dit moet aanpakken. Ik ben nog maar een beginneling, niet zo'n doorgewinterde journalist als hij,' zei ze met een duimgebaar naar JT, 'maar ik wilde u iets vragen over ene Mark Thillingly.'

De rij golfde verontrust. Een man aan het ene uiteinde schuifelde met zijn voeten; iemand anders kuchte. Een tenger meisje in het midden van de rij begon opeens te snikken, met haar handen voor haar gezicht. Haar buurman sloeg zijn arm om haar schouders en trok haar tegen zijn borst, met zijn hand om haar achterhoofd, terwijl ze schokkend tegen de kabels van zijn witte trui leunde. Hij keek Paddy beschuldigend aan. 'Mark was een vriend van ons.'

'Neem me niet kwalijk,' zei Paddy. 'Echt, het is niet mijn bedoeling om iemand te kwetsen.'

Het meisje begon opnieuw te snikken, luidruchtig happend naar adem. Paddy zag dat de vrouw met het grijze haar haar ogen ten hemel sloeg, dus keerde ze zich naar haar om en sprak haar aan. 'Ik weet dat Mark een goed mens was.'

De vrouw pakte Paddy bij de elleboog en nam haar terzijde. 'Mark was een goed mens, daar heb je gelijk in. Hij was erg toegewijd.' Ze knikte naar het snikkende meisje. 'Natasha kende hem nauwelijks, maar ze doet graag theatraal.'

'Ik vind het heel erg dat hij dood is.'

De vrouw keek of de anderen haar niet meer konden horen en liet toen haar stem dalen tot een vertrouwelijk gemompel. 'Zijn zelfmoord was een schok.'

Ook Paddy begon zachtjes te praten. 'Hoezo?'

De vrouw schudde haar hoofd. 'Hij was hier vorige week nog. Toen leek er niets met hem aan de hand. Hij was opgewekt. Tussen die tijd en dinsdagavond moet er iets zijn voorgevallen.'

Paddy keek naar de cenotaaf, zoekend naar een volgende vraag. 'Hij was jurist, hè? Waar werkte hij?'

'Het Easterhouse Law Centre.'

Paddy knikte tegen haar laarzen. 'Aha.'

De vrouw keek haar nieuwsgierig aan. 'Dat wist je al.'

Het was zo koud dat de neus van de vrouw rood aangelopen was en dat ze haar ogen tot spleetjes moest knijpen tegen de wind. Haar huid leek zich thuis te voelen in die positie. Het viel Paddy op dat ze een blozend gezicht had, alsof ze veel buiten kwam. Ze kon zich voorstellen dat ze kordaat over het terrein van een groot landgoed liep, met kleine, keffende hondjes op haar hielen.

'Kan het iets te maken hebben gehad met de moord op Vhari Burnett?'

De vrouw knikte bedroefd. 'Ja, arme Vhari. Zij was ook lid. Mark heeft haar meegenomen naar onze eerste bijeenkomst. Toen hadden ze nog iets met elkaar.'

'Wanneer was dat?'

'Jaren geleden.' Ze moest even nadenken. 'Een jaar of vijf? Zoiets. Toen zijn we hiermee begonnen.' Ze draaide zich om en keek naar de groep, naar de belabberde poster en naar Natasha, die nog steeds krokodillentranen vergoot. Vol afschuw trok ze een wenkbrauw op en neuriede in zichzelf.

'En was Mark toen getrouwd?'

'O, nee, Mark heeft jaren geleden een relatie gehad met Vhari. Ze hebben elkaar op de universiteit leren kennen. Voordat hij met Diana trouwde. Volgens mij woonden hun ouders vlak bij elkaar.'

Paddy knikte. 'Waarom zijn ze uit elkaar gegaan? Heeft zij hem gedumpt?'

Ze glimlachte om Paddy's lef. 'Andersom, feitelijk. Hij is ervandoor gegaan met de vrouw met wie hij uiteindelijk is getrouwd. Daarna kwam Vhari niet meer naar de bijeenkomsten, maar ze bleef wel betrokken. Schreef brieven van huis uit, deed donaties, dat soort dingen.'

'Was Mark weleens gewelddadig?'

'Mark?'

'Ja, was hij weleens gewelddadig?'

'De politie denkt dat hij haar heeft vermoord, hè?'

'Dat heb ik tenminste gehoord.'

De vrouw dacht er even over na. 'Eerlijk gezegd denk ik dat hij niet eens fit genoeg was om gewelddadig te zijn. Hij raakte al buiten adem als hij tegen een heuvel op moest lopen. Hij rookte als een ketter en was een beetje...' Haar blik gleed af naar Paddy's lichaam, maar ze dwong zichzelf ergens anders naar te kijken. 'Mollig.'

Paddy knikte tegen haar notitieboekje en probeerde niet te blozen.

'Hij was verdrietig toen het uitging met Vhari.' De vrouw praatte snel in een poging de onbedoelde belediging onder het tapijt te vegen. 'Hij heeft er met mij over gepraat en leek heel zelfverzekerd, maar eigenlijk denk ik dat hij me aan zijn kant probeerde te krijgen. Mark was een geboren politicus. Alles zag hij als een gelegenheid om te lobbyen. Hij was heel beheerst.'

'Dat was niet erg aardig van hem, dat hij er met iemand anders vandoor ging.'

'Nou ja, zijn vrouw Diana is nogal vasthoudend. Vhari leek veel meer op Mark, heel gelijkmatig van karaker. Diana heeft meer pit.' Ze wilde Paddy niet aankijken.

'U mag haar niet.'

De vrouw glimlachte breed. 'Nee. Diana is na haar huwelijk gestopt met werken. Ik kan die vrouwen niet uitstaan die wel kunnen werken, maar het niet doen. Ik ben net als Vhari: van gegoede komaf, maar niet bereid geld aan te nemen waarvoor ik niet heb gewerkt. Ik ben nooit getrouwd. Ik heb altijd zelf in mijn onderhoud voorzien.'

'U hebt alles aan uzelf te danken.'

'Precies.'

Ze glimlachten naar elkaar, die twee werkende vrouwen, die allebei baantjes afpikten van werkloze mannen, tegen de natuur ingingen door aan het aanrecht te ontsnappen, die twee vrouwen die met beide benen in het leven stonden, actief waren in plaats van passief, onderwerpen in plaats van lijdende voorwerpen.

III

Paddy liep kalm weg, tevreden en erg met zichzelf ingenomen, toen ze bedacht dat JT vlak voor haar liep. Ze stoof achter hem aan, hopend dat ze goed had geraden welke weg hij naar kantoor zou nemen, en zag hem een meter of honderd voor zich uit, waar hij op het punt stond de hoek om te gaan naar Albion Street en de redactie. Ze rende verder, buiten adem, en greep hem bij zijn mouw.

'Wacht, wacht, JT, ik wil een deal met je sluiten.'

Hij draaide zich naar haar om, sceptisch over het idee dat zij hem iets te bieden kon hebben.

'Ik doe maandag al je research naar Mandela als je me nu twee taxibriefjes geeft. Dan is je artikel voor Ramage twee keer zo snel af. Misschien geeft hij je zelfs wel een kus met dat grote rode gezicht van hem.'

Hij trok vol wantrouwen zijn hoofd terug. 'Waar heb jij een taxibriefje voor nodig?'

'Om op kosten van de zaak een taxi te nemen,' zei ze gemaakt onnozel.

'Ongetwijfeld om bij je vriendje langs te gaan.' Hij begon te glimlachen, aansturend op een seksueel getint praatje, maar ze vertrok geen spier, dus gaf hij het op. 'Mandela en nog een researchopdracht.'

'Nee, alleen Mandela,' zei ze vlak. Het kostte hem niets om haar een paar taxibriefjes te geven. Het waren vooraf ondertekende formulieren die je aan het taxibedrijf kon geven waarmee de krant een overeenkomst had. Als hoofdreporter had JT een ongelimiteerde voorraad, en de directie stelde nooit vragen. Ze mochten eigenlijk alleen voor werkverkeer worden gebruikt, maar ze zag hem 's avonds meestal in een taxi stappen als hij naar huis ging.

Tandenknarsend keek hij haar aan, op zoek naar een zwakke plek die hij kon uitbuiten.

'Een hele dag research,' zei ze. 'Ook naar informatie over zijn vrouw Winnie.'

Hij haalde een blokje formulieren uit zijn binnenzak en scheurde er twee papiertjes af. Die gaf hij aan haar.

Paddy nam ze gretig aan en controleerde of ze wel ondertekend waren.

'Maar waar zijn ze nou voor? Ben je soms met een artikel bezig?'

Ze glimlachte naar hem, genietend van de nieuwsgierige ondertoon in zijn stem. 'Ik ga een onthullend artikel schrijven over fraude met taxibriefjes. En als je me nu wilt excuseren, ik moet weg.'

Tevreden met die uitspraak draaide ze zich om en liep weg.

IV

Kate reed in de gebutste en gedeukte Mini door straten die haar zo vertrouwd waren dat ze er sentimenteel van werd. Aan elke straathoek en haag was een herinnering verbonden aan een gebeurtenis, een persoon, een gerucht of een spelletje. Mount Florida. Op weg naar het huis van haar ouders kon ze van de helft van de huizen de naam noemen van het gezin dat er indertijd had gewoond, en moest ze denken aan zomermiddagen die ze in veel van die voortuinen had doorgebracht. Daar was de schoolbushalte en het muurtje waar ze Paul Neilson had ontmoet.

Eigenlijk was ze helemaal niet van plan geweest om hier te komen, maar ze werd aangetrokken door de herinnering. Ze had haar snuifdoos bij zich, had een flinke dosis genomen en wist dat ze alles aankon.

Ze keek naar het huis. Papa's gazon lag er keurig bij, als een glasplaat die doorliep tot aan het vrijstaande huis uit de jaren dertig, volmaakt gemaaid, niets op aan te merken. Ze hadden een groter huis kunnen hebben. Ze hadden een groot huis in Bearsden kunnen hebben, net als haar grootvader, met ieder een eigen slaapkamer en een grasveld erachter. Hun ouders zorgden ervoor dat hun kinderen wisten dat ze zich van alles konden veroorloven, maar dat ze het niet voor niets zouden krijgen. Er was geld genoeg, maar de kinderen waren het niet waard. Hun scholing kostte klauwen vol geld. Ze wisten allemaal tot in het kleinste detail hoeveel het eten kostte, wat een gat hun schooluniformen in het gezinsbudget sloegen en hoe duur elke vakantie was. De immer veranderlijke wil van hun ouders bungelde als een zwaard van Damocles boven hun hoofd, wierp zijn schaduw op hun leven en bedierf elk pleziertje. Ze hadden er allemaal verschillend op gereageerd: Vhari gaf niets meer om geld en Bernie weigerde ook maar een cent van hen aan te nemen. Kate, daarentegen, was dol op geld. Zodra ze iets toegestopt kreeg, meestal van Paul, moest ze toegeven, gaf ze het meteen uit aan sieraden, reisjes en kleren, mooie, leuke spulletjes.

Ze bleef in de auto zitten kijken naar het huis van haar ouders, alsof ze het de maat nam, terwijl ze blindelings in haar handtas rommelde tot ze het koude oppervlak van het zilveren snuifdoosje voelde. In het huis zag ze niets bewegen, en ze werd overvallen door een verstikkende angst. Ze had haar ouders al drie jaar niet meer gezien. Als ze nu naar binnen ging, moest ze hun schrikreactie op haar verschijning verdragen. Nu Vhari dood was, zouden ze tranen om haar vergieten, en dat terwijl ze tijdens haar leven zo gemeen tegen haar waren geweest.

Een dik meisje in een oude, groene leren jas sloop langs haar heen. Kate bekeek haar in de achteruitkijkspiegel. Ze zag er goedkoop uit. Aan de zoom van de jas hing een losse draad. Ze had een rugzakje om dat tussen haar schouderbladen nestelde, en stekeltjes die eruitzagen alsof ze ze zelf had geknipt. Het interessantste aan haar was echter dat ze aan de overkant bleef staan, bij het hek van huize Thillingly.

Kate keek naar haar ouderlijk huis, en het liefst was ze teruggekeerd naar de tijd vóór dit alles. Als ze een nieuwe kans kreeg, zou ze het anders aanpakken. Minder uitgeven, stiekem geld opzijzetten op een geheime bankrekening. Nu had ze niets, behalve het kussen. En Knox. Ze had altijd Knox nog. En ze wist waar hij woonde.

18

Honderd grijstinten

I

Bij het houten hek aarzelde Paddy, en ze keek over het diepe gazon naar het huis. Ze was nog nooit naar een condoleancepraatje gestuurd. De nieuwsredacteuren leken haar altijd over het hoofd te zien als ze zo'n opdracht te vergeven hadden, en in dit geval geloofde ze dat het vriendelijk bedoeld was. Na zijn eerste condoleancepraatje was Dub vriendelijk doch dringend verzocht te vertrekken. Hij moest de vrouw van een onthoofde man vragen wat zij van het gebeurde vond, maar iemand had gezien dat hij in plaats daarvan in het café een gedichtenbundel had zitten lezen.

Het was voor de meeste mensen een kritiek moment in hun professionele ontwikkeling. Zelfs doorgewinterde journalisten hadden er een hekel aan. Als iemand zijn verbijstering uitsprak over JT's volkomen gebrek aan meevoelendheid, kwam telkens weer het gerucht bovendrijven dat hij na zijn eerste condoleancepraatje op de wc had zitten huilen, alsof zijn gebrek aan medemenselijkheid werd goedgemaakt door het feit dat hij er wel ooit over had beschikt. Verontrustender was dat sommige mensen de smaak te pakken kregen: een man die was overgestapt naar een roddelkrant in Londen hield altijd exclusieve interviews aan condoleancepraatjes over omdat hij zich bij het verlaten van het huis tegen de familie keerde en de dode beledigde: het was zijn eigen schuld, zei hij dan, die sukkel had gewoon niet achter het stuur van zo'n oud barrel moeten kruipen. Vervolgens waren de achterblijvers zo gekwetst dat ze geen enkele journalist meer te woord wilden staan.

Het was twee uur 's middags, maar de gordijnen van de woonkamer waren nog dicht. Tintelend van angst liep Paddy over het grijze grindpad langs het keurige gazon, denkend aan de gil van afschuw die ze vier dagen eerder dwars door de haag heen had gehoord. Ze ging die vrouw opnieuw kwetsen, dat wist ze nu al. En toch bleven haar voeten in beweging, stap voor stap, drukkend op het grind, dat knerpte onder haar schoenen en naar de zijkanten werd gedrukt. Was ze maar net zo integer als Dub.

Ze bereikte het eind van het pad voordat ze er klaar voor was.

De voordeur van de Thillingly's werd tegen de elementen beschermd door een ondiepe tunnel van de pergola waar een nu bladloze klimplant tegenop groeide, zodat de ranken als losgesneden bloedvaten om de deur heen hingen. De koperen deurbel liet een zachte tweetoon horen.

Paddy deed een stap achteruit, trok haar jas en sjaal recht en kamde met haar vingers aan de zijkant door haar haren, hopend dat ze eruitzag als een geloofwaardige journalist, of in elk geval als een volwassene.

Ze hoorde schuifelende voetstappen naderen over vloerbedekking, en de deur ging open. Een aantrekkelijke maar verfomfaaide vrouw stond achter de smalle kier, met gebogen hoofd, alsof ze een klap verwachtte. Haar asblonde haar stond op haar kruin rechtovereind, maar aan de zijkant was het plat omdat ze erop had liggen slapen.

'Bent u van de verzekering?' Haar stem was hoog en afgeknepen als die van een kind.

'Nee. Het spijt me dat ik u in deze moeilijke tijd moet lastigvallen...' Paddy staarde naar de kleine, diepbedroefde vrouw, zich afvragend wat ze hier deed en of ze nu echt zo bang was voor Ramage.

De vrouw leunde tegen de deuropening en deed haar best zich te concentreren op Paddy's gezicht. 'Wie ben je dan?'

'Ik ben van de *Scottish Daily News*. Mag ik u misschien een paar vragen stellen over Mark?'

Traag rolde een traan over het gezicht van de vrouw, en ze stak haar tong uit om hem op te vangen. 'Ze zeiden al dat je langs zou komen.'

'Wie zijn "ze"?'

'De politie. Ze zeiden al dat er iemand zou komen. Van de krant.'

Er was nog niemand van de pers bij haar geweest. 'O.' Paddy knikte, alsof ze zo de woorden naar het puntje van haar tong kon laten rollen. 'Ik wilde iets vragen over Marks relatie met Vhari Burnett.'

Plotseling klaarwakker keek mevrouw Thillingly op, wankelde en smeet de deur dicht.

Paddy staarde naar de rode verf. Als ze niet zo moe was geweest en helder had kunnen denken, had ze die beginnersfout kunnen voorkomen. Natuurlijk kwam die opmerking hard aan, want Thillingly werd ervan beschuldigd dat hij Burnett had vermoord. De vrouw aan de andere kant van de deur was niet alleen weduwe geworden, bovendien werd de reputatie van haar man besmeurd.

De regen kletterde op haar schouders, en koude druppels liepen over haar hoofdhuid. Nou, die middag was mooi naar de knoppen, en maandagochtend moest ze op de redactie blijven om JT terug te betalen voor de taxibriefjes.

Paddy keek achterom naar de natte tuin en vroeg zich af waar ze een telefooncel kon vinden om een taxi naar huis te bestellen. Mount Florida was een heel eind van George Square en nog veel verder van Eastfield. Ze had de middag thuis kunnen doorbrengen, in de garage, met de kachel aan en een boek, warm en alleen. Ze zag zichzelf al in de grote leunstoel zitten met een kop thee in haar handen, toen ze een snik hoorde, gevolgd door een luidruchtige ademteug. Mevrouw Thillingly stond nog steeds achter de deur, en haar gesnik werd steeds heviger.

'Luister, het spijt me,' zei Paddy tegen de deur. 'Ik vind het heel erg van Mark. Iedereen met wie ik heb gesproken, zegt dat hij haar nooit kwaad zou hebben gedaan. Mevrouw Thillingly?'

Na een korte stilte hoorde Paddy een zachte stem. 'Diana. Zeg maar Diana. Met wie heb je gesproken?'

'Met de mensen van Amnesty op George Square. Diana, ben je helemaal alleen thuis?'

Er klonk een luid gesnuif. 'Ja.'

'Is dat wel zo'n goed idee?'

Diana snufte opnieuw. 'Weet ik niet.'

'Toe... Mag ik even binnenkomen om met je te praten?'

Het slot klikte en de deur zwaaide open. Erachter lag een nette hal. Een klamme warmte kwam naar buiten en sloeg in Paddy's gezicht, in scherp contrast met de kou van die dag.

Diana draaide zich om en liep door de gang weg, op blote voeten die nauwelijks geluid maakten op de vloerbedekking. Ze had de bouw van een kind, met smalle heupen en dunne enkels, en was gekleed in een capribroek met daarop een grijze herentrui met V-hals waarin ze zowat verzoop en waarvan de mouwen tot aan haar vingertoppen kwamen. Onder het lopen liet ze haar handen achter zich aan wapperen, alsof ze wilde wegvluchten van de vrouw die ze zojuist in haar huis had binnengelaten.

Paddy duwde met haar vingertoppen tegen de deur en stapte naar binnen, waarna ze hem achter zich sloot. Het was veel te warm in huis, en overal zweefden vezels en stofvlokken van de nieuwe vloerbedekking. De lange gang was behangen met grijs en roze, met bijpassende papieren stroken op heup- en hoofdhoogte, waardoor hij nog smaller leek. Aan het uiteinde zat een doorgang naar de keuken, die baadde in het grauwe daglicht.

Paddy liep erop af, haar oren gespitst op gesnuf en andere aanwijzingen dat Diana daar was. Ze hoorde het geschraap van een lucifer die werd afgestreken, en haar keel kneep samen van verlangen naar een scherpe, rasperige sigaret.

De keuken was later aangebouwd aan dit jarendertighuisje. Het was een grote ruimte die aan de achtergevel zat vastgeplakt, zodat de keukenkastjes hingen aan wat ooit de buitenmuur was geweest. Aan de achterkant van de uitbouw zat een glazen serre met een schuin aflopend dak, die uitzicht bood op een grote achtertuin met een betonnen terras.

Diana zat aan een eettafel midden in het glazen schuurtje aan een sigaret te zuigen zonder de rook in te ademen. Naar de rommel op de tafel te oordelen zat ze er al uren. Een asbak van blauw glas was geleegd maar niet afgewassen, en een pas uitgedrukte sigaret, slechts half opgerookt en nog nasmeulend, lag er middenin. Een marineblauw met gouden pakje Rothmans lag naast een uitermate smerige witte koffiebeker die Diana omklemde. De rand werd ontsierd door opgedroogde bruine koffiestrepen.

Paddy trok haar jas uit en legde hem op het lege aanrecht, waarna ze aan de andere kant van de tafel plaatsnam. Diana blies de sigarettenrook uit, en dwars door de geur heen kon Paddy de scherpte van de cognac in de koffie ruiken. Diana was zo zat als een zwerver bij een whiskyproeverij.

'Ik zit hier eigenlijk al de hele dag.' Ze haalde een nieuwe sigaret uit het pakje en stak die met een lucifer aan. 'Naar de tuin te kijken. Dit huis was van Marks ouders. Zijn moeder heeft het een paar jaar geleden aan hem nagelaten. Daarom ligt de tuin er zo mooi bij. Hij wilde er niets aan veranderen.'

Paddy keek naar het gazonnetje, geflankeerd door struiken vol bruine globebloemen. Ze wist nauwelijks genoeg van de natuur om het verschil te zien tussen een eikenboom en een graslelie. 'Die bloemen zijn mooi. Die ronde aan die struiken daar. Ze zien eruit als kerstversieringen.'

Diana keek haar ongelovig aan. 'De hydrangea's, bedoel je?'

'Heten ze zo? Ze hebben zeker veel verzorging nodig?'

'Nee.' Ze klonk alsof ze ruzie zocht. 'Ze zorgen eigenlijk voor zichzelf.'

Diana was duidelijk niet van plan het haar gemakkelijk te maken. Paddy vermoedde dat dit het soort vrouw was van wie je liever niet wilde dat ze macht over je had.

Om te voorkomen dat ze onzin ging kletsen, pakte Paddy haar pakje met tien Embassy Regals en tikte het open. Regals waren armeluissigaretten, een merk dat vrouwen rookten op bingoavonden en parochiedansfeesten, sigaretten voor vrouwen die geen bloemennamen kenden. Ze keek naar de aantrekkelijke, tengere vrouw tegenover zich, en een scherpe vonk van ongegronde woede en afgunst vlamde op in haar keel. Ze bestudeerde Diana's fijne gelaatstrekken en volmaakte gebit en dacht: ze kan naar de hel lopen. Naar de hel lopen met haar chique kuthuis en haar man de jurist.

Met de stompe sigaret tussen haar tanden pakte Paddy haar notitieblokje, bladerde naar een lege bladzijde, haalde het piepkleine potloodje uit het nepleren kokertje aan de zijkant en schreef in onleesbaar stenoschrift 'godskolere' boven aan de bladzijde. Vervolgens onderstreepte ze het twee keer om Diana's aandacht te vestigen op haar wereld, een wereld vol vrouwen die voor zichzelf zorgden, een wereld van werk en bijzondere vaardigheden waarvan alleen Paddy de taal sprak.

'Goed,' zei ze met haar potlood in de aanslag. 'Hebben jullie kinderen?'

Dat was een schot in de roos. Diana schudde bedroefd het hoofd. Haar hand trilde toen ze de sigaret naar haar mond bracht.

'En Mark werkte bij het Easterhouse Law Centre?'

'Ja. We hebben financieel niet te klagen. Hij kon het zich veroorloven.'

'Dus het Law Centre levert niet veel op?'

Diana snoof. 'Hemel, nee. Rechtsbijstand is niets vergeleken met wat je als gevestigd advocaat kunt verdienen.' Ze hief haar handen, alsof ze aan het overbekende slot van een uitgekauwd meningsverschil was gekomen. 'Maar dat wilde Mark graag: mensen helpen. Snap je nu wat voor iemand hij was? Als hij 's avonds thuiskwam, zat hij vaak te janken, ik bedoel, hij had letterlijk tranen in de ogen als hij me vertelde over de mensen die hij die dag had leren kennen. De armoede van die mensen. Hun armzalige leven. Afschuwelijk.'

Paddy zag voor zich hoe ze 's avonds met een fles Franse wijn in de serre hadden gezeten en dure sigaretten hadden gerookt terwijl ze samen uitkeken over de grote tuin die hem door zijn moeder was nagelaten, zich wentelend in medelijden voor mensen die het minder goed hadden dan zij. Op dat moment, toen ze moest denken aan haar broers, haar vader en het goedkope gehakt waar haar moeder met uien en wortels nog iets van probeerde te maken, had Paddy zich het liefst over de tafel heen gebogen om Diana Thillingly een mep te verkopen.

'Had hij iets met Vhari Burnett?'

Diana's gezicht werd grauw. Ze pakte haar sigaret uit de asbak en nam er een trek van.

Paddy vulde de stilte. 'Het spijt me als ik je van streek heb gemaakt.'

'Ik had geen moeite met Vhari en Mark.' Ze zoog hard aan haar sigaret. 'Ze zijn uit elkaar gegaan, zonder problemen. Na die tijd kwamen we elkaar regelmatig op feestjes tegen. Ze leek zich erbij te hebben neergelegd. Ze heeft nooit meer een vriend gehad, voor zover ik weet. Over Mark was ze trouwens allang heen, hoor. Ze waren zelfs vrij goede vrienden.' Ze schonk Paddy een beverig glimlachje na die positieve slotopmerking, en drukte haar half opgerookte sigaret slordig uit, zodat hij bleef smeulen. 'Hij zou haar nooit zomaar vermoorden.'

Paddy moest denken aan Sean en aan het feit dat ze hem nog steeds als de hare beschouwde. Misschien had Vhari er ook zo over gedacht. 'Maar hij is de avond na Vhari's dood overleden, toch? Hij had zeker op de radio gehoord dat ze was vermoord. Hoe reageerde hij op dat nieuws?'

Diana schudde haar hoofd en keek om zich heen. 'Weet ik niet.'

Ze ademde diep in om zich tegen de tranen te wapenen, maar dat mislukte jammerlijk. Het schokken begon in haar borst. Haar gezicht vertrok, haar mond strekte zich naar de zijkanten uit, haar ogen sloten zich tegen de druk die zich erachter opbouwde.

'Werkten ze samen aan een zaak? Een aanklacht of zo?'

Diana schudde haar hoofd. 'Ik kan niet...' De rest van haar adem ging verloren in een piepende zucht, dus probeerde ze het nog een keer. 'Ik kan niet...' Ze zat aan tafel te huilen, van haar remmingen verlost door de drank, verminkt door de martelende pijn van haar verlies.

Paddy pakte het pakje Regals. 'Rustig maar. Zal ik nog wat koffie voor je inschenken?'

Diana knikte, nog steeds worstelend met haar woorden. 'Ik wil... Nee, hoeft niet.'

Paddy stak twee Regals op en gaf er een aan haar. Het waren korte sigaretten, die de handen die ze vasthielden ook dik en stomp lieten lijken. Diana pakte de sigaret aan, terwijl ze met de muis van haar hand in haar ogen wreef, haar rug gekromd.

'Ik denk dat ik maar eens een cognacje voor je inschenk,' zei Paddy, die opstond. 'Je kunt er vast wel eentje gebruiken.'

Diana keek met geveinsde verwarring om zich heen, alsof het bestaan van cognac een feit was dat ze niet helemaal kon bevatten. 'O jeetje, misschien... Je kunt het kastje onder de gootsteen proberen. Dacht ik. Ik weet nog dat Mark daar een fles heeft neergezet. Dacht ik.'

De fles was nat aan de buitenkant, omdat Diana hem kort daarvoor onder de kraan had gehouden, en op de plank in het kastje had zich een natte, kleverige kring gevormd.

Paddy pakte een glas van het aanrecht en schonk er twee royale vingers cognac in, waarna ze het voor Diana neerzette.

'En nu niet tegensputteren, want ik weet wel iets over dit soort dingen, en hier word je een beetje rustiger van.'

Diana nipte van het drankje alsof ze het nog nooit had geproefd en huiverde toen ze het doorslikte. 'Neem jij er geen?'

'Weet je, ik ben niet zo'n drinker. Ik ga vanavond met mijn moeder op stap, en ze vermoordt me als ik half lazarus kom opdagen.'

'Waar gaan jullie naartoe?'

'De All-Priests Holy Roadshow. Vergeleken met die concerten is zelfs de kerstuitvoering op de lagere school een gelikte show.'

'Ik heb er nog nooit van gehoord. Is het iets katholieks?'

'Ja. Mijn hele familie is katholiek. Zelf geloof ik er allemaal geen barst van.' Paddy leunde samenzweerderig over de tafel. 'Maar dat moet je niet tegen mijn moeder zeggen, hoor.'

Diana vond haar nu iets aardiger, merkte Paddy, vanwege het katholicisme en de cognac. Ze glimlachte zwakjes en hief haar glas. '*Slange.*'

Paddy hief ten antwoord een denkbeeldig glas. 'Hetzelfde.'

Vanwege de willekeurige arrestaties en de marteling van verdachten door de commando's in Noord-Ierland hadden alle katholieken het cachet van een onderdrukte minderheid gekregen. Paddy had nooit met discriminatie te maken gehad, of het moest de voortrekkerij van goedbedoelende liberalen zijn, maar toch genoot ook zij die status. Soms liet ze doorschemeren dat ze katholiek was om het voordeel van de twijfel te krijgen, zoals nu bij Diana.

Ze rookten een tijdje, kijkend naar het wegstervende licht buiten en naar de kleuren in de tuin, die vervaagden tot honderden grijstinten.

Toen Diana eindelijk iets zei, leek ze een beetje ontnuchterd. Haar stem klonk zwakjes en ze richtte het woord tot de asbak, terwijl ze de punt van de sigaret eindeloos over het glas heen en weer liet rollen.

'Vhari Burnett was al een tijdje van het toneel verdwenen. Volgens mij werkte ze voor het belastingkantoor. Zij en Mark zagen elkaar tijdens het werk nauwelijks. Op de avond dat ze werd vermoord, kwam Mark later dan gewoonlijk thuis, rond een uur of acht. Hij was erg van streek. Zijn neus was opgezet en bloedde, alsof hij een klap had gekregen.'

'Acht uur op de avond van haar dood? Toen leefde ze nog.'

'Ja. Ik heb op tv gezien dat Vhari om een uur of halftwee 's nachts nog met een politieagent heeft gesproken. Maar Mark kwam die avond om acht uur thuis.'

'Is hij daarna nog de deur uit geweest?'

'Nee, maar het was een vreemde avond.'

Paddy was ervan uitgegaan dat er een verband bestond tussen Marks gebroken neus en zijn dood, maar had niet kunnen raden dat het zo lang ervoor al was gebeurd. 'Zei je dat hij van streek was?'

'Ja. Heel erg.' Diana staarde naar de tafel, zachtjes knikkend, keer op keer, alsof ze zichzelf met het ritme wilde troosten. 'Het regende die avond. Toen hij binnenkwam, was zijn neus dik en bebloed, en zijn wollen jas was aan één kant drijfnat omdat hij op de grond was geduwd.'

Paddy herinnerde zich de kou, de regen bij Vhari's huis en haar eigen weerzin om de auto te verlaten. Diana raakte de brug van haar neus aan, alsof ze de pijn kon voelen. 'Mark was niet fysiek ingesteld, hij was geen vechter. Hij hield niet van geweld.'

'Wat was er volgens hem gebeurd?'

'Hij was laat voor zijn doen, maar hij kwam wel vaker laat thuis, dus ik maakte me geen zorgen. Het was immers pas acht uur. Hij kwam binnen en zei dat hij op de parkeerplaats bij zijn kantoor was beroofd. Hij wilde de politie niet bellen en wilde ook niet naar het ziekenhuis. Hij zei dat het een cliënt was, iemand die hij kende, en dat hij hem niet in de problemen wilde brengen.'

'Geloofde je dat?'

'Ik geloofde er geen moer van. Dat was niets voor Mark, om mensen ergens mee weg te laten komen. Hij vond dat je je straf maar moest aanvaarden als je ergens schuldig aan was. Daarom is hij geen strafpleiter geworden. Hij handelde arbeidsgerelateerde civiele aanklachten tegen de gemeente af, onterecht ontslag en dat soort dingen. Toen hij zei dat hij de politie er niet bij wilde halen, wist ik dat hij loog. Ik heb in zijn portemonnee gekeken toen hij onder de douche stond en het geld zat er nog in, dus toen wist ik zeker dat hij het had verzonnen. Ik smeekte hem de politie te bellen, maar hij was niet te vermurwen.'

Paddy zag het helemaal voor zich: Diana half lazarus na een paar glazen wijn, stinkend naar sigaretten, inwendig woedend omdat Mark zo laat thuis was, de meedogenloze woede van een intelligente vrouw die de hele dag in huis opgesloten zat, spullen verzette, stof wegpoetste, maaltijden bereidde voor mensen die op weg naar huis al een broodje hadden gegeten.

'Ik werd geloof ik een beetje boos.' Diana's ogen vulden zich weer met tranen. 'Uiteindelijk ben ik naar bed gegaan, maar toen ik dacht dat hij op de wc zat, hoorde ik de telefoon in de slaapkamer "ting" doen, en toen wist ik dat hij zat te bellen. Hij dacht dat ik hem niet kon horen.' Ze keek een beetje schuldbewust. 'Ik heb alleen meegeluisterd omdat ik dacht dat hij van gedachten was veranderd en alsnog de politie belde.'

'Het is maar goed dat je hebt meegeluisterd.'

'Hij zat met iemand te praten. Hij vroeg met wie hij sprak, waar Vhari was en of ze aan de telefoon kon komen. Toen ben ik naar beneden gelopen om te vragen wie er aan de telefoon was, maar hij ontkende dat hij iemand had gebeld. Ze was net verhuisd, Vhari, weet je. Haar grootvader was overleden en had haar dat belachelijk grote huis nagelaten. Mark wist waar het was, want hij was er als kind weleens samen met haar geweest.' Ze boog zich met hangende schouders over haar glas. 'Hij wilde niet met me meekomen naar bed. Hij bleef op om *Late Call* te kijken en zich een stuk in de kraag te drinken.'

Haar stem werd zachter toen ze in gedachten terugkeerde naar die avond. 'Toen ik de volgende ochtend wakker werd, was hij al weg. Ik dacht dat hij op de bank had geslapen en rechtstreeks naar zijn werk was gegaan. Pas tegen lunchtijd zette ik de radio aan en toen was het groot nieuws: Vhari was vermoord. Ik heb zijn kantoor gebeld, maar hij was er niet. Hij is niet meer thuisgekomen.'

'Denk je dat hij zelfmoord heeft gepleegd?'

Diana gooide in één keer het laatste restje cognac achterover en zweeg toen even om op adem te komen. Paddy overwoog haar nog een glas aan te bieden, maar dan wekte ze misschien de indruk dat ze dacht dat Diana meer dan één glas kon drinken. Ze dwong zichzelf stil te blijven zitten en spoorde Diana in gedachten aan om door te praten.

'Ja.' Keer op keer tikte Diana haar sigaret af, weifelend. 'Mark was diep teleurgesteld. Hij was teleurgesteld in zichzelf, behoorlijk... depressief, snap je. Hij heeft altijd gezegd dat hij vanaf de voetgangersbrug in de rivier zou springen als hij zelfmoord wilde plegen. Dat was zijn favoriete plekje in de stad. Het kantoor van zijn vader stond aan de rivier, en toen hij nog klein was, hebben ze daar vaak samen gewandeld. Ik denk dat er op die parkeerplaats iets is gebeurd wat hij niet kon verkroppen en dat hij de volgende avond in de rivier is gesprongen. Ik heb geprobeerd hem gelukkig te maken.' Ze keek vluchtig op. 'Ik... hoe zal ik het zeggen? Ik drink niet altijd.'

'Ik heb gehoord dat hij een briefje in zijn auto heeft achtergelaten, klopt dat?'

'Ja,' zei ze zachtjes terwijl ze het glas tussen haar handen ronddraaide. 'Hij zei dat het hem speet maar dat hij niet... hoe zal ik het zeggen? Niet verder kon. Het speet hem dat hij iedereen had teleurgesteld, dat hij mij en Vhari had teleurgesteld. Depressieve onzin. Het betekende niets. Zeker niet dat hij haar had vermoord.'

'Maar hij noemde haar wel in zijn briefje?'

Diana knikte ellendig. 'Daarom denken ze dat hij haar heeft vermoord.'

'Wat schreef hij precies?'

'Sorry dat hij haar in de steek had gelaten. Meer niet.' Ze haalde haar schouders op. 'Hij noemde eerst haar, en toen mij pas. Alsof zij belangrijker was.'

Paddy zat tegenover Diana en nam de feiten nog eens door: Marks neus, de aanval op de parkeerplaats, het telefoontje naar degene die bij Vhari was, terwijl ze wachtte op een goed moment om op te stappen, wetend dat ze Diana zou veroordelen tot een avond vol dronkenschap, eenzaamheid en verdriet.

Tegen de tijd dat ze aanstalten maakte om weg te gaan, was het buiten donker. Het enige licht in de keuken was de pulserende bloedrode gloed van Diana's sigaret. Paddy probeerde uit alle macht iets aardigs te bedenken wat ze kon zeggen, maar er kwam niets bij haar op.

'Heb je misschien een foto van Mark die ik kan gebruiken?'

Diana kwam met een schok bij haar positieven. 'Ja hoor. Vast wel.' Ze liep naar de gang, soepel haar weg zoekend door het donker, en kwam terug met een grote sigarenkist van notenhout, die stapels kiekjes bleek te bevatten. 'Deze is mooi.' Ze gaf Paddy een afstudeerfoto van een slanke, glimlachende Mark op een zomerdag. Hij zag er heel anders uit, en ze kon hem niet plaatsen bij een artikel over een dode jurist die de middelbare leeftijd naderde.

'Leuke foto,' zei Paddy voordat ze hem ferm voor Diana neerlegde om aan te geven dat ze er helemaal niets aan had.

Diana pakte een andere. Mark die er ongemakkelijk bij stond op een bruiloft, gekleed in een kilt. Hij stond een eindje bij een drietal vrienden vandaan, verloren en buitengesloten. Perfect voor een artikel over zelfmoord.

Paddy stond op, met als voorwendsel dat ze de foto in haar jaszak wilde stoppen. Diana keek toe terwijl ze haar jas aantrok, maar wendde toen haar blik af naar de tuin.

Paddy kwam bij haar staan, hopend dat ze weggestuurd zou worden. 'Ik vind het heel erg,' zei ze. 'Ik vind het echt heel erg dat dit jou allemaal moest overkomen.'

Ze meende het echt – ze had medelijden met Diana – maar tot haar ontsteltenis klonk het alsof ze er geen woord van meende.

II

Kate werd spartelend wakker, zodat ze met de rug van haar hand tegen het stuur van de Mini sloeg. Haar linkerarm brandde. Ze wreef over haar schouder in de hoop dat het dan zou ophouden, maar ze kon het alleen een beetje verzachten tot een slapend gevoel. Toen ze was gekalmeerd en opkeek, besefte ze dat ze pal voor het huis van haar vader en moeder stond. Voor hetzelfde geld waren ze naar buiten gekomen en hadden ze haar daar zien slapen. Ze kwam liever Lafferty en de dode man onder ogen dan haar moeder.

Ze startte de auto, reed weg en nam voorzichtig gas terug bij de kruising om het dikke meisje met de groene jas te laten oversteken, voordat ze op weg ging naar Bernies garage, gehoor gevend aan de zachte roep van het troostkussen.

19

De All-Priests Holy Roadshow

Aan de andere kant van het coupéraampje was het aardedonker. Paddy nam dit traject elke dag naar haar werk, maar nu Trisha bij haar was, leek ze alles voor het eerst te zien.

Terwijl ze tegenover haar moeder in de rustige forenzentrein zat, vroeg ze zich af wie bij Vhari Burnett de telefoon had opgenomen toen Mark Thillingly haar belde. Het had Lafferty kunnen zijn of de knappe man bij de deur. En waarom had Thillingly Vhari gebeld en moest hij er zo nodig over liegen tegen Diana? Het leek er niet op dat ze een affaire hadden. Eerder alsof Burnett en Thillingly tot over hun oren in de problemen zaten en hij haar had gebeld om haar te waarschuwen, om haar te vertellen wat hem op de parkeerplaats was overkomen en tegen haar te zeggen dat ze er snel vandoor moest gaan. Piekerend over de relatie tussen Burnett en Thillingly dacht ze opeens aan haar warme adem die de hals van Burns had bevochtigd. Snel wendde ze haar blik van haar moeder af.

Trisha zag dat Paddy opgelaten haar voorhoofd fronste; ze glimlachte en boog zich naar haar toe om haar een klopje op haar knie te geven. In een reflex glimlachte Paddy terug. Met haar lichtelijk versleten kleren maakte haar moeder een verloren indruk nu ze niet thuis of in de kerk of in Rutherglen Main Street was. Ze droeg een stugge beige regenjas met op de mouw, zag Paddy, een kriskras gestreepte plek waar ze een vlek had weggeboend. De opgezwollen enkels onder haar jas staken in een dikke maillot, en ze had gemakkelijke zwarte stappers aangetrokken, die haar iets ouds en vermoeids gaven.

Trisha was zich er zelf ook al te zeer van bewust dat ze zich buiten haar vertrouwde kringetje had begeven. Terwijl ze het maanbeschenen landschap bestudeerde dat aan de andere kant van het raampje voorbijtrok, vlamden er in haar blik telkens zorgelijke gedachten op, die ze onmiddellijk weer onderdrukte door met haar ogen te knipperen en snel even naar haar handtas te kijken. Paddy kon wel raden wat ze dacht: ze had het buskaartje voor de terugreis al in haar tas. Wat er ook gebeurde, ze kon altijd terug naar huis. Paddy had zich al verder de wereld in gewaagd dan haar moeder ooit zou komen.

'De restauratie is open,' zei Paddy.

'Doe niet zo dom.' Trisha fronste haar wenkbrauwen en speurde onderzoekend het middenpad af. 'Deze trein gaat niet verder dan het centrum. Er is helemaal geen restauratiewagen.'

'O nee?' Paddy stak haar hand in haar jas en haalde er een verkreukte witte papieren zak uit. 'Hoe ben ik hier dan aan gekomen?' Ze trok de bovenkant open en reikte haar moeder de zak met haar lievelingssnoep aan.

Met een brede grijns keek Trisha in de zak. 'Citroenzuurtjes.' Het gouden schijnsel van de snoepjes toverde haar kin boterbloemgeel.

'Citroenzuurtjes,' beaamde Paddy glimlachend.

Trisha hield haar de zak een paar keer voor, maar Paddy benadrukte dat ze op dieet was, en trouwens, zo lekker vond ze ze nou ook weer niet, ze waren voor Trisha. Het was niet moeilijk om de verleiding te weerstaan. Haar tanden deden nog steeds pijn van haar schranspartij van die ochtend.

Het was donker in Argyle Street toen ze van het lager gelegen perron de straat op liepen, die nat was en nog glom na een regenbui die ze op weg naar de stad hadden gemist. De verkoper van de *Evening Times* had zijn karretje onder de dakrand van de winkel aan de overkant geparkeerd, en Paddy betrapte zichzelf erop dat ze met een half oor probeerde op te vangen wat de man riep: het bleek een voetbalspecial te zijn. Een sjofele man in een door regen vervormde kamgaren overjas naderde hen met uitgestrekte hand en de wanhopige blik van de alcoholist in zijn ogen. Trisha stak haar arm door die van haar dochter en loodste haar angstvallig bij hem weg.

Tijdens de wandeling door het centrum leek ze te krimpen. Paddy voelde de angstscheuten door haar armspieren golven. Ze had Trisha een vrolijke avond willen bezorgen in plaats van haar angst aan te jagen. Bij iedere voorbijganger in uitgaanskledij ging ze dichter tegen haar dochter aan lopen; ze trok aan haar mouw en zwenkte uit naar de stoeprand om in het licht van de lantaarns te blijven, nog net niet bang genoeg om haar arm op te steken en een bus aan te houden die hen naar huis zou brengen.

Voor de City Halls dromden de mensen al samen. Ze baanden zich een weg door de vrolijke menigte die buiten stond te babbelen, en ze waren nog niet binnen of ze liepen Mary O'Donnagh tegen het lijf. Mary was de grootste kerkgroupie van de St. Columkille en hoorde bij een clubje vrouwen dat allerlei onbezoldigde klusjes verrichtte voor de kerk en hun pikorde liet afhangen van hoe hecht ieder van hen met de priesters was. Mevrouw O'Donnagh werd zelden zonder schort gezien, maar nu droeg ze een blauwe pantalon en liep te pronken met een enorme watergolf die haar hoofd omgaf als een harige halo.

'O, Mary,' zei Trisha beleefd, 'wat zit je haar prachtig.'

Mary raakte haar kapsel aan en glimlachte bescheiden. 'Dat heeft onze Theresa voor me gedaan. Je moet ook eens naar haar toe gaan, Trisha, ze is fantastisch.'

'Zal ik doen, zal ik doen,' zei Trisha, met zoveel klem dat zelfs Mary begreep dat het er nooit van zou komen.

Het viel Paddy op dat Trisha zich steeds meer ontspande naarmate ze dieper in het vrouwengewoel doordrongen. Slechts enkelen hadden hun mannen meegenomen, die zich aan de periferie van de gesprekken ophielden en met mantels over de arm geduldig op hun vrouwen wachtten.

Ze hadden plaatsen op de galerij. Toen Paddy ging zitten en naar het toneel keek, zag ze dat het middenbalkon zich vulde met drommen vrouwen die allemaal op haar moeder leken; goedkope jassen, waaronder ze nylon truitjes in pasteltinten droegen, werden over stoelen gedrapeerd. Het toneel was al opgebouwd: een drumstel, een tafel met rekwisieten en een paar gitaren op standaards. Erboven hing een uitgezakt spandoek met de tekst 'The All-Priests Holy Roadshow' in bruine letters op een witte ondergrond.

Trisha ging op het puntje van haar stoel zitten en keek opgewonden neer op de menigte, waarin ze af en toe iemand ontdekte die ze kende en die ze Paddy dan aanwees, waarbij ze elke persoon nader toelichtte aan de hand van de verschillende soorten rampspoed die haar familie hadden getroffen. Mary O'Leery – zoon heeft multiple sclerose; Katherine Bonner – man is aan een beroerte gestorven en broer door een trein overreden; Pauline Trainer – ouders zijn twee dagen na elkaar aan griep bezweken, op school liep ze altijd mank en haar broer had tbc; ze mochten haar niet aanraken, uit angst dat ze het ook zouden krijgen.

Op de klanken van *The Planets* van Holst werd het licht gedimd. Een rimpeling voer door het publiek, dat er eens goed voor ging zitten en collectief begon te giechelen van spanning. Vier schimmen liepen het toneel op en onder donderend applaus gingen de spotlights aan.

Vier doodgewone mannen van uiteenlopende leeftijd en met instrumenten in hun handen geklemd hadden zich verspreid op het toneel opgesteld. Ieder van hen droeg een priesterboord en een onopvallende zwarte broek en trui. De man die vooraan stond, hief zijn handen en zwaaide naar het publiek, dat begon te juichen toen ze hun versie van 'When Irish Eyes Are Smiling' inzetten, dat al snel overging in 'A Mother's Love's A Blessing'. Paddy moest het hun nageven: ze wisten het publiek te bespelen.

Het werd een heel lange avond voor Paddy. De priesterband blies de aftocht en een van hen kwam het toneel weer op met een armzalige stand-up-act vol waardeloze grappen. Hij vertelde een wat gewaagde mop over een baby en een vader die buiten de pot had gepiest, maar het publiek lachte er wel om, want hij was per slot van rekening priester, en dan moest het goed zijn. Telkens als Ierland of iets Iers werd genoemd barstte er spontaan applaus los dat de hele zaal rondging, alsof het thuisland duizenden onherbergzame kilometers ver weg was in plaats van op drie kwartier varen met de ferry. Een magere jonge priester die niet in de band had gespeeld, kwam op en gaf een slechte imitatie van Elvis ten beste, waarna hij het toneel onder daverende bijval verliet.

Het was benauwd in de schouwburg; de warmte van de menigte in de zaal steeg op naar de galerij. Paddy werd er slaperig van en gaf zich over aan vaag gepeins over Thillingly die uit het water werd gevist; de zwarte rivier die uit hem gutste en van de rots stroomde toen hij als een zoutzak in het koude gras lag; Burns, die getrouwd was, en de overige agenten die binnen enkele minuten nadat Thillingly de geest had gegeven grapjes over hem maakten; de rotsige oever die zijn gezicht had opengehaald.

Paddy dommelde weg in de donkere warmte, genietend van al die vrouwen die dicht om haar heen zaten, van Trisha naast haar, die het eindelijk eens naar haar zin had. Ze werd wakker toen het licht aanging voor de pauze en Trisha al ritselend in haar tas naar snoepjes begon te zoeken, en meteen wist ze dat Thillingly Burnett niets had aangedaan, niet eens in haar huis was geweest op de avond dat ze stierf. Hij had zelfmoord gepleegd om wat er op het parkeerterrein was voorgevallen, om een of andere vernedering, een onbenullig handgemeen dat met Vhari te maken had. Voor een heldere geest was het een duidelijke conclusie, en als het voor haar duidelijk was, dan was het waarschijnlijk voor iedereen duidelijk. Daarom handelde Sullivan achter de rug van zijn bazen om. Daarom wilde hij met haar afspreken in donkere steegjes achter het mortuarium. Iemand deed heel erg zijn best om het onderzoek naar de moord op Burnett verre te houden van de knappe man met bretels die in Vhari's deuropening had gestaan. Dit verhaal zou voor haar het einde van de nachtdienst betekenen, dit was het verhaal dat ze voor Ramage zou schrijven.

In de foyer gingen de lampen aan, en een kudde wanhopige vrouwen, hun blaas verzwakt door het vele baren, stormde op de toiletten af. De meeste mensen bleven zitten, bespaarden hun vermoeide benen de zware klim al die traptreden weer op. Op de stoelen voor en achter hen scheen men het erover eens te zijn dat het een heel, heel goede show was. Heel goed. Nog beter dan die van vorig jaar.

Trisha kauwde het laatste snoepje weg en wierp een vertwijfelde blik in de lege papieren zak. 'Je hebt zeker niet nog een onsje meegenomen voor in de pauze, hè?'

Paddy deed verontwaardigd. 'Ben je dan nooit tevreden, mens?'

Ze bleven giechelen tot het licht weer gedimd werd en de tweede helft van de show begon, waarin een priester met een zonnebril een Roy Orbison-medley ten gehore bracht.

Na afloop, toen ze door de donkere straten naar het treinstation liepen, dicht bij de anderen die allemaal terugkeerden naar hun huizen in Rutherglen, voelde Paddy in haar jaszak naar de gekopieerde foto van de Burnett-begrafenis en streek er met haar vinger overheen, brandend van verlangen om zich los te maken uit de behoedzame mensenmenigte. In de Eastfield Star zou Caroline met een chagrijnige kop in de woonkamer televisie zitten te kijken, de jongens zouden de hort op zijn en Mary Ann zou boven zitten bidden of een stichtelijk boek lezen: ze keek geen tv meer. Niemand zou na de maaltijd de afwas hebben gedaan en zodra ze thuis waren, zou Trisha haar schort voordoen en de boel aan kant maken.

Paddy voelde de stad aan zich trekken en wilde aan het werk, benieuwd wat haar woonplaats die nacht weer voor haar in petto had.

20

Die stomme zondagen

I

Paddy had een halfuur in het telefoonboek van Glasgow naar het adres van het Easterhouse Law Centre zitten zoeken, maar het was tevergeefs geweest. Ze sloeg het boek dicht, liet het naast de leunstoel op de grond vallen en legde haar handen voor zich op tafel, als een medium dat een geest probeert op te roepen.

Eigenlijk had ze over Paddy Meehan en het boek moeten nadenken, de ene pagina na de andere vol moeten krabbelen met waargebeurde-misdaadbagger, maar ze kon niks verzinnen.

Meehan kwam uit een arm Iers immigrantengezin en groeide op in de Gorbals in de dagen van de Razor Kings, toen groepjes jongemannen in de hoge smalle straten onderlinge veldslagen leverden met opengeklapte scheermessen die tot scherpe punten waren geslepen. Omdat hij een tak van een boom in het park had afgebroken, werd hij naar de tuchtschool gestuurd, en daar leerde hij de kneepjes van het vak. Brandkastkrakers waren bekwame professionals, heren die wisten hoe je gelatinedynamiet in een braadpan moest koken en die tijdens een inbraak het hoofd koel hielden zodat ze die ene, verre klik konden horen waarmee het slot van een kluis opensprong. Ze werden gerespecteerd. Terwijl hij een straf uitzat voor inbraak was hij uit de gevangenis van Nottingham ontsnapt en naar Oost-Duitsland afgereisd. Op een gestolen fiets was hij de grens overgestoken om plattegronden van Britse gevangenissen aan de communisten te verkopen, daartoe aangezet, zo beweerde hij, door een agent-provocateur van MI5. Anderhalf jaar lang werd hij door de communisten verhoord en toen droegen ze hem weer over aan de Britse inlichtingendienst, waarna hij alsnog zijn straf kon uitzitten. Platzak en vol rancune verkocht hij zijn verhaal aan een nationale krant en beweerde dat hij het hele plan had uitgedacht om de spion George Blake te laten ontsnappen. Hij zei dat hij het van tevoren aan MI5 had verteld en dat die er niets tegen hadden ondernomen, wat maar weer bewees dat het allemaal dubbelspionnen waren. Amper een halfjaar nadat het artikel was verschenen, werd hij beschuldigd van de wrede moord op een bejaarde vrouw in Ayr. Heel Glasgow wist dat hij onschuldig was: een paar dagen na Meehans veroordeling probeerde de echte moordenaar zijn verhaal aan de *Sunday Express* te slijten. Meehan was een specialist. Weliswaar een crimineel, maar ook een vakman, geen schurk.

Sinds haar jeugd was Paddy in de ban geweest van het verhaal over Patrick Meehan. Doordat ze toevallig dezelfde naam hadden, spitste ze haar oren telkens als hij op de radio werd genoemd; lang voor ze er eigenlijk aan toe was, probeerde ze de kranten te lezen en ze trok zijn boetekleed aan als hij weer eens in beroep was gegaan en nul op het rekest had gekregen. Een journalist schreef een boek over de fouten die tijdens het proces waren gemaakt, en de zaak werd heropend. Na zeven jaar in de gevangenis kreeg Meehan uiteindelijk een koninklijk pardon voor een misdrijf dat hij niet had gepleegd, en kwam op vrije voeten. In Paddy's ogen stond Meehan symbool voor alle aanvallen op katholieken, voor de onvermoede schijnheiligheid van de Britse rechterlijke macht, voor de journalistiek die weer eens had gezegevierd.

Ze kende het verhaal tot in detail. Het bevatte alles: exotische locaties, intriges van de geheime dienst, een vuurgevecht dwars door Glasgow heen, een vrouw die hem trouw bleef en een zwaar op de proef gestelde held die uiteindelijk als overwinnaar uit de strijd kwam.

Terwijl ze op het uiteinde van haar pen kauwde en ingespannen naar de lege bladzijde vóór zich tuurde, voelde ze hoe de wil om ooit nog iets over Patrick Meehan te schrijven haar ontglipte. Ze was er alleen aan begonnen omdat ze dacht dat het gemakkelijk zou zijn.

Ze reikte met haar hand naar de andere kant van de stoel en raapte haar notitieboekje op, samen met de knipsels die ze over Vhari had bewaard.

De groene houtkachel gaf een warme gloed af toen ze zich weer op haar stoel installeerde. Ze tekende wat figuurtjes in de kantlijn van het schrijfblok en luisterde naar het gekras van het potloodgrafiet. Vhari Burnett had zich in het huis teruggetrokken nadat haar tanden eruit waren gerukt. Tegen die tijd wist ze ongetwijfeld dat haar belagers wreed genoeg waren om haar te vermoorden en toch had ze zich schielijk aan het oog onttrokken en was weer naar binnen gegaan. Zelf kon Paddy helemaal niets bedenken waarvoor ze zich zou willen opofferen. Geld kon het niet geweest zijn, daar gaf Vhari niet om. Evenmin leek het om een zaak te gaan waaraan ze werkte. Maar wat het ook was, voor haar woog het zwaar genoeg om haar enige kans op ontsnapping te laten schieten.

Weer keek Paddy naar het lege vel papier, en ze probeerde zich een voorstelling te maken van Patrick Meehan in uiteenlopende situaties: bij zijn eerste ontmoeting met Betty, tijdens de verhoren, toen hij terechtstond. Het enige wat ze zag was een pokdalige man die aan een tafel zat en haar hoopvol aankeek terwijl hij ongeduldig wachtte op haar openingszin. Maar die had ze niet.

Als ze ooit iets over dit onderwerp wilde schrijven, dan moest ze actie ondernemen. McVie was de enige die haar kon helpen.

11

Om redenen die even onpeilbaar waren als een vulkanische krater stond de zondag in Schotland in het teken van rouw. Alleen kerken, pubs en krantenkiosken waren open. Zelfs de tv zond uitsluitend troep uit. Tegen de avond was alles groezelig en zaten bijna overal de luiken dicht. Op straat reden de auto's langzaam, alsof ze bang waren om de loodzware lucht in beroering te brengen.

Het adres dat McVie haar had gegeven was ergens achteraf, bij de oude pakhuizen die werden gerenoveerd en aan yuppen verkocht. Zijn appartement bevond zich in een smalle straat, met aan weerskanten hoge gebouwen die het schaarse licht wegnamen. Op de hoek van zijn blok was een pub: een sjofele, vermoeide werkliedenbar, die herinnerde aan de tijd toen de wijk nog een arbeidersleger had en een doel.

Paddy liep langs de poel van licht voor de pub en onthield dat ze daar naartoe kon rennen als iemand vanuit de schaduwen op haar afsprong.

De ingang van het gebouw waarin McVie woonde bestond uit

voorname dubbele deuren in een boogvormige lijst van zachtgroene, geglazuurde bakstenen – van een grandioze pracht die niet aan het smalle steegje besteed was. Uit een smetteloos paneel met bellen en namen klonk gezoem. Paddy drukte op de knop naast 'McVie' en wachtte.

'Ja?'

Het was een mannenstem, maar Engels, en hij klonk jong.

'Hallo?' stamelde ze. 'Ik ben op zoek naar George McVie.'

Hij zweeg even. 'Wie bent u?'

'Ik ben Paddy Meehan, van zijn werk.'

De stem vroeg iets aan iemand en sprak toen weer over de intercom. 'Kom binnen. Twee trappen op.'

Nieuwsgierig duwde ze met haar vingertoppen tegen een van de grote deuren en hij klikte open in haar hand, waarop ze een gelambriseerd portaal binnenging met aan de rechterkant een moderne trap. Boven haar, ergens langs de dunne metalen leuning, hoorde ze een deur opengaan en de zachte klanken van een pianoconcert op de radio.

Terwijl ze de trap op klom in de richting van het geluid vroeg ze zich af of George misschien een zoon uit Engeland over had, of anders een neef. Ze had geen idee wat zijn gezinssituatie was. Vóór zijn recente gedragsverandering was ze ervan uitgegaan dat hij ergens een burgermansbestaan leidde met volwassen kinderen, die het voor hun moeder opnamen, dat ze met zijn allen in een huis in een buitenwijk woonden dat er vanbuiten mooier uitzag dan het vanbinnen was, dat ze ongelukkig waren en te laf of te fantasieloos om uit elkaar te gaan.

In het portaal boven haar stond een man op blote voeten. Hij glimlachte toen ze de hoek om liep. Hij verplaatste zijn gewicht en steunde met zijn heup tegen de leuning, terwijl hij zijn handen afdroogde aan een theedoek. Toen ze naderde ging hij rechtop staan en stak haar zijn hand toe. Zijn haar was kortgeknipt, hij droeg een T-shirt dat zacht was van honderd wasbeurten, en een stonewashed spijkerbroek met bandplooi.

Paddy nam zijn hand aan en schudde die.

'Ik heet Ben,' zei hij, met een gespannen ondertoon in zijn stem.

Paddy liet zich zo afleiden door Bens gezicht dat ze bijna vergat om zich voor te stellen: ze had durven zweren dat hij mascara en lipgloss op had. Of anders had hij net gezwommen en zo uit het zwembad een vettig stuk kip gegeten zonder zijn lippen af te likken.

'Paddy,' zei ze, nog steeds met zijn hand in de hare.

'Hallo.' Ben hield haar hand vast en trok haar mee door een deurtje naar een lage gang en toen een ruime kamer binnen, met een keukenblokje langs de achtermuur. In de muur tegenover de keuken zaten prachtige ramen, over de hele lengte van de kamer. Helaas boden ze uitzicht op een bakstenen muur op zes meter afstand, van een saaiheid die slechts onderbroken werd door een paar kleine, smerige kantoorraampjes, waarachter het nu donker was.

Onder de grote ramen en zo ver mogelijk van de deur verwijderd zat McVie, in een sitsen stoel die eigenlijk bij een heel ander soort huis paste. Nogal gemaakt hield hij een boek in zijn handen en deed alsof hij erin las. Elk spiertje van zijn gezicht stond gespannen, waardoor er boven zijn wenkbrauwen diepe aanhalingstekens ontstonden.

'Georgie.' Ben sprak zijn naam uit alsof hij hem wilde waarschuwen.

McVie keek op en veinsde verbazing. 'O, hallo, Paddy.'

Er speelde iets, iets homoseksueels, maar Paddy was niet wereldwijs genoeg om te weten wat het was. Haar moeder zei dat homo's zo verdorven waren dat ze eerst al het andere hadden geprobeerd, wat impliceerde dat niets smeriger was dan een man met een man. Ze had moeten lachen om Trisha's naïviteit, maar de beladen sfeer bracht haar in verwarring. De enige homoseksueel die ze kende van de film was die eenzame vent uit *Fame*, met zijn psychiater en rossig afrokapsel. Zou er bloot aan te pas komen? Zou ze moeten dansen? Zou ze bloot moeten dansen? Ze trok een paniekerig gezicht en keek McVie aan.

'Wat is er?' Hij stond op van zijn stoel, bang en uit het lood geslagen.

Met open handpalmen gebaarde Paddy naar hem.

'Wat is er met haar aan de hand?' vroeg Ben bits.

Ze wilde vertrekken, maar Ben stond tussen haar en de deur in. Ze keek de flat rond op zoek naar een andere uitweg. Alles wat er stond zag er splinternieuw uit, maar het meubilair was ouderwets. De muren waren nieuw, de keuken leek onberispelijk. Ze vroeg zich af of het fornuis ooit gebruikt was.

'Mooie flat,' zei ze, om de stilte te verbreken.

Ben trok zijn T-shirt bij zijn taille omhoog om over zijn buik te krabben. 'We wonen er net.'

'Waar woonden jullie eerst?'

'Hij woonde in Mount Vernon. Ik zat op kamers in Govanhill.' Hij keek beschuldigend naar McVie. 'Het was waardeloos. Ik heb daar maanden gezeten.'

McVie keek naar Ben en nam hem in één oogopslag op, van zijn blote buik steeds verder omhoog, waarbij zijn blik steeds zachter werd, tot hij bij Bens ogen was aangekomen. Opeens besefte ze dat McVie van hem hield. Er zou niet bloot worden gedanst, er zouden geen ongewenste intimiteiten plaatsvinden. Het kwam door Ben dat McVie bloemen had gekocht, dat hij er jonger uitzag en zich beter kleedde.

'Ben ik de eerste van het werk die hier komt?'

Ben gaf antwoord. 'Ja. Georgie heeft al mijn studievrienden ontmoet, maar ik heb nog met niemand van zijn vrienden kennisgemaakt.'

'Omdat ik geen vrienden heb,' legde McVie uit, en hij liet zijn boek vallen.

'O,' Paddy had geen zin om bij een ruzie betrokken te worden. 'Waar studeer je?'

'Aan de Royal Academy of Music.'

'Prachtig. Wat speel je?'

Ben glimlachte arrogant. 'Zo ongeveer alles,' zei hij.

McVie fronste zijn voorhoofd en keek uit het raam naar de bakstenen muur. Dat ze was uitgenodigd was een test. Paddy wist dat hij haar zijn adres had gegeven en haar binnen had genodigd omdat ze er niet toe deed. Als het bezoek geen succes was, dan was de schade beperkt omdat op het werk toch niemand naar haar luisterde. Het was al moeilijk om een seksueel actieve vrouw te zijn op de redactie, maar een verliefde flikker had er geen leven.

'McVie, ik ben op weg naar het werk, maar ik ben langsgekomen om je om een gunst te vragen. Ik moet Patrick Meehan spreken. Kun jij dat regelen?'

McVie ging rechtop zitten. 'Ik dacht dat je hem niet wilde ontmoeten.'

'Ik probeer een boek over hem te schrijven.' Het bekennen van een persoonlijke ambitie was bijna even gevaarlijk als toegeven dat je homo was. 'Maar ik krijg niks op papier.'

'Doe je jas uit,' zei Ben, en hij trok aan haar mouw. 'Het is hier geen station.'

'Nee.' Zo vriendelijk mogelijk schoof Paddy zijn vingers van haar mouw. 'Ik moet naar mijn werk.'

'Die vriendin van jou doet vrij onbeschoft,' zei Ben. Hij draaide zich op zijn hakken om en verdween naar de slaapkamer.

Paddy keek McVie glimlachend aan. 'Georgie?'

McVie grijnsde terug, stond op en duwde haar naar de voordeur.

Het was koud in het portaal en hij droeg geen sokken in zijn pantoffels. Hij probeerde iets tegen haar te zeggen, maar ze trok hem aan de mouw van zijn trui twee ijskoude trappen af naar beneden, waar ze dicht tegen elkaar aan achter de tochtige voordeur gingen staan.

Ze stonden heel dicht bij elkaar, vond ze, dichter dan ooit tevoren, en McVie keek op haar neer, rillend maar duizelig van opluchting. 'Je mag Ben niet, hè?'

'Nee.'

Een paar tellen lang stonden ze samen te giechelen, zonder dat ze goed wisten waarom, en keken naar de rijen koperen brievenbussen in de muur achter de deur. Paddy mocht Ben niet, maar McVie vond hem aardig. Hij vond hem zo aardig dat hij zich goed kleedde en bloemen kocht en glimlachte ook zonder dat er pal voor zijn ogen een ongeluk gebeurde. Toen ze elkaar pas kenden, was hij de ongelukkigste, bitterste figuur naast wie ze ooit had gezeten. Hij was homoseksueel, maar zij had in auto's woeste seks met getrouwde mannen, en daar werd zij nou gelukkig van.

'Ik ken je nu vier jaar en al die tijd was je doodongelukkig en onsympathiek. Maar nu...' Ze keek hem aan – met een compliment zouden ze geen van beiden raad weten. 'Nu ben je, eh, anders.'

McVie knikte naar de koperen brievenbussen en zijn ogen schoten over de handgeschreven stukjes papier die in de venstertjes waren geschoven. 'Ja. Aardig dat je dat zegt.'

'Inderdaad. Ik ben ook aardig.' Weer begonnen ze samen te giechelen. 'Van mij horen ze niks. Het gaat me niks aan.'

McVie kneep één oog dicht en keek haar weer aan. 'Mag je hem echt niet?'

'Wat maakt het uit of ik hem mag of niet? Ik hoef niet met hem te neuken.'

Hij verschoot van kleur, zo schrok hij van haar onverbloemde taal. 'Wat zeg jij nou? En dat voor een braaf katholiek meisje!'

Ze liet haar eigen seksleven er liever buiten. 'Ik zeg het alleen maar. Dat je niet depressief bent, is heel wat waard, toch? Die instincten hebben we niet voor niets gekregen.'

'Het zal wel...' Hij krabde de lijmresten van een sticker die op een van de brievenbussen zat. 'Het was kiezen tussen me van kant maken en eraan toegeven.'

Ze deinsden terug voor de plotselinge openhartigheid en wendden hun blikken af.

'Misschien had je de eerste optie wat grondiger in overweging moeten nemen,' zei Paddy zachtjes, en hij glimlachte. 'Oké, ik ga ervandoor. Regel jij die afspraak met Meehan voor me?'

'Doe ik.'

Ze stak haar hand uit naar de deurknop.

'Trouwens, je vroeg toch naar Bobby Lafferty? Die zit op het politiebureau van Govan. Al sinds vanochtend. Hij wordt kennelijk verhoord in verband met de Bearsden Bird.' Hij keek op zijn horloge. 'Ga er maar gauw naartoe. Ze mogen hem nog maar vier uur vasthouden.'

III

Het was heel rustig op straat bij Bernies garage. Kate leunde naar achteren en pakte de draadschaar met het blauwe handvat van de achterbank. Hij was ongelooflijk zwaar, zo zwaar dat haar polsen bijna bezweken onder het gewicht. Ze legde het ding op haar schoot en het drukte op haar dunne benen. Ze was nu zo mager dat ze haar gebalde hand zijwaarts tussen haar dijen kon schuiven. Diep inademend deed ze het portier open en stapte de straat op, en met de draadschaar in haar armen liep ze langs het spoorviaduct.

Bernie had een nieuw hangslot aan de deuren bevestigd, en ze knipte het ronde stuk metaal door, wat moeilijker ging dan bij het vorige slot. Ze werd steeds zwakker. Ze had al dagen niets gegeten, wist niet meer hoe het was om naar voedsel te verlangen. De ingeblikte ham in gelei die ze uit het huisje had meegenomen, bleef in haar keel steken als een vuist vol dorre bladeren.

Ze haakte het slot los en glipte naar binnen, waar ze langs de muur tastte op zoek naar de lichtknop, heimelijk glimlachend toen ze aan de beloning dacht die haar wachtte. Tot haar verbazing besefte ze dat ze kwijlde bij de gedachte dat ze haar kussen weer zou vasthouden, dat ze de warme, huidachtige structuur onder haar vingers zou voelen, het schone, zoete plastic zou ruiken. Het licht ging flakkerend aan, een scherp, hard wit dat pijn deed, en ze knipperde een paar keer met haar ogen om ze te laten wennen. Telkens als ze ze weer opendeed, dacht ze dat ze zich vergiste, maar het beeld zette zich vast op haar netvlies en ten slotte slaagde ze erin haar ogen al turend open te houden. De tafel was naar voren getrokken, de rode gereedschapskist was aan één kant bij de muur weggerukt. Ze snelde ernaartoe om erachter te kijken.

Het kussen was verdwenen.

Snikkend liet ze zich op naar knieën vallen. Dat Vhari was vermoord was tot daar aan toe, en dat haar schoonheid naar de knoppen ging, kon ze er ook nog wel bij hebben, ze kon zelfs, besefte ze nu, leven met het feit dat ze de villa in Killearn, waar ze vier jaar had gewoond, moest verlaten, maar dit trok ze niet.

Het moest er zijn. Door tranen verblind stond ze op, nam wat spullen van de tafel en kieperde een stapel kwitantieboekjes op de grond, waarna ze uitgeput stopte. Als Lafferty hier was geweest, zou hij er net zo'n bende van hebben gemaakt als destijds in het huisje. Hij zou alles kort en klein hebben geslagen. Het was Bernie. Hij had haar kussen gestolen.

Kate liep de garage uit, liet de deuren openstaan en de lampen branden, en stapte weer in de Mini. Bij nader inzien vond ze dat ze Bernie te vriend moest houden als ze haar kussen terug wilde. Ze stapte weer uit de auto, knipte de garagelampen uit en trok de deuren dicht.

Ze draaide het sleuteltje in het contact, gaf een bemoedigend klopje op het stuur toen de auto startte en zette koers naar Bernies flat.

21

Lafferty de Hond

I

Sullivan liet Paddy voorgaan in de donkere gang en trok zachtjes de deur achter zich dicht. Het smalle kamertje rook naar stof en zweet, en de zwarte muren om haar heen waren heel dik, om het geluid te dempen. In het doffe zilveren licht dat door de confrontatiespiegel drong, kon ze Sullivans gezicht amper onderscheiden. Hij wendde zich van haar af en tuurde halsreikend door het vlekkerige glas de crèmekleurige kamer in. Toen ze de trap op gingen en naar de deur liepen, had hij zijn buik ingehouden, maar nu was hij zo geboeid door het tafereel voor hem dat hij zich ontspande; met zijn ronde rug en naar voren hangende buik deed hij haar aan haar vader denken en ze glimlachte.

Sullivan had gezegd dat ze stil moest zijn, dat de kamer niet geluiddicht was, maar onwillekeurig slaakte Paddy een zachte kreet. Zijn hoofd was kaal en zijn schouders waren breed, alsof hij regelmatig de sportschool bezocht. Aan weerszijden van zijn dikke nek had hij pezen als bundels staalkabel. De huid was gerimpeld en hard, strepen als van messteken liepen kriskras over het dunne vel, waaronder al dertig jaar lang strak gespannen spieren zaten. Hij leek net een hond met een dikke nek. Als Lafferty het op je voorzien had, zou hij zijn tanden in je zetten.

Terwijl een van de twee agenten tegenover hem vragen stelde, zwierf zijn blik de kamer rond. Waar was hij geweest in de nachtelijke uurtjes van dinsdag de vijftiende? Was hij die nacht in Bearsden geweest? Lafferty's kwade beestenogen flitsten over de muur en de spiegel, gleden over Paddy's gezicht en Sullivans borst. Het waren dode ogen, onvriendelijk en kil, boosaardig.

Toen Lafferty zijn mond opendeed om iets te zeggen, liet hij een rij kapotte, afgestorven tanden zien. Hij staarde recht in de spiegel en op die typisch lijzige hardemannentoon wilde hij weten wie 'al die vragen' stelde. De agent negeerde hem en herhaalde zijn vraag. Hij klonk verveeld, alsof hij al heel lang telkens opnieuw hetzelfde had gezegd.

'Goed.' Lafferty stond langzaam op en terwijl hij zijn knokkels op de tafel liet rusten, strekte hij zijn hals naar de spiegel uit. 'Sullivan. Klóótzak.'

Met hun handen naar voren schoten de twee agenten overeind, klaar om hem tegen te houden als hij op de spiegel afging, maar Lafferty liet zich weer op zijn stoel zakken.

Paddy keek naar de man naast haar. Het matte licht dat door de spiegel scheen, viel op de zweetdruppeltjes op Sullivans voorhoofd. Hij wierp haar een blik toe, zijn hoofd schuin naar achteren, om aan te geven hoe bang hij was en dat hij zich daarvoor verontschuldigde. Hij hield zijn handen ineengeklemd voor zich, alsof hij zijn geslacht wilde beschermen, stond wat ongemakkelijk heen en weer te wiebelen en draaide zich toen weer om naar de spiegel.

Paddy keek naar Lafferty en in haar verbeelding zag ze hem in de woonkamer van Vhari Burnett. Paddy had een glimp van haar opgevangen, een slanke, tengere vrouw. Vergeleken met Lafferty had ze niet meer dan een ijl streepje wit licht geleken.

'Ik ben tot zeven uur 's ochtends in de Lucky Black Snooker Club in de Calton geweest. Jamesie Tobar kan het bevestigen. En iedereen die daar verder nog was. Om acht uur 's ochtends kwam ik thuis en ging meteen naar bed. Dat kan moeder de vrouw je ook vertellen.' Weer keek hij even naar de spiegel. 'Wat willen jullie godverdomme nog meer weten?'

De agenten aan de tafel waren in één klap klaarwakker toen ze dit hoorden. Ze trokken hun notitieboekjes naar zich toe en begonnen aantekeningen te maken, vroegen hem telkens weer naar dezelfde details, wilden tijdstippen horen die alleen een neuroot met een nieuw horloge kon weten.

'We hebben je vingerafdrukken gevonden op een voorwerp uit het huis.' De agent keek hem onderzoekend aan. 'De nacht dat ze stierf.'

Paddy zag Lafferty's masker oplossen terwijl hij dit liet bezinken. Zijn lippen verkrampten. 'Voorwerp? Hoezo dat?'

'Het bewijst dat jij daar die nacht bent geweest, Lafferty.'

'Wat is het dan? Trouwens, dat kan helemaal niet,' zei hij zelfverzekerd. 'Ik was in de Lucky Black.'

Ze schrok op toen Sullivan zijn hand voorzichtig om haar middel sloeg. Hij knikte in de richting van de deur en ze volgde hem naar het schemerige gangetje buiten en toen een langere gang door. Pas bij de trap aangekomen begonnen ze weer te praten.

Opgelaten schraapte Sullivan zijn keel. 'Als zijn alibi klopt, dan moeten we hem over een paar uur weer vrijlaten.'

'Misschien vermoedt hij dat zijn vingerafdrukken op dat briefje van vijftig zijn gevonden. Als dat zo is, dan pakt hij me. Jezus, hij weet waar ik werk en zo.'

Sullivan meed haar blik. 'Soms moeten ze grof geschut inzetten – het ligt veel meer voor de hand dat hij denkt dat het iets in het huis is.'

'Als ze het huis hebben schoongeboend om alle afdrukken te verwijderen, dan zijn ze behoorlijk nauwgezet te werk gegaan. Het was per slot van rekening geen caféruzie; ze weten heel goed wat ze wel en niet hebben gedaan.'

Sullivan knikte traag. 'Tja, we moeten hem met het bewijs confronteren. Als hij er nu niet achter komt, dan gebeurt dat later wel. We kunnen hem er maar het beste mee overvallen en proberen er iets meer uit te halen.'

Ze daalden een trap af en Paddy hield hem staande in het niemandsland van een overloop. 'Sullivan, hoe zit dat met die agenten bij de voordeur van Burnetts huis? Waarom wordt het onderzoek een volkomen verkeerde richting op gestuurd?'

'Ik heb bazen. Ik heb het niet voor het zeggen.' Sullivan keek de trap af, bedroefd en lichtelijk geknakt, en zocht steun bij de leuning. 'Je moest zo nodig journalist zijn, hè? Kon je niet gewoon maaltijden bezorgen bij oude mensen of Tupperware-dame worden?'

'Je weet heel goed dat hij niet de man is die ik bij de voordeur van Burnett heb gesproken, hij is niet die welbespraakte vent.'

'Dat weet ik, ja. Op het bankbiljet hebben we andere vingerafdrukken aangetroffen. Maak je maar geen zorgen. We houden Lafferty in de gaten, dan komen we er wel achter met wie hij omgaat en zo stuiten we vanzelf op de naam van de baas.'

'Maar als de agenten bij de deur niet willen zeggen met wie ze hebben gesproken, dan zijn dat bankbiljet en ik het enige wat Lafferty met de plaats delict verbindt. Hij weet me vast te vinden.'

'Er overkomt je niks, echt niet. Ik heb niemand over dat bankbiljet verteld en McDaid ook niet.'

Paddy was niet overtuigd, maar Sullivan wel en dat vond ze geruststellend.

'Hebben jullie Lafferty gearresteerd of heeft hij zich vrijwillig gemeld?'

Sullivan keek achterdochtig. 'Hoezo?'

Paddy haalde haar schouders op. 'Gewoon, nieuwsgierigheid. Ik weet niet hoe die dingen in hun werk gaan.'

'We hebben zijn advocaat gebeld en hij is zelf hiernaartoe gereden. Anders hadden we hem wel gearresteerd. En dat wist ie.'

Terwijl ze naar Sullivan luisterde, dacht ze er weer aan hoe hij daar in het donker had staan zweten, met zijn pens over de gesp van zijn broekriem en zijn ogen vol angst voor het beest in de verhoorkamer. 'Ik gebruik bijna nooit ruige taal, rechercheur Sullivan, maar één ding weet ik wel: die Lafferty is een godvergeten enge hufter.'

Sullivan gaf haar een speelse pets tegen haar achterhoofd, met een glimlachje om haar blijk van medeleven. 'Let op je taal, dame.' Hij zette een voet op de bovenste tree en ging haar vóór de lege trap af naar de balie.

Paddy volgde hem naar beneden. Ze voelde het klamme spoor van zijn hand op de leuning en besefte dat hij waarschijnlijk een dochter van haar leeftijd had en dat hij daarom zo aardig tegen haar deed.

'Laat het maar aan ons over,' zei hij. 'Je bent veel te mooi om zoveel vragen te stellen.'

Ze glimlachte terug en keek toe terwijl hij de deur naar de wachtkamer opende en voor haar openhield om haar voor te laten gaan. Hij had absoluut een dochter van haar leeftijd. En waarschijnlijk had die soms ook een beetje de pest aan hem.

Nadat Sullivan haar uitgeleide had gedaan, keerde Paddy niet meteen terug naar de dienstauto. Ze stak de straat over, naar Billy, tot ze het gele streepje licht op het trottoir vóór haar zag dichtklappen en wist dat de deur achter haar gesloten was. Toen maakte ze rechtsomkeert en liep naar het parkeerterrein achter het politiebureau van Govan. Fords en Mini's en Rovers, twee Mini Metro's, zelfs een Honda stationcar en een oude bruine Morris Minor, maar geen BMW. Met wat voor wagen Lafferty hier ook naartoe was gereden, het was niet een van de auto's die in de nacht van de moord achter het huis van Burnett hadden gestaan.

In de auto leunde Paddy achterover en terwijl ze naar de lichten aan de andere kant van het raampje keek, dacht ze aan de eigenaar van de BMW. Als Lafferty's alibi waterdicht was, dan moesten ze hem vrijlaten, en degene die die nacht bij het huis was geweest, zou naar alle waarschijnlijkheid sterven. Weer dacht ze aan Lafferty's nek, aan zijn brute kracht en aan alle kwaad en ellende die zijn ogen weerspiegelden, en ze kon wel huilen. De dood van Vhari Burnett en die van Mark Thillingly waren geen ongelukjes geweest. Het was opzet. Mensen kozen ervoor om elkaar dergelijke dingen aan te doen.

Het was die nacht rustig in de stad. Op zondagnacht waren incidenten altijd vervelend, persoonlijk. De pubs sloten vroeg en als er noodgedwongen een eind kwam aan het weekendgezuip begon het huiselijk geweld, want dan kon je alleen nog maar naar huis en de enigen met wie je ruzie kon maken, was je eigen familie.

Billy was woedend om de ontslagen bij de *Daily News*. Wat hem nog kwader maakte, was dat niemand er iets aan deed. Vroeger zou iets dergelijks niet gebeurd zijn, echt niet, ze lieten zich nooit door de directie ringeloren. Dat ze gewoon hadden toegekeken toen Farquarson de zak kreeg, was hun eerste fout. Ze hadden allemaal voor die vent in de bres moeten springen, ze hadden hem tot de laatste man moeten steunen.

Paddy was het niet met Billy eens. De verkoopcijfers kelderden sneller dan een zak bakstenen. Als er niet gauw iets veranderde, zou de krant ten onder gaan. Ze had trouwens andere zaken aan haar hoofd en gaf alleen een vaag knikje toen hij afwachtend naar haar keek.

Het was zo rustig die nacht dat ze al vroeg langs het doodsburger-busje gingen voor hun maaltijd. Juist door het late tijdstip en de abominabele hygiënische omstandigheden was het eten bij het bus-je superverrukkelijk. Nick, de fascinerend dikke bediende, ge-bruikte het piepkleine aanrechtje waar je je handen kon wassen als bergplaats voor een vuilniszak met beboterde broodjes.

Ondanks zijn enorme omvang bewoog Nick zich met de gratie van een balletdanser door de krappe ruimte. Zijn dansje begon bij het aanrecht; hij griste een beboterd broodje uit de vuilniszak, deed er saus op en draaide zich met een sierlijke halve wending naar het handvat van de frituurpan, tilde de mand eruit en schudde de in-houd op de afdruipplaat, waarna hij de hamburger of de patat of het worstje in de bek van het broodje stouwde. Het enige wat hij niet frituurde waren de bekers thee en koffie. Al het andere, van vissticks tot bevroren pizza's, ging de borrelende prut in, waardoor er een aromatisch aura ontstond dat helemaal uitstraalde naar de hoofd-weg, vijftig meter heuvelafwaarts.

Het busje stond op een steile, verlaten afrit, die de verbinding vormde tussen een drukke verkeersweg en het park, en waar taxi's probleemloos konden stoppen. Toen Billy en Paddy die nacht om een uur of twee, drie de plek aandeden, troffen ze er uitsluitend an-dere gemotoriseerde nachtwerkers aan, die elkaar knikkend be-groetten, genietend van de rustigste uren in het leven van de stad.

Meestal ging Paddy voor Billy en zichzelf de hamburgers halen – van vezelrijk voedsel hadden ze hier nog nooit gehoord – en stapte weer in de auto. Dan zaten ze soms knus te zwijgen met het volume van de scanner wat zachter, of ze wisselden speculatieve roddels uit over mensen op het werk die ze niet goed kenden. Deze keer zat Bil-ly niet in de auto toen ze terugkwam, maar stond hij te kletsen met een taxichauffeur die hij kende, ongetwijfeld over de ontslagen, blij met een nieuwe toehoorder bij wie hij zijn verontwaardigde hart kon luchten. Paddy, die het goed uitkwam dat ze hem niet hoefde aan te horen, bracht hem zijn hamburger en ging in haar eentje in de auto zitten, zich verheugend op een rustig halfuurtje.

Ze likte het hamburgervet van haar vingers en zou er het liefst nog eentje halen, toen de politieauto kwam aanrijden. Even snoer-de haar keel dicht, tot er een portier openging, het binnenlampje aanflitste en duidelijk werd dat de twee geüniformeerde agenten in de auto geen bekenden van haar waren en dat George Burns er al helemaal niet bij was.

Ze keek hen na toen ze patserig naar het doodsburgerbusje liepen, om zich heen keken naar de geparkeerde taxi's en het terrein voor zich opeisten als cowboys die een saloon binnengingen. Ze kregen gratis broodjes van Nick en maakten een proostgebaar naar hem voor ze naar Billy en de taxichauffeur slenterden. Een stel andere chauffeurs voegde zich bij hen om uit te vinden wat er die nacht in de stad gebeurde, waar de ongelukken waren en welke routes ze moesten mijden. Ze zag dat ze af en toe haar kant op keken, naar waar ze in haar eentje in de auto zat.

Sullivan scheen er zeker van te zijn geweest dat Lafferty haar niet in verband zou brengen met de vingerafdrukken, maar ze was niet overtuigd. Bij de gedachte aan zijn dikke nek en valse ogen draaide haar maag zich om.

Het groepje mannen bij het hamburgerbusje ging met wat schoudergeklop en een laatste grap uit elkaar, en Billy liep langzaam naar de auto toe. Een van de taxichauffeurs toeterde, beschreef een volle cirkel met zijn wagen en reed weg. Billy hief zijn hand en zwaaide traag.

Nog nooit had ze een portier zo hard horen dichtslaan. De plotselinge daling van de luchtdruk deed pijn aan haar trommelvliezen. Even bleef Billy stil zitten en zuchtte, met zijn handen op zijn knieen, toen draaide hij het sleuteltje in het contact om de motor te starten en keerde de auto met een ruk, in een snelle, strakke draai. Paddy werd tegen de zijkant van de cabine geslingerd en sloeg met haar voorhoofd tegen het koude raampje.

Ze riep naar hem boven het lawaai van de scanner uit, maar Billy schakelde en met nauwelijks een blik naar links of naar rechts stak hij het kruispunt over. Paddy verhief zich van de achterbank, leunde naar voren en gaf hem een mep tegen zijn schouder. 'Doe eens rustig, godverdomme!'

Billy gaf nog meer gas en reed door rood, scheurde over een kruispunt naar de snelweg. Overdag zou het er druk zijn geweest en in haar verbeelding zag Paddy auto's tegen haar kant van de auto knallen. Ze stak haar hand tussen de voorste stoelen door, greep de handrem en liet haar duim boven het knopje hangen.

'Zet die auto stil of ík doe het.'

Van het ene moment op het andere ging Billy op de rem staan. Als een goede chauffeur drukte hij het rempedaal drie keer in. Paddy werd naar voren geworpen en haar schouder kwam klem te zitten tussen de twee voorste stoelen. Sputterend hield de motor het voor gezien. Achter hen op de verlaten weg drukte de taxichauffeur die ook bij het doodsburgerbusje was geweest geërgerd op zijn claxon en reed met een boog om hen heen.

Paddy tikte tegen het haar op Billy's achterhoofd. 'Wat is er gebeurd?'

Hij schudde zijn hoofd en met een diep gekwetste blik in zijn ogen keek hij haar in het spiegeltje aan.

'Billy?'

'Stomme koe.' Hij perste zijn lippen op elkaar en even was ze bang dat hij zou gaan huilen. 'Je hebt een politieman geneukt. In zijn eigen auto nog wel.' Hij stak zijn hand naar voren en startte de afgeslagen motor. 'Stomme koe.'

Met een gangetje van vijftien kilometer per uur reed hij door de sombere, dode stad.

III

Een uur later zat Paddy nog steeds mismoedig en stilletjes achter in de auto, met haar rug tegen de bank gedrukt, alsof Billy honderd-vijftig reed. Ze knikte zwijgend toen Billy haar vroeg of ze gehoor wilde geven aan de enige radio-oproep die ze tot op dat moment hadden ontvangen, een onbeduidend familie-akkefietje in Govanhill. Ze zetten de auto achter twee surveillancewagens, die schots en scheef langs de stoep geparkeerd stonden, alsof er een noodsituatie was.

Toen Paddy uitstapte en het portier sloot, bleef ze even naast de auto staan om haar sjaal op te trekken. Billy nam zijn pakje sigaretten niet van het dashboard, zoals hij meestal deed. Hij keek haar aan, keek haar recht in de ogen, gekwetst, boos en vol walging. Paddy boog door haar knieën, tuurde naar binnen en gebaarde dat hij zijn raampje naar beneden moest draaien. Hij bleef haar maar aanstaren, terwijl de scherpe wind haar haren tegen haar hoofd zwiepte en in haar wangen beet.

Ze deed een stap naar achteren, in de lengterichting van de auto, trok het achterportier open en riep naar hem: 'Bemoei je godverdomme met je eigen zaken, stomme lul die je bent.'

Voor ze weg kon springen had Billy de auto al gestart en reed met woest zwiepend portier zo'n vijftig meter de weg op. Hij stopte de auto, zette één voet op het wegdek, sloot het achterportier en reed achteruit naar haar toe, vaart minderend toen hij langs haar reed om te laten zien wie de baas was. Paddy hief haar been en met de hak van haar schoen schopte ze zo hard mogelijk tegen de passerende auto. Door de schop verloor ze haar evenwicht en wankelde naar de kant. In het portier zat een hakvormige buts. Billy scheurde weg.

Hij zou de zak krijgen omdat hij haar in de steek had gelaten. Ze hadden nog niet eens hun ziekenhuisrondje in de binnenstad gedaan. Ze zou hem uit de wind moeten houden door een taxi naar de redactie te nemen en dan zou ze het geld niet terug kunnen vragen omdat Ramage anders ontdekte wat er was gebeurd.

Woedend betrad ze de klamme groene binnenplaats. Het was er donker – in de lagere portalen waren de lampen uit en alleen het indirecte licht hoger in het weergalmende trappenhuis temperde de schaduwen. Afgaand op het stemmengeluid klom ze naar de tweede verdieping. Een dronken vrouw protesteerde, zei op lijzige toon 'Neu, neu, neu,' telkens als iemand iets tegen haar wilde zeggen. Twee politieagenten probeerden een man tot bedaren te brengen. Zij had zus en zo gezegd, zei hij, waarop hij zus en zo had gereageerd en toen ging ze van dit en hij van dat. Wat zou jij doen, maat? Nou? Met zo'n vrouw. Wat zou jij doen?

Zijn onderlip zat onder het bloed en ze moest aan Vhari denken. Naast hem leunde een magere vrouw tegen de deurpost en versperde iedereen de toegang tot de flat. Ze droeg een stonewashed spijkerbroek en een citroengele trui die uitgerekt was na een ruk aan het halsboord en nu van haar knokige schouder hing.

De agenten keken op toen Paddy de trap op kwam. Het waren George Burns en zijn collega. Zijn ogen begonnen spontaan te glimlachen en hij schonk haar een warme, liefdevolle grijns, maar wendde zijn blik meteen weer af. Hij droeg zijn trouwring.

Het kostte Paddy moeite om te bedenken wat een onschuldig iemand in een dergelijke situatie zou doen. Zich bewust van haar handen, haar hals, de manier waarop ze bewoog, haalde ze haar notitieboekje tevoorschijn. De andere agent was de vrouw weer aan het ondervragen, en overdreven aandachtig bestudeerde Paddy de deur om het juiste nummer en de namen op het bordje te noteren. Kordaat schreef ze alles in haar notitieboekje, alsof het een gewichtig verhaal betrof.

George' collega wist de vrouw over te halen hen binnen te laten om daar verder te praten en de buren een kans te geven de slaap weer te vatten. Terwijl hij het ruziënde stel naar binnen volgde, draaide hij zijn hoofd om en keek haar geringschattend en meesmuilend aan. Burns bleef achter en wachtte tot de politieman en het stel buiten gehoorsafstand waren. Hij kreeg de kans niet om zijn mond open te doen.

'Gore hufter.' Dat had ze nog nooit tegen iemand gezegd en ze voelde hoe haar nekhaartjes overeind gingen staan.

Hij verslikte zich in zijn lach en keek verbaasd. 'Watte?'

'Heel Glasgow weet het. Billy kreeg het te horen toen hij samen met een stel taxichauffeurs bij het doodsburgerbusje stond.'

Burns keek perplex. 'Ik heb niks gezegd.'

Ze was zo kwaad dat elke spier in haar lichaam strak stond en haar stem nauwelijks hoorbaar was. 'Heb je enig idee wat dit voor mij betekent? Voor de rest van mijn kutleven ben ik die stomme slet die een agent heeft geneukt in zijn auto.'

Hij bleef bij zijn uitspraak en zei kalm: 'Paddy, ik heb het aan niemand verteld.'

Huilend van woede draaide ze zich om en liep blindelings de trap af. Ze hield zich vast aan de plakkerige leuning en minderde vaart zodra ze de hoek om was en uit het zicht was verdwenen. Op het donkere binnenplaatsje bleef ze staan, wreef haar gezicht droog en zoog met moeite lucht in haar verkrampte longen. Ze kon maar het beste lopend naar de redactie terugkeren. Daar deed ze een uurtje over en bovendien was het een rustige nacht; waarschijnlijk miste ze geen belangrijke voorvallen en niemand hoefde erachter te komen. Ze zou binnendoor gaan om te voorkomen dat Burns haar passeerde in zijn patrouillewagen. Als hij stopte om haar een lift aan te bieden, zou ze hem een dreun verkopen. Maar het was niet veilig als Lafferty inmiddels op vrije voeten was en haar zocht. Ze was niet moeilijk te vinden nu er vannacht maar één oproep was geweest.

Toen ze de straat op liep zag ze de auto voor de binnenplaats staan. Billy keek hoopvol naar de ingang. Hij zag haar, begon zenuwachtig te glimlachen en hief zijn hand. Ze opende het gebutste passagiersportier en liet zich naar binnen vallen.

'Alles oké?' vroeg hij terwijl hij zich omdraaide om haar aan te kijken.

'Het stelde niks voor. Dooie boel, trouwens. Laten we de ziekenhuizen nog even doen en dan terug naar de redactie,' zei ze, terugvallend in het stereotiepe taaltje dat ze elke nacht bezigden.

'Mij best,' zei Billy behoedzaam, want hij zag hoezeer ze van streek was. 'Doen we.'

Het was niet alleen zijn baantje waar hij zich zorgen om maakte. Ze wist dat hij berouw had van zijn opvliegendheid en dat het hem pijn deed haar moederziel alleen op straat te zien huilen. Een paar keer probeerde hij haar blik te vangen, maar ze keek niet terug.

Burns had het aan iedereen verteld. Het was nog maar twee dagen geleden en heel Glasgow wist het. Hij had haar recht in de ogen gekeken en gelogen. Ze zou hem nooit vergeven, helemaal nooit. En ze zou hem terugpakken. Al moest ze er jaren op wachten, ze zou hem net zo erg vernederen als hij haar had vernederd.

Brand

I

Ze stonden in het donker geparkeerd, buiten het Royal-ziekenhuis. Op een paar discreet chique auto's van specialisten na was het parkeerterrein leeg. Geel lamplicht scheen uit de meeste ramen van het enorme, zwart beroete victoriaanse ziekenhuis en er hing vorst in de lucht, broos en zilver. In de warme auto was het lekker donker, als diep onder een deken na bedtijd. Paddy's hartslag was inmiddels zo traag dat het haar moeite kostte om te bedenken waarom ze niet in slaap mocht vallen.

Billy draaide het raampje een stukje open en stak een sigaret op, maar Paddy bleef op de achterbank zitten. Hoewel het op zondag altijd rustig was, was de afdeling spoedeisende hulp van het Royal een prima plek om verhalen op te pikken die aan de aandacht van de politie waren ontsnapt. Criminelen reden vaak de hele stad door als ze een messteek of een jaap hadden opgelopen, soms kwamen ze wel vijftien kilometer met de taxi, met een theedoek tegen hun wond gedrukt, alleen omdat de chirurgen van het Royal voor de beste van de stad doorgingen.

Voor het eerst wenste Paddy de stad vrede toe. Ze wilde snel terug naar de schemerige redactie, weg van Billy, om haar wonden te likken tot het tijd was om naar huis te gaan.

Billy hield haar via het spiegeltje in de gaten. 'Ga je niet naar binnen?'

'Jawel.' Ze keek naar de ingang van het ziekenhuis, aan de overkant van het parkeerterrein. Een magere man in een dun bruin overhemd stond buiten de deur te roken, zijn armen om zich heen geslagen tegen de koude lucht. Op zijn ene oor zat een groot wit verband. Paddy verroerde zich niet. 'Mag ik een sigaret, Billy?'

'Ik dacht dat je niet rookte.'

'Gewoon als oppeppertje.'

Hij schonk haar een afkeurende blik, maar reikte haar over zijn schouder een sigaret aan en gaf haar een vuurtje. Ze ademde diep in, zoog haar longen vol tot haar vingers tintelden. Ze voelde zich meteen beter, lichtelijk opgetogen zelfs, en nam voor de goede orde nog een trekje voor ze hem de sigaret teruggaf.

'Knijp die even voor me uit, wil je? Ik ben zo weer terug.'

'Ben je er wakker van geworden?'

Ze opende het portier en stapte het parkeerterrein op. 'Beetje wel, ja.'

Voorzichtig liep ze over het gladde, bevroren asfalt, en bij de hoofdingang passeerde ze de man met het bezeerde oor. Aan het eind van een tochtige, beige gang ging ze een stel automatische deuren door en toen stond ze in het felle witte licht van de wachtkamer van de afdeling spoedeisende hulp.

Binnen zat een bont gezelschap her en der over de stoelen verspreid. Sommigen maakten een doodongelukkige, afgematte indruk, anderen waren opgewonden en helder. Paddy liet haar blik vluchtig door het vertrek gaan, maar het was haar niet duidelijk wie medische hulp nodig had en wie als begeleider was meegekomen. Achter het plexiglas zat een knappe brunette met een voorliefde voor bloederige verhalen en een accent dat de Western Isles deed vermoeden.

'Hallo, Marcelli, nog iets belangrijks gebeurd vannacht?'

Marcelli schudde haar hoofd. 'Bijna niks, vrees ik.'

'Geen criminele toestanden? Geen steekpartijen of zwaardgevechten of zo?'

'Nee. Sorry. De Duitser is weg.'

Paddy glimlachte. 'Die Duitser met zijn proefschrift?'

'Ja, die. Ik ben in de rouw.' Als de Duitse dokter niet doorhad dat Marcelli een oogje op hem had, dan was hij blind of homo of beide, dacht Paddy. Hij had aan een proefschrift gewerkt over de zwaardverwondingen die hij tijdens zijn verblijf in het Royal had gezien, en probeerde aan te tonen dat de stompe, zware zwaarden wonden veroorzaakten die niet veel verschilden van wat je op een middeleeuws slagveld zou aantreffen.

'Is er nog wat te doen? Is het druk?'

'Ja, druk zat.'

Marcelli keek naar het afwasbare bord achter haar hoofd. De schoonmaaksters van de ochtendploeg wasten het bord altijd met een sopje, en het aantal blauwe vegen was over het algemeen een goede indicatie van hoe druk het op de afdeling was geweest. Nu was het bord bijna maagdelijk schoon.

'Vannacht hebben we alleen maar verkoudheidjes en valpartijen, helaas.'

De twee vrouwen glimlachten beleefd naar elkaar en informeerden naar hun wederzijdse families. Marcelli's man werkte op de booreilanden: hij was twee weken offshore en twee weken thuis. Ze had de tevreden, uitgeruste blik in haar ogen die ze altijd had als hij weg was. Paddy vermoedde dat ze voortdurend met elkaar overhoop lagen als hij thuis was.

'Tot morgen,' zei ze tegen Marcelli, en ze klopte even op de balie. 'Ik zal eens kijken of ik een knokpartij voor je kan versieren.'

'Bedankt, Marcelli.'

Ze liep de afdeling uit, de hal door en naar buiten, de grens met de aardedonkere nacht over.

In de deuropening stond de man met het oor in verband een nieuwe sigaret te roken. Ineengedoken tegen de kou zag hij haar kijken en hij schonk haar een hoopvol glimlachje, want in haar onverholen blik las hij iets flirterigs in plaats van botheid als gevolg van uitputting. Paddy keek de andere kant op, naar de dienstauto, en zag de rode, flakkerende kegel van Billy's sigaret omhooggaan achter het bestuurdersraampje. Aan de andere kant van de auto schoot een zwarte schim naar de weg.

Voor ze tijd had om te knipperen verschroeide een verzengende oranje lichtbal het kwetsbare vlies op haar ogen. Paddy viel achterover, struikelde over een tree en terwijl ze een hand voor haar ogen sloeg, hoorde ze haar achterhoofd met een knal op de stenen trap neerkomen. Misschien kwam Lafferty nu over het parkeerterrein naar haar toe, had hij een hamer in zijn hand, dezelfde waarmee hij Vhari had doodgeslagen, maar het lukte Paddy niet om haar ogen te openen of op te staan en weg te rennen. Blind als een pasgeboren hondje rolde ze zich op tot een bal en wachtte op hem. Ze hoorde het vuur in de dienstauto razen en knetteren, ze voelde de vochtige vorst op de traptree in haar wang bijten.

Iemand rende op haar af, gehaaste voetstappen kletsten op het linoleum en toen klonk er opeens een woordloze kreet. De voetstappen kwamen uit het ziekenhuis, andere voegden zich erbij, allemaal mensen die het parkeerterrein op stroomden. Verpleegsters en ambulancepersoneel renden voorbij, naar de auto. Billy zat in de auto.

Paddy ging rechtop zitten, en steunend tegen de muur hees ze zichzelf op wankele benen overeind. Toen ze haar ogen open dwong, voelde ze nog steeds de hitte van het vuur op haar gezicht. Elk raampje van de auto was gebarsten en gesprongen, felle oranje vlammen likten aan het dak. Het linkerportier hing open en Billy lag op de grond, zijn lichaam aan het oog onttrokken door een groep hulpverleners. Tussen twee stel benen door stak een verbrande arm, de vingers rood ontveld en gekromd tot een verkrampte klauw.

Een schouder stootte tegen de hare en geschrokken draaide ze zich vliegensvlug om. Het was de man met het oor in verband. Hij stond aan de binnenkant van de deur, tegen een van de koude marmeren pilaren gedrukt, en het verband hing schots en scheef langs zijn hoofd, aan een scharnier van witte tape.

Ze greep zijn arm en schudde hem heen en weer. 'Heeft u hem gezien? Heeft u gezien wie het was?'

Hij schudde zijn hoofd, wees naar haar lippen en vroeg of ze wat langzamer wilde praten, want hij hoorde slecht. Ze wees naar buiten, de duisternis in, naar het tumult en de brandende auto, die nu onder handen werd genomen door portiers met emmers vol zand.

'Er kwam een vent aanrennen,' zei hij. 'In de schaduw, ik kon zijn gezicht niet zien. Hij droeg donkere kleren. Sloop op de auto af. Ik heb niet geroepen, ik dacht dat hij een grap uithaalde met zijn maat in de auto. Ik keek naar u en toen weer terug. Hij sloop naar het raampje. Zijn arm ging omhoog en hij gooide iets door het raampje naar binnen. En toen...' Hij maakte het geluid van een explosie en wankelde achteruit.

'Was het een grote vent? Had hij een kaal hoofd?'

Hij haalde zijn schouders op. 'Een grote, kale klootzak, voor zover ik kon zien.'

Paddy zat in de kantine op de bovenste verdieping van het *Daily News*-gebouw, en terwijl ze het ochtend zag worden boven de smerige stad werkte ze wezenloos de zoveelste chocoladereep weg. Suiker tegen de schrik, zei haar moeder altijd. Daarom gaven ze elkaar in oorlogsfilms zoete thee te drinken. Suiker tegen de schrik.

Het roffelde in haar hoofd en haar ogen waren zo droog dat ze ze telkens minutenlang moest dichtknijpen. Ze vermoedde dat ze vol roet zaten.

Ze nam nog een hap. Het enige waaraan ze kon denken, het enige waar ze zich druk om maakte, was Billy. De aanvaller had Billy voor haar aangezien, wat betekende dat hij niet wist hoe ze eruitzag. Billy's vrouw zou nu wel in het ziekenhuis zijn. Zijn vrouw, met wie hij voortdurend overhoop lag, en de zoon van wie hij niet meer hield, stonden nu naast zijn bed, eisten hem op.

Ze waren de enigen in de grote kantine. Scary Mary en haar hulpjes kwamen pas over een uur, en het was koud en stil in het vertrek.

'Voor de zoveelste keer: het was Bobby Lafferty.'

De drie politieagenten zaten in een ongeordende kring rond de kantinetafel en knikten sceptisch. Ze hadden nu ruim een uur – hoe lang wist ze niet precies – naar haar zitten luisteren. Hun thee was toch al koud. Ze vond ze er alle drie hetzelfde uitzien: één grote, hoekige ongelovige kop. Ze wist maar al te goed waarom ze bij haar bleven en zogenaamd luisterden naar antwoorden die ze hun allang had gegeven.

'Goed,' zei een van hen, 'dan nemen we het nog één keer door: waarom zou een zware jongen als Bobby Lafferty jou willen vermoorden?'

'Dat heb ik al gezegd.'

Hij gromde wat en keek uit het raam. 'Lafferty heeft de Bearsden Bird niet vermoord. De vent die dat heeft gedaan, heeft ook zichzelf van kant gemaakt. We hebben hem vorige week uit de rivier opgevist. Dus waarom zou Lafferty het op jou hebben voorzien?'

'Dat heb ik al gezegd – vraag Sullivan maar.'

'En toen hebben we tegen jou gezegd dat we Sullivan gebeld hebben. Hij heeft ook geen idee waar je het over hebt.'

Paddy nam weer een troosteloze hap chocola. Kauwen was te veel moeite. De dikke brok smolt in haar mond en vormde een laagje op haar tong, tot ze die bewoog en er wat speeksel kwam.

Sullivan stond dus niet aan haar kant, integendeel. Ze was al aan hem gaan twijfelen toen ze samen in dat donkere kamertje toekeken terwijl Lafferty werd verhoord. Lafferty hoefde geen Einstein te zijn om uit te vogelen dat zij de enige getuige was van wat er in huize Bearsden was voorgevallen, en het bankbiljet was het enige dat hij en de knappe man niet hadden schoongeveegd voor ze vertrokken. Lafferty was op vrije voeten gesteld kort nadat zij Partick Marine had verlaten. Sullivan had niet eens contact met haar opgenomen om haar te waarschuwen en nu weigerde hij haar te steunen en toe te geven dat Lafferty een gevaar vormde. Ze kon niet naar huis. Als Lafferty haar bij het ziekenhuis had weten te vinden, dan kwam hij ook achter haar adres en zou haar daar opzoeken.

'En die vent met dat oor dan, bij het parkeerterrein van het ziekenhuis? Hij heeft iemand gezien die aan de beschrijving voldeed.'

De agent zuchtte geduldig. 'We hebben toch gezegd dat we hem niet kunnen vinden?'

Ze ging rechtop zitten en keek hen aan. 'Hij had een zeer oor en was behandeld op de afdeling spoedeisende hulp. Marcelli noteert altijd naam en adres. Hij heeft na afloop nog gewacht om met de politie te praten. Hij heeft de vent gezien die het gedaan heeft en jullie beweren dat jullie hem niet kunnen vinden?'

De drie agenten meden een voor een haar blik.

Paddy had het gevoel alsof ze al sinds de middeleeuwen wakker was. 'Wat zouden jullie in mijn plaats doen?'

Niemand zei iets.

'Hoe lang duurt het nog voor jullie dienst erop zit? Twintig minuten?'

Schuldbewust keken ze elkaar aan en een van hen glimlachte.

'Dus als jullie hier nog tien minuten blijven zitten en net doen alsof jullie naar me luisteren, dan kunnen jullie uitklokken tegen de tijd dat jullie terug zijn op het bureau?'

De man die het dichtst bij haar zat, voelde zich aangevallen en werd nijdig. 'Niet te bijdehand, juffrouw Meehan!'

'Hoor eens, Lafferty heeft een liter benzine over Billy heen gegoten en ik kan pas naar huis als jullie hem opgepakt hebben. Ik heb jullie zijn naam gegeven. Ik wil zijn adres ook nog wel achterhalen, als jullie dat op prijs stellen – en als het iets uithaalt. Heb ik soms geen recht op politiebescherming? Stel dat hij mijn familie iets aandoet?'

De verontwaardigde agent knipperde langzaam met zijn ogen. 'Je bent misdaadverslaggeefster, juffrouw Meehan, en het ligt voor de hand dat je massa's mensen op de kast jaagt. Slechte mensen.'

'Dus iedereen mag zijn gang maar gaan? Betekent dat dat ik vogelvrij ben? En hoe zit het met Billy? Wat heeft hij verkeerd gedaan?'

Ze waren ook moe, hun dienst zat er bijna op en het was nauwelijks de moeite waard om met een lastige meid in de clinch te gaan. Een van de agenten leunde achterover, duwde zich van de tafel af en zwaaide heen en weer op de twee achterste stoelpoten. 'Kende jij niet een maat van mij? Ik heb gehoord dat jullie dikke vrienden zijn.' Hij gniffelde, zijn blik op de vloer gericht.

Hij doelde op Burns, zinspeelde op de geruchten. Paddy voelde het bloed naar haar nek trekken, maar ze keek hem strak en uitdagend aan. De politie was een hechte gemeenschap. Ze dronken in dezelfde pubs, steunden hetzelfde voetbalteam. Altijd en eeuwig roddelden ze over elkaar, ze wisten precies wie er met wie naar bed ging, wie te veel dronk, wie nog idealen had en wie omkoopbaar of corrupt was.

Een van de agenten wierp een heimelijke blik op zijn horloge.

'Als we Gourlay en McGregor even buiten beschouwing laten, ben ik de enige die die nacht de knappe vent bij de deur van het huis van de Bearsden Bird heeft gezien,' zei ze. 'Ze zeggen dat Mark Thillingly, die vent die in de rivier is gesprongen, haar heeft vermoord, maar ik weet zeker dat hij het niet was. Gaat er bij jullie dan geen lichtje branden?'

Ze keken elkaar vluchtig aan, aarzelend en in het besef – dat wist ze zeker – dat Gourlay en McGregor er twijfelachtige mores op na hielden. De veelbetekenende blikken losten op in apathie. Nog tien minuten, dan mochten ze naar huis. Het kon hun geen moer schelen.

Paddy's ogen vulden zich met grote, stomme tranen. 'Als Lafferty mij vermoordt, dan zullen jullie ervoor moeten boeten.'

De kantinedeuren gingen open en de magere loopjongen gluurde naar binnen. 'Meehan? Ramage wil je spreken als je hier klaar bent.' Hij keek naar het mistroostige gezelschap rond de tafel, glipte de gang weer op en trok de deur geruisloos achter zich dicht.

Paddy keek naar de verveelde agenten en voelde een golf van gerechtvaardigde woede door zich heen trekken. 'Zijn jullie hiervoor bij de politie gegaan? Om elkaar de hand boven het hoofd te houden? En als Gourlay en McGregor nou eens corrupt zijn?'

Ze was te ver gegaan. Een van de agenten siste een waarschuwing.

Opeens kwam Paddy wankelend overeind. 'Als dat monster mijn moeder iets aandoet, dan weet ik jullie drietjes te vinden.'

Ze had haar angst niet hardop moeten uiten. Ze begon te huilen en haar gezicht verkrampte terwijl ze achter de tafel vandaan schoof.

Toen ze de deur opentrok, hoorde ze een van de agenten zachtjes mompelen: 'Tijd om af te taaien, jongens.'

III

'Binnen!' Ramage klonk nors. Beducht voor chocoladeresten veegde Paddy haar mond en kin af, rechtte haar rug zo ver als haar krakkemikkige wervels het toestonden en opende de deur.

Achter het enorme bureau leek Ramage heel klein. Het was vroeg in de ochtend, hij had zich pas geschoren en zag er nu jong en kwetsbaar uit, een jongetje in een gesteven overhemd en met een stropdas om. Hij leunde achterover op zijn stoel, met vóór zich op het bureau drie keurige stapels papier, volmaakt op één lijn. Farquarson zou inmiddels al helemaal verfomfaaid zijn geweest, de papieren zouden over het hele bureaublad verspreid liggen en hijzelf zou eroverheen gebogen zitten, hard aan het werk.

'Meehan,' zei Ramage afgemeten. 'Driehonderd over die brandbom – deze keer in de eerste persoon en een beetje pittig graag. Zeg tegen Frankie Mills dat hij een foto van je neemt waarop je er belabberd uitziet, en dan als de sodemieter naar huis om te slapen tot ik je bel.'

Ze schudde haar hoofd. 'Nee. Geen foto. Die vent die dat gedaan heeft, heeft het op mij gemunt, maar tot nu toe heeft hij alleen mijn naam. Ik wil niet dat hij straks ook een foto heeft.'

'Denk je dat hij die bom naar Billy heeft gegooid in de veronderstelling dat jij het was?'

'Van de achterkant lijkt Billy net een vrouw,' legde ze uit. 'Hij heeft een permanentje. Die vent besloop hem van achteren en gooide de bom door het raampje. Misschien denkt hij nog steeds dat hij mij te grazen heeft genomen. Als hij van de politie hoort dat het iemand anders was, komt hij naar mijn huis.'

Ramage glimlachte en bij het horen van het woord 'politie' sperde hij zijn ogen open. 'Denk je dat de politie hem van informatie voorziet?'

'Zij zijn de enigen die weten dat ik iets anders beweer dan de agenten die op de melding afkwamen.'

Ramage knikte, zijn blik op het bureau gericht. 'Zo zo,' zei hij, 'een jongedame die een groot verhaal op het spoor is.' Hij likte aan zijn duim, strekte zijn hand uit en verplaatste een vel papier van de middelste stapel naar die ernaast. Daarna rechtte hij de randen van de stapel. Ze kon het kopje boven elke stapel bijna zien: gedwongen ontslag, mogelijk ontslag, houden. Ze hoopte dat ze naar 'houden' was verplaatst.

'Oké. Driehonderd woorden en dan als de sodemieter naar huis.'

'Hoor eens, ik kan niet terug naar huis. De politie heeft die gast niet opgepakt en voor zover ik weet, heeft hij mijn adres al. Ik zie alsmaar dezelfde auto die mijn huis in de gaten houdt. Ik wil een hotelkamer.'

Ramage grijnsde meesmuilend om haar lef, legde zijn pen neer, ging rechtop zitten en keek haar aan. 'Jij durft, Patricia.'

'Ik heet Paddy,' verbeterde ze hem kortaf.

Zijn voorhoofd verstrakte. 'Hé, je hoeft hier niet de arrogante trut uit te hangen.' Hij staarde haar aan, likte toen weer aan zijn duim en legde het vel papier terug op de oorspronkelijke stapel.

'Chef,' zei ze, hoewel ze bijna stikte in het woord, 'ik heb straks een fantastisch verhaal voor u. Dat gaat rete-veel kranten verkopen. Echt rete-veel.'

'Dat zullen we wel zien,' zei hij met een vals glimlachje. 'Ik zal dokken voor een pensionnetje, maar langer dan drie dagen...'

'Nee, ik wil een hotel. In een pension moet je overdag ophoepelen en ik moet slapen.'

Hij vond het niet prettig in de rede te worden gevallen. Hij hief zijn hand en likte weer aan zijn duim, maar toen stopte hij, glimlachte en liet zijn hand vallen zonder een papier te hebben aangeraakt. 'Driehonderd woorden en daar mag niks aan mankeren. Je hebt een chauffeur nodig. Ken je iemand?'

Ze dacht aan Sean. Hij had pas rijexamen gedaan, maar toen ze zijn gezicht voor zich zag, werd ze rustig. 'Ja, maar hij heeft geen eigen auto.'

Ramage haalde zijn schouders op. 'Neem er maar een uit de pool. Zeg dat ze er een nieuwe scanner in moeten zetten.' Hij nam haar van top tot teen op. 'Je bent nog jong, Meehan. Was Farquarson je eerste hoofdredacteur?'

Ze knikte zwijgend.

'Dan zul je hem wel missen en vind je me vast een lul.'

Weer wilde ze knikken, maar toen bedacht ze dat dat niet zo goed zou overkomen. 'Weet ik veel.'

Deze keer was Ramage' glimlach bijna oprecht. Hij pakte een gouden vulpen en langzaam en ritmisch tikte hij ermee op het zachte groenleren vloeiblad. Ze zouden nu in het redactielokaal moeten zitten, in een rumoerige ruimte, met aan alle kanten bedrijvigheid, waarin het doffe getik van een stomme, patserige pen verloren zou gaan.

Hij verschoof op zijn stoel. 'Als je hogerop komt in dit vak zul je merken dat het zonde van je tijd is om trouw te blijven aan uitgerangeerde mannen. Treur, vergeet het en ga de kont likken van de volgende die het voor het zeggen heeft. Zo gaat dat in ons vak.' Hij glimlachte flauwtjes, alsof zijn keiharde credo een bron van trots was. 'Je staat achter me of je blijft je gedragen als een arrogante koe, maar dan mag je advertenties gaan verkopen. Begrepen?'

Paddy knikte en met een kort handgebaar zond Ramage haar weg.

Ze liep achterwaarts de kamer uit en deed de deur zachtjes dicht. De ramen van de gang lieten het zwakke daglicht binnen. Ze vertraagde haar pas en bleef staan. Leunend op de vensterbank keek ze uit over de bovenkant van de busjes van de *Scottish Daily News*, die buiten geparkeerd stonden. In de toekomst zou de drukkerij niet langer onder de krant gevestigd zijn. Ze gingen verhuizen naar de nieuwe plek en het gebouw zou een doodgewoon kantoor zijn. Dan konden ze net zo goed verzekeringspolissen verkopen.

Ze keek uit over de grijze dag en wist dat Billy's gezin in het ziekenhuis zou zijn, wachtend tot zij verscheen om namens de *Daily News* haar medeleven te betuigen. Ze zou Sean moeten bellen om hem te vertellen dat hij een mooi, betaald baantje had als hij wilde. Ze moest driehonderd woorden schrijven en de volgende dag werd ze op het bureau verwacht voor het onderzoek naar het politiebezoek aan het huis van Burnett, maar ze treuzelde in de naar citroen geurende gang en terwijl ze uit het raam naar de winderige straat keek, voelde ze het ene tijdperk naar het verleden verglijden en een nieuw tijdperk aanbreken.

IV

Bernie wist dat Kate voor de deur stond. De klop om tien uur 's ochtends, niet meer dan een ruis, de aarzelende pauze tussen de tikjes – hij kende maar één persoon die dat deed. Hij stond achter de deur, voelde haar aanwezigheid aan de andere kant, wilde voor haar opendoen, wilde haar nooit meer zien.

'Bernie?' Haar stem was even vertrouwd als die van hemzelf en het timbre was een open boek. Ze was angstig en bang dat hij kwaad op haar was. Ook was ze ziek, ze klonk niet sterk. Normaal was haar stem wat jachtig, maar nu ontbrak alle lucht. 'Bernie? Laat me erin.'

Hij stelde zich voor wat ze tegen hem zou zeggen als hij de deur inderdaad opendeed: de hele vloer van het benauwde gangetje lag bezaaid met motoronderdelen en stapels oude kranten. Hij droeg een hemd en een lichtblauw gestreepte pyjamabroek, niet het soort kleren waarin je zulk voornaam bezoek kon ontvangen. Maar nu had Kate zich verwaardigd hem op te zoeken in zijn huurwoning, waar ze nog nooit een voet had gezet, en misschien gedroeg ze zich minder verwaand dan anders.

'Schat? Ik heb het koud.'

Bernie hoefde niet eens het besluit te nemen om de deur te openen. Het instinct om Kate te behoeden voor elk denkbaar ongemak zat er zo bij hem ingebakken dat hij zich bukte en de zware gereedschapskist bij de deur wegtrok, het slot losklikte en de deur opendeed.

Hij hapte naar adem toen hij haar zag. Zodra hij de lucht weer had laten ontsnappen, wist hij dat hij haar hart had gebroken.

'Wat ben je mager,' loog hij in een poging haar te sparen.

Ze wist waarom hij naar adem had gehapt. Dat zag hij aan de manier waarop ze haar hoofd liet hangen en naar zijn voeten keek. Haar hand ging naar haar gezicht en bedekte haar neus. Die was ingeklapt. Het puntje hing over haar bovenlip als bij een heks in een kinderboek.

De laatste keer dat ze elkaar hadden gezien, op de begrafenis van de oude man, was ze nog beeldschoon geweest. Ze had het soort uiterlijk gehad dat de aandacht trok en vasthield, dat een man het gevoel gaf dat zijn handen geschapen waren om zich rond haar volmaakte gezicht te plooien, om haar smalle taille te omvatten. Toentertijd wist ze maar al te goed hoe ze eruitzag, mat ze zich het alleenrecht aan waarop waarachtig mooie meiden aanspraak kunnen maken. En ze wist maar al te goed hoe ze er nu uitzag.

'Wanneer heb je voor het laatst gegeten?'

Ze sloeg haar blik op en zag er zo weerloos uit dat ze voor een meisje van twaalf had kunnen doorgaan. 'Ik heb het koud, Bernie.'

Jarenlang had ze nauwelijks een woord met hem gewisseld, zij was de aanleiding geweest voor de moord op Vhari, ze had een auto van hem gestolen en een pak in zijn garage achtergelaten dat zijn dood had kunnen worden, maar Bernie strekte zijn arm naar haar uit en pakte haar hand, trok haar zijn bescheiden flat binnen, en deed de deur naar de buitenwereld achter haar dicht.

v

De vloer was ongelooflijk smerig. De afgelopen drie uur had Paddy liggen slapen in de verduisterde kamer van Farquarson, op de stoffige vloer, om de twintig minuten opschrikkend van lawaai uit het redactielokaal.

Ze lag nu wakker en besefte dat ze eigenlijk moest opstaan om haar moeder weer te bellen, gewoon om te vragen hoe het ging. Met haar brandende ogen kon ze het vuile tapijt helemaal overzien, langs de putjes van de vergadertafel tot aan de deur. Door de halfopen jaloezieën zag ze schimmen voorbijlopen en de stille, gedrongen gestalten van de loopjongens op hun bank, wachtend op een teken dat er een karweitje gedaan moest worden. Ze zou moeten opstaan en haar moeder bellen, haar vragen of ze buiten een rode Ford had gezien. Ook moest ze JT haar verontschuldigingen aanbieden omdat ze die Mandela-knipsels niet voor hem had verzameld. De hele ochtend had ze liggen wachten tot hij de kamer binnen zou stormen om haar op haar flikker te geven omdat ze het nog steeds niet had gedaan.

Na een achteloze klop ging de deur meteen open; een scherf helder licht was zo fel dat het pijn deed aan haar ogen.

'Ramage heeft een hotelkamer voor je geboekt.'

Ze ging rechtop zitten, knipperde en veegde vezels en stof van haar wang. Het kostte haar moeite om niet in haar ogen te wrijven. Het was een van de loopjongens.

'Is JT in de buurt?'

'Nee.'

'Is hij met een klus bezig?'

'Nee.'

Hij trok zich terug naar de bank en liet de deur openhangen.

Blij met de hotelkamer sloeg Paddy het pluis van haar kleren en stapte het drukke lokaal binnen. De ochtendvergadering had kennelijk beneden plaatsgevonden, in de suite van Ramage: redacteuren en de zwaargewichten onder de journalisten stroomden door de dubbele deuren naar binnen. Sommigen keken nors, anderen opgepept, afhankelijk van wie er voor de ochtendeditie geprezen was en wie op zijn kop had gekregen. Ze tuurde naar hen tot de laatsten waren binnengedruppeld en zich achter hun bureau hadden geïnstalleerd. JT was er niet bij.

Bedeesd liep ze naar Reg op de sportredactie. 'Waar is JT?'

Reg schudde zijn hoofd. 'Die heeft de zak gekregen.'

Nu gingen haar ogen pas goed open. 'Maar hij is net Verslaggever van het Jaar geworden.'

'Ja.' Reg knikte mistroostig naar zijn typemachine. 'Maar zijn salaris was te hoog. Ik heb gehoord dat je een hotelkamer hebt.'

'Ja.' Ze sloeg haar blik neer en vroeg zich af of het verstandig was geweest om meer te vragen dan alleen een kans om zich te bewijzen.

23

Lelijke dingen

I

Het huis was zonder enige liefde ingericht, met versleten spullen, vergaard uit tweedehandswinkels. De grijze bank en de houten stoel, de salontafel van gerookt glas: wat een lelijke dingen allemaal, en bovendien struikelde je in Bernies woonkamer over motoronderdelen, vettige lappen en gereedschap. Kate vond de kamer verschrikkelijk. Ze was blij dat ze er nooit eerder was geweest, ook al was het heerlijk om bij Bernie te zijn. Alleen al de aanblik van zijn hoekige kop en goedkope korte kapsel gaf haar een veilig gevoel, alsof ze terug waren gegaan in de tijd en nog kinderen waren, voordat dit alles begon, lang voordat het fout liep.

Kate zette haar tweede kopje op de salontafel. Gewoonlijk dronk ze geen thee. Ze wist hoe je tanden ervan konden verkleuren en ze had zichzelf wijsgemaakt dat ze het niet lekker vond, evenmin als ijs en chocola. Nu dronk ze het in een poging om warm te worden, vroeg of ze nog wat kon krijgen uit de doffe metalen pot. Bernie haalde een pak volkorenbiscuitjes tevoorschijn en bood haar er een paar aan.

'Eet eens wat. Je bent zo mager, echt waar, je benen lijken wel touwtjes met knopen erin.' Hij wees naar haar knieën onder de geladderde blauwe panty en hoopte in stilte dat de opgedroogde bruine troep die op haar kuiten zat modderspatten waren.

Kate glimlachte zachtjes, haar ogen gericht op een punt in de verte. Ze sabbelde op de rand van het koekje en deed alsof ze at, om hem een plezier te doen. Het was dezelfde blik die ze altijd in haar ogen kreeg als ze weg wilde van huis, maar het niet kon zeggen. 'Heb jij mijn kussen?'

Hij zou niet hebben geweten waarover ze het had als hij niet op die vraag had zitten wachten. 'Kussen.'

Ze glimlachte. 'Mijn troostkussen.'

Bernie glimlachte terug, maar zijn gezicht betrok toen hij naar haar keek. 'Het wordt nog je dood.'

Vermoeid keek ze hem aan. Ze had de kracht niet voor een conflict. Ze had knallende koppijn en pijnscheuten trokken door haar maag. 'Je neemt alles veel te serieus, Bernie. Dat heb je altijd al gedaan, sinds je klein was.'

Dat zei ze om hem op stang te jagen, zodat hij niet langer zou toegeven dat het hem raakte. Bij de Burnetts was het een misdaad om je gevoelens te tonen. Maar Bernie was geen Burnett, niet uit vrije wil tenminste, en het raakte hem wel.

'Kijk nou eens,' zei hij, opeens op luide toon. 'Kijk eens hoe je eruitziet. Wat hij van je gemaakt heeft.'

Ze pakte het kopje op en nam weer een slokje. 'Is hij nog bij je langs geweest?'

'Wat denk je godverdomme wel, Katie? Zou die stomme kop van me nog heel zijn als hij langs was geweest? Hij heeft Vhari doodgeslagen.'

Ze sloeg haar blik neer en vouwde haar handen samen om het trillen tegen te gaan. 'Ik wil mijn kussen,' zei ze toen ze door het kleine voorraadje wroeging heen was.

'Katie, je gaat dood als je die troep blijft gebruiken.'

Hij had gelijk en dat wist ze. Ze had haar hart steeds zwakker voelen worden, soms veranderde het ritme, deed het zijn uiterste best om het vol te houden, net als de motor van de Mini.

'Bernie, ik ben niet gek. Ik ga hulp zoeken, maar dit is niet het juiste moment.'

Bernie wreef hard met een hand over zijn gezicht. 'Katie? Kijk me eens aan.' Dat kon ze niet, en daarom verhief hij zijn stem. 'Kijk me aan, Katie. Kijk me nou eens aan, godverdomme. Tegen de tijd dat je hulp gaat zoeken, ben je al dood. Ze vermoorden je omdat je dat pak met coke hebt meegenomen.'

Kate hoorde gezang in haar linkeroor. Het was het zachte geprevel van de dode man. Hij klonk vaag, nauwelijks hoorbaar; hij zong een lied, meende ze, een of andere oude protestantse klaagzang over zonden en zondaars.

'Katie. Hoor je me?'

Ze wist niet of Bernie tegen haar sprak of de dode man, en daarom wachtte ze.

'Katie?' Bernie, het was Bernie, absoluut, zijn mond bewoog. 'Hoor je me?'

'Ik hoor je, schat.'

'Ze vermoorden je, net zoals ze Vhari hebben vermoord.'

'Nee, dat doen ze niet. Ik heb een plan.' Nu begon ze te rillen.

Bernie leunde naar voren en nam haar kin ruw in zijn hand. 'Luister eens naar me.' Hij hield haar gezicht vast en dwong haar om hem aan te kijken. Zijn ogen waren wild van angst. 'Luister.' Kate hief haar kin om zich van hem los te maken, maar hij hield vast, drukte zijn vingers in haar vel. 'Luister nou.' Toen ze inzag dat het hopeloos was, bleef ze stil zitten en keek hem aan. 'Katie, wat ben je toch een waardeloze stumper. Die plannen van jou zijn allemaal even stom. Je zou in een krantenkiosk de weg nog niet kunnen vinden. Je moet naar de politie gaan.'

Ze lachte hem in zijn gezicht uit, een oprechte, zinnige, spontane lach, en Bernie verslapte zijn greep en glimlachte terug. Ze was zichzelf weer en Bernie voelde een golf van opluchting, alsof hij een oude vriend had ontmoet te midden van een vijandige menigte.

'Maar ik ben ook van plan om naar de politie te gaan,' zei ze.

Bernie keek naar haar, probeerde haar gezicht te lezen, en hij geloofde haar. 'God, Kate, allejezus, wat ben ik blij. Als je je gedeisd houdt en naar de politie gaat en niks over die coke zegt, dan komt alles goed. Zeg tegen ze dat je een tijdje weg was en vertel ze over Vhari, maar ook al dringen ze aan, je moet niks over wat voor drug dan ook zeggen. Beloofd?'

Ze trok een pruillip en keek naar hem op. 'Bernie, liefje, ik kan me alleen gedeisd houden als ik mijn kussen heb.'

Bernie fronste zijn voorhoofd, nijdig omdat ze er weer over was begonnen. 'Je hebt geen idee hoe ernstig dit is. Mark Thillingly heeft zich laatst van kant gemaakt vanwege dit alles.'

'Dikke Mark?'

'Hij is niet dik, Kate. Hij is dood.'

'Jezus, ik ben toch niet verantwoordelijk voor alle doden in Schotland?' Ze wilde het kussen. Ze moest het kussen hebben. Het idee dat ze de volgende tien minuten moest zien door te komen zonder te weten of ze het terug zou krijgen, vrat aan haar hersenen. 'Mag ik het terug?'

Bernie keek haar bedroefd aan, ervan doordrongen dat ze niet naar Mark had gevraagd, niet eens had willen weten waarom hij zich van kant had gemaakt. 'Katie.'

'Geef het nu meteen of ik snij mezelf open.'

'Vertel eens over je plan.'

De dode man giechelde in haar oor en ze aarzelde. 'Knox. Knox.' Ze staarde in de verte terwijl ze de naam herhaalde als een gebed dat haar veiligheid bood. 'Knox is de oplossing. Paul doet alles om hem te beschermen. Als ik Knox zover krijg dat hij met hem gaat praten, dan laat hij me absoluut met rust.'

Bernie boog zich dichter naar haar toe en vroeg met zachte aandrang: 'Maar wie is Knox?'

'Geef me mijn kussen, dan vertel ik het je.' Ze glimlachte koket, net als vroeger, maar door haar platgeslagen neus kreeg het iets grotesks.

'Jezus, je bent zo gestoord als een makreel. En je lijkt wel een zwerver.'

'Rot op.'

Hij kwam overeind en begon op te ruimen: hij pakte de koekjesschaal en veegde er de kruimels van de tafel op. Opeens walgde Kate van hem. Nu wist ze dat ze alles zou doen, echt het allerergste wat ze kon verzinnen, om hem te kwetsen en het hem betaald te zetten. 'Ik bel mijn ouders.'

Hij keek op haar neer en alle kleur trok uit zijn wangen, tot zijn gezicht grauw was.

'Ik bel ze en geef ze je huisadres en het adres van je werk. Dan komen ze je opzoeken!'

Zijn gezichtsspieren verstrakten. Hij leek misselijk, net als toen hij een jongen was en zich klem voelde zitten, zoals meestal wanneer hij thuis was. Hij keek op zijn horloge. 'Ga je gang, bel je ouders maar. Ik heb geen telefoon en tegen de tijd dat je terugkomt, ben ik al weg. Als ze zien wat een puinhoop je van jezelf hebt gemaakt, dan zit je nog voor het avondeten in een inrichting.'

'Ik kan ze ook morgen bellen,' zei ze, als om hem een trap na te geven. 'Ze komen heus wel, hoor.'

Bernie liet de kruimels van de schaal op het tapijt glijden en zijn hand viel langs zijn zij. 'Het kan me geen reet schelen, Katie.' Maar het kon hem wel degelijk schelen of ze kwamen. Ze zag hem beven.

'Je hoeft me alleen maar het kussen te geven.'

'Dat heb ik weggegooid.'

'Wat ben je toch een gluiperige lul.' Ze stond op en sloeg hem hard in zijn gezicht, waarop de schaal uit zijn handen viel. Hij sloeg haar terug en voelde haar slappe neus langs zijn handpalm strijken. Ze tuimelde omver en kwam op de bank terecht, met haar neus in haar handen. Nu bloedde ze.

Kate ging rechtop zitten en sloeg haar handen voor haar gezicht; scharlakenrode stroompjes bubbelden tussen haar vingers door. Ze keek hem aan en behoedzaam helde ze wat over zodat haar neus over zijn hele bank leegbloedde. Ze haalde haar hand weg en keek glimlachend naar haar bloederige palm. 'Als Paul me vindt zonder het kussen, dan vermoordt hij me. Mijn bloed zit op je bank: als de politie hier komt en dat ziet, dan denken ze dat jij me vermoord hebt. Dus nu moet je het me wel geven.'

Hij aarzelde; ze zag het.

'Bernie.' Ze ging weer rechtop zitten, met een hand onder haar neus. 'Bernie, ik wil mijn kussen zodat ik alles op een rijtje kan zetten en aan een oplossing kan werken. Alsjeblieft? Ik wil niet dat iemand anders iets overkomt. Als ik niet snel een oplossing vind voor de puinhoop die ik ervan heb gemaakt, gaan we er allebei aan. Dat weet je toch, hè?'

Bernie keek naar haar zoals ze daar op de bank zat. 'Straks maak je alles in één keer op en dan ben je er geweest.'

'Kijk me aan, Bernie. Ik heb een plan. Ik ben zo taai als een kokosnoot. Als de wereld morgen verging, zou ik de enige overlevende zijn. Dan zou ik alles afstropen op zoek naar handtassen en sieraden. Taai als een kokosnoot.' Ze moest lachen om haar eigen formulering en hield een hand onder haar neus om de laatste druppeltjes bloed op te vangen.

Bernie keek naar haar, een droevige glimlach om zijn mond. Hij hield van haar en zou willen dat alles anders was, dat ze vrienden waren gebleven en voor elkaar hadden gezorgd, niet zo snel mogelijk van huis waren weggevlucht, ieder een andere kant op.

Terwijl Kate lachend naar hem opkeek, hoorde ze een hijgerig gesnuif in haar oor: de dode man moest ook lachen, diep in het binnenste van haar oor.

11

Paddy vond het doodeng om weer terug te zijn op het binnenplein van het Royal. Het parkeerterrein stond stampvol auto's en hier en daar zag ze een busje; elke plek was bezet, behalve de hoek waar Billy's auto de vorige nacht had gestaan. Zwartgeblakerd na de brand bleef die plek leeg. Ze probeerde er niet naar te kijken, maar vanuit haar ooghoek zag ze het toch, evenals het roet op de aangrenzende gebouwen. De auto was weggesleept, maar hij had zijn sporen achtergelaten op het bobbelige wegdek en na het bluswerk van de brandweer waren de grond en de muur van het gebouw doornat.

Paddy huiverde. Ze had het griezelige gevoel dat het meeste roet op het gebouw afkomstig was van Billy's lichaam, van zijn brandende huid. Haar keel zwol op. Het liefst was ze op de stoep van het ziekenhuis gaan zitten om met haar handen voor haar gezicht een potje te janken. Het enige dat ze zag, waren zijn krampachtig bewegende voeten, zijn hielen die tegen het asfalt van het parkeerterrein sloegen, en de witjassen om hem heen.

Ze keek op naar het gebouw. Elke werkdag speelden zich daar wel honderd hartverscheurende tragedies af, in het weekend dubbel zoveel, en op de een of andere manier schonk die gedachte haar troost, omdat ze simpelweg deel uitmaakte van één grote golf angst en verdriet. Iedereen hier hield zich groot. Dat moest zij ook doen, al was het alleen maar om niet af te gaan in de ogen van anderen.

Bij de ingang was het een gedrang van personeel en bezoekers die het gebouw in en uit gingen. Voorraden werden binnengebracht voor de automaten in de hal: blikjes fris en dozen met chips. Midden in de bedrijvige menigte bleef Paddy staan en keek omhoog om op de borden aan de muur de juiste afdeling te zoeken. Die was in een afgelegen uithoek van het gigantische gebouw gevestigd.

Terwijl ze de bordjes volgde en de gangen door liep, passeerde ze de afdeling oncologie, en ze dacht terug aan de tijd toen haar vriend Dr. Pete daar had gelegen, toen hij haar met vaste, onbevreesde blik had aangekeken en had gezegd dat hij doodging. Ze miste hem. Ze miste Terry Patterson. Toen ze erover nadacht, miste ze verdomme iedereen die ze ooit had gekend, en het liefst had ze het heden verruild voor een willekeurig ander moment in de tijd. Had ze maar dagdienst. Had haar vader maar een baan en had haar moeder de

226

overgang maar achter de rug, was de afgelopen nacht maar niet voorgevallen en had ze die klote-George Burns maar niet geneukt. Was Mary Ann maar geen godsdienstmaniak en was Sean nog maar haar vriendje. Was ze maar slank.

Met gebogen hoofd snelde ze de gang door, zo in gedachten verzonken dat ze de ingang naar 7H bijna voorbijliep. Die zag je gemakkelijk over het hoofd. Alleen een bordje dat uit de muur stak, gaf aan dat daar de deur was. Ze draaide zich om, en in de wetenschap dat Billy er gruwelijk uit zou zien, hield ze even haar adem in voor ze de deur opende.

Ze bevond zich in een halletje dat rustgevend lila was geschilderd, wat haar een lichtelijk paniekerig gevoel bezorgde. Een vriendelijke, degelijke vrouw keek glimlachend op vanachter een bureau en vroeg of ze kon helpen. Paddy noemde Billy's naam en verwachtte op het gezicht van de verpleegster een reactie te zien, afkeer of iets dergelijks, ze wist niet precies wat. De vrouw glimlachte en keek op een lijst die op haar bureau lag.

'Ben je familie, meid?'

'Nee, ik ben... ik was bij hem.' Met haar duim wees Paddy naar buiten, naar waar ze het parkeerterrein vermoedde.

De verpleegster keek haar aan, bestudeerde aandachtig haar gezicht. 'Bezoekers die vreselijk overstuur raken, kunnen we niet gebruiken,' zei ze op behoedzame toon. 'Ik wil niet dat iemand de patiënten van streek maakt. Denk je dat je dat kunt? Rustig blijven?'

Paddy knikte, hoewel ze niet wist of ze het kon. 'Is zijn gezin bij hem?'

'Ja,' zei de verpleegster. 'Ze zijn vast blij dat je er bent.' Ze stond op, deed de deur voor Paddy open en stuurde haar een haveloze gang op waarvan de muren in compartimenten waren verdeeld en beschilderd met witte emulsieverf. Paddy was op andere ziekenhuisafdelingen geweest en ze wist dat alleen de afdeling brandwonden dit soort muren en deuren had. Waarschijnlijk was het nodig om te voorkomen dat bezoekers naar de verbrande, met blaren overdekte patiënten in de bedden gluurden.

Ze sloop naar de deur die de verpleegster haar had gewezen en hoorde het gepiep van de apparaten en het geknisper van schone lakens over vochtige huid. De muren gaven een sterk, medicinaal luchtje af, pepermunt vermengd met ontsmettingsmiddel.

Zachtjes klopte ze op de deur, half hopend dat niemand zou ant-woorden. 'Binnen,' riep een doorrookte stem. Paddy draaide de knop om en duwde de deur open.

Midden in de kamer stond een hoog eenpersoonsbed met een metalen frame. Aan de achterste muur was een fonteintje, naast een kastje met een glas en een plastic kan sinaasappelsap.

Billy zat kaarsrecht in bed, met aan zijn ene kant een staande vrouw en aan de andere een jongeman op een kunststof stoel, die een roddelblaadje zat te lezen. Billy keek verbaasd en deemoedig te-gelijk: zijn wimpers en wenkbrauwen waren weggeschroeid en zijn huid was verbrand tot een permanent opgewonden blos. Hij droeg een nachthemd van blauw papier en zijn handen waren verpakt in enorme wanten van wit verband, zodat ze net gigantische watten-staafjes leken. Hij zag er heel klein uit en toen drong het tot haar door: zijn haar was weg.

Zolang ze hem kende had Billy altijd hetzelfde schouderlange golvende permanentje gehad. Ze wist dat het permanent was om-dat ze het elke nacht nauwlettend vanaf de achterbank bestudeerde: eerst zag ze hier en daar een spoortje van een rechte haarwortel en dan na twee weken opeens die maar al te duidelijke baan van afge-plat haar, vlak voor hij naar de kapper ging en het opnieuw liet doen. Toen ze het vier jaar geleden voor het eerst had gezien, was het kapsel al vijf jaar uit de mode, maar onwillekeurig was ze Billy's vast-houdendheid gaan waarderen. Je had als man lef als je uit trouw aan het discotijdperk kaalhoofdigheid riskeerde. Sean en haar broers waren als de dood om hun haar te verliezen.

Maar nu zou Billy op zoek moeten naar een nieuw kapsel: het permanent was weggesmolten. Boven zijn linkeroor – het verst van de brandhaard verwijderd, vermoedde ze – zat een onaangetaste bos haar, maar de rest van zijn schedel was kaal, met slechts hier en daar een plukje of wat roze vlezige plekken.

Opgelucht en verbaasd stootte Paddy een harde, schelle lach uit en wees naar hem. Zijn vrouw en zijn zoon staarden haar wezenloos aan.

'Godsallemachtig, Billy.' Schuchter schoof ze de kamer in. 'Ik dacht dat je echt gewond was.'

Lichtelijk geamuseerd stak Billy zijn gigantische verbonden han-den naar haar op. 'Dit is anders niet niks.'

'Weet ik,' zei ze. 'Sorry, maar ik dacht dat het veel erger zou zijn.'

Met een agressieve blik in haar ogen keek de vrouw haar aan. Ze was zwaargebouwd, als een tank, en ze had haar armen over elkaar geslagen voor haar volumineuze borst en buik. De zoon had dezelfde bouw als zijn moeder, en hoewel hij nog jong was en de conditie van een voetballer had, leek hij aanleg te hebben om bij het minste of geringste dik te worden. Hij keek even naar zijn moeder, als om te peilen wat ze moesten met die onbekende die stond te giechelen om zijn verbrande vader.

'Misschien kan ik mijn handen nooit meer gebruiken,' zei Billy. 'Misschien kan ik nooit meer autorijden. En het doet verdomd pijn.'

Het was verkeerd, maar ze was zo opgelucht dat hij zichzelf was gebleven dat ze weer moest lachen.

De vrouw sperde haar ogen wijd open, trok haar lippen strak en stapte op haar af. 'En wie mag jij dan wel zijn?' Ze had de rauwe, grauwende stem van een zware paffer, en toen ze van de overkant van de kamer op haar afliep, ving Paddy al een vleugje rook op.

Met een kort, doortastend 'Agnes' riep Billy haar tot de orde.

Zijn zoon snoof geïrriteerd achter zijn hand. Billy verzocht hun beneden een kop thee te gaan drinken en hem tien minuten met Paddy alleen te laten.

Ze graaiden hun spullen bij elkaar, waarna de vrouw Paddy een vuile blik schonk en op weg naar de deur tegen haar schouder stootte. 'Die heeft de schrik van haar leven gehad,' legde hij uit toen de deur achter hen dichtklikte. 'Zo doet ze altijd als ze bang is.'

'Zijn jullie al lang getrouwd, Billy?'

'Vanaf ons zeventiende.'

Dat was heel lang geleden. Paddy ging op de stoel naast het bed zitten, die nog warm aanvoelde van zijn zoon, en ze besefte dat Billy behoorlijk oud was. Minstens achter in de veertig. Ze zagen elkaar alleen in het donker en meestal keek ze tegen zijn achterhoofd aan, maar ze had hem jonger geschat.

Ze keken elkaar aan en glimlachten. Bij wijze van symbolisch contact gaf Paddy een paar klopjes op het bed. 'Dus zo zie je er van voren uit, Billy.'

Billy wees met zijn grote witte wanten naar zijn gezicht. 'Is het erg?'

'Je kijkt alleen wat opgelaten.'

'Ze laten je niet zelf kijken. Dat is eng.'

Ze keek om zich heen op zoek naar een spiegel, en toen ze er geen kon vinden rommelde ze in haar tas en haalde er een poederdoosje uit, dat ze opende en hem aanreikte. Billy tuurde naar zichzelf en hield de spiegel vanuit verschillende invalshoeken voor zijn gezicht. 'Rood, hè?'

Paddy knikte grijnzend. 'Doet het pijn?'

'O, mijn handen doen zeer als de hel.'

Ze kon het niet helpen, maar ze bleef glimlachen. 'Ik dacht dat je in een grote tent zou liggen met je hele lijf onder de zalf en geen oogleden meer of iets dergelijks.'

'Dat is hiernaast.'

Een tijdlang zaten ze tegen elkaar te knikken. Ze kon in gedachten bijna het troostende geknetter van een politiescanner horen. 'Toen we bij het huis van Burnett waren, heb je toen iemand naar binnen zien gaan of naar buiten zien komen?'

Hij dacht even na. 'Nee.'

'Kun jij iets gezien hebben wat ik niet heb gezien?'

'Zoals wat?'

'Zoals iemand die van de zijkant van het huis kwam of een auto die buiten stond of de politie die iets deed?'

In gedachten keerde hij terug naar die nacht. 'Nee. Ik heb een sigaret gerookt, ik zag jou bij de deur staan, verder gebeurde er niks.'

'Heb je het er met iemand over gehad?'

'Met geen mens.'

'Oké, tja, ik ben minder terughoudend dan jij: ik heb het de hele stad rondgebazuind. Volgens mij waren ze op mij uit en hebben ze jou te grazen genomen. Sorry.'

'Ik lijk helemaal niet op jou.'

'Ze weten niet hoe ik eruitzie. En van achteren, je haar...' Ze wilde het niet al te zeer benadrukken, maar streek met haar hand over haar achterhoofd. 'Omdat je lang haar hebt.'

'Dus ze dachten dat ik een vrouw was?'

'Kan zijn. Heb je vlak voor die knal nog iets gezien? Iemand die op de auto afkwam, bijvoorbeeld?'

Weer dacht Billy na. Hij keek neer op die stomme handen van hem die op zijn schoot lagen, en ze zag dat zijn oogleden ongeschonden waren. Toen keek hij recht voor zich uit en zijn blik ging naar de plek waar de achteruitkijkspiegel zou hebben gezeten. 'Ik zit te roken en wacht op jou. Je bent nog niet lang weg. Ik luister naar de scanner, naar een mogelijke oproep. Er komt niks. Ik was kwaad, want ik moest aan jou denken met die agent in zijn auto.' Hij keek haar verwijtend aan en richtte zijn blik toen op zijn handen. Hij tilde zijn rechterelleboog op naar de plek waar het open raampje zou hebben gezeten en met de wattenstaaf wees hij naar zijn mond. Diep inhalerend keek hij weer in het spiegeltje. 'Ik zit te roken. Dan zie ik een schaduw achter me. Die vliegt langs het spiegeltje. Wie het ook was, hij droeg zwart, en het volgende moment – woesj. Overal vlammen.'

Ze vroeg of de schaduw die hij had gezien misschien van een grote vent was, een kale vent, maar Billy zei dat hij alleen het lijf van de man had gezien, vanaf de hals naar beneden, en nee, hij leek helemaal niet zo groot, eerder heel slank. Had Billy een auto achter zich gezien? Maar Billy lachte: hij deed zijn mond open en stootte een soort kuch uit om zijn wangen maar niet te hoeven bewegen.

'Je denkt toch niet dat hij zijn auto achter de mijne parkeert en er dan aan komt rennen om een benzinebom naar me te gooien? Trouwens, behalve de onze stond er maar één auto op het parkeerterrein. Die kwam aanrijden nadat jij het gebouw was binnengegaan en parkeerde alsof hij grote haast had.'

'Was het toevallig een rode Ford?'

'Nee, heb je hem niet gezien? Het was een BMW.'

24

Easterhouse

I

Paddy was misselijk van uitputting, en op de bovenste verdieping van de bus stonk het ook nog eens naar de keelamandelen van een roker. Ze had een zakje chips in haar tas, maar ze was zo onpasselijk dat ze er voor de verandering geen zin in had. Ze zat heel stil en terwijl pijnscheuten haar maag teisterden, zag ze aan de andere kant van het raampje de stad aan zich voorbijtrekken.

Daar ergens was Lafferty en hij zocht naar haar. Zo langzamerhand zou hij wel weten dat ze niet in de auto had gezeten, en nu was hij kwaad en sloop als een hongerige hond door de stad. Ellendig en bezorgd om haar familie liet ze haar hoofd tegen het raam rusten. Ze had tegen haar moeder gezegd dat ze thuis moest blijven en haar gevraagd of ze wilde zorgen dat Mary Ann niet te vaak naar buiten ging, en ook had ze gezegd dat ze uit de buurt van de ramen moest blijven. Paddy vertelde haar niet over de brandbom of over Billy, want ze wilde haar geen angst aanjagen, ze zei alleen dat iemand het op haar had gemunt en dat hij misschien naar het huis zou komen en dat ze de politie moest bellen als ze een BMW of een rode Ford zag. Als Trisha gewoon zichzelf was geweest, zou ze over de telefoon in huilen zijn uitgebarsten en Paddy hebben gesmeekt om thuis te komen, maar ze was weer in zo'n rare bui en klonk boos, humeurig, alsof Paddy overdreef en zich vreselijk dom aanstelde.

Het huizenbestand aan de brede Edinburgh Road vormde een lineaire kaart van een eeuw sociale woningbouw, van miezerige lappen modderig gras rond tuinstedelijke dromen tot torenhoge woonfabrieken. Af en toe passeerden ze een muur van nog niet gesloopte huurkazernes, het oude huisvestingsplan dat eeuwenlang zijn dienst had bewezen in de stad.

Easterhouse was amper twintig jaar oud. In die korte tijd had de wijk zich de reputatie verworven van een van de gewelddadigste getto's in Europa. Hij maakte deel uit van een sociaal-beleidsproject dat de socialistische stad opdeelde in ontoegankelijke eilanden omringd door snelwegen. De allerontevredenste bevolkingsgroepen uit de binnenstad waren naar de wijken in de voorsteden overgeplant, een lange busrit verwijderd van spontane sociale beroering. Zonder de aanwezigheid van een gemeenschappelijke vijand vond frustratie een rijke voedingsbodem onder het volk en hun agressie richtte zich op zichzelf. Het stikte er van de bendes. Als Easterhouse een eigen wapenschild zou hebben, dan moesten er symbolen op staan voor dronkenschap, medicijnmisbruik en wanhoop. Een derde van de bewoners ontving een arbeidsongeschiktheidsuitkering en bevolkte het schemergebied tussen extreme, langdurige armoe en ziekte.

Het was geen oord om in rond te wandelen. Bendes leden aan territoriumdrift en het was bekend dat ze iedereen aanvielen die zich op hun grondgebied begaf. Vooral 's avonds was het erg: soms reed Paddy er in de dienstauto doorheen om een stuk af te snijden, en daardoor wist ze dat de jongens in groepjes rondhingen en dat ze, gewapend met stokken en zwaarden, waakzaam als hyena's de langsrijdende auto met hun blikken volgden. Ze ging ervan uit dat het overdag minder erg was.

Zodra ze de bus uit stapte, voelde ze zich onveilig. De bushalte bevond zich aan de rand van een braakliggend terrein en de huizen stonden een heel eind van de verkeersweg af. De paar huizen die ze kon zien, waren dichtgetimmerd met platen van fiberglas, die gloeiden als trommelvellen door het licht dat er van de achterkant doorheen scheen. Flessen lagen in scherven op straat of over het gras verspreid. Paddy voelde zich heel ver verwijderd van de dorpse gezelligheid van Rutherglen.

Een vrouw met een kinderwagen haastte zich over het onverharde pad naar haar toe, haar hoofd omlaag en de capuchon van haar parka opgetrokken tegen denkbeeldige regen. Verderop, aan de horizon, net vóór de huizen, speelden kinderen zonder enig toezicht buiten, zaten elkaar na door een speeltuin waar de touwen van de peuterschommels met opzet rond de bovenste balk waren geslingerd en waar de houten onderkant van de afgefikte draaimolen tot een beroete stomp was verkoold. Paddy ging de hoek om en volgde het bord naar het winkelcentrum.

Wat ze aantrof, was een rij armzalige winkeltjes. Drie ervan waren gesloten en met rolluiken beveiligd tegen het gespuis. Het Law Centre en een kruidenier met drankvergunning waren nog open. De bookmaker deed zaken achter dichtgetimmerde ramen; een bordje met de opgewekte mededeling 'We zijn nog open!' nodigde de vandalen uit een nieuwe poging te wagen.

Het Easterhouse Law Centre was gevestigd in een onaantrekkelijk winkelpand, en alleen een poster op het raam gaf aan wat het was. Het glas van de deur was beplakt met briefjes, gele posters voor een praatgroep van ex-gedetineerden, de aankondiging van een nieuwe locatie voor een bijeenkomst over de rechten van huurders, iets over reiskostenvergoeding voor gevangenisbezoek.

Toen Paddy de deur opendeed, vielen er een paar briefjes af en terwijl de winkelbel blijmoedig tinkelde, dwarrelden ze naar de vloer. Ze bukte zich en raapte de papiertjes op, waarna ze zich omdraaide naar de deur en de plekken probeerde te vinden waar ze gezeten hadden.

'Laat maar,' zei een scherpe stem. 'Geef maar aan mij.'

Een vrouw stak haar hand uit. Ze had een wigvormig kapsel met geblondeerde strepen, geel op zwart, net een wesp. Ze was jong, van Paddy's leeftijd, maar ze had een verbitterde trek om haar mond en rimpels rond haar ogen van het vele fronsen. Met haar hoofd schuin naar één kant nam ze Paddy op, alsof ze niet helemaal kon geloven wat het leven nu weer op haar bord had gelegd.

Paddy stopte de briefjes in haar hand en verwachtte in elk geval een bedankje, al was het alleen maar voor de vorm. Toen dat uitbleef, raakte ze in de war en bedankte háár. De vrouw fronste haar voorhoofd, alsof Paddy zojuist in haar zak had gescheten. In een reflex bood Paddy haar verontschuldigingen aan, wat aanleiding gaf tot een tweede afkeurende blik.

De vrouw trok zich terug achter een bureau en liet de blaadjes in de prullenmand vallen, alsof ze ze geen seconde langer wilde vasthouden. Ze nam plaats achter het met papieren bezaaide bureau, waar ook een typemachine op stond. Een paars blikje Tab stond op een stapel gebruikt carbonpapier, naast een volle asbak.

Paddy keek het kantoor rond om te zien of er iemand anders was met wie ze kon praten. Er stond wel een tweede bureau, zonder persoonlijke bezittingen, maar de botte vrouw was in haar eentje. Terwijl het bitse mens een sigaret uit een pakje Marlboro haalde en die opstak met een wegwerpaansteker, leunde ze achterover, nam Paddy van top tot teen op en concludeerde kennelijk dat ze niet voor rechtsbijstand was gekomen. Ze blies onbeschaamd een rookwolk in haar richting.

'Kom je iets verkopen?'

'Nee.' Paddy stapte op haar af. 'Ik zou iets willen vragen over Mark Thillingly.'

Het bitse mens kneep haar ogen tot spleetjes. 'Tja, nou, Mark is dood. Ze zeggen dat hij zelfmoord heeft gepleegd.' Even sloot ze haar ogen en nam een trek van haar sigaret.

Paddy had zo'n vermoeden dat botheid hier weleens voor rechtschapenheid zou kunnen doorgaan. 'Weet ik. Ik was erbij toen ze hem uit het water visten.'

De vrouw kromp ineen, maar keek haar met hernieuwde belangstelling aan. 'Wie ben je?'

'Ik ben Paddy Meehan, van de *Scottish Daily News.*' Paddy stak haar een hand toe, maar het bitse mens weigerde die aan te nemen. Toen trok ze een stoel bij van het andere bureau en ging zitten. 'Goed, Mark Thillingly...' Ze haalde haar notitieboekje tevoorschijn. 'Hij werkte hier toch?'

'Ja. Hij werkte hier.' De vrouw aarzelde. 'Hij werkte hier...'

'Heeft hij het ooit over een zekere Vhari Burnett gehad?'

'Ja, die werkte hier ook. Mark bezorgde haar een vakantiebaantje toen ze nog studeerde.'

'En was jij hier toen ook al?'

'Ja. Dat was in de tijd dat Vhari en Mark iets met elkaar hadden. Ze hadden een relatie tot Diana langskwam en hem inpikte.' Ze zoog hard op haar sigaret en inhaleerde diep. Paddy's keel snoerde dicht toen ze aan haar rookuitspatting met Diana in de serre dacht, twee avonden terug.

'Ik vond Vhari aardiger. Via het Law Centre kwam ze met allerlei tuig in aanraking en ze hielp ze met verschillende dingen, zoals formulieren invullen voor een uitkering, dingen waar ze niet voor betaald kreeg en die ze helemaal niet hoefde te doen. Ze wilde alles wel doen, echt.'

'Was Mark ook zo betrokken?'

'Alleen als zij er was. Ze brachten het beste in elkaar naar boven.' De vrouw bloosde om de dwaze, zijige uitdrukking. 'Snap je wat ik bedoel?'

'Ik snap precies wat je bedoelt,' zei Paddy.

Nog even en ze gingen nog aardig tegen elkaar doen ook. Weer nam de vrouw een hijs van haar sigaret, en ze keek Paddy met samengeknepen ogen aan, boos omdat ze eenzijdig de grens van bruuske botheid had overschreden.

Om haar glimlach te smoren bestudeerde Paddy haar notitieboekje. 'Kun je je misschien bepaalde zaken herinneren waar Mark en Vhari samen aan gewerkt hebben?'

'Ze werkten niet aan dezelfde zaken. Ze hadden ieder hun eigen zaken.'

'Kun je iemand bedenken die hier kwam voor rechtshulp en die ze met elkaar in verband kan hebben gebracht?'

Ze haalde haar schouders op. 'Volgens mij gold dat voor iedereen die hier op kantoor kwam. Iedereen kende ze als stel.'

'Wie kwamen er zoal op kantoor?'

'Weet ik veel.' Ze weigerde ook maar over de vraag na te denken. 'Gewoon, mensen.'

'Werden er hier geen speciale zaken behandeld? Strafzaken bijvoorbeeld?'

'Nee. We doen hier geen strafzaken. We helpen alleen met aanvragen voor uitkeringen en onkostenvergoedingen voor gevangenisbezoek. Kleine dingen, civiel recht.'

'Hoor eens.' Paddy leunde naar voren en legde haar handen op het bureau. 'Hoe heet je eigenlijk?'

De vrouw tuitte haar lippen. 'Evelyn McGarrochy.'

'Evelyn, je leest zeker geen kranten?'

'Allemaal leugens.'

'Dan zul je het tot mijn spijt van mij moeten horen: de politie verdenkt Mark van de moord op Vhari.'

Evelyn McGarrochy liet haar stoere houding varen: haar schouders zakten in, haar gezicht verslapte en haar mond viel open.

Opeens begreep Paddy de gebogen ruggen van de politieagenten toen ze die dinsdagnacht het pad op liepen naar het huis van Mark Thillingly. Het was vreselijk om te zien.

'Waarom?' vroeg Evelyn ten slotte.

'Omdat hij de volgende avond zelfmoord pleegde.'

Evelyn keek naar haar hand en zag dat haar sigaret tot een vettig stompje was afgebrand. Ze liet hem in de asbak vallen, trok langzaam een nieuwe uit het pakje en stak die lusteloos in haar mond, als een diabeticus die een snoepje pakt. Paddy streek een lucifer voor haar af en hield de vlam voor het uiteinde van de sigaret. Onder het roken trok Evelyn haar voorhoofd samen en Paddy zag dat ze het nieuws niet geloofde.

'Evelyn, ben je hier elke dag?'

Ze knipperde met haar ogen en dwong zichzelf terug te keren naar het hier en nu. 'Eh, ja. Meestal wel. Behalve als ik ziek ben.'

'Was je hier maandag?'

'Ja.'

'En toen was Mark hier ook?'

Ze knikte en wees naar de tafel achter haar. 'Daar.'

'Hoe laat waren jullie klaar?'

'Uur of zes.' Ze haalde haar schouders op. 'Het was een drukke dag.'

'Was hij de volgende dag al vroeg op zijn werk?'

Evelyn schudde een vinger heen en weer, en as verspreidde zich over de vellen carbonpapier. 'Hij is de volgende dag helemaal niet geweest.'

'Waar was hij dan? Heeft hij afgebeld?'

'Hij zei dat hij Bernie ging opzoeken en dat ik het niet tegen Diana mocht zeggen. Als ze belde, moest ik zeggen dat hij niet op kantoor was.'

'Wie is Bernie?'

'Vhari's broer.'

'Waar ging Mark Bernie opzoeken?'

'In zijn garage in Yorkhill.'

Paddy likte haar lippen terwijl ze alles in steno noteerde. De dag na de moord op Vhari was Thillingly niet naar zijn werk gegaan, maar had Burnetts broer opgezocht. Ze kon zich niet voorstellen dat hij dat zou doen als hij haar dood op zijn geweten had.

'Weet je soms ook wat ze met Vhari hebben gedaan?' Evelyn had opeens een heel klein stemmetje. 'Hoe ze haar hebben vermoord?'

Paddy kon haar niet over de tanden vertellen of over de corrupte agenten of de twee stappen naar de veiligheid die Vhari niet had willen zetten. 'Volgens mij hebben ze haar geslagen. De politie zei dat het heel snel is gegaan. Ze wilden haar bang maken, geloof ik, en toen liep het uit de hand.'

Evelyn schudde haar hoofd en keek Paddy doordringend aan. 'Mark heeft Vhari niet vermoord. Ze zijn altijd bevriend gebleven. Het was een zachtaardige man, Mark, snap je? Niet iemand met losse handen.'

'Ik heb Diana opgezocht. Ze zei dat Mark maandag hier buiten overvallen was.'

Evelyn hoestte van verbazing en blies een stoot bittere rook naar de tafel. 'Wat?'

'Hier buiten. Op het parkeerterrein. Toen hij thuiskwam, was hij drijfnat omdat hij in de regen tegen de grond was geslagen, en hij had een bloedneus.'

Evelyn probeerde zich de maandag voor de geest te halen. 'Ik heb nog naar hem gezwaaid toen hij bij zijn auto stond. Hij wilde net instappen. Het was nog niet eens echt donker toen we weggingen.'

'Om zes uur?'

'Ja. Het schemerde.'

'Heb je Mark zien wegrijden?'

Ze probeerde het zich te herinneren. 'Nee, nu ik erover nadenk, heb ik dat niet gezien. Ik sta altijd bij de bushalte en dan rijdt hij langs, de andere kant op. Meestal zwaait hij naar me, maar die avond heb ik hem niet gezien. Het regende als een gek en ik kreeg natte voeten. Ik heb hem helemaal niet langs zien rijden.'

'Is er hier die dag nog iemand geweest? Hing er hier soms iemand rond?'

'Nee, volgens mij niet.'

'Weet je je verder nog iets te herinneren van maandag? Stonden er auto's buiten of op het parkeerterrein?'

Evelyn schudde haar hoofd, maar opeens stopte ze. 'Er stond inderdaad een auto. Dat is nogal bijzonder. Je ziet hier niet veel auto's. Hij was zwart. Glanzend. Het was een nieuwe.'

'Kun je je het kenteken nog herinneren?'

'Nee.'

'Enig idee wat voor merk het was?'

Een paar tellen lang tastte haar blik de tafel af. 'Nee,' zei ze ten

slotte. 'Zelf rijd ik niet. Ik ken niemand die autorijdt. Auto's interes-
seren me niet.'

25

De rode Ford

I

Paddy stond boven aan de trap. Een middernachtelijke windvlaag joeg ijle stofwolkjes op van de lege straat en gruis streek langs haar wang, dreigde in haar ogen te waaien en hechtte zich als zand aan haar haren. Ze schoof haar notitieboekje in haar jaszak en trippelde de trap af naar de straat.

Sean had de deur ongetwijfeld in de gaten gehouden om te zien of ze eraan kwam, want hij had de motor al gestart. Hij reed de auto naar de stoeprand onder aan de trap om haar op te pikken. Ze boog zich naar zijn raampje toe.

'Was er nog een oproep?'

'Huh?'

'Is er nog een belangrijke oproep binnengekomen?'

Verward keek hij naar de scanner en toen weer naar haar. 'Nee. Ik weet het niet. Had dat gemoeten?'

Hij was naar de stoeprand gereden omdat hij zo gruwelijk enthousiast was, dat was de enige reden.

'Laat maar.' Ze opende het achterportier en klom op de bank. 'Je hebt toch wel naar de scanner geluisterd, hè?'

'Ik heb geluisterd of er ergens politieauto's naartoe werden gestuurd,' zei hij, haar aanwijzingen woordelijk herhalend. 'Niks.'

'Oké. Goed zo. Dan gaan we nu naar het bureau van Partick Marine.'

Hij keek haar wezenloos aan. Paddy probeerde te bedenken waar het was. Daar had ze zich nooit eerder druk om hoeven te maken. 'Rij maar naar Partick Cross, dan wijs ik je vandaar de weg.'

'Oké.' Hij glimlachte naar haar. 'Jij bent de baas.'

Sean gedroeg zich onderdanig en behulpzaam. Het was bijna

eng. Hij was opgetogen omdat hij het baantje had gekregen, ook al was het maar tijdelijk, maar ze had een sterk vermoeden dat er meteen vervanging zou worden gezocht zodra ze op de krant een kopie van zijn rijbewijs onder ogen kregen en ontdekten dat hij het pas twee dagen in zijn bezit had. Dan kozen ze een wat ouder iemand voor wie ze niet het equivalent van zijn loon aan verzekeringspremie hoefden te betalen. Maar voor de zeer nabije toekomst had Sean een baan die fantastisch werd betaald. Hij verdiende bijna evenveel als Paddy, en ze wist dat het loon steeg naarmate hij langer bleef.

De auto was nieuwer dan de wagen waarin Billy haar altijd had rondgereden: hij was zilverkleurig en had iets weg van een leeg blikje. Het gegoten metaal aan de binnenkant was bedekt met kunststof, maar je kon de carrosserie erdoorheen zien. Hij trilde over de weg en de knoppen op het dashboard zaten een heel eind uit elkaar en zagen er zeer gewichtig uit. Ze betrapte zich erop dat ze naar het kapotte handvat van Billy's auto tastte en het scheurtje in de bekleding van het portier probeerde te vinden, en ze miste het ritme van zijn onberispelijke, soepele rijstijl.

Sean stopte met een schok voor rood, reed stroef hoeken om en vloekte binnensmonds als hij iets onverwachts op straat tegenkwam, zoals een voetganger of een bus. Ze was blij dat ze zijn eerste passagier was; zijn gebrek aan ervaring werd bepaald niet verdoezeld door zijn rijkunst.

Met een slakkengangetje reed hij de stad door en zocht zwenkend en met haperende motor de weg naar Partick Cross; vandaar loodste Paddy hem van de hoofdweg naar het donkere politiebureau en bij aankomst droeg ze hem op de auto voor het gebouw te parkeren.

'Blijf hier maar wachten en luister net als eerst naar eventuele oproepen.'

'Oké, baas.'

Haar vingers lagen al op de kruk van het portier. 'Kappen daarmee, verdomme. Ik word er niet goed van.'

'Je zegt het maar, baas.'

Ze stapte de auto uit en was al bijna bij de grote deur toen ze de straat op keek en hem zag: niet ver van het bureau, niet eens in een naburige straat of ergens in schaduwen verscholen, stond de rode Ford.

Onthutst bleef ze staan en plotseling kwam er een schokkende gedachte bij haar op. Sean zat in de auto, volkomen weerloos. Met bonkend hart rende ze terug en ze trok zijn portier zo haastig open dat ze bijna omtuimelde. Voor Sean een geschrokken gezicht kon opzetten, had ze hem al aan zijn arm naar buiten gesleurd, en ze liet hem pas los toen hij op zijn knieën op straat zat.

'Jezus, wat ben jij...?'

'Auto,' hijgde ze, en ze wees naar een plek een eindje verderop. 'Die auto volgt me de hele tijd.'

Sean stond op en sloeg het vuil van zijn knieën. 'Doe eens even rustig en vertel het dan nog een keer.'

'Die auto...' Ze draaide hem rond en wees. 'Die rode Ford stond vorige week vrijdag buiten geparkeerd, en daarvoor – daarvoor heb ik hem ook al eens gezien.'

'Je ziet die wagens overal.' Sean boog door zijn knieën en keek naar binnen. 'Nou, er zit nu niemand in.'

'Waarschijnlijk wordt hij verhoord op het bureau.' Ze pakte hem bij zijn arm en trok hem weg. 'Kom nou maar met mij mee.'

Het was stil in de wachtkamer: de gelaten middernachtelijke rust van een gesmeerd lopende nachtdienst was over het bureau neergedaald. Ze wees Sean een stoel achter in het vertrek en hij gehoorzaamde, maar toen hij erheen sjokte, schonk hij haar een gebelgde blik, als een hond die moet wachten bij de deur van de supermarkt. Murdo McCloud zag haar en stak ter begroeting zijn hand op.

'Ha, snoes,' riep hij. 'Ik heb over je chauffeur gehoord en wat er gebeurd is. Alles goed met je?'

'Murdo, wie wordt er hier momenteel verhoord?'

'Nou, wat zal ik zeggen.' Als reactie op haar vraag schudde hij zijn hoofd. Ze wist dat hij geen antwoord mocht geven. Een verhoor was een gevoelige zaak die vertrouwelijk moest blijven als de politie ooit nog nuttige informatie van iemand wilde loskrijgen. Dreigen met openbaarmaking van het feit dat een bandiet voor een verhoor op het bureau was geweest, was het uiterste pressiemiddel waarover de politie beschikte. Als bekend werd dat iemand die iets belangrijks had te vertellen met de politie had gepraat, was de kans groot dat zo'n vent nooit meer thuiskwam.

'Wees maar gerust, het is vast geen verklikker,' zei ze. 'De auto staat voor het gebouw geparkeerd. Wie de eigenaar ook is, hij is niet bang om gezien te worden.'

Aarzelend schudde Murdo zijn hoofd. 'Tja, ik zou het niet weten.'

'Het is een grote rode Ford. Een soort sportwagen. Hij staat pal voor de deur.'

Murdo dacht even na, zijn blik afgewend om naar de geluiden van het politiebureau te luisteren. Met een knik dirigeerde hij haar naar de deur. 'Oké dan, kom maar mee.' Hij stond op, kloste met veel lawaai de drie houten treden af en snelde op een oudemannendrafje de wachtkamer door: met zijn ellebogen in de lucht en zijn pas nauwelijks ruimer dan als hij gewoon had gelopen. 'We moeten wel snel zijn.'

Ze haastten zich naar de deur, deden hem open en toen stond Paddy op straat. Ze wees naar de auto terwijl Murdo uit de deuropening hing en ernaar keek. Hij knikte blijmoedig en schoot weer naar binnen, en met zijn vuisten voor zijn borst zette hij het op een rennen alsof de duivel hem op de hielen zat.

Toen Paddy weer binnenkwam, stond hij achter de balie, grijnzend en buiten adem, en ook lichtelijk opgewonden omdat hij een regel had overtreden.

'Dat is geen boevenauto,' hijgde Murdo.

'Hoe weet je dat zo zeker?'

'Hij is van een van de jonge agenten. Die is pas hiernaartoe overgeplaatst.'

'Moet ik hem kennen?'

'Weet ik niet. Jonge kerel, is net op dit bureau begonnen, na overplaatsing. Hij heet Tam Gourlay.'

Gourlay. Hij had vast gedacht dat ze zijn auto wel zou herkennen toen ze die bij haar huis zag staan, maar ze lette nooit op auto's. Ze overwoog het aan Sean te vertellen, maar hij zou niet snappen waarom het zo erg was dat Gourlay zijn auto voor haar huis parkeerde. Hij probeerde haar te intimideren vóór het politieonderzoek begon, hij wilde haar bang maken zodat ze niet het achterste van haar tong zou laten zien. En nu had iemand hem overgeplaatst naar Partick Marine, uitgerekend het bureau dat onder leiding van Sullivan de zaak van de Bearsden Bird onderzocht.

'God ja, natuurlijk, Tam,' zei ze, en ze probeerde opgewekt te glimlachen.

'Aha, je kent hem?'

'Ik ken Tam heel goed. Zijn vrouw ook. En de baby. We zijn ongeveer van dezelfde leeftijd.'

Murdo was oud en het was hem niet opgevallen. Hij keek haar met samengeknepen ogen aan. 'Ja, goed, dat zal dan wel.'

'Weet je toevallig waar Tam op dit moment is?'

Hij keek argwanend. 'Die heeft nachtdienst.'

'Ik weet ook wel dat hij nachtdienst heeft. Al twee maanden lang lopen we elkaar bijna elke nacht tegen het lijf.' Ze leunde vertrouwelijk naar voren. 'We waren beiden bij het huis van de Bearsden Bird in de nacht dat ze vermoord werd.'

Murdo wiebelde wat ongemakkelijk van de ene voet op de andere. Over dat onderwerp wilde hij op dat moment niet met een journalist praten, dat wilde geen enkele agent, niet tot het onderzoek afgerond was en iedereen van alle blaam was gezuiverd.

'Nee, nee,' zei ze. 'Daar ben ik niet in geïnteresseerd; dat is een veel te groot verhaal voor iemand als ik. Ik wilde alleen met hem mee, later vannacht, maar als je me niet wilt vertellen waar hij is, dan komen we elkaar vast wel ergens tegen.'

Ze klopte op de balie en wachtte, maar Murdo was een ouwe rot en had alle trucjes weleens gezien. Geen spier vertrok op zijn uitdrukkingloze gezicht.

'Vind je het trouwens niet vreemd dat hij naar dit bureau is overgeplaatst?' Vertrouwelijk boog ze zich naar hem toe. 'Als je bedenkt dat het onderzoek naar het politieoptreden in de zaak Bearsden binnenkort van start gaat en van hieruit gecoördineerd zal worden? Is dat niet een beetje ongebruikelijk?'

Murdo keek haar strak aan, tot ze genoeg kreeg van het wachten en zich met een dwaas en onhandig gevoel omdraaide en wegliep. Sean volgde haar op de voet.

'Ik probeer een van de agenten te pakken te krijgen die vannacht vanuit dit bureau werken,' zei ze tegen Sean toen ze weer buiten stonden. 'Laten we de oproepen voor het westelijk stadsdeel zoveel mogelijk volgen.'

'Ik weet niet waar je het over hebt, maar ik vind het prima.'

Ze stapte op de Ford af en bekeek hem aandachtig, liep eromheen naar de voorkant om hem vanuit dezelfde hoek te zien als toen in Eastfield. Het was beslist dezelfde auto. Destijds was het niet eens tot haar bewustzijn doorgedrongen, maar er had een auto-luchtverfrisser aan het spiegeltje gehangen, en die hing er nog steeds: een rechthoekje aan een kettinkje.

Toen ze terug was bij de dienstauto en op de achterbank plofte, vroeg Sean of Whiteinch ook tot het westelijk stadsdeel gerekend kon worden.

'Zeker. Hoezo?'

'Ik hoorde net een oproep voor dat gebied. Een etalageruit is aan diggelen.'

'Oké, we gaan eropaf.'

Sean keerde de auto in een onhandige halve cirkel op de weg en zette koers naar het westen.

De hele nacht joegen ze oproepen na, waren aanwezig bij iedere gemolde straatlantaarn en elke vlieg op een etalageruit, maar Tam Gourlay ontglipte hun. Ze wilde niet naar hem vragen; als ze dat deed wist hij dat hij haar kon verwachten en dan was het geen verrassing meer. Toch was ze in zeker opzicht in een goede bui. Dankzij Sean zag ze zichzelf op enige afstand, verbeeldde ze zich dat ze geobserveerd werd in plaats van onzichtbaar te zijn en genegeerd te worden, zoals gewoonlijk. Ze was blij dat ze die nacht uitsluitend in het westen van de stad opereerden, waar ze Burns niet konden tegenkomen. Ze was bang dat Sean het zou raden als hij hen met elkaar zag praten.

Gourlay bleef hen echter voor. Een paar uur later ontvingen ze een oproep voor een beschaafd feestje in een studentenhuis, dat uit de hand was gelopen toen een stel straatjongens was binnengevallen en de keuken kort en klein had geslagen. Schilderijen waren van de muren gerukt en door de hele gang tot aan de voordeur liepen er krassen over het behang. Toen Paddy weer naar buiten kwam, zag ze Sean op het trottoir staan kijken terwijl jochies die niet veel jonger waren dan hij door de aanwezige agenten bijeen werden gedreven. Hij stond te roken en terwijl hij door het open raampje naar de scanner luisterde, glimlachte hij om het tafereel, zijn ogen rood en dik.

'Nog meldingen?' vroeg ze, met een knik naar de scanner.

'Nee.' Hij keek haar grijnzend aan. 'Geen enkele melding.'

Ze zag dat hij het prachtig vond. Bijna had ze hem verteld dat het niet altijd zo leuk was, dat hij even afgestompt zou raken als zij toen de vermoeidheid en eentonigheid op haar gingen drukken, maar ze hield zich in. Toen zij pas begon, had ze dezelfde vonk gevoeld, en het was altijd leuk om een glimpje op te vangen van de levens van wildvreemden.

'Kom op, dan gaan we.'

Ze stapte in de auto en keek of Gourlay zich tussen de agenten bevond, en op dat moment schoot het weer door haar heen dat Gourlay vrijdagavond voor haar huis had gestaan. Als hij er al eerder had gestaan zonder dat zij hem had opgemerkt, had hij haar bij Burns in de auto kunnen zien zitten. Bloed steeg in een warme golf naar haar nek toen het plotseling tot haar doordrong dat Gourlay hen misschien wel naar het braakliggende terrein was gevolgd en hen had zien neuken in de auto. En toen had hij het in de hele regio Strathclyde rondgebazuind. Opeens klopte het allemaal. Voor het onderzoek van start ging probeerde hij haar zwart te maken.

'Sean,' riep ze boven het lawaai van de scanner uit, en ze klonk zo paniekerig dat hij het toestel meteen zachter zette. 'Sean, geef me eens een sigaret, alsjeblieft.'

In tegenstelling tot Paddy was hij een overtuigd roker. Hij zette de auto stil langs de stoep en over zijn schouder reikte hij haar zijn pakje sigaretten aan. Via het spiegeltje keek hij hoe ze er een uit nam en met zijn aansteker opstak.

Paddy nam een diepe hijs van de sigaret. Het was een onbekend merk en de smaak harkte door haar keel. Haar hart sloeg over en haar handen beefden. Burns was dus toch onschuldig. Nou ja, min of meer onschuldig.

'Heeft het zin om nog langer zo rond te rijden?'

'Hè?'

Sean nam zelf ook een sigaret en stak op. 'Heeft het zin om nog langer zo rond te rijden als we toch nergens naartoe gaan? Kan ik de auto niet beter aan de kant zetten zodat we rustig naar de scanner kunnen luisteren?'

'Ja, best, doe maar.'

Hij parkeerde ergens in een straat, en met de schetterende scanner tussen hen in zaten ze zwijgend te roken. Sean keek haar niet één keer aan en zag dus niet hoe zenuwachtig ze werd van de gedachten die in haar hoofd rondtolden. Het was trouwens prettiger om bij hem in de auto te zitten dan bij Billy, en dat verbaasde haar. Telkens als ze naar het spiegeltje keek, verwachtte ze Billy's ogen te zien.

Ze volgden een oproep naar een hoge flat, waar iemand van afgesprongen was, en stopten bij het hamburgerbusje, waar Paddy een Nick Special voor Sean kocht: een gefrituurde hamburger op een broodje, met een visstick en een extra portie uien. Ze zaten in de auto te eten terwijl ze naar de scanner luisterden in afwachting van oproepen voor het westelijke stadsdeel. Geen van tweeën geloofde er meer in dat ze Gourlay ooit zouden vinden.

Paddy keek uit het raampje en verheugde zich op de hotelkamer waar ze op de een of andere manier nog niet aan toe was gekomen. Terwijl ze haar zorgen de revue liet passeren en medelijden kreeg met zichzelf, bedacht ze opeens dat Lafferty nog steeds ergens rondzwierf en dat ze, als hij haar vond en ze het overleefde, later misschien op dit moment zou terugkijken en het als een hoogtepunt in haar leven zou beschouwen.

26

Burns

I

Haar kamer was klein, ingebouwd in de zolderruimte van het hotel en voorzien van een eenpersoonsbed dat zo smal was dat het nog lastig zou worden om zich in haar slaap om te draaien. Hoog in het dak zat een raam dat uitkeek op niets dan lucht. De lakens waren van nylon en de dekens kriebelden, maar het was er rustig en Paddy was alleen. Sinds haar geboorte had ze een kamer gedeeld met Mary Ann, en ze had nog nooit in haar eentje geslapen. Ze zou naakt kunnen slapen als ze daar zin in had. Ze trok al haar kleren uit en klom in bed, keek naar het losse behang op het schuine plafond en genoot van de rust.

Vlak voor ze in slaap viel, op het randje van bewustzijn, luisterde ze uit gewoonte of ze de zachte ademhaling van haar zus kon horen.

Die middag moest ze de onderzoekscommissie over de vijftig pond zwijggeld vertellen, bovendien sloop Lafferty ergens rond en loerde op haar, en dat alles zorgde ervoor dat ze onrustig en gespannen sliep. Weeïge dromen sijpelden haar geest binnen, over Billy die in brand stond in het felle licht van plotselinge lampen, en over Ramage, die nors keek en haar de schuld gaf.

Ze schrok wakker toen er op de deur werd geklopt. Verward en met gloeiende wangen schoot ze overeind, en heel even wist ze niet waar ze was. Weer klonk dat dwingende geklop: drie tikjes, een korte pauze en dan het vierde. Een mannenstem riep dat hij van roomservice was, en opeens drong het tot haar door dat ze naakt en alleen was, in een afgelegen deel van het hotel.

'Ik heb helemaal geen roomservice besteld,' zei ze. Beverig en gedesoriënteerd trok ze haar trui over haar hoofd aan, en toen stond ze wankelend op en stapte in haar kokerrokje.

Achter de deur hoorde ze iemand ademen.

Er was geen spionnetje en ook geen ketting. Ze ging achter de deur staan en spitste haar oren om een teken op te vangen. Weer dat geklop; het was hetzelfde trage ritme, maar nu klonk het onheilspellend. Toen ze een blik in de kamer wierp, viel haar oog op de broekpers, een stoel, de telefoon waarmee ze naar de receptie kon bellen. Het snoer was lang genoeg om de afstand naar de deur te overbruggen; ze trok het met zich mee, nam de hoorn van de haak en drukte op de 'o' voor de receptie. Ze verborg de hoorn achter de deur toen ze de grendel wegtrok en de deur op een kier opendeed, met haar voet ertegenaan voor het geval de man op de gang probeerde binnen te dringen.

Burns was niet in uniform; hij droeg een overhemd en een broek die zo schoon waren dat ze rechtstreeks uit de verpakking hadden kunnen komen. Hij schonk haar een schuldbewust glimlachje en ze sloeg de deur in zijn gezicht dicht.

'Hallo, kamer 745?' drong de receptioniste aan. 'Kamer 745, waarmee kan ik u van dienst zijn?'

'Nee, niks aan de hand, ik heb me vergist.' Paddy legde de hoorn op de haak en keerde zich weer naar de deur toe.

'Paddy,' fluisterde Burns. 'Ik heb het aan niemand verteld, echt niet.'

Paddy stond te hijgen achter de deur. 'Hoe heb je dit hotel ontdekt? Ik zit hier ondergedoken.'

'Ik werk bij de politie.'

Dat gold ook voor Tam Gourlay. Op datzelfde moment kwam Lafferty misschien met de lift naar boven. Bang hoefde hij haar niet meer te maken, dat had ze zelf al gedaan. Paddy wreef over haar gezicht. Had ze maar een spiegel. Ze zag er vast doodsbenauwd, blozend, zweterig en opgeblazen uit, te kwetsbaar om Burns onder ogen te willen komen.

'Ik heb gehoord wat er met Billy is gebeurd,' zei hij. 'Ik wil alleen even kijken of het goed met je gaat. Mag ik binnenkomen?'

'Met mij is niks aan de hand.' Ze streek haar haar aan de zijkant omhoog en trok haar gezicht in de plooi.

'Toe nou.'

Uit effectbejag aarzelde ze even, waarna ze de deur een paar centimeter liet openzwaaien en achteruit de kamer in liep. De enige zitplaatsen waren het bed en die ene stoel. Het zou nogal suggestief zijn om op het bed plaats te nemen, en daarom pakte ze de stoel en ging zitten, met één arm stijfjes en gemaakt nonchalant over de rugleuning. Burns stapte de kamer binnen en deed de deur achter zich dicht. In het krappe vertrek leek hij heel groot en breed. Een paar tellen lang bleef hij staan, wat opgelaten, en terwijl hij met een merkwaardig nerveuze blik het armzalige kamertje rondkeek, klopte hij met zijn handen op de zijkant van zijn bovenbenen. 'Ik heb niemand verteld wat er tussen ons is gebeurd.'

'Nee, dat weet ik. Het was Tam Gourlay.'

Hij fronste zijn voorhoofd. 'Hoe wist Gourlay dat dan?'

'Hij volgt me de hele tijd, want hij wil me bij dat onderzoek weghouden. Die avond stond hij bij mijn huis te posten en volgens mij heeft hij ons gezien.'

Burns' lippen verstrakten en hij sperde zijn ogen open. 'Echt waar? Weet je het zeker?'

'Ik heb zijn auto die avond bij mijn huis gezien.'

'Oké, oké.' Hij maande zichzelf tot kalmte en keek haar aan. 'Jij denkt trouwens dat Gourlay corrupt is, hè? Dat hoorde ik van de jongens die je gisteren ondervraagd hebben.'

'Tja,' zei ze, en ze vroeg zich af of ze hem kon vertrouwen. 'Ik weet het niet. We zullen zien. Ze luisterden volgens mij helemaal niet naar wat ik ze verder nog te vertellen had. Ik zei dat Lafferty die brandbom in de auto had gegooid, maar ze waren vastbesloten om niet naar me te luisteren.'

'Soms doen ze alsof ze niet geïnteresseerd zijn in dingen die ertoe doen. Het is een soort spel.'

'Die jongens waren heus geen spelletje aan het spelen.'

Onzeker klopte Burns weer met zijn handen op de zijkant van zijn bovenbenen. Hij keek naar het bed en over zijn gezicht flitste een glimlachje dat hij even snel onderdrukte als het opgekomen was. 'Mag ik...?'

Met een gebaar gaf ze hem te kennen dat hij kon gaan zitten. Hij schoof de dekens naar achteren en installeerde zich op het randje van het kleine bed, wipte een keer op en neer en glimlachte opnieuw. Het was haar eerste eigen bed en ze vond het niet prettig dat hij er bezit van nam. 'Waarom ben je hier eigenlijk, Burns?'

'Ik maakte me zorgen om jou. Je leek die avond zo van streek... en toen was er die brand. Ik heb wat navraag voor je gedaan naar Lafferty.'

'Waarom luistert de politie niet naar me?'

Hij slaakte een diepe zucht en streek over het laken. 'Hoor eens, de politie wil dat verhaal gewoon de wereld uit hebben. Gourlay... De jongens mogen hem graag, maar ze stellen geen van allen veel voor en hij zal nooit bevorderd worden naar een rang waarin hij echt iets te vertellen heeft.'

'Het gaat om Gourlay en McGregor.'

'Oké, allebei dan, we zijn ervan op de hoogte. We nemen al maatregelen.'

'Maar jullie willen niet dat buitenstaanders bezwaar aantekenen als een moordenaar zijn straf ontloopt?'

Hij keek haar grijnzend aan, schudde zijn hoofd en tuurde door het raampje naar de lucht. Het lage ochtendlicht deed zijn gezicht goed uitkomen, haalde zijn grote neus naar voren en wierp de schaduw van zijn zwarte wimpers op zijn wang. 'Paddy, moordenaars ontlopen voortdurend hun straf. Gebrek aan bewijs, geen getuigen, het gebeurt elke dag. We pakken Lafferty heus wel. Misschien niet voor deze zaak, maar dan voor iets anders.'

'Net zoals jullie Patrick Meehan hebben gepakt?'

'Ah, Paddy Meehan. Weet je, daar stond de politie helemaal buiten. Dat was het werk van MI5. Dom. Het was één grote puinhoop, van begin tot eind.'

Ze leunde achterover en keek hem woedend aan. 'Dus zo werkt het systeem? Jullie luizen er voortdurend mensen in?'

'Het is onze taak om de straat veilig te maken voor mensen zoals jij, Paddy. Het punt is dat het rechtssysteem gewoon niet werkt. Mensen glippen altijd en eeuwig tussen de mazen van de wet door, slechte mensen, wrede mensen zoals Lafferty. Als Lafferty voor het een of ander wordt opgepakt en van de straat wordt gehaald zodat jij naar huis kunt, ben je dan ook nog tegen onze werkwijze?'

'Principes zijn belangrijk. Het is belangrijk dat je doet wat juist is, ook al is het in strijd met je eigen belang.'

Afwezig, zijn ogen halfgesloten, keek hij naar haar hals.

'Burns, ben je hiernaartoe gestuurd om me te vertellen dat ik me er niet mee moet bemoeien?'

'Je weet best waarom ik hier ben.'

'Nee, dat weet ik niet.'

Met een plotselinge zwaai verhief hij zich van het bed en in één soepele stap was hij aan de andere kant van de kamer. Hij nam haar gezicht in beide handen en trok haar overeind, tot haar gezicht vlak bij het zijne was, haar neus tegen zijn neus, oog tegenover oog, open mond tegen open mond. Ze voelde de stoppeltjes op zijn kin over haar lippen schuren. Hij was nog niet thuis geweest, had zich na de nachtdienst nog niet geschoren of zelfs maar gewassen. Hij rook verrukkelijk.

Daar stond George Burns in zijn opzichtige overhemd, in zijn overspelige protestantse schoenen, en betastte haar met zijn vuile, bedreven vingers, trok haar kleren uit en gooide ze op de vloer.

Ze lieten zich op het eenpersoonsbed vallen, Paddy onder, en ze moesten lachen omdat het zo smal was. Ze wurmden zich naar de zijkant van het bed en Burns' stijve paarse pik stak uit zijn broek toen ze tussen zijn knieën knielde. Hij zuchtte als een kapotgesneden band toen ze hem kuste en likte. Verloren in een mist van gevoelens en geuren gleden ze op het tapijt, schoven geruisloos over elkaar heen, rampetampend tot ze beiden in schitterend, smerig technicolor klaarkwamen.

Ze lagen hijgend op de vloer, en af en toe sloegen ze een hand over de meest compromitterende stukken huid.

Burns kwam langzaam weer op adem. 'Wacht maar tot ik dit aan de jongens vertel.'

Paddy grijnsde en met de rug van haar hand haalde ze loom naar hem uit. Ze zou in de stoel hebben kunnen slapen. Ze zou op een zak vol puntige stokken hebben kunnen slapen, zo ontspannen was ze.

'Daarom ben ik bij je gekomen,' fluisterde Burns in haar haar.

'Om hem erin te hangen?'

Hij schudde zijn hoofd en trok haar naar zich toe, nog steeds amechtig van inspanning. 'Niet doen. Laten we aardig tegen elkaar zijn, heel even maar.'

'Je hebt vandaag je ring niet om,' merkte ze stekelig op.

'Nee, toe nou.' Hij kneep in haar schouder. 'Vijf minuutjes maar.'

Met haar volle gewicht zette ze zich af tegen Burns' borstkas en ging zitten, waarna ze zich overeind hees en zich omdraaide om haar trui aan te trekken. 'Ik hou echt mijn mond niet over Lafferty, maakt niet uit hoe vaak je dit met me doet.'

'Ik deed hét met jou?' vroeg hij speels. 'Jij deed het met mij. Ik lag hier alleen maar.'

Ze ging weer liggen en met haar kin op zijn borst ademde ze zijn geur in. Een verdieping lager hoorden ze het zachte gezoem van een stofzuiger. Een kilometer verderop toeterde een auto.

'Oké.' Burns keek haar aan, met zijn vingers in haar haar. 'Lafferty werkt voor een zekere Paul Neilson. Neilson was ooit het vriendje van de zus van Vhari Burnett. Hij is brandschoon, geen strafblad of niks.'

'Had Vhari dan een zus?'

'Kate Burnett. Die is spoorloos.'

'Is ze dood?'

'Dat weet niemand. Ze is een paar keer gesignaleerd, maar het is allemaal even vaag. Een paar avonden geleden heeft iemand haar in een restaurant gezien, maar sindsdien hebben we niets meer gehoord.'

'En hoe zit het met die broer?'

Hij keek haar fronsend aan. 'Er is geen broer. De ouders hebben het nooit over een zoon gehad. Alleen over de twee dochters.'

Ze wist zeker dat Evelyn van het Easterhouse Law Centre had gezegd dat Thillingly op zijn laatste dag naar Vhari's broer was geweest. In gedachten nam ze het gesprek nog eens door: Bernie – Evelyn had gezegd dat hij Bernie heette en dat hij een garage had. Maar als Vhari's ouders hem verzwegen, dan moest daar een reden voor zijn.

'En Thillingly dan? Wordt hij nog steeds verdacht?'

Burns haalde zijn vingers uit haar haar en ging zitten. Hij sloeg zijn armen om zijn knieën en keek naar de wanordelijke klerentroep op de vloer.

'Nou?'

Hij pakte zijn onderbroek en zonder enige schroom ging hij staan om die aan te trekken. 'Je moet begrijpen, Paddy, dat de politie alles in het werk zal stellen om eigen mensen te beschermen. Maar we knappen het karwei wel op. Echt.'

'Het is niet goed genoeg.'

Ze keken elkaar aan. Boos trok Burns een wenkbrauw op.

'Ik ben heus niet bang voor je, Burns, zoals je daar staat met alleen je slip aan.'

Haar opmerking negerend sjorde hij zijn broek omhoog en trok de rits dicht, alsof de discussie daarmee gesloten was. Zijn borstkas was breed en had een 'T' van zwart haar die verdween onder zijn tailleband. Het litteken op zijn buik was roze en ruw. Het leek inderdaad alsof hij met een kurkentrekker was gestoken en nu vroeg ze zich af of hij wel over zijn vrouw had gelogen.

'Vandaag moet je voor de onderzoekscommissie verschijnen, hè?'

'Ja.' Ze stond op en bang om als laatste naakt te zijn, schoot ze haar slipje en rok aan en ging op het bed zitten om haar maillot over haar voeten te trekken. 'Zijn ze eigenlijk wel op zoek naar Kate Burnett?'

'Hou er nou eens over op, Paddy.'

'Stel dat ze dood blijkt te zijn? Stel dat ik straks dood ben?'

Hij schoof zijn voeten in zijn instappers met houtje-touwtjesluiting en trok zijn overhemd over zijn hoofd aan, zonder eerst de knoopjes los te maken. 'Ik vroeg naar dat onderzoek omdat ik van plan was je ernaartoe te brengen, zodat je niks overkomt.'

'O, dat zal mijn reputatie goed doen: dat ik er aan kom zetten in een poenige sportwagen met de versierder van het jaar.'

De opmerking was plagerig bedoeld, maar Burns begreep het verkeerd. Hij staarde haar aan. 'Eigenlijk ben je een vals kreng, weet je dat?'

Ze stond met haar mond vol tanden. Burns raapte zijn jack op en liep de kamer uit, haar alleen achterlatend op het voeteneind van het akelig kleine bedje.

27

Bernie is aanwezig

I

Bernies garage was niet helemaal wat ze ervan had verwacht. Nu ze wat meer wist over de familieachtergrond van Vhari Burnett was ze ervan uitgegaan dat haar broer dealer in dure, nieuwe auto's zou zijn, maar het bedrijf bevond zich in een vervallen gebied onder aan een steile heuvel, ver van de hoofdweg.

Ze daalde de helling af in de richting van de beroete victoriaanse booggewelven van het spoorviaduct. Erachter lag de snelweg en nog verder weg de rivier. Aan weerszijden van de weg waren complete huurkazernes met de grond gelijkgemaakt, en het enige dat restte was een afdruk in de aarde. Aan de achterkant, op een vroegere binnenplaats, waren wat keten als werkplaats ingericht, en daar was nog bedrijvigheid: ze hoorde het geschetter van radio's en zag binnen licht branden, af en toe klonk er een boor of werd er een motor gestart. Op de hoek van een zee van stoffig puin stond een vierkant gebouw van één verdieping, waarin een pub was gevestigd.

De hoge bogen onder het spoorviaduct waren verbouwd tot werkruimten: niet de bouwvallige ratjetoe van een organische economische ontwikkeling, maar gelijkvormige, door de overheid gesubsidieerde werkplaatsen die symbool stonden voor een economie in terminaal verval. De voorname bogen van zwart uitgeslagen victoriaans steen waren opgevuld met gele baksteen; elk had in het midden een dubbele garagedeur, rood geverfd en met een gesjabloneerd unitnummer.

Paddy liep naar de brug en voelde de klamme rivierlucht die zich aan de stenen hechtte. De meeste units waren donker en gesloten, sommige permanent. Slechts een enkele had een bord met de naam van het betreffende bedrijf. Unit 7 was een van de weinige bogen waar licht brandde en de rode deuren openstonden. Het was aan het eind van de steeg, tegenover een schroothandel. 'Hier waak ik' waarschuwde een bord op de schutting van het terrein, en onder de tekst stond het silhouet van een grauwende wolf.

Als het familiekapitaal van de Burnetts al ergens in geïnvesteerd was, dan was het niet in Bernies bedrijf. Wanneer hij hier 's ochtends naartoe ging, was het niet vanuit een chique villa in Bearsden. Uit de deuropening viel warm, oranje licht en er klonk gejengel van een popzender. Het grote, handgeschilderde bord dat tegen de buitenmuur stond, droeg als tekst 'Bernie's Motors', maar het was amper zichtbaar achter een hele verzameling motoronderdelen die ook tegen de muur waren gezet. Buiten stonden twee auto's geparkeerd, de ene zonder achterwielen, de andere op het eerste gezicht in goede staat. Paddy had weinig verstand van auto's, maar ze zag wel dat het een elegante groene Jaguar was, oud maar met perfect geconserveerde chromen sierstrips en een rond dak. Alle stoelen waren eruit gesloopt en wat overbleef waren puntige, oncomfortabele assen vol bouten.

Ze werd zo door de mooie auto in beslag genomen dat ze Bernie pas zag toen ze bijna op zijn tenen stond.

'Wat een plaatje, vind je niet?'

Met liefdevolle blik keek hij naar de Jaguar. Ze had hem eerder gezien, op die foto van de begrafenis van grootvader Burnett, toen hij Vhari's arm had vastgehouden. Hij had een James Dean-kapsel en droeg een gescheurde, marineblauwe overall, met uitlubberende knieën en vol zwarte smeerolievegen. Een rode zakdoek om zijn hals diende geen ander doel dan de met olie besmeurde overall een modieus accent te geven. Zijn onderkaak was zo hoekig dat het leek alsof hij met een liniaal was getekend. 'Voor het interieur zoek ik eigenlijk naar stoelen van bordeauxrood leer, maar die zijn erg moeilijk te vinden.'

'Je gelooft dus niet in de modewet dat groen en rood nooit samengaan?'

Hij lachte en voor het eerst keek hij naar haar; hij nam haar van top tot teen op en wees goedkeurend naar haar jas: 'Mooi.'

'Een pond,' zei ze.

Hij knikte geïmponeerd. 'Eersteklas spul.' Toen wees hij weer naar de Jaguar. 'Tweehonderd pond. Hij was er zo hopeloos aan toe toen ik hem kocht dat niemand anders een bod uitbracht. Als je ook maar iets over deze auto's weet, dan weet je dat de sierstrippen en het chassis erg snel roesten. Het was een koopje, al was het maar om de onderdelen.'

In zijn gezicht herkende ze niets van Vhari Burnett, maar Bernies accent klonk bekend, bekakt en op het randje van Engels. Ze had het eerder gehoord, maar kon het niet thuisbrengen. Op het werk misschien. Iemand die ze had geïnterviewd. Hij moest wel erg zelfverzekerd zijn om zich met een dergelijk accent in zo'n arbeidersbuurt te wagen. Als je in de Eastfield Star zo praatte, vroeg je gewoon om ingeslagen autoruiten.

Paddy stak hem haar hand toe. 'Jij bent Bernie?'

Plotseling achterdochtig keek hij naar haar hand en nam hem aarzelend aan, waarna hij hem zo snel mogelijk weer losliet. 'En wie ben jij?'

'Paddy Meehan. Ik ben verslaggeefster bij de *Daily News*.'

Hij schoof zijn handen in zijn zakken. 'Ik wil het niet over haar hebben.'

'Ik ook niet.'

Dat was niet helemaal waar, maar nu was zijn belangstelling gewekt. 'Waarom ben je dan gekomen?'

'Vanwege Thillingly.'

Daar schrok hij van. 'Hoezo?'

'De politie is ervan overtuigd dat Mark Vhari heeft vermoord.' Ze gebruikte zijn roepnaam in de hoop dat Bernie haar voor een kennis zou aanzien. 'Volgens mij is dat gelul.'

Hij keek haar niet aan, maar ze zag dat zijn ogen vochtig waren. 'Waarom denk je dat?'

'Hij was lid van de plaatselijke Amnesty-groep. Dan ga je iemand niet martelen en trek je haar tanden er ook niet uit. Bovendien leek hij me een aardige vent.'

Hij boog voorover en deed alsof hij het uitgeklede binnenwerk van de auto bestudeerde. 'Het wás ook een aardige vent,' zei hij knikkend.

'Volgens mij is Mark in elkaar geslagen op het parkeerterrein bij zijn werk, vlak voor die aanval op Vhari. Ik denk dat hij iets wist en dat hij onder druk werd gezet om informatie prijs te geven, en volgens mij is het met Vhari net zo gegaan, maar toen gingen ze te ver en sloegen ze haar dood. Waar is Kate, Bernie?'

Hij fronste zijn voorhoofd en beet op zijn lip.

'Kan ik je heel even binnen spreken?'

Bedroefd keek hij de steeg in, misschien dacht hij aan zijn dode zus, en toen keek hij naar haar, naar haar haar dat in punten overeind stond, naar haar halve laarsjes en haar mooie jas die een pond had gekost.

'Het is hier berekoud.'

'Inderdaad,' beaamde hij op afwezige toon. 'Zelf draag ik thermisch ondergoed.'

Ze gaf een knik in de richting van de deur, waarop hij zich omdraaide en de garage binnenging. Hij wachtte tot Paddy ook binnen was en toen trok hij de grote metalen deuren dicht en schoof de zware grendel ervoor.

Ooit was Paddy in de klauwen van een gewelddadige gek gevallen. Ze voelde hoe haar nekhaartjes overeind gingen staan. Ze had haar handen in haar zakken en schoof haar wijsvinger door de ring van haar sleutelbos, klaar om zijn gezicht open te halen als hij haar tot binnen een halve meter naderde.

Ze keek om zich heen en besefte dat ze zo goed als kansloos was. De vloer lag bezaaid met losse boren, metalen gereedschapskisten en ringsleutels. Als hij haar wilde doodslaan, kon ze geen kant op.

'Heb je je zus die avond nog gezien?'

Bernie schudde zijn hoofd. 'Ik heb Kate al jaren niet gezien.'

'Ik bedoelde Vhari.'

Toen hij zijn vergissing besefte, kromp hij ineen. 'Ik had haar ook al een tijdje niet gezien.'

Als de politie hem had verhoord, zou hij precies hebben geweten wanneer hij haar voor het laatst had gezien, want dan had hij dat moeten uitrekenen en had hij Paddy meteen kunnen antwoorden.

'De politie heeft niet eens met je gepraat, hè?'

Hij keek haar onderzoekend aan.

'Wat zegt dat volgens jou over de kwaliteit van het onderzoek, Bernie? Vind je het niet zorgelijk dat ze niet eens weten dat Vhari een broer had?'

Hij glimlachte flauwtjes. 'Weten ze dan niet van mijn bestaan af?'

'Kennelijk hebben je ouders het niet over een zoon gehad toen ze ondervraagd werden.'

Hij wierp zijn hoofd achterover en stootte een bittere lach uit die door het holle booggewelf galmde. Hij drukte zijn hand tegen zijn borst. 'Ik tel niet mee. Ik ben geadopteerd. Vhari en Katie schelen zes jaar. Ze dachten dat ze geen kinderen meer konden krijgen en toen mocht ik aantreden, maar zodra Katie was geboren, hadden ze mij niet meer nodig. Ze hebben nooit veel met me op gehad.'

'Wat erg.'

'Geen bloedband, snap je. "Onze adoptiezoon, Bernie." Toen ik klein was, dacht ik dat dat mijn volledige naam was. Ze boden me geld om naar de universiteit te gaan, maar eerlijk gezegd ben ik daar niet slim genoeg voor. Ik wilde monteur worden. Ze praten al jaren niet meer met me.'

'Ik heb een foto van je.' Ze haalde het knipsel over de begrafenis tevoorschijn en vouwde het open voor ze het hem aanreikte. Ze bestudeerde zijn gezicht om te zien hoe hij zou reageren.

Met een trieste glimlach keek Bernie ernaar. 'Deze heb ik nooit gezien. Tijdens de hele dienst werd ik door de Burnetts genegeerd. Toen we ons bij de kerkdeur opstelden, gingen ze alleen naast me staan om een scène te vermijden. Na afloop wilden ze met me praten, maar toen ben ik 'm snel gesmeerd.' Met zijn vingertop raakte hij de foto aan. 'En daar heb je Kate.'

Ze draaide zich naar hem toe en zag dat hij naar de vrouw met de blonde krullen wees. 'Is dat Kate? Ik dacht dat het Vhari was. Ze lijken sprekend op elkaar, hè?'

Vlug wendde hij zijn blik van de foto af. 'Heb je zin in een kop thee?'

'Lekker.'

Terwijl hij naar een grote werkbank liep, had ze de stellige indruk dat hij de aandacht van Kate probeerde af te leiden. Uit een thermoskan met Schotse-ruitpatroon schonk hij thee in twee vlekkerige mokken. In de hoek stond een grote bedrijfskachel te branden: een plat komfoor met rozige vlammen, die het licht in het vertrek ook roze kleurden en zo een illusie van warmte schiepen die onmiddellijk teniet werd gedaan door de scherpe, vochtige kou uit de stenen.

De ruimte was niet diep, maar wel breed. Aan de linkerkant stond een auto keurig tegen de muur geparkeerd, een beige MG sportwagen. Rechts, tegen de rode stenen muur, stond een oude keukentafel met blocnotes en kwitantieboekjes erop, boven een gebutste rode gereedschapskist die uit drie lagen bestond.

'Ik heb helaas geen suiker. Zei je dat je het over Thillingly wilde hebben?'

'Ik heb gehoord dat Mark hier is geweest op de dag dat hij zelfmoord heeft gepleegd.'

'Ja.' Hij reikte haar een van de mokken aan. 'Ik weet dat Mark Vhari niet heeft vermoord, wat de politie ook zegt.'

De thee was niet echt heet, maar ze vouwde haar vingers om de mok om ze te warmen. Haar maag speelde op en ze voelde de kou sterker dan normaal. 'Ik stond bij haar op de stoep in de nacht dat ze werd vermoord. Ik zag Vhari met een man.'

Bernie verstarde. 'Juist ja. Oké.' Zonder haar aan te kijken, nam hij een behoedzaam slokje van zijn thee. Eigenlijk had hij moeten vragen wie die man was of in elk geval hoe hij eruitzag, maar dat deed hij niet. Dat wist hij al.

'Het was Paul Neilson, hè?' vroeg ze, en ze keek hem afwachtend aan. Snel nam Bernie weer een slok; hij knipperde met zijn ogen en ze wist dat ze goed zat. 'Waarom heeft Mark zelfmoord gepleegd?'

'Mark was depressief. Daar had hij vaak last van.' Bernie dronk zijn thee op en zijn blik schoot over de rommelige vloer. Hij was een slechte leugenaar. Huichelen ging hem niet goed af en dat intrigeerde haar.

Ze keken om zich heen, maar vonden nergens een plek om te zitten. Zelfs de vloer was te vettig. 'Als ik bezoek heb, ga ik meestal in een auto zitten, dus als je geen bezwaar hebt...' Hij gebaarde naar de MG. 'Achter het stuur of op de passagiersstoel? De zittingen zijn lekker zacht.'

'Ik rij wel.' Ze opende het portier, stapte in en liet zich op de leren stoel glijden. Die was comfortabel, op een agressieve veer na die in haar rug prikte als ze zich bewoog.

Bernie schoof op de stoel naast haar en trok het portier dicht. 'Waarom ben je zo in Mark geïnteresseerd?'

'Ik was erbij toen ze Mark uit het water visten. Nog voor hij in het mortuarium was, had de politie hem al schuldig verklaard, en dat vond ik iets te gladjes. Was Marks neus kapot toen hij bij je langs kwam?'

Even aarzelde Bernie; hij deed alsof hij zich Marks gezicht voor de geest probeerde te halen zoals het er die dag had uitgezien, maar

Paddy zag dat hij de stukjes leugen aan elkaar paste om te zien of het werkte. 'Eh, nee, ik weet het niet. Het is me niet opgevallen.'

'Hij had een neus als een bloemkool en toch is het je niet opgevallen?'

'Ik kan het me niet herinneren.' Schuldbewust keek hij de garage rond. 'Ik heb niet echt naar hem gekeken.'

'Juist. Ik heb gehoord dat hij de avond ervoor je zus probeerde te bellen, dat hij naar haar huis belde en dat iemand anders opnam.'

Nu had ze zijn onverdeelde aandacht.

'Wie nam op?'

'Eerst vroeg Mark of hij Vhari kon spreken. Toen vroeg hij aan degene die had opgenomen wie hij was en waar Vhari in vredesnaam uithing. Na afloop was hij volledig van de kaart.'

'Wie heeft je dat verteld?'

'Diana. Hij zei ook iets over Kate...'

'Zei hij waar ze was?'

'Zou kunnen. Ze is nog steeds spoorloos, toch?'

'Weet ik veel.' Bernie schudde iets te heftig zijn hoofd. 'Ik heb Kate al jaren niet gezien. Ik zie haar nooit. Ze komt ook nooit bij me langs.'

Het kostte Paddy moeite hem geen klopje op zijn arm te geven. Bernie was een leugenaar van niks. 'Maar je zag Vhari weleens?'

'Vhari hield met iedereen contact. Ze heeft zich er nooit gemakkelijk van afgemaakt, ze is er nooit vandoor gegaan, zoals ik.' Hij beet op zijn vinger, wendde zijn blik af en keek uit het raam. 'Vhari was een fantastisch mens. Ze was góéd. Dat heb ik nog in geen enkele krant gelezen. Ze was echt góéd.'

Paddy dacht aan Mary Ann, die in het donker gebeden opzei. Ze was nu een dag van huis en dat was een ongekende heerlijkheid, maar ze kon zich niet voorstellen dat ze jarenlang niet met haar moeder zou spreken. Vanuit haar huidige, luxe positie kon ze hen met enige afstand bekijken, en nu zag ze dat de Meehans een warm gezin vormden. Gecompliceerd, maar warm.

'Hield Vhari contact met Kate?'

'Jazeker. Ze belde haar elke week. Ze belde ons allebei.'

Ze zwegen een paar tellen en terwijl ze door de smerige voorruit staarden, zagen ze de garage alsof ze er net binnen waren gereden. 'Dus dit alles is van jou?'

'Tot op de laatste spijker. Het huurcontract staat op mijn naam, en ik heb ook zelf het bord geschilderd. De Burnetts waren woedend.'

'Wat is Kate voor iemand?'

Onwillekeurig glimlachte hij. 'Het kon Kate nooit ook maar iets verdommen. Op haar vijftiende is ze van huis weggelopen en ze is nooit meer teruggekomen. Grootvader liet haar een cottage na toen hij stierf, aan Loch Lomond, maar ze is zelfs niet naar huis gegaan om de sleutels op te halen.'

'Heb jij nog iets gekregen?'

'Nee.' Hij keek verbitterd. 'Ik ben geen echte familie. Ik kreeg niks. Vhari erfde het huis in Bearsden. Het is een kapitaal waard.'

Paddy dacht aan de ouderwetse gordijnen die ze op de nacht van de moord voor het grote erkerraam had zien hangen. 'Woonde ze er pas?'

'Ja, drie weken. Op nog geen kilometer afstand van de ouwelui, godbetert.'

Ze dronken met kleine teugjes van hun thee en keken naar het stille vertrek en het roze vuur dat over het oppervlak van het komfoor golfde en met zijn licht telkens nieuwe tinten toverde in de werkplaats. Vanuit haar ooghoek wierp ze tersluiks een blik op Bernie, en ze zag dat hij zijn wenkbrauwen bezorgd fronste. Telkens als Kates naam viel, klapte hij dicht.

'Mark is op zijn laatste dag dus hier geweest?'

Bernie keek met toegeknepen ogen naar zijn mok en haalde zijn schouders op. 'Toen ik hier om halfnegen aankwam, stond hij buiten te wachten, in zijn chique pak en die stomme hippe overjas. Hij was halfdood van de kou.' Hij grijnsde toen hij het tafereel weer voor zich zag, maar bij de gedachte aan Mark vertrok zijn gezicht. Even hapte hij naar adem en door de schok van de emotie vloog er een druppeltje speeksel op zijn kin. Hij hief zijn hand en veegde het weg. 'Neem me maar niet kwalijk,' zei hij, en zijn accent was nog steeds knisperend als een vers blaadje sla. 'Gewoon... er is heel veel gebeurd.'

Paddy probeerde iets vriendelijks te zeggen. 'Ik vind het ook heel erg.'

'Mark kwam me vertellen dat Vhari dood was. Hij wilde het me zelf vertellen. Thuis heb ik geen telefoon en hij wilde niet dat ik het via de radio hoorde.'

'Zijn Kate en Paul Neilson nog altijd een stel?'

'Weet ik veel,' zei hij, iets te vlug. 'Ik weet helemaal niks over Kates leven.'

'Maar je kent Neilson?'

Bernie knikte. 'We hebben met z'n allen op dezelfde school gezeten, Mark, Paul en wij. Mark woonde tegenover ons. Paul woonde wat verder weg, hij is ook nooit veel bij ons over de vloer geweest. Ik kende hem niet zo goed.'

'Hij hoorde niet bij de club?'

'Nee, behalve dan dat hij Kate min of meer inpikte. Met ons had hij verder niks te maken. Na school gingen Vhari en Mark zich verloven. Het was een grote familiegebeurtenis. We waren allemaal dikke maatjes, tot Diana op het toneel verscheen.'

Ze had Bernies accent eerder gehoord en nu kon ze het plaatsen: het was een kostschoolaccent, en de laatste keer dat ze het gehoord had, was uit de mond van de man van wie ze nu wist dat hij Paul Neilson heette, toen ze elkaar spraken bij de voordeur van Vhari Burnetts huis.

'Waar woont Neilson?'

'In Killearn. Huntly House of Cottage of iets dergelijks – Huntly Lodge.'

'Denk je dat Neilson wist waar het huis van je grootvader was?'

Bernie keek haar vluchtig aan en hij verschoof wat ongemakkelijk op zijn stoel. 'Geen idee. Misschien.'

'Maar Mark wist het wel. Ze waren verloofd geweest en waarschijnlijk heeft hij je grootvader gekend. Hij wist vast waar Vhari naartoe was verhuisd.'

'Tja.' Volkomen overbodig schraapte hij zijn keel. 'Dat zal dan wel.'

Paddy knikte en ondertussen werkten haar hersenen op volle toeren. 'Waarom is Mark niet naar de politie gegaan?'

Opnieuw haalde Bernie zijn schouders op; kennelijk was dat het signaal dat er weer een smoes kwam. 'Mark was jurist. Hij had bepaald geen hoge pet op van de politie.'

'Wilde hij je tegen hen beschermen?' Het was een schot in het duister en niet erg geslaagd.

Bernie keek haar meesmuilend aan. 'Tegen de politie? Wat heb ik dan misdreven? Dat ik kouwe kak ben in een arbeidersbuurt?' De atmosfeer verkilde en ze besloot het over een andere boeg te gooien.

'Bernie, hoor eens, Vhari kreeg die nacht de kans om het huis te ontvluchten, en die kans liet ze schieten.' Aandachtig bestudeerde ze zijn gezicht. 'Welk geheim jullie ook voor de rest van de wereld verborgen houden, ze heeft haar leven opgeofferd om het niet te hoeven prijsgeven. Volgens mij wilde ze Kate beschermen. Waarom moest ze haar tegen de politie beschermen?'

Bernie keek haar spijtig aan en draaide zijn hoofd weg. Hij wreef met zijn haar tegen het raampje, treurig omdat hij het haar niet kon vertellen. 'Sorry,' fluisterde hij.

'Het is goed. Wat er ook aan de hand is, het is goed, Bernie. Zelfs als ze voor jou binnen bleef.'

Vechtend tegen zijn tranen veegde Bernie zijn neus af aan zijn handpalm. 'Dat deed ze niet voor mij,' zei hij. 'Echt niet.'

'Gaf Mark het nieuwe adres van Vhari soms aan degene die hem in elkaar had geslagen?'

Bernie keek haar smekend aan, maar zei niets.

'En heeft hij toen zelfmoord gepleegd? Omdat hij vond dat hij verantwoordelijk was voor haar dood?'

Hij schudde zijn hoofd. Paddy voelde dat hij het haar zou vertellen als hij kon.

'Ik kom er toch wel achter, weet je. Ik kom er wel achter en dan ga ik ermee naar de politie. Kun je helemaal niks vertellen?'

Langzaam tastten zijn ogen haar gezicht af en hij dacht na over wat ze had gezegd. 'Ik mag niks doen waardoor ze gevaar loopt.'

'Kate?'

Hij knikte naar het dashboard. 'We mogen de politie er niet bij betrekken.'

'Waarom niet? Heeft Kate de wet overtreden?' Hij antwoordde niet. 'Ik zal haar naar beste vermogen beschermen, Bernie, maar je moet me iets geven waarmee ik verder kan, een naam of een plaats of iets dergelijks. Alsjeblieft? Doe het voor Vhari.' Bernie schudde zijn hoofd. 'Voor Mark dan?'

Hij haalde diep adem en keek de garage rond. 'Ik heb geen idee wie het is, maar hij is wel belangrijk.' Hij drukte zijn vingernagel in de zitting van zijn stoel. 'Hij heet Knox. Zoek maar naar een zekere Knox.'

28

Onderzoek

I

De knipselbibliotheek was een enclave van rust en ordelijkheid te midden van de chaos op de krant. Helen, die er de scepter zwaaide, kleedde zich als een echte bibliothecaresse: in truitjes en kokerrokken van tweed. Haar bril hing aan een rood kralenkoord rond haar hals. Toen Paddy nog loopjongen was, had ze haar niet gemogen, maar sinds ze tot een hogere rang was bevorderd, leek Helen wat toeschietelijker te zijn geworden. Soms, als Paddy zich belegerd voelde en, omringd door een horde akelige kerels, behoefte had aan een vrouwelijke medestander, wipte ze even bij haar binnen voor een praatje. Zo langzamerhand zouden de geruchten over Burns de hele redactie wel zijn rondgegaan en ze wilde zich nog even koesteren in de beschutting van de bibliotheek.

Helen deponeerde een envelop met knipsels op de balie en keek Paddy glimlachend aan. 'Dit is een serie knipsels over Robert Lafferty. We hebben Neilsen de musicus, maar over die Paul Neilson hebben we niks kunnen vinden.'

'Helemaal niks?'

'Nog geen geboorteaankondiging. Op de naam Knox krijg ik zoveel knipsels dat ik je binnen zou moeten laten zodat je ze zelf door kunt ploegen. Zal ik je de eerste twintig mapjes meegeven?'

'Oei, nee, Helen, daar heb ik geen tijd voor.'

'Ja, ik heb gehoord dat je vanmiddag voor de onderzoekscommissie moet verschijnen in verband met die moord in Bearsden.'

Paddy kromp ineen. 'Wie heeft je dat verteld?'

'Shug Grant was hier. Hij doet verslag van het onderzoek.'

Dat was niet best. Shug Grant had toch al de pest aan haar vanwege die schimpscheut over Margaret Mary, en bovendien was het een klootzak met een heel grote bek. Ooit was hij na afloop van een feestje met de vrouw van een eindredacteur naar bed geweest, en toen hij de volgende ochtend op het werk verscheen, had hij het aan iedereen verteld. Als hij het onderzoek versloeg, dan zou half Schotland van die vijftig pond op de hoogte zijn nog voor de eerste editie van de pers rolde.

Achter Paddy gingen de deuren open en een loopjongen kwam naast haar staan. Met zijn handen op het scheidingswandje keek hij afwachtend om zich heen, maar Helen deed alsof ze hem niet zag.

'Ik heb gehoord,' zei ze zachtjes, 'dat de patrouillewagen pas na vijfentwintig minuten bij het huis was. Dat gaat iemand zijn baantje kosten.'

'De hoorzittingen zijn toch besloten?'

'Dat zijn ze ook, maar Grant kent een van de commissieleden.'

Paddy glimlachte nerveus en pakte de envelop. 'Shug kent overal wel iemand, hè?'

'Kennelijk.'

Op de trap aarzelde ze even, maar toen liep ze langzaam naar boven, naar het redactielokaal. Ze kon hen niet blijven ontwijken, want dan zouden ze weten dat ze bang was.

Behoedzaam glipte ze de deur door, installeerde zich op de dichtstbijzijnde stoel aan het uiteinde van de sportredactie en haalde de knipsels over Lafferty uit de envelop.

Met een half oor luisterde ze naar wat er om haar heen gebeurde. Ze pikte een vreemd geroezemoes op, een soort hysterische ondertoon die zich van de sfeer op het redactielokaal meester had gemaakt. Met een starre grijns op het gezicht deed iedereen alsof hij het druk had, snelde heen en weer, typte en werkte ongehoord hard. Het brandpunt van alle rarigheid was een man die ze nooit eerder had gezien, een donkere, kleine, harige kerel, net een aap, breedgeschouderd en zonder nek. Hij zat als een razende te typen en leek bijzonder met zichzelf ingenomen, te oordelen naar de onaangename, wat hoekige schimplach op zijn ongeschoren gezicht.

Zachtjes stootte ze een dikke sportknaap aan die twee stoelen verderop zat. 'Wie is dat?'

Hij keek even op en wendde zijn blik onmiddellijk weer af. 'De opvolger van JT. Komt uit Londen. Schijnt een beroemd nieuwsjager te zijn. Die moet de boel hier weer op orde zien te krijgen.' Op fluistertoon voegde hij eraan toe: 'Een spion!'

'Is JT nog teruggekomen?'

Hij schudde zijn hoofd. 'Er wordt niet eens een borrel voor hem gegeven. Hij kreeg over de telefoon te horen dat hij zijn gezicht niet meer op de redactie hoefde te vertonen. Gisteren hebben twee redacteuren de zak gekregen, evenals Kevin Hatcher. Snap ik ook wel. Er loopt nu een weddenschap over hoe lang het duurt voor Kevin zich heeft doodgezopen.'

Sinds ze in dienst was getreden bij de krant had Paddy Kevin niet één keer nuchter gezien. Hij was fotoredacteur en slaagde er wonderwel in om zijn werk naar behoren te doen terwijl hij zo zat was dat hij nauwelijks een medeklinker over zijn lippen kreeg. De oude dronkenlappen gebruikten Kevin als maatstaf om hun eigen gezuip te rechtvaardigen: zodra ze er even erg aan toe waren als hij, stopten ze ermee, maar niemand was er ooit zo erg aan toe als Kevin.

Ze keek om zich heen, naar de starre grimassen van vijftig mensen die rondliepen met een houding alsof ze met niemand iets te maken hadden. Als het nieuwtje van haar vijftig pond tot het redactielokaal doordrong, zou ook zij gereduceerd zijn tot wat binnensmonds gefluister.

Zwetend van de zenuwen probeerde ze haar gedachten in bedwang te houden door zich in haar leesmateriaal te verdiepen. Lafferty had de tuchtschool van de Christian Brothers doorlopen, waar een hardvochtig regime heerste dat een gemeenschappelijke achtergrond creëerde voor de gewelddadigste mannen uit Glasgow. Vanuit de hele regio werden ontspoorde jongens er op hun twaalfde naartoe gestuurd, en hun welzijn en morele ontwikkeling werden overgelaten aan kloosterlingen die zelf niet veel meer waren dan rancuneuze, gefrustreerde jongens. Het was net *Heer der vliegen*, maar dan zonder tafelmanieren.

De strafzaken tegen Lafferty betroffen over het algemeen afpersing of geweldpleging tijdens pubgevechten. Er was één onbewezen aanklacht wegens moord: een prostituee was van het dak van een parkeergarage gegooid, volgens een getuige omdat ze niet voldoende geld in het laatje bracht. Op een foto die buiten het gerechtsgebouw was genomen, was Lafferty jonger, maar al even opgefokt als toen ze hem tijdens het verhoor had gezien: tevreden met de uitspraak, en door zijn kleine oogjes net een woedend varken dat elk moment kon aanvallen.

Paddy dacht aan het briefje van vijftig pond dat Neilson haar had gegeven. Ramage zou volkomen in zijn recht staan als hij haar ontsloeg; hij hoefde haar niet eens een afvloeiingspremie mee te geven.

Ze hief haar hoofd en keek het redactielokaal rond, naar de mannen die heen en weer liepen, hun redacteuren van kopij voorzagen en op de zware typemachines zaten te zwoegen. Shug Grant observeerde haar vanachter een bureau aan de overkant, onderwijl met open mond op zijn kauwgum kauwend. Fluorescerend licht blonk van zijn vettige voorhoofd. Hij stak zijn hand op en priemde naar haar met het topje van een van zijn lange vingers, waarna hij opstond en naar haar toe liep, zijn blik strak op haar gericht. 'Ben net terug van het onderzoek. Ik typ nu mijn aantekeningen uit.'

'O.' Ze wendde onverschilligheid voor. 'Mooi.'

'Jij moet vandaag opdraven, hè? Zenuwachtig?'

'Waarom zou ik zenuwachtig zijn?'

'Tam Gourlay was er net. Dat was geen beste beurt. Hij sprak je tegen wat die auto's betrof. Volgens hem waren het geen bmw's.' Dat van die auto's had ze alleen aan de politie verteld. Shug voerde haar wat onbelangrijke details om aan te geven dat hij connecties had. Het zou de politie goed uitkomen als ze in diskrediet werd gebracht.

'Dus je kent daar iemand?'

Hij perste zijn lippen in een gemaakte glimlach opeen. Als hij op de hoogte was geweest van het geld, dan zou hij dat hebben laten doorschemeren. Sullivan had woord gehouden. Het zou vreselijk zijn als ze zonder verdere plichtplegingen ontslagen werd, maar de gedachte dat Shug er een goed verhaal aan zou overhouden, stak haar nog meer.

'Wie is het, Shug? Sullivan is het niet. De notuliste? Is het de vrouw die alles opschrijft?'

Notulistes waren een voor de hand liggend doelwit. Journalisten zochten uit waar ze dronken, winkelden of uitgingen, buitten hun zwakheden uit en probeerden informatie aan hen te ontlokken. Shug schonk haar een ondoorgrondelijke glimlach.

Ze bewoog haar vinger heen en weer. 'Nee, de typemiep is het niet. Daar is je informatie veel te specifiek voor.' In de hoop een nonchalante indruk te maken, pulkte ze tussen haar tanden.

In verwarring gebracht keek Shug fronsend op haar neer. 'Hoe bedoel je: "specifiek"?'

'Nou,' zei ze knikkend, 'wie zou er eigenlijk belang bij hebben om de informatie die het onderzoek oplevert heel selectief naar buiten te brengen? Als het de notuliste niet is of een griffier, dan blijft alleen de politie over. Hoeveel leden telt de commissie? Meestal drie, niet? Dat beperkt de keus al enigszins.'

Grant beschikte over voldoende professionaliteit om zijn gekrenkte ego te onderdrukken en de juiste vraag te stellen. 'Wat is er? Wat hou je achter?'

Ze probeerde vertrouwelijk te glimlachen. 'Er wordt een spelletje met je gespeeld, dat weet je toch?'

'Ik zie je om drie uur.'

Shug keek toe terwijl ze haar knipsels verzamelde, ze weer in de envelop stopte en opstond. Ze draaide zich om en terwijl ze ruggelings de deur uit liep, keek ze weer naar hem, zoals hij daar zat met die bittere trek rond zijn mondhoek. Hij zou de persoon die informatie naar hem had gelekt waarschuwen dat ze op de hoogte was en hem vragen om haar niet te sparen.

Op de tochtige trap moest ze aan Sean denken. Paul Neilson woonde in Killearn en ze zou het huis graag eens bekijken, zien wat voor auto's er buiten stonden en een indruk opdoen van de man zelf, maar het dorp lag een heel eind buiten de stad en ze kon het niet verantwoorden zich er door Sean naartoe te laten rijden als ze verondersteld werden oproepbaar te zijn. Door Sean moest ze aan Burns denken en ze zag hem weer voor zich zoals hij in zijn onderbroek in de hotelkamer had gestaan. Jezus, ze had er beter aan gedaan als ze wat had geslapen. Het zou voorlopig weleens haar laatste kans geweest kunnen zijn.

Uitputting drong sluipenderwijs tot in haar botten door, maakte haar huid klam. Ze had wel kunnen kotsen op de trap.

II

De kleurloze wachtkamer rook naar stof. Een verblindend lage winterzon viel door hoge ramen naar binnen zodat je aan de ene kant van het vertrek niet kon zitten vanwege het felle licht. De andere kant was in schaduw gehuld, het rook er naar vloerwas en stofdeeltjes wervelden rond in de dichte lucht, en daar zaten Paddy, Shug Grant en drie mannen van andere kranten op een kluitje bijeen. De mannen waren met elkaar aan het kletsen, rookten elkaars sigaretten en roddelden over Random Damage en de reorganisatie bij de *News*. Op de dag van zijn ontslag had JT meteen weer aan de bak gekund bij een krant in een ander deel van de stad. Hij beweerde dat hij in zijn nieuwe baan meer verdiende, maar niemand wist of het waar was. Kevin Hatcher, de grootste zatlap bij de *News*, had de vorige nacht op een bank in de Press Club geslapen. Ze hadden hem met een taxi naar huis willen laten brengen, maar niemand wist waar hij woonde. Die ochtend liet hij een half glas bier op de bar staan, zei dat hij naar de wc moest en kwam niet meer terug. Shug wedde om vijf pond dat hij binnen vier weken dood zou zijn. Een man van de *Mirror* kende Kevin nog uit de tijd dat hij een nuchtere freelancer was en prijzen won met zijn fotoreportages. Kennelijk was hij destijds heel grappig geweest, een slimme vent, goed opgeleid en erudiet.

Een agent in uniform stond bij de deur om erop toe te zien dat bepaalde zaken niet besproken werden voor iemand naar binnen ging om gehoord te worden. Het betrof een besloten hoorzitting en Paddy vond het buitengewoon stom dat journalisten in de wachtkamer werden toegelaten, sigaretten mochten uitdelen aan wachtende getuigen om ze na afloop gezellig op een drankje te trakteren en zo de zenuwen tot bedaren te brengen. Toch was ze ervan overtuigd dat Grant zijn informatie niet van een getuige betrok: hij wist wat er komen ging en welke vragen ze haar gingen stellen, en bovendien was de informatie strategisch uitgelekt, niet willekeurig. Het kwam van iemand die invloed wilde uitoefenen op de teneur van het krantenartikel.

Ze leunde haar arme hoofd tegen de muur en sloot haar ogen, heel even maar – ze zou echt niet in slaap vallen, ze gunde ze alleen wat rust en zo vermeed ze een gesprek met Grant. Toen de huid van haar schedel in aanraking kwam met het pleisterwerk, voelde ze de slaap als een tinteling langs haar achterhoofd trekken. Ze zag Billy in zijn ziekenhuisbed en lachte heimelijk om zijn haar. Het zou waarschijnlijk nog een hele tijd duren voor hij weer aan de slag kon, maar hij leefde en was er betrekkelijk ongedeerd van afgekomen. In zijn achteruitkijkspiegel zag ze Lafferty opduiken en behoedzaam naar de auto sluipen, waarin Billy zat te roken, zich van geen gevaar bewust.

Het was warm in de kamer, lichaamstemperatuur. Slaap gleed als een zwarte kasjmieren deken langs haar voorhoofd naar beneden, tot een vinger in haar schouder porde. Ze opende haar brandende ogen. Grant keek haar onderzoekend aan.

'Hé dikzak, wat ga je straks zeggen?' vroeg hij glimlachend.

De geüniformeerde agent stapte op hen af. 'Kom op, meneer Grant, u weet heel goed dat dat soort gedrag niet door de beugel kan.' Het had evenveel effect als een mug die een modderstroom probeert tegen te houden. Grant stak een vinger op, zei dat hij haar later nog zou spreken en ging weer zitten. Hulpeloosheid voorwendend haalde Paddy haar schouders op, en ze dacht aan alle journalisten die Ramage op dit onderzoek had kunnen zetten. Alle fanatieke journalisten, zoals Shug en zijzelf, mochten van hem blijven, en zo beroofde hij de *News* van mildheid en kameraadschap. De overige journalisten spitsten hun oren, benieuwd wat ze zou antwoorden.

'Wie hebben ze vanochtend gehad?' vroeg ze.

Een gladjanus van een journalist in een goedkoop pak leunde naar voren, zodat Grant moest terugwijken. 'De telefonist die de oproep voor dat adres heeft aangenomen. En Tam Gourlay. Gisteren hadden ze Dan McGregor.'

'Was het nog wat vanochtend?'

Hij glimlachte kil. 'Nee, niet echt.'

Ze glimlachte terug, met ontblote tanden. Shugs reactie was al even warm. De twee overige journalisten gingen ook meedoen en nu zaten ze allemaal heel gemaakt te glimlachen terwijl ze zich afvroegen hoe lang ze dat moesten volhouden. De deur naar de verhoorkamer ging open en Sullivan keek de wachtkamer in. Zijn blik viel op Paddy en hij glimlachte breeduit. 'Meehan, als je zo vriendelijk wilt zijn.'

Ze was zo moe dat haar benen als rubber aanvoelden, en onzeker stond ze op en slofte naar de deur. Ze bleef even staan om adem te halen voor ze Sullivan door de hoge dubbele deuren naar binnen volgde en zich aan de officiële onderzoekscommissie presenteerde.

Voor zo'n kleine commissie was het vertrek wel erg groot en leeg.

Vier hoge, brede ramen keken uit op de rivier Clyde en op een rode marmeren brug, waarop het verkeer op dat moment muurvast zat. Het plafond was hoog, maar onopgesmukt, en forse leidingen slingerden er ongegeneerd onderdoor.

Aan de ene kant van de kamer stond een lange tafel. Een oudere vrouw met dikke brillenglazen zat aan het uiteinde, haar hoofd over een blocnote gebogen. In de lengte van de tafel, tegenover een lege stoel, zaten drie mannen op een rij, in opgesmukte politie-uniformen: hier een galonnetje, daar een zak met een gouden biesje. Ze leken te oud om zich nog in uniform te steken, te waardig, en als het materiaal niet van zo'n goede kwaliteit was geweest, zou het net een verkleedpartijtje zijn. Ze keken Paddy niet aan toen ze binnenkwam, maar schonken water in een glas of lazen de aantekeningen door die voor hen lagen.

Sullivan nodigde Paddy uit om tegenover de mannen plaats te nemen, maar bleef zelf in de buurt van de deur staan, nog net in haar gezichtsveld.

Dit waren drie mannen die het gemaakt hadden, jongens uit een arbeidersmilieu die zich geleidelijk aan hadden opgewerkt. In hun gezichten zag ze een soort voortschrijdende verloedering bij het naderen van de middelbare leeftijd, een tableau dat als waarschuwing diende voor wat er kon gebeuren als je niet goed voor jezelf zorgde. De man die het dichtst bij de notuliste zat, had een rood aangelopen gelaat en opgezwollen ogen door een te hoge bloeddruk. Naast hem zat een magere man met een vaalbleke huid en een samengeknepen mond, wellicht verbitterd om een knik in zijn carrière. De derde man maakte een opgewekte indruk en wierp telkens een zijdelingse blik op zijn collega's, blijkbaar zoekend naar bevestiging of tekenen van vriendschap, gretig en onzeker.

Paddy frunnikte aan haar jas en hij gleed buitengewoon onelegant op de vloer. In plaats van vier kilometer te bukken om hem op te rapen, schopte ze hem onder de stoel en ging zitten. Ze legde haar handen op de tafel en probeerde de soezerige mist uit haar hoofd te schudden.

De vaalbleke man tikte op het tafelblad om haar bij de les te houden. 'Goedemiddag, juffrouw Meehan.'

De notuliste tilde haar pen op en begon te krabbelen.

'Hoi.' Paddy stak een hand op en zwaaide, maar toen ze besefte hoe stom ze deed, liet ze haar hand weer op de tafel vallen. Ze streek over het hout en glimlachte flauwtjes. Haar hoofd moest helder worden, haar baan hing aan een rafelig zijden draadje en deze mannen waren niet aardig.

De vaalbleke man vervolgde: 'Zoals u weet, juffrouw Meehan, is deze onderzoekscommissie in het leven geroepen om getuigen te horen over het bezoek van de politie aan Drymen Road 17 in Bearsden, om twee uur zevenenveertig 's nachts, nu een week geleden. Dit is een besloten hoorzitting. Weet u wat dat inhoudt?'

Ze zag er jong uit, dat wist ze, maar dat was nog geen reden om haar als een debiel te behandelen. 'Ik weet inderdaad wat een besloten hoorzitting is, ja.'

'Alles wat u ons vertelt, wordt vertrouwelijk behandeld.'

De man met het rode gezicht wierp een achterdochtige blik op Sullivan. De onzekere figuur zag het en deed hem na. Paddy keek op en zag dat Sullivan met onbewogen gezicht zijn schoenen bestudeerde. Het was een rechtstreekse belediging, maar wel afkomstig van hoge functionarissen, en Sullivan werd geacht te doen alsof hij het niet had gemerkt. Als de mannen op een redactie hadden gewerkt, had Sullivan het recht gehad om hun beiden een dreun te verkopen.

'Ja,' zei ze, en ze voelde een flits van opstandigheid. 'Maar het blijft niet vertrouwelijk, toch? Shug Grant wordt via een direct lijntje op de hoogte gehouden van wat u me gaat vragen, en ik weet dat het niet van Sullivan komt of van deze dame hier.'

De notuliste maakte haar blik los van de ringband aan haar blocnote en stopte met schrijven. Opgelaten gingen de politieofficieren verzitten. Het onzekere type keek naar zijn kameraden om te zien wat hij moest doen.

'Dus u maakt zich zorgen om de mate van vertrouwelijkheid.' De vaalbleke man schoof haar opmerking terzijde. 'Wat heeft u ons te vertellen?'

Geschokt om hun onverschilligheid leunde ze achterover op haar stoel. 'Bent u niet geïnteresseerd in het feit dat er hier een lek is?'

De vaalbleke man leek verbaasd omdat iemand zomaar het lef had aan hem te twijfelen. De man met het blozende gezicht boog zich naar voren en nam het van hem over. 'Juffrouw Meehan...'

'Het is trouwens "mevrouw",' zei ze, want ze wist dat ze mensen daarmee op de kast kreeg.

De mannen zwegen even en glimlachten meesmuilend, en de blozende politieman deed een nieuwe poging. 'We beschikken over de bevoegdheid om uw medewerking te eisen. Ik kan u verzekeren dat niets van wat u zegt naar buiten komt.' Opnieuw keek hij beschuldigend naar Sullivan.

'Dat heeft u mis.' Paddy streek weer over het tafelblad. 'Kijk, ik weet zeker dat de heer Sullivan niet het lek is, want ik heb hem al verteld wat ik u ga vertellen. Ik weet ook dat het de notuliste niet is, want daarvoor wordt er te strategisch gelekt. Dus als deze informatie na dit gesprek in de pers opduikt, dan weten we zeker dat het een van u drieën is.'

Ze keek het rijtje voorname heren langs, en ieder van hen meed haar blik. Ze leken perplex. Het idee alleen al dat ze ter verantwoording werden geroepen door een mollig jong ding was te gek voor woorden.

'Ik zal open kaart met u spelen.' Ze keek naar het tafelblad, maar haar stem klonk schel en frikkerig. 'Ik weet hoe u heet. Ik doel op degene die Shug Grant op de hoogte houdt van wat er hier gebeurt. Ik ben niet van plan om uw naam op de redactie van de *News* bekend te maken, maar ik weet wie u bent.'

Roerloos keken ze haar aan. De zelfgenoegzame grijns van de man met het rode gezicht was verstard tot een grimas. Paddy probeerde niet te glimlachen. Het was heerlijk om mensen volkomen onverwacht de stuipen op het lijf te jagen: het verrassingselement gaf haar altijd een flinke voorsprong.

De drie mannen schoven heen en weer op hun stoelen, trokken een wenkbrauw op, hielden een kin schuin omhoog, beefden van ergernis. Opnieuw nam de vaalbleke man de leiding. 'Zullen we maar weer beginnen?' Hij knikte naar de notuliste ten teken dat ze kon gaan schrijven.

'Goed, laten we onszelf eerst naar behoren voorstellen: ik heet Patricia Meehan.' Ze keek naar de blozende man, staarde hem net zo lang aan tot hij van verlegenheid zijn mond opendeed.

'Hoofdinspecteur Ferguson.'

Nu keek ze de vaalbleke man aan.

'Hoofdcommissaris Knox,' zei hij aarzelend.

De derde politieman stelde zich eveneens voor, maar Paddy luisterde al niet meer. Ook al stikte het in Schotland van de Knoxen, de naam bleef in haar hoofd rondgonzen. Deze Knox leek een gesloten man, verbitterd, vol verdrongen gevoelens, echt het type dat misbruik maakte van zijn positie. Als destijds bij die deur de naam van een hoofdcommissaris was gevallen, verklaarde dat waarom Gourlay en McGregor Vhari Burnett in haar huis in Bearsden hadden achtergelaten. Ook verklaarde het de overplaatsing van Gourlay en McGregor naar Partick op het moment dat het onderzoek naar de moord op Vhari van start ging. Geen wonder dat Tam Gourlay meende dat hij haar onder druk kon zetten.

Als Knox corrupt was, zou dat te zien moeten zijn: dan had hij een groot huis, een poenerige wagen of bezochten zijn kinderen een exclusieve school. Ze kwam er wel achter waar hij het aan uitgaf, tenzij Lafferty haar nog voor die tijd te pakken kreeg. Maar als Knox met Neilson samenwerkte, wist Lafferty dat ze hier was.

Terwijl ze haar paniek de kop indrukte en zichzelf voorhield dat Knox niets kon doen zolang ze in dit vertrek was, probeerde ze zich te concentreren.

Na wat voorzichtige aandrang van Ferguson vertelde Paddy hoe ze bij het huis in Bearsden was gearriveerd en Gourlay naast de auto had aangetroffen. Ze noemde het gesprek over de BMW's. Ze pakten er een autocatalogus bij en lieten haar de modellen aanwijzen die het meest leken op de auto's die zij had gezien. Ten slotte, toen ze het niet langer kon uitstellen, vertelde ze over de man met de bretels, die haar het briefje van vijftig pond had toegestopt. Knox was oprecht verbaasd.

'Heeft hij je zwijggeld gegeven?' Het klonk alsof het Paddy's schuld was dat hij het nog niet wist.

'Hij heeft me geld in handen gestopt en me gevraagd het niet in de krant te zetten.'

'Maar toch heb je het verhaal gepubliceerd?'

'Nou, ik had het anders wel teruggegeven, maar hij sloeg de deur in mijn gezicht dicht.'

'Dus was het zwijggeld,' herhaalde hij en hij keek haar woedend aan.

Sullivan stapte op de tafel af en leunend op zijn vingertoppen, zonder iemand aan te kijken, zei hij: 'Dat briefje van vijftig pond was het voorwerp in het huis waarop we de vingerafdrukken van Robert Lafferty hebben aangetroffen.'

De olijkerd wiens naam ze niet had opgepikt, bewoog beamend zijn hoofd op en neer. Ze hadden allemaal over die vingerafdrukken gehoord, maar van het bankbiljet wisten ze niets. Sullivan had woord gehouden en het aan niemand verteld. Ze volgde hem met haar blik toen hij zich weer terugtrok. Hij scheen zich al evenmin bewust van Knox als van de twee andere hoge pieten.

'Heeft u Tam Gourlay of Dan McGregor geld zien aannemen?'

'Nee,' zei ze, en ze waren zichtbaar opgelucht. 'Ik heb niks gezien.' Alsof ze de draad van haar verhaal gewoon weer oppakte, voegde ze eraan toe: 'Ik liep terug naar mijn auto, langs Gourlay en McGregor, en toen zei Gourlay: "Het is heel belangrijk dat dit niet in de krant komt, want ze is juriste," of iets van die strekking, waarop McGregor hem een pets tegen zijn achterhoofd gaf.'

De commissie keek lichtelijk verbijsterd. 'Wat denkt u dat hij daarmee bedoelde?'

'Ik weet het niet. Ik vertel u alleen wat er gebeurd is.'

Ze waren blij dat ze geen van de twee agenten had beschuldigd van het aannemen van steekpenningen. Fergusons blik schoot naar de notuliste, die aantekeningen maakte. Er vonden hier twee gesprekken plaats, besefte ze: wat er gezegd of gesuggereerd werd, en wat in het verslag werd opgenomen. Alleen het gesprek dat in het verslag werd vastgelegd, zou in de toekomst van enig belang zijn.

Ferguson bood haar een glas water aan. Hij stond op, boog zich over de tafel heen en schonk haar in, en zo leidde hij haar aandacht af en voorkwam hij dat de vragen een bepaalde kant op gingen. Dit was een oefening in schadebeperking. Ze zouden haar niets vragen wat ze zelf niet wisten of wat een onvoorspelbare draai aan het gesprek gaf.

Knox keek haar doordringend aan. 'We hebben het verslag gelezen van de eerste keer dat u verhoord werd, door rechercheur Sullivan. Toen heeft u niets over die vijftig pond gezegd, wel?'

'Nee.'

'En ook al had u het geld aangenomen, toch publiceerde u de volgende dag een verhaal over het incident?'

'Tegen welk feit heeft u bezwaar? Dat ik geld aannam of dat ik de afspraak niet nakwam? Want eigenlijk heb ik dat zwijggeld niet aangenomen, hij stopte het in mijn hand en sloeg de deur dicht.'

'Maar u heeft het geld toch gehouden?' Hij benadrukte dit punt in de wetenschap dat het in het verslag zou worden opgenomen.

'Ik kon het niet teruggeven. Hij had de deur dichtgedaan.'

'Was er geen brievenbus?' De misprijzende ogen van Knox waren grijs en halfgesloten.

Een jonge politieagent zou zich door zijn houding hebben laten intimideren, maar Paddy was journaliste en ging de hele dag met onbeschofte hufters om. Ze slaakte een ongegeneerde zucht en roffelde met haar vingers op het tafelblad. 'Zijn we klaar? Kan ik gaan?'

Ferguson ging op het randje van zijn stoel zitten. 'Was u ervan overtuigd dat mevrouw Burnett niet in gevaar verkeerde toen u haar huis verliet?'

Dat was de hamvraag, de vraag die aan iedereen gesteld zou worden. Het antwoord zou uitwijzen of Gourlay en McGregor zich schuldig hadden gemaakt aan nalatigheid. Het punt was dat ze niet het gevoel had gehad dat Vhari Burnett veilig was. Het had haar niet kunnen schelen of Burnett veilig was of niet. Toen Vhari Burnett met haar bebloede hals zich in de woonkamer terugtrok en uit het zicht verdween, was het enige wat Paddy interesseerde hoe snel ze weer in haar behaaglijke auto kon kruipen. Ze had dingen over Burnett verondersteld die ze nu belachelijk vond: dat ze rijk was en egocentrisch en slank; dat ze uit vrije wil bij Neilson bleef; dat ze een stel waren en het onderling zouden uitzoeken. Paddy kon wel honderd egoïstische, beschamende redenen bedenken waarom ze niet naar binnen was gestormd en had geëist dat Burnett met haar meeging, en als ze dat niet wilde toegeven, dan zat er niets anders op dan Gourlay en McGregor te steunen.

'Nee. Ik had het gevoel dat ze niet veilig was. En toch ben ik weggelopen.'

'Waarom deed u dat, juffrouw Meehan?'

Ze was te moe om een smoes te bedenken. 'Om dezelfde reden dat McGregor en Gourlay wegliepen. Omdat ik een stomme koe ben.'

Nu het gesprek een onverwachte wending dreigde te nemen, rimpelde er een huivering van paniek door het rijtje mannen. De notuliste keek even op. Knox rondde het gesprek zo snel mogelijk af om te voorkomen dat Paddy nog iets ongelegens zei.

Sullivan deed haar uitgeleide, alsof ze zelf de weg niet wist, en glipte samen met haar de wachtkamer in. Toen hij zich ervan had overtuigd dat Grant hem niet kon horen, zei hij: 'Wat je daarnet zei, of ze veilig was of niet, dat was... heel goed dat je dat zei.'

Ze keek hem aan, rillend bij de gedachte dat Lafferty haar buiten misschien opwachtte. 'Ik dacht dat je me wilde vertellen dat het stom was.'

'Dat was het ook.'

Hij keek haar glimlachend aan, zo onder de indruk dat hij zijn buik voor haar inhield, en schoot toen snel de verhoorkamer weer in.

Het was stil op straat. Paddy zette er de pas in, haar blik gericht op de rij taxi's twee blokken verderop, en ondertussen maande ze zichzelf tot kalmte: Lafferty zou haar hier heus niet te grazen nemen, niet pal voor het hoofdbureau van politie. Haar hart stond stil toen een auto haar achteropreed en ze ging op een onelegant sprintje over. Ze trok haar kokerrok tot boven haar knieën en racete een drukke straat over, steeds harder, tot ze bij de rij taxi's aankwam en in de voorste auto sprong.

'Redactie *Daily News* in Albion Street,' zei ze, en toen was ze op weg naar de enige plek waar ze zich veilig voelde.

29

Killearn

I

Het was drie uur 's nachts, het dode uur, en Paddy wist dat ze haar enige kans om te slapen had moeten aangrijpen. Nu stond ze in de nachtwinkel en haar hoofd voelde zo licht dat ze moest gaan zitten om te voorkomen dat alles zijn kleur verloor. De stokoude, haveloze vrouw naast haar, die op dat moment verhoord werd, zag haar wankelen en sloeg geen acht meer op de agenten die tegen haar stonden te praten. Ze boog zich naar Paddy toe en raakte haar knie aan.

'Misselijk?' vroeg ze en toen lachte ze als Moedertje Dood in eigen persoon. Vlekkerig gele huid hing voor haar ogen, op haar knobbelige neus zaten huidplooien en op haar wang had ze een meeeter ter grootte van een duimafdruk. Toen Paddy binnenkwam, zat ze op een stoel naast de deur en nam telkens een slokje uit een flacon whisky die ze naar eigen zeggen zelf had meegebracht, terwijl ze ondervraagd werd over het gevecht en over het feit dat op de whiskyfles hetzelfde roze prijsstickertje zat als op alle overige artikelen in de winkel.

De winkelier werd bij haar uit de buurt gehouden en zat in het magazijn. Hij was hier niet de crimineel, hoorde Paddy hem schreeuwen tegen de agenten die hem achter het plastic strippengordijn hadden ingesloten. Ze was een slet, een smerige ouwe sletterige dief.

Gehuld in lagen overjassen en stinkend naar drank en ontsmettingsmiddel was de vrouw de nachtwinkel binnen komen slenteren. Ze woonde in de buurt en volgens de winkelier kwam ze bijna elke nacht langs om spullen van hem te stelen. Ze zocht naar dingen die ze kon verpatsen om van het geld drank te kopen en had het vooral op theezakjes en koffie voorzien. Voor de peperdure halve flesjes hartversterkers die naast de sigaretten op de planken achter de toonbank werden bewaard en waar op tijdstippen waarop geen alcohol mocht worden verkocht keurig een laken overheen ging, had ze geen belangstelling.

Die nacht had de winkelier er genoeg van gehad: doodziek van de verliezen die hij leed had hij de vrouw te slim af willen zijn en een lege koffiepoederpot en een doos theezakjes op de plank gezet. De vrouw was binnengekomen en was zoals gewoonlijk meteen op de koffie afgekoerst. Daar stond ze met de lege pot in haar handen en probeerde het te begrijpen terwijl ze haar jas al openhield om de buit in te verstoppen. Toen ze uiteindelijk doorkreeg dat de pot leeg was, keerde de vrouw zich naar de winkelier toe, liet het ding vallen en vloog krijsend op hem af, haar blik strak gevestigd op de drank-flesjes onder het laken.

De winkelier beweerde dat hij haar alleen maar had willen tegen-houden toen een groep jonge gothics die bij de bushalte voor de eta-lage stonden te wachten, zag hoe hij de oude dame tegen de grond werkte en haar kleren doorzocht.

Bij niemand is het rechtvaardigheidsgevoel zo onbuigzaam als bij dronken nachtschuimers. De gothics stormden naar binnen en vie-len op hun beurt de winkelier aan, die ze van de oude vrouw weg-trokken. Een stel meisjes ging boven op hem zitten terwijl de rest zich bediende van frisdrank, sigaretten en zakjes chips, en de oude vrouw naar hartenlust haar gang kon gaan in de tien minuten voor de politieauto arriveerde.

Er waren niet voldoende agenten om de hele bende te arresteren en daarom werd het verhoor beperkt tot de twee hoofdrolspelers. Buiten stonden de jongeren stiekem door het raam te gluren, zwaar opgemaakt, in een wirwar van zwart en paars, de seksen niet van el-kaar te onderscheiden. Het trottoir om hen heen lag bezaaid met halflege chipszakjes en pakken koekjes. Blikjes cola, de herkomst onmiskenbaar, liepen leeg in de goot.

Paddy verliet het winkeltje met twee blaadjes aantekeningen in steno, maar ze wist dat het de moeite niet loonde om ze aan de nachtredacteuren door te bellen.

Sean, die in de auto zat, keek gefascineerd naar het clubje bij de winkel en wilde maar al te graag horen wat er binnen was gebeurd.

'Man,' zei hij grijnzend, en hij schudde verwonderd zijn hoofd, 'je gelooft echt niet wat er allemaal gebeurt tot je er zelf bij bent. Zal ik een telefooncel opzoeken?'

'Heeft geen zin. Het haalt de krant toch niet.'

'Waarom niet?'

'Omdat het geen auto-ongeluk of moord is. Ze publiceren geen verhaaltjes, alleen het keiharde nieuws.'

'Zonde.' Sean startte de motor. 'Het was anders berespannend om te zien.'

Omdat hij het gevoel had dat Paddy's baan er de oorzaak van was dat hij haar kwijt was geraakt, had Sean er altijd wat schamper over gedaan en haar afgekapt als ze probeerde te vertellen welke taferelen zich 's nachts in de stad afspeelden. Ze zag het als een soort erkenning dat hij er nu zo opgewonden over deed. Opeens vond ze haar baan prachtig, terwijl ze toch al maanden bezig was om iets anders te krijgen. De volgende ochtend zou Shug Grant al dan niet op de hoogte zijn van haar vijftig pond zwijggeld, afhankelijk van hoe het lek ermee omging. Als Shug het te horen had gekregen, wist iedereen bij de *News* het ook. Ramage zou haar bij zich roepen. Ze zou haar jas niet eens uit hoeven te trekken. Of misschien belde hij haar later in het hotel om te zeggen dat ze de kamer uit moest en dat ze ontslagen was.

'Vind je het een leuk baantje, Sean?'

Hij gaf gas en reed de weg op. 'Tegen niemand zeggen, maar waarschijnlijk zou ik het nog voor niks doen.'

Sean reed de verlaten stad door, onder een hoge gele hemel met vlak boven de horizon een vette maan. Hij reed nu al stukken beter, moest ze toegeven, ook al had hij nog maar één nacht gewerkt.

'Je ligt veel vaster op de weg. Je krijgt het kunstje al onder de knie.'

'Het is een goede oefening.' Hij glimlachte in zichzelf. 'Het schuift ook goed.'

Hij moest niet denken dat hij nu op de nominatie stond voor een vaste baan, en daarom zei ze: 'Dit hoeft geen blijvertje te zijn, hoor. Als je je rijbewijs laat zien, vallen ze misschien over het feit dat je nog maar net geslaagd bent.'

Hij knikte. En bleef knikken. Ze kende hem veel te goed om te denken dat het niets te betekenen had. 'Wat is er?'

'Hoezo wat is er?'

'Waarom zat je net aan één stuk door te knikken?'

Aan zijn gekwelde, panische blik zag ze dat er iets aan de hand was. Ontzet hield ze haar adem in en schoof naar voren op haar stoel. 'Sean, zeg alsjeblieft dat je je rijexamen hebt gehaald.'

Hij knikte en bleef maar knikken, maar ze wist dat hij loog.

'Sean, ik heb je voorgedragen voor dit baantje. Als je het op oneerlijke wijze hebt gekregen, zit ik in de problemen.'

'Nou, ik ga nu toch slagen? Nu ik zo fantastisch veel ervaring opdoe?'

'Jezus, we scheuren elke nacht achter politiewagens aan. Straks ben je je rijbewijs al kwijt voor je het goed en wel hebt.'

Hij keek haar via het spiegeltje aan. 'Ook al was ik geslaagd, dan zou ik het rijbewijs pas na maanden hebben gekregen. Als ik betrapt word, zeg ik dat jij nergens van wist, oké?'

Paddy gaf geen antwoord. Sean was bereid geweest op zijn zeventiende te trouwen om zijn moeder een plezier te doen. Tijdens de hele middelbare school was hij klassenvertegenwoordiger geweest. Elke verplichte feestdag ging hij naar de kerk. De wet overtreden om een baantje in de wacht te slepen, was bij haar weten het riskantste wat hij ooit had gedaan. Met hernieuwde belangstelling keek ze naar hem.

'Oké?' herhaalde hij.

Ze knikte en bestudeerde zijn achterhoofd. Zo langzamerhand zouden zelfs de wachtkamers van de spoedafdelingen leeg zijn. 'Rij maar naar Killearn.'

II

Naarmate ze de stad verder achter zich lieten, werd de radio-ontvangst geleidelijk minder, en het gebliep en geknetter van de oproepen ging over in een zacht, troostend gezoem. Overvloedig geel maanlicht glinsterde op de rijp die in een laag op de geploegde, modderige akkers lag, en langs de donkere weg stonden de puntige geraamten van kale struiken.

Dit was rijk land, zacht glooiende heuvels met overal vriendelijke groepjes oude bomen, en schilderachtige dorpen langs de traditionele drijversweg waarover de veedrijvers van de Highlands eeuwenlang hun kuddes naar de stad hadden gebracht. De bevolking groeide, de kleine dorpjes namen aan de randen steeds meer akkerland in beslag, en golfers die zich voor buitenlui uitgaven, lieten er grote nieuwe huizen bouwen.

Toen ze Killearn naderden, passeerden ze huizen die een eind van de weg af stonden: oud en nieuw, alle met grote lappen gazon en uitgebreide siertuinen, sommige met boten op de oprijlaan, de meeste met grote auto's.

Het was vier uur 's nachts, iedereen sliep, en de alerte waakzaamheid die gewoonlijk over rijke buurten hangt, ontbrak: geen hond die blafte, geen enkele dure auto die vaart minderde bij de passeervakken en geen bestuurder die aandachtig door het raampje van hun goedkope auto tuurde om de gezichten in zich op te nemen van de onbekenden die maar een beetje rondreden en misschien niets goeds in de zin hadden.

De oprit naar Huntly Lodge leek nergens naar: een kleine opening in het struikgewas, met een verwaarloosd, wegrottend hek dat onder de groene aanslag zat en werd dichtgehouden door een glimmende nieuwe ketting met een hangslot.

Paddy droeg Sean op aan de kant van de weg te gaan staan, de lichten te doven en op haar te wachten.

'Waar ga je naartoe? Ik kom wel met je mee.'

'Nee,' zei ze. 'Ik wil gewoon even iets bekijken. Blijf hier maar wachten.'

Ze was er niet op gekleed. Al vanaf zondag droeg ze dezelfde kokerrok, en haar trui was ook niet meer zo fris. De rok was te nauw om mee te klimmen, maar ze droeg haar lange leren jas en daarom sjorde ze haar rok tot op haar heupen omhoog en klauterde over het hek. Toen ze boven was, met één been eroverheen, verschoof het wankele hek in de modder aan de onderkant en ze voelde hoe ze ondersteboven achterover dreigde te tuimelen. Ze wierp haar hele gewicht naar voren, waarbij haar maillot aan het ruwe hout bleef haken en scheurde bij de knie. Een dikke wollen maillot kostte vijf pond, en terwijl ze aan de andere kant naar beneden klom, vervloekte ze Paul Neilson. De schram op haar knie bloedde een beetje.

Ze strompelde over het modderige pad, trok haar rok naar beneden en volgde de hoge ribbel tussen de twee diepe bandensporen waardoor zware auto's van en naar het huis waren gereden. De bomen sloten zich achter en boven haar en bewogen dreigend op de zwakke wind. Paddy liep langzaam, ze liet haar ogen wennen aan het donker, wreef over haar knie en had medelijden met zichzelf.

Toen ze de bocht om ging en het gigantische huis zag, trok ze zich nerveus terug in de struiken. Hier was iemand heel erg rijk.

Het huis was nieuw en enorm, een idiote kast van een gebouw met een misplaatst klein voordeurtje, en ramen die qua formaat zeer geschikt zouden zijn geweest voor een twee-onder-een-kapwoning. Er was een poging gedaan om de deur nog enige waardigheid te verlenen door aan weerszijden gipsen leeuwen te plaatsen, maar die waren te klein en maakten de aanblik des te goedkoper. Aan de linkerkant, als een soort uitbouw bij het huis, was een garage met drie deuren.

Paddy bleef in de buurt van de struiken en liep om het huis naar de zijkant, baggerend door modder die schuilging onder een laag dorre bladeren. De grond voelde zacht aan onder haar voeten en sopte luid aan de rubberen zolen van haar halve laarsjes. In de hoop dat er geen hond was, zocht ze voorzichtig haar weg, op haar tenen, en daarbij probeerde ze zo min mogelijk geluid te maken.

Het raam aan de zijkant van de garage was te hoog om er goed doorheen te kunnen kijken. Ze zag de binnenkant van het hellende dak en drie dakramen op een rij, een boven elk vak, maar de auto's stonden te laag, die kon ze niet zien.

Ze keek om zich heen op zoek naar iets waarop ze kon staan, maar het smalle pad lag er netjes bij. Toen ze om het huis heen naar de achterkant sloop, zag ze pal in het midden van een uitgestrekt, glooiend gazon een groot fundament van grijs beton, waarop een glazen plantenkas rustte. Aan het glinsterende maanlicht op de onderkant van het glas zag ze dat de kas een zwembad bevatte. Het was geen achtertuin waarin veel geleefd werd: bij de achterste muur stonden geen oude grasmaaiers en er slingerde geen speelgoed rond, kisten of zaadbakken ontbraken, er was niet eens een kapotte wasmachine zoals in de tuin van de Meehans. Ze zag niets waarop ze kon staan.

Weer liep ze vlak langs de muur naar het raam van de garage, en nadat ze de grond onder het raam had geïnspecteerd, sprong ze verschillende keren op en neer, en van de glimpen die ze opving, vormde ze zich een beeld van de indeling en inhoud van de garage. Hoewel die plaats bood aan drie auto's, stonden er maar twee: een grote en een kleine, van precies dezelfde vorm en afmeting als de bmw's die ze bij Vhari Burnetts huis had gezien.

Een plotseling geritsel in de struiken herinnerde haar aan Lafferty. Ze draaide zich om en snelde de oprit weer af, zonder zich te bekommeren om het geluid dat ze produceerde. Ze trok haar rok op tot haar middel en klom vlug over het hek. Bij het zien van Sean, die nog steeds op de plek stond waar ze hem had achtergelaten, haalde ze diep adem en naarmate ze de auto dichter naderde, ging ze harder rennen. Ze was zo opgelucht toen ze weer in de warme auto stapte dat ze het portier bijna had dichtgeklapt om de enge nacht buiten te sluiten, maar ze hield zich op tijd in en sloot het zachtjes.

'Kom, we gaan.'

'Waarom heb je je rok uitgetrokken?'

'Ga nou maar, Sean, en laat de lichten uit.'

III

Larry Grey Lips, de nachtredacteur, keek haar meewarig aan. 'Meehan, je moet nog even blijven.'

Paddy stond bij de postvakjes, met één arm in de mouw van haar jas en haar sjaal om haar hals. 'Hoezo?'

Hij liet een geel memobriefje voor haar gezicht wapperen. 'Dit kreeg ik gisteravond nadat je was vertrokken: Ramage wil je spreken zodra hij binnen is.'

Haar laatste restje hoop vervloog. Knox had Shug over de vijftig pond verteld. Ramage ging haar ontslaan.

Larry en Paddy hadden elkaar nooit gemogen, maar hij zag hoe hard het nieuws aankwam en stak zijn hand naar haar uit, om hem bij nader inzien snel weer terug te trekken. 'Misschien gaat het om iets anders.'

Bij de gedachte aan haar moeder werd ze overmand door machteloosheid en ze sloeg haar hand voor haar gezicht. 'Ik ben de enige thuis die werk heeft.'

'Tja, nou.' Geschrokken door haar openlijke vertoon van emotie wendde Larry zich gauw van haar af. 'Wat erg voor je.'

Met haar ene arm nog steeds in haar jas liet ze zich op de stoel bij de deur zakken. Die klote-Shug Grant. Jaren had ze in deze baan geïnvesteerd, jaren waarin ze had gewacht op betere tijden, en nu was het allemaal voor niets geweest. Iets anders had ze nooit willen doen. Haar eindexamencijfers waren niet goed genoeg voor de universiteit. Als ze aan haar toekomst dacht, dan strekte zich een eindeloze eeuwigheid voor haar uit waarin ze thuis in de vochtige garage naar een schrijnend lege pagina zat te staren. Ze voelde zich zo verslagen dat ze het niet eens opbracht om naar de kantine te lopen voor een bak koffie of om een paar koekjes uit het blik te pakken.

De nonchalante werktijdenregistratie uit het tijdperk Farquarson behoorde tot het verleden en het redactielokaal vulde zich in rap tempo met de mensen van de ochtendploeg. Journalisten en redacteuren haastten zich met zijn tweeën of drieën tegelijk de deur door. Paddy had al vijf maanden geen dagdienst meer gehad en was vergeten hoe de redactie eruitzag als iedereen er was. Loopjongens werden erop uitgestuurd om koffie en thee te halen, journalisten richtten hun werkplek in voor de dag, zetten asbakken naast de hand waarmee ze rookten en draaiden papier in de schrijfmachines, terwijl vakredacteuren bevelen uitdeelden en eindredacteuren exemplaren van de ochtendeditie doornamen op zoek naar verhalen die een follow-up verdienden.

Shug Grant arriveerde drie minuten te laat, in het gezelschap van een dikke redacteur internationaal nieuws. Hij liet niet merken dat hij Paddy had gezien, maar vlak bij haar bleef hij stilstaan en begon overdreven te lachen om een grap van zijn metgezel. Ze keek niet op.

Ze bleef aan het uiteinde van het bureau zitten, zich vaag bewust van de schram op haar knie, haar handen samengevouwen voor haar buik om de pijntjes te koesteren waarvan ze zich al dagen niet had kunnen bevrijden, tot er een loopjongen naast haar opdook. 'Ramage wil je spreken.'

Ze keek het redactielokaal rond op zoek naar iets dat ze nog mee wilde nemen. Misschien mocht ze straks niet meer naar binnen. Haar grote mok stond in de kast met kantoorartikelen, maar ze voelde er niets voor om de hele ruimte door te lopen, langs Shug Grant, om hem te pakken.

Langzaam stond ze op en schoof haar andere arm in haar jas. 'Beneden?'

De loopjongen knikte treurig. 'Ja, beneden.'

Bij de deur bleef ze staan en keek om, naar alle bedrijvigheid en wanorde. Buiten was het zonnig. Door de wand van ramen vielen bundels gouden ochtendlicht schuin naar beneden en bleven rusten op het vuile blauwe tapijt. Niemand keurde haar een blik waardig. Ze had nog niet eens te horen gekregen dat ze ontslagen was, en nu al was ze voor hen niet meer dan een droevig schouderophalen, een gerucht. Ze zou niet de laatste zijn.

Ze sleepte zich naar beneden, de stille gang door, klopte twee keer aan en liet zich tegen de muur zakken. Ramage riep dat ze binnen kon komen. Ze trof hem aan achter zijn grote bureau, zelfvoldaan achteroverleunend op zijn stoel. Er lag niet één vel papier op zijn leren vloeiblad, maar er stond wel een kleine koperen cafetière naast een donkergroene kop en schotel met gouden rand. Het volle, chocoladeachtige aroma van echte koffie vulde de kamer.

'Sorry dat ik je na je dienst heb laten wachten.'

Ze bleef bij de deur staan en haalde haar schouders op. 'Maakt niet uit.'

Ramage keek haar een paar tellen onderzoekend aan. 'Het waren maar twintig minuten, Meehan, dat is geen reden om te mokken.'

Bang dat ze in huilen zou uitbarsten als hij met zijn mededeling kwam, beet ze hard op de binnenkant van haar wang.

Ramage legde zijn vlakke hand op de koperen zuiger, duwde hem langzaam naar beneden en keek toe terwijl het wiel de koffiekorrels samenperste tegen de bodem van het glas. 'Kom eens hier.'

Ze slofte naar het bureau.

'Wat is er met je knie gebeurd?'

'Opengehaald. Toen ik over een hek klom.'

Hij schonk zichzelf zwarte koffie in, tilde de kop en schotel op en slurpte hoorbaar, met zijn pink uitgestoken. 'Hoe staat het met dat verhaal over corruptie bij de politie?'

Paddy keek naar Ramage' gezicht. Hij nam weer een slok en hield zijn blik afwachtend op haar gericht. Hij wilde met haar praten, hij ging haar niet ontslaan.

Meteen leefde ze op. 'Nou, ik heb de eigenaar gevonden van de auto's die achter het huis in Bearsden stonden geparkeerd. Hij heeft iets gehad met de zus van Burnett, maar die is spoorloos. Volgens mij is hij naar haar op zoek, hij is wanhopig, en niet omdat hij nog zoveel van haar houdt.'

'Dacht hij dat haar zus haar verborgen hield?'

'Waarschijnlijk. Vhari Burnett was net verhuisd en die dode vent in de rivier wist haar nieuwe adres.'

'Dus hij heeft haar via hem gevonden?'

'Ik denk het.'

'En de politie?'

'Nou, de twee agenten die op de oproep in Bearsden afkwamen, laten niets los wat naar hem zou kunnen leiden, ze kijken wel uit, en dat zou kunnen betekenen dat ze corrupt zijn. Maar wat nog belangrijker is: ze zijn pas overgeplaatst naar het bureau dat de moord op Burnett onderzoekt. Iedereen weet dat ze corrupt zijn, en het is dan ook hoogst ongebruikelijk, maar ik denk dat ik weet welke hoge politiefunctionaris er zijn handtekening onder heeft gezet.'

'Die is dus ook corrupt?'

Ze haalde haar schouders op. 'Dat vermoed ik. Zeker weet ik het niet, maar zijn naam is een paar keer opgedoken.'

'Mooi.' Ramage leunde weer achterover. 'Is er al bewijsmateriaal gevonden?'

'Wat vingerafdrukken van een zware jongen die de schakel vormt tussen hen allemaal.'

'Dezelfde van de aanval op de auto?'

'Ja, die vent van de brandbom. Hij is de schakel, maar ik ben de enige die hem met het huis van de Bearsden Bird verbindt. Ik kan getuigen dat een stuk papier het huis die nacht heeft verlaten en dat zijn vingerafdrukken erop zijn aangetroffen.'

Op het gezicht van Ramage was geen sprankje herkenning te lezen toen het stuk papier ter sprake kwam, en Paddy vermoedde dat hij het niet wist. Knox had het dus toch niet aan Shug Grant verteld.

'Geen spoor van hem te bekennen? Volgt hij je soms, gaat hij naar je huis?'

'Nee.' Ze zweeg. Misschien stuurde Ramage haar nu naar huis. 'Tot nu toe niet. Ik heb hem in elk geval niet gezien.'

'Was hij de man bij de voordeur?'

'Nee. De vingerafdrukken van de man bij de deur staan ook op het papier, maar komen niet voor in het politiearchief.'

'Dus ze moeten hem eerst arresteren voor ze zijn vingerafdrukken kunnen afnemen om ze te vergelijken?'

'Ja,' zei ze, met onverholen verbazing nu Ramage geen debiel bleek te zijn. Hij zag het en in zijn rechterwang trilde een spiertje van ergernis. Snel ging ze verder. 'Hoe dan ook, de politie heeft geen enkele haast om de dader op te sporen en ze proberen de moord op Burnett voortdurend op anderen af te schuiven. Iemand beschermt hem, dat staat vast.'

'En het rechercheteam? Zijn die zuiver op de graat?'

Ze dacht aan Sullivan, die zich had laten beledigen door de politiefunctionarissen van de onderzoekscommissie, en die zijn buik voor haar had ingehouden omdat ze de waarheid had verteld. 'Brandschoon. De rechercheur die de leiding heeft, weet dat er iets niet klopt en soms spreekt hij onder vier ogen met me, dan geeft hij me tips.'

Meteen richtte Ramage zijn wijsvinger op haar, alsof ze een voorstel van hem had opgevolgd. 'Een goed contact. Hou het maar stil, Meehan. Vertel die eikels hierboven maar niks over hem. Hij is van jou.'

Opgelucht nu haar doodvonnis niet werd uitgesproken, schonk ze Ramage een gretige glimlach. 'Prima tip,' zei ze, 'bedankt,' alsof ze zelf niet wist dat ze op haar hoede moest zijn voor andere journalisten.

Ramage nam weer een slokje koffie, perste zijn lippen op elkaar en zoog hard op zijn tong, alsof hij lichtelijk onpasselijk was. Ze vermoedde dat de koffie lekkerder rook dan hij smaakte. 'Hoe ging het gesprek met de onderzoekscommissie trouwens?'

'Ze leken vastbesloten om alle belangrijke vragen te omzeilen.'

Hij knikte langzaam. 'Dus het is iemand van de onderzoekscommissie?'

Weer stond Paddy versteld van zijn scherpzinnigheid. 'Dat zou kunnen.'

'Zo gaat dat namelijk. Ik heb het eerder gezien. Ze zorgen dat ze zitting krijgen in de onderzoekscommissie en dan proberen ze die een bepaalde kant op te sturen.'

'Echt waar?'

'Ja hoor. Precies hetzelfde gebeurde tien jaar geleden in Liverpool, in een zaak die we versloegen. En, hoe lang denk je nog nodig te hebben om de waarheid boven water te krijgen?'

Ze had geen idee. 'Een paar dagen,' zei ze, en meteen vroeg ze zich af waarom ze dat had gezegd. 'Op z'n hoogst.'

'Mooi. Mooi.' Hij zette het kopje neer en keek er verontwaardigd naar. 'Ik betaal nog twee dagen voor dat hotel en dan moet het rond zijn.' Bruusk gebaarde hij naar de deur. 'Je kunt gaan.'

Paddy glimlachte naar hem en ze meende het nog ook. Hij was intelligent en bereid om voor het hotel te betalen, en bovendien was hij niet van plan haar te ontslaan. 'Tot ziens, chef.'

Toen ze op de bedompte gang stond, liet haar vermoeide geest het gelijk weer afweten. Ze had nog maar twee dagen. In een poging haar gedachten tot de orde te roepen, tastte ze in haar zak naar de verkreukelde foto van de begrafenis. Terwijl ze over het trottoir liep, haalde ze hem tevoorschijn en vouwde hem open.

De stoffige zwarte toner kruimelde bij de vouwen, maar Kate Burnetts gezicht was nog duidelijk zichtbaar: een enorme bos blonde haren en een glimlachje om haar lippen. Zij was de schakel die alles met elkaar verbond. Paddy moest haar vinden.

30

De zee is zo groot

I

Het bed verzwolg haar, zoog haar de slaap in, als een doodskist. Ze droomde van Kate, die tot leven kwam in de gekopieerde foto en glimlachte, haar hoofd in haar nek wierp en lachte op een begrafenis, terwijl haar volle haarbos danste op haar schouders. Ramage hield Kates elleboog vast om haar te ondersteunen, en opeens stond ze in brand, de vlammen sloegen van haar haar terwijl ze lachte en knikte, brandend haar dat rond haar schouders zwiepte en gemene kleine vonkjes in het rond deed vliegen.

Naast Paddy begon de telefoon te rinkelen en terwijl de warmte van de lage winterzon door het raam stroomde en haar gezicht koesterde, schoot ze met een ruk overeind.

'Hallo?'

De telefoniste had een oproep voor haar, een zekere George Burns, moest ze hem doorverbinden?

'Meehan.' Hij klonk niet vriendelijk, maar ze was net wakker en voelde zich te gedesoriënteerd om meteen ook maar kil terug te doen.

'O, hoi, hoe gaat ie?' Ze keek op haar horloge. Ze had nog maar drie uur geslapen en het was nu lunchtijd.

'Eh, goed, ja, goed hoor. Ik wilde je even laten weten dat Tam Gourlay en zijn maat McGregor op non-actief zijn gesteld vanwege dat onderzoek. Ik zag Gourlay de Marine uit lopen net nadat hij het vernomen had. Nou, die heeft geen botje meer in zijn lijf dat geen pijn doet.'

Het duurde even voor ze had uitgevogeld waarom ze geïnteresseerd zou moeten zijn in de botten van Tam Gourlay. 'Heb je hem een pak slaag gegeven?'

Burns aarzelde, maar toen hij weer sprak, hoorde ze hem glimlachen. 'Ja, maar ik vertel het je in code, zo stiekem ben ik wel.'

'Heb je het in het geheim gedaan?'

'Eh,' zuchtte hij. 'Nee. Ik heb het op een parkeerterrein vol politieagenten gedaan.'

'Waarom doe je dan stiekem?'

'Weet ik eigenlijk niet. Misschien om indruk op je te maken.'

Een paar tellen lang giechelden ze over de telefoon en Paddy wreef over haar warme gezicht. 'God, het is hier om te stikken.'

'Hoe dan ook, van hem zul je geen last meer hebben.'

Ze dacht aan Knox. Het probleem was groter dan Burns in de verste verte kon vermoeden. 'Bedankt.'

'Geen dank. Ik ben trouwens vlakbij, om de hoek.'

Hij laste een geladen pauze in. Ze had hem op haar kamer kunnen uitnodigen, maar ze had maar twee dagen en ze voelde zich te zwak om de gymnastische toeren van de vorige dag te herhalen.

'Burns, wil je iets voor me doen?'

'Alles.' Hij klonk zeker van zichzelf, ervan overtuigd dat ze hem zou vragen om boven te komen.

'Zou jij het huisadres van hoofdcommissaris Knox voor me willen opzoeken?'

Ze voelde zijn irritatie door de telefoon heen. Hij klakte met zijn tong. 'Tuurlijk,' zei hij kortaf. 'Tuurlijk. Komt voor elkaar.'

'Je zei toch alles?'

'Ja. Inderdaad. Dat zei ik.'

Nadat ze had opgehangen bleef het rode lampje van de telefoon tegen haar knipperen. Eerst dacht ze dat het een foutje was, niettemin nam ze op om te horen of Burns nog aan de lijn was.

'Er is bezoek voor u in de receptie.' De receptioniste klonk ontstemd. 'U had toch gezegd dat we niemand naar boven mochten sturen?'

In haar verbeelding zag ze Gourlay, wiens bloed op de marmeren vloer droop, Lafferty, die grijnzend bij de balie stond, met een fakkel in zijn hand. 'Wie is het?'

De receptioniste zuchtte en legde haar hand over de hoorn, waarna ze iemand iets vroeg. Ze kwam weer aan de lijn. 'Het is uw moeder.'

De liftdeuren gingen open en Paddy zag Trisha nogal verloren midden in de receptieruimte staan. Ze droeg haar sjofele beige regenjas-voor-naar-de-stad en klemde een stel verkreukelde, gebruikte plastic tassen tegen haar borst. De zware tassen trokken haar ronde schouders naar beneden en rekten uit bij de handvatten. Ze maakte een angstige indruk.

Pas toen Paddy op haar afliep, zag Trisha haar en bijna maakte ze een buiging. Het handvat van een van de propvolle tassen brak en Paddy's kleren verspreidden zich over de glanzende marmeren vloer. Toen Trisha de slipjes en de trui voor zich op de vloer zag liggen, begon ze bijna te huilen.

'Geeft niet, hoor,' zei Paddy en ze knielde neer om de kledingstukken weer in de tas te stoppen. Ze stond op, wist niet goed hoe ze haar moeder moest begroeten en besloot haar op de wang te kussen, maar toen Trisha zich naar haar toe wendde om de kus in ontvangst te nemen, miste ze en raakte haar onhandig op haar oor.

'Hallo, schat,' zei Trisha zachtjes. 'Hallo.'

'Zullen we een kopje thee gaan drinken?'

'Tja.' Trisha keek om zich heen alsof ze zich afvroeg of dat in de receptie moest gebeuren. 'Wel een heel gedoe.'

'Welnee, geen enkel probleem, we kunnen binnen zitten.' Paddy pakte haar arm en loodste haar de hal door in de richting van een trap die naar beneden voerde, naar de bar.

Trisha keek geschokt. 'O, lieve hemel, ik wil echt niet onder lunchtijd in een pub worden gezien.'

Paddy glimlachte en kneep in haar arm. 'Ben je eigenlijk weleens in een pub geweest?'

'Natuurlijk wel. Toen je vader en ik nog verkering hadden. In Chapman's.' Ze trok haar neus op. 'Ik vond het maar niks.'

De bar van het hotel deed tevens dienst als ontbijtzaal, veranderde rond lunchtijd in een pub en was 's avonds een restaurant. Met het oog hierop stond er een groot stalen buffet in de hoek, waarin vettige ontbijtgerechten warm en vruchtensappen koel werden gehouden. Het was nu donker, het stalen oppervlak van de verwarmingsplaat was schoongeboend en gereed voor de volgende ochtend. Achter de bar in het midden van de ruimte stonden jonge mannen in witte overhemden, en serveersters liepen de tafels langs. Stoelen en banken waren paars en geel gestoffeerd, kleuren die bij het tapijt en het structuurbehang pasten. Het vertrek rook naar sigaretten en plantaardige olie.

Trisha en Paddy gingen naast elkaar op een muurbank zitten, met hun gezicht naar de open ruimte. Het was prettig om elkaar niet aan te hoeven kijken. Tussen hen en de ramen die op George Square uitkeken, zaten groepjes zakenlieden in donkere pakken rond tafels geschaard en aten gigantische borden patat met vis of jachtschotel, die ze wegspoelden met grote glazen bier. Iedereen had fluorescerend groene erwten op het bord, maar niemand scheen ervan te eten.

'Dat ziet er heel duur uit,' mompelde Trisha. 'Aan de overkant is een broodjeszaak.'

'Ik kan het op de rekening van de kamer laten zetten. De krant betaalt. Heb je zin in lunch?'

Sinds mensenheugenis had Trisha elke dag als lunch een bord soep en twee fijngeprakte gekookte eieren in een kopje geconsumeerd. Ze keek naar een bord op een naburig tafeltje. 'Dat krijg ik niet weg tussen de middag.'

'Je hoeft het niet allemaal op te eten; je eet er iets van en laat de rest staan.'

'Dat is zonde. Ik neem wel thee.' Ze liet haar jas van haar schouders glijden. Eronder droeg ze een elegante blouse van witte nylon, die ze gewoonlijk voor de mis bewaarde.

De serveerster kwam en ze bestelden twee koppen thee en koekjes, en voor Paddy een bord friet als ontbijt, waarop Trisha de plastic tassen tussen hen in op de bank deponeerde.

'Kijk, ik heb wat schone kleren voor je meegebracht, en ook je tandenborstel en een bak soep.'

Paddy keek in de tas en moest glimlachen om de Tupperwaredoos. Trisha had de zware bak helemaal vanuit Eastfield meegesleept. Het was groentebouillon met kapucijners en flintertjes roze achterham. Bij de Meehans maakte soep deel uit van iedere maaltijd, op het ontbijt na. Recepten werden van moeder op dochter doorgegeven. Het had iets magisch: niet alleen was het maagvulling voor armelui en een bron van groente, maar omdat het zoveel tijd kostte om de groente te snijden en de kapucijners te weken, en omdat er ook nog eens vlees in zat, was het een kernachtig blijk van liefdevolle zorg in een gezin waarin nooit over genegenheid werd gesproken. 'Ma, waar moet ik die soep opwarmen?'

'Hebben jullie geen gasstel op het werk?'

'Kom op, ze zouden nog denken dat ik niet lekker was als ik boven een pan ging hangen om soep op te warmen.' Ze wilde haar moeder gewoon een beetje plagen met haar buitenissigheid, maar Trisha voelde zich gekleineerd.

'Ik heb het speciaal voor jou gemaakt.' Haar ogen schoten vol. Ze trok een zakdoek uit haar mouw en bette haar neus, net toen de serveerster hun bestelling op tafel zette.

Zodra de serveerster was verdwenen, streelde Paddy haar arm. 'Niet huilen, ma.'

Trish sloeg haar hand voor haar mond en ging nog even door met huilen. 'Waarom ben je eigenlijk hier?'

'Dat heb ik je toch verteld, ma, omdat we met een groot verhaal bezig zijn en ik in de buurt van de redactie moet blijven.'

'Waarom zeg je dan dat ik naar die auto uit moet kijken? Ben je soms in gevaar?'

'Nee.' Paddy had geprobeerd er luchtig over te doen, maar haar moeder kon ook lezen en ze had de krant gezien. 'Billy maakt het goed. Vandaag wordt hij uit het ziekenhuis ontslagen. Ze overdrijven het gewoon om er een mooier verhaal van te maken. Wees maar niet bezorgd.'

Trisha bleef echter huilen; ze vocht tegen haar tranen en op zeker moment beet ze op haar zakdoek. Paddy had de laatste tijd genoeg huilbuien van haar meegemaakt om te weten dat het eigenlijk niet om haar ging. Ze schonk thee voor hen in, deed een suikerklontje in haar moeders kopje en roerde, waarna ze als lokkertje een lekker koekje met een laagje chocola op haar schoteltje legde. Ze knabbelde wat aan haar friet, maar eigenlijk had ze er geen zin in. De rokerige ruimte maakte haar misselijk.

Trisha zuchtte, pakte het koekje en keek ernaar. De chocola was bestrooid met spikkeltjes gedroogde kokos. 'Sorry dat ik huil.'

'Geeft niet, ma.'

'De helft van de tijd weet ik niet eens waarom.'

'Dat weet ik, ma, dat weet ik.'

Zwijgend dronken ze van hun thee en keken naar de etende zakenlui. Af en toe gaf Paddy een klopje op haar moeders been en dan zei Trisha: ''t Is goed.'

'Was je maar thuis.' Trisha nam een slokje van haar thee. 'Kom je overmorgen naar huis? Pastoor Marian heeft voor Mary Ann een plek in Taizé geregeld. Ze gaat helemaal naar Frankrijk.'

'Ik zal het proberen. Dat zou leuk zijn. Zo ver is Frankrijk trouwens niet.' Paddy had gelezen over de christelijke leefgemeenschap in Taizé, en voor een retraite zag het er heel leuk uit. Kennelijk werd er veel gezongen, want in de brochures stikte het van de gitaren, en het was een ontmoetingsplaats voor jongeren uit het buitenland. Ze aten onbekend voedsel in een tent die als kantine dienstdeed. 'Er komen daar allemaal jonge mensen; misschien ontmoet ze er een leuke jongen.'

Trisha keek in haar kopje en glimlachte. 'Mary Ann is niet in jongens geïnteresseerd. Ze denkt dat ze misschien een roeping heeft. Ze heeft al informatie ingewonnen over de Arme Clarissen.'

Paddy had wel geweten dat het eraan zat te komen, dat Mary Ann maar een klein zetje nodig had om zich aan een leven in dienst van God te wijden. De Arme Clarissen zwierven 's nachts door de stad om waterige soep aan daklozen op te dringen. Degenen die Paddy had ontmoet, hielden hun blik altijd neergeslagen en glimlachten liefjes en onderdanig. 'Toch kan ze altijd nog een jongen ontmoeten.'

Maar Paddy wist dat Mary Ann het prachtig zou vinden in Taizé. De discipline van het gebed en het oecumenische karakter van de plek zouden haar aanspreken. Ze zou geen kamer hoeven te delen met iemand die haar borsten ontblootte en vloekte terwijl zij bad. Paddy zou haar stille aanwezigheid missen, haar gegiechel en het geluid van haar ademhaling als ze sliep. Voor haar broers of voor Caroline had ze nooit zoiets gevoeld. Mary Ann was van haar en van niemand anders. Ze dacht aan Kate en Vhari, twee zussen, de oudste meegaand, de jongste een opstandig driftkopje dat de anderen de vernieling in hielp.

'Hoe gaat het met Caroline?'

Trisha mompelde afkeurend en zuchtte.

'Ze is toch niet naar hem terug?'

Weer dat afkeurende gemompel.

'Misschien kan ze dat beter niet doen, ma.'

'Nou, dan had ze niet moeten trouwen.'

Paddy knabbelde op een kokoskoekje. 'Dat verhaal waaraan we werken – de politie belde aan bij een huis en zag een meisje dat onder het bloed zat, maar ze gingen weer weg en de man vermoordde haar. Ze dachten dat hij haar man was. John moet Caroline wel verschrikkelijk geslagen hebben...'

'Dan had ze niet met hem moeten trouwen,' zei Trisha resoluut.

'Maar ma, dat heeft ze wel gedaan.'

'In voor- en tegenspoed.'

Paddy pakte een frietje en nam een hap. 'Stel dat hij haar vermoordt, ma? Stel dat je haar terugstuurt en hij vermoordt haar?'

Trisha gaf Paddy een tik op haar bovenbeen. 'Klets toch niet zo'n onzin.'

'Serieus, stel dat hij Caroline vermoordt? Hoe zou je je voelen als hij dat deed?'

Trisha draaide zich om en keek haar recht in de ogen. 'Het huwelijk is een heilige verbintenis, Paddy, een gelofte die je aflegt tegenover God. Je kunt niet zomaar van gedachten veranderen en vertrekken. Jij ook altijd met je feministische ideeën.'

'O, god, moeder, begin daar nou niet weer over...'

'Goed.' Trisha zette haar kopje met een klap op het schoteltje. 'Met Sean heb je je kans laten schieten, en dat om een baan, om een báán, verdorie, en nu gaat hij binnenkort trouwen en hij heeft een goede baan waarmee hij je prima had kunnen onderhouden.'

Paddy was zo verbaasd dat ze het half opgegeten frietje op de vloer liet vallen. 'Wat bedoel je met "hij gaat binnenkort trouwen"?'

'Hij heeft Elaine ten huwelijk gevraagd, heeft hij je dat niet verteld? Zodra hij dat chauffeursbaantje kreeg, heeft hij haar gevraagd en ze heeft ja gezegd. Mimi Ogilvy bivakkeert zowat permanent op de stoep van de kerk om het aan iedereen te kunnen vertellen. Heeft hij er niks over gezegd?'

'Nee.' Ze probeerde haar teleurstelling te verbergen. 'Hij heeft niks gezegd.'

Elaine was een waardeloze zenuwpees, maar eigenlijk kon Paddy Sean niets verwijten. Sinds ze hun verloving had verbroken, was ze met drie mannen naar bed geweest, terwijl Sean wachtte tot hij getrouwd was. Hij moest zo geil als een bok zijn geweest. Ze wist hoe dat haar eigen beoordelingsvermogen aantastte. Mary Ann ging weg en nu was Sean ook al niet meer van haar. Voor het eerst in haar leven voelde ze zich alleen.

'Hoe moet je nu aan de man komen?'

'Ik ben nog maar eenentwintig, moeder, er zijn wel meer mannen op de wereld.'

'Tja, we zullen zien.'

Ze dronken hun thee op, maar Paddy liet de rest van de friet onaangeroerd.

Toen ze bij de deur van het hotel de plastic tassen van Trisha overnam, had ze het gevoel dat ze voor eeuwig afscheid van haar nam. Op een drafje liep ze achter haar aan, de straat op.

'Ma!'

Trisha draaide zich om en Paddy sloeg haar armen om haar heen en drukte haar stevig tegen zich aan, ook al verstarde Trisha in haar armen. Overweldigd door vermoeidheid en misselijkheid drukte ze haar gezicht tegen haar moeders schouder en liet haar tranen over haar zachte hals stromen.

Weifelend hief Trisha haar armen en sloeg ze om haar dochter heen, en ze fluisterde sussend in haar haar. Een bus denderde voorbij en de koude wind die over het plein joeg, jammerde om hen heen.

'Het spijt me, mam. Het spijt dat ik anders ben dan je graag zou willen.'

Trisha huilde ook, ze vocht ertegen maar niettemin huilde ze, snikken waar haar borst van schokte, en ondertussen streelde ze Paddy's haar en klopte haar op de rug. 'O, toe nou. Toe nou, zo erg is het toch niet?'

Ze verborg haar gezicht in de zachte hals van haar moeder. 'Ik ben jou niet, mam. Ik kan niet zo goed zijn als jij.'

Trisha streelde haar, gaf haar klopjes, en hield haar stevig vast, alsof ze al tien jaar naar contact had gehunkerd.

Ten slotte maakte Trisha zich los. 'Eet die soep nou maar, dat zal je goed doen.' Met een dappere glimlach trok ze de rits van haar handtas open om naar haar portemonnee met kleingeld en haar huissleutels te zoeken, het geruststellende bewijs dat ze snel weer thuis zou zijn.

Paddy veegde met de rug van haar hand haar neus af en snoof. Trisha haalde de sleutels tevoorschijn en Paddy zag het heldere gelamineerde plaatje aan haar sleutelbos. Ze wist weer welk devies erop stond. Trisha had het in een winkel met religieuze curiosa gekocht:

een oranje zonsondergang achter het silhouet van een bootje, en met het volgende opschrift:

Heer, help me,
de zee is zo groot
en mijn boot is zo klein.

III

De hernieuwde daadkracht waarmee het redactielokaal even bezield was geweest, was weer verdwenen nu iedereen had uitgedokterd wanneer Random aan- of afwezig was. Het feit dat hij doorgaans op de benedenverdieping zetelde, waar hij vergaderingen belegde over de financiën, betekende dat je urenlang zorgeloos kon zitten lummelen of de vacatures doornemen in de *News* of andere kranten.

McVie slenterde de koffiekamer binnen, ging vlak bij haar staan en keek naar de ketel die aan de kook raakte.

'Hoe is het?' vroeg hij, met een gretigheid die niet bij hem paste. Hij stond te dichtbij, torende boven haar uit.

'Prima,' zei ze, en ze keek nors naar hem op, in de hoop dat hij hetzelfde zou doen.

'En, wat vond je...?' Hij draaide zijn hoofd opzij. 'Je weet wel, wat dacht je die avond?'

Ze besefte dat hij niet zozeer te dicht bij haar stond als haar tegen de muur drong, zodat ze geen kant meer op kon. 'Het is een aardige vent.'

McVie trok zijn wenkbrauwen op, leunde voor haar langs en peuterde een stukje opgedroogde jam van de bovenkant van de koelkast. Hij leek beledigd.

'Ik bedoel, hij is best aardig. Mijn type zou het niet zijn. Maar dat hoeft niet voor jou te gelden. Hij is aardig. Sympathiek.'

'Hmm, sympathiek... Ja hoor.'

McVie en Paddy kenden elkaar vier jaar en hun verstandhouding kenmerkte zich door een kribbig soort nonchalance, maar nu leek het gesprek moeizaam, alsof ze Arabisch voor beginners spraken. Gegeneerd krompen ze eendrachtig ineen en richtten hun blik op de ketel, waarin het water nu begon te koken. Ze had er te veel in gedaan. Kokendheet water borrelde onder het deksel vandaan en stroomde langs de zijkant naar beneden, over het elektriciteitssnoer. Ze grijnsden beiden toen het stomende water over de deur van de koelkast druppelde.

'Niet wat je noemt veilig, hè?'

'Nee.' Weer grijnsde Paddy en ze trok snel haar voeten weg. Haar suède laarzen waren al naar de knoppen, maar erger hoefde het niet te worden. 'Het maakt mij niet uit dat je een flikker bent.'

Bij het horen van dat woord knipperde McVie driftig met zijn ogen en streek met zijn hand over zijn lange spookachtige gezicht. 'Ik heb gehoord dat je een wip met George Burns hebt gemaakt in zijn auto.'

Paddy voelde hoe haar nekharen van schrik overeind gingen staan. Een week eerder zou ze het vreselijk hebben gevonden als hij erachter kwam – op seksueel gebied had ze hem nooit vertrouwd – maar nu was hij de enige niet-bedreigende man op de hele redactie. Opeens vond ze het grappig dat McVie het wist. Met haar gezicht naar de muur gekeerd begon ze te giechelen. In verlegenheid gebracht keek McVie haar aan, en toen snoof hij en schudde met zijn schouders. Eigenlijk maakte hij een nog ellendiger indruk dan eerst, maar hij lachte, ze wist zeker dat hij lachte.

'Wat zei je vrouw toen ze het ontdekte?'

Bij het horen van die vraag wierp McVie zijn hoofd in zijn nek en zei luid tegen het plafond: 'Ze keek ervan op.'

'Hebben jullie tweeën soms iets?' Het was Shug Grant. Hij stond in de deuropening en verhief zijn stem om de aandacht van het hele redactielokaal op hen te vestigen.

'Grant.' Zonder een zweempje agressie sprak McVie zijn naam uit. 'Je bent niet half zo interessant als je denkt. Oprotten en bek houden.' Hij wendde zich weer tot Paddy. 'Morgenavond gaan we iets drinken met Paddy Meehan. De Press Bar, zeven uur. Oké?'

Ze knikte.

Afgeserveerd liep Grant de kamer uit, en McVie volgde hem, een waarschuwende vinger op haar gericht. 'Zeven uur, begrepen?'

'Dan ben ik er.'

31

De Kaffer in het prikkeldraad

1

Zodra Bernie het troostkussen onder de stapel bakstenen in de garage vandaan had getrokken, wist Kate dat ze hiernaartoe zou kunnen komen. Nu zat ze in de Mini, koude condens zette zich af op de binnenkant van de voorruit en benam haar het uitzicht op de pub en op het huis van Knox aan de overkant. Het topje van haar rechterwijsvinger was verschrompeld van alle zuivere cocaïne die ze in haar tandvlees had gewreven.

Ze moest het huis goed in de gaten houden zodat ze zeker wist dat hij er was als ze ernaartoe liep, op de deurbel drukte en tegen hem zei dat ze naar de krant zou gaan als hij Paul niet terugfloot. Hij kon dat doen. Hij kon tegen Paul zeggen dat hij haar met rust moest laten. Niet dat hij Pauls baas was of zo, Paul had geen baas, maar ze wist genoeg om hen er allemaal bij te lappen, en Knox was de voorzichtigste van het stel. Hij was zo voorzichtig dat ze erom hadden moeten lachen; hij wilde bijvoorbeeld altijd 's nachts afspreken in de wijnkelder in Archies souterrain, en Paul mocht nooit naar zijn huis komen, zoals hij ook nooit naar hun huis kwam.

Knox was voorzichtig.

Ze had het hardop gezegd, besefte ze. Ze zat in haar eentje in een goedkope auto, in de klamme duisternis, bij zo'n akelige pub van een brouwerijketen, waar een neonbordje met 'Kroegkost' in het raam stond te flikkeren.

Voor alle zekerheid zei ze het nog eens: 'Knox was voorzichtig,' en glimlachte vol ongeloof om de klank van haar eigen stem. Ze had helemaal niet gemerkt dat ze hardop sprak in plaats van alleen maar te denken. Ze besloot haar tekst te oefenen.

'Hallo, Knox, ik heb je hulp nodig.'

Dat was niks. Het klonk onderdanig.

Zodra hij de deur opende, zou ze op de man af zeggen: 'Knox...' Hij zou haar de hal binnentrekken en even zijn hoofd om de deur steken om zich ervan te overtuigen dat niemand haar op straat had gezien. 'Je moet me helpen. Paul Neilson en ik hebben het met elkaar aan de stok en je moet tegen hem zeggen dat hij me met rust laat.'

Al beter. Het klonk krachtig, alsof zij de touwtjes in handen had.

'Als je niet wilt dat ik naar de krant ga met wat ik weet, dan moet je hem terugfluiten.'

Dat was het. Uit de kunst. En dan mondje houden, geen gekwek, niks over Vhari of wat dan ook. Perfect. Ze likte aan haar vingertopje en stak haar hand uit naar de passagiersstoel, streek met haar gevoelloze vel over een vouw in het plastic en bracht haar hand naar haar mond. Even de motor op laten komen en dan zou ze het portier openen en ernaartoe lopen. Maar het likje haalde niets uit, en daarom probeerde ze het nog eens en nog eens. Ze wreef en ze likte en wreef, en wachtte op de volmaakte chemische reactie die haar moed en helderheid moest verschaffen om te kunnen doen wat ze moest doen.

Ze kreeg het juiste evenwicht niet te pakken. Het enige wat ze kon doen, was zitten en zweten en naar haar vermoeide oude hart luisteren, dat bonkte als een trom op een galei terwijl haar bloed door haar brein joeg en de ene gedachte na de andere bovenbracht, de ene conclusie na de andere, waarvan de bijzonderheden en de betekenis niet van elkaar te onderscheiden waren, rode vegen autoachterlicht op een vertraagd opgenomen foto. Ze wist waarover die gedachten gingen, maar de details ontglipten haar: herinneringen aan haar jeugd, aan vakanties, saaie dagen dat ze niet naar school kon omdat ze verkouden was, maaltijden die ze ergens had gegeten.

Weer nam ze een likje. Haar tong was vreselijk droog, ze wist niet of ze haar mond zou kunnen bewegen om te praten. Ze zou even naar de pub kunnen gaan om iets te drinken. Soda met een scheutje witte wijn. Ze had geld. Een briefje van tien lag zomaar in haar hand.

Het duurde een eeuwigheid voor ze het klamme handvat van het portier te pakken had en op het zachte zwarte wegdek stond. Opeens was ze in de pub, bij de bar, en knipperde heftig met haar ogen tegen het onflatteuze licht. De inrichting was een gruwel: hoefijzers, koperen bedpannen, een verschrikkelijk nep-Engeland. Het was er zo goed als verlaten, maar de paar mensen die er waren keken allemaal naar haar. Zelfs als ze op haar best was geweest, zou ze zo'n felverlichte pub niet zijn binnengegaan, en vaag herinnerde ze zich dat ze er vreselijk uitzag, echt vreselijk.

Witte wijn met soda, alstublieft, en een pakje Marlboro. Het zoete drankje spoelde de zoutige gevoelloosheid uit haar tandvlees, klotste over haar tong en raakte het uitgedroogde plekje achter in haar keel. Nog een. Ze rookte een sigaret en wendde haar blik af van de overige gasten in een poging zelf niet gezien te worden. Plotseling ging er een steek door haar heen, zo verlangde ze naar het kussen; ze zette het halflege glas neer, draaide zich wankelend om en liep de deur uit naar het parkeerterrein, tot ze bij de Mini was.

Ze keek op en ontdekte dat ze voor Knox' huis stond. Kennelijk had ze nog een likje genomen, nog een wrijfje; haar tong baande zich voortdurend een weg langs haar tanden naar haar ruwe tandvlees en streek er dan van rechts naar links overheen.

De voortuin van Knox was betegeld om extra parkeerruimte te creëren en het huis leek pal op de weg te staan. Het was een klein huis, vond Kate, met een goedkope glazen entree aan de voorkant geplakt, propvol lelijke plantjes en rubberlaarzen en dat soort zaken. Buitenkledij. Misschien had hij een hond. Zou hij getrouwd zijn? Ze kon het zich niet herinneren. Voor het huis stond slechts één auto geparkeerd. Naast de glazen entree, aan de andere kant, was het raam van de voorkamer, maar de gordijnen zaten dicht.

Kates hart deed pijn, niet van angst, maar van de simpele inspanning die het haar kostte om door te gaan. Ze drukte op de bel, deed een stap naar achteren en zag dat het licht in de hal werd aangeknipt, een rozig schijnsel achter het goedkope oranje glas in het raampje van de voordeur. De deur ging open en het licht viel de entree in. Hij droeg pantoffels. En een vest. Zijn stem kraakte van woede toen hij zich tot haar richtte.

Ze antwoordde, gooide de enige woorden eruit die ze zich kon herinneren. 'Knox. Help.'

Op de Salt Market lag een Volvo stationcar onder een bus. De bestuurder was dood, geplet in zijn auto. De dubbel gelaagde voorruit was er in zijn geheel uitgevlogen en lag nu op de weg vlak bij het trottoir, besmeurd met zijn bloed. De auto was zo finaal in de prak dat het ambulancepersoneel niet meteen wist of ze met één grote wagen te maken hadden of met twee kleinere.

De buschauffeur, die niets te verwijten viel, zat op de natte stoeprand, en terwijl zijn mond openhing en de tranen over zijn wangen biggelden, keek hij wezenloos naar de brandweer, die de auto met snijbranders uit elkaar haalde en probeerde vast te stellen of er ook een passagier in had gezeten.

Paddy krabbelde de verklaring van een ooggetuige in haar boekje. Het betrof een aangeschoten oude man, die de auto met een noodvaart over deze weg hiero had zien aankomen, terwijl de bus over die weg daaro reed, en toen, kaboem, hij had het net niet gezien, maar wat een godvergeten klap, let maar niet op zijn taal. Ze had zijn naam en adres al genoteerd voor het artikel en voelde er geen moer voor om nog een andere getuige te zoeken.

'Klopt het dat u zich doodgeschrokken bent?' vroeg ze, en zo legde ze hem heel onprofessioneel de woorden in de mond.

Hij keek wat sceptisch. 'Vast wel.'

'Heeft u ooit eerder iets dergelijks gezien?'

Weer sloop twijfel zijn blik binnen. 'Tja, ik heb in de oorlog gevochten, bij Monte Cassino, en zo erg was het bij lange na niet.'

Paddy zuchtte, aan het eind van haar Latijn. 'Leek het misschien op iets wat u tijdens de oorlog hebt gezien? Kunt u dat beamen?'

'Jawel,' daar had hij geen moeite mee, 'misschien. Ergens wel.'

Ze schreef het op: 'Alistair Sloane uit Dennistoun zei: "Het kon zo uit de Slag om Monte Cassino komen, en ik kan het weten want ik ben erbij geweest." Klopt dat een beetje?'

Hij keek naar haar aantekeningen in steno, opgewonden bij de gedachte dat hij misschien in de krant kwam. 'Ja. Staat dat er morgen in?'

'Daar ga ik eigenlijk niet over, maar zo schrijf ik het wel op.'

Ze liet de man achter met een triomfantelijke grijns op zijn gezicht, wat hem iets monsterlijks gaf, en liep terug naar de auto, waarbij ze haar uiterste best deed om niet naar het chassis van de bus te kijken. Zelfs in het donker zag ze bloedspatten op de wielen van de bus en een plas op het wegdek. Haar ogen, die niet alles meekregen, probeerden voortdurend een persoon samen te stellen uit de vormen waarnaar ze zelf niet wilde kijken, en een rond voorwerp werd een hoofd. Overal op de weg lag zwarte smurrie waarvan ze zeker wist dat het geen olie was. Ze was blij dat Sean in de auto op haar wachtte. Als ze zich voor hem niet groot had moeten houden zou ze misschien het voorbeeld van een van de agenten hebben gevolgd en hebben overgegeven.

'Ze zeiden al dat je hier was.'

Toen ze de stem van Burns hoorde, spoot het zuur door haar toch al gevoelige maag. Hij liet zijn maat doorlopen, slenterde in zijn eentje op haar af en stelde zich tussen haar en de bus op. Nu zat er niets anders op dan de contouren van zijn lichaam van zijn middel tot zijn gezicht te volgen om te voorkomen dat ze iets zag wat haar niet meer los zou laten.

'Burns.'

'Meehan?' Hij beantwoordde haar botte groet, maar keek teleurgesteld.

'Sorry.' Ze knikte met een schuin hoofd naar de ravage onder de bus. 'Ik probeer niet te kijken.'

Burns wierp er een blik op en vertrok geen spier. 'Ja, smerig. We zijn hiernaartoe gestuurd om het verkeer om te leiden. Spannend. Ik ben dol op nachtdienst. Lekker in de kou staan tot je ballen eraf vriezen alleen om al die nieuwsgierige hufters naar links te dirigeren. Ik heb dat adres dat je wilde hebben.'

'Fantastisch.' Hij las het op en ze noteerde het. 'Heeft Knox een bepaalde reputatie? Een poenige auto of te veel geld?'

'Niet in die mate dat erover gepraat wordt, nee.' Burns schoof wat dichter naar haar toe en staarde naar haar mond alsof hij op het punt stond haar te kussen. Paddy merkte dat het speeksel in haar mond liep. Zijn adem streek in warme pufjes over haar gezicht. 'Zit je nog steeds in dat hotel?'

'Hebben ze Lafferty al gearresteerd voor die brandbom?'

Zijn blik gleed langs haar hals naar beneden. 'Nee. Hij is naar het buitenland verdwenen.'

'Naar welk buitenland?'

'Ierland, volgens zijn vrouw. Geen bewijs, alleen haar woord.'

Ze klapte haar notitieboekje dicht. 'Dan zit ik dus nog steeds in dat hotel.'

'Dat is wel zo veilig, ja.' Hij keek naar de dienstauto. 'Is dat Billy's vervanger? Die heb je snel gevonden. Is het soms een vriendje van je?'

Haperend gaf ze hem antwoord, en ze hoopte dat hij er niet op aandrong voorgesteld te worden. 'Nee, het is niet mijn vriendje. Hij is mijn... nou ja, het ligt wat ingewikkeld.'

'O?'

Weer aarzelde ze. Als ze helder was geweest, had ze zich er met een leugentje uit kunnen redden. 'Gewoon... we kennen elkaar al heel lang.'

Burns stak zijn kin schuin omhoog, keek haar door toegeknepen oogleden aan en met een bitter gesis zoog hij de lucht tussen zijn tanden naar binnen. 'Juist ja. Lekker gezellig. Ik doe morgenavond een open nummer in Blackfriars. Kom je ook?'

Dub reserveerde meestal één openpodiumavond per maand, dus het was niet de gebruikelijke zoete inval. Burns had ongetwijfeld een open nummer met Dub geregeld, wat betekende dat hij met hem gesproken had, onafhankelijk van haar. Nu drong hij ook al haar schamele sociale leventje binnen.

'Ik zal het proberen.'

Het gesnerp van scheurend metaal drong door merg en been en vulde de straat toen de brandweer een stuk bebloede motorkap loshakte van de as van de bus. Opeens zag Paddy dat zij en Burns te dicht bij elkaar stonden, er te duidelijk op uit waren anderen buiten te sluiten. Het was duidelijk dat ze iets hadden samen.

'Ik denk dat ik dit maar eens ga doorbellen.' Ze liep terug naar de auto.

Burns keek naar haar mond toen ze wegliep en zij keek naar de zijne. Zijn roze tong glansde achter de rand van zijn witte tanden.

III

Het was midden in de nacht. Of dag. Of nacht. Kate lag op iets zachts. Een bank. Een bank met een laken eroverheen. Haar vingertoppen streken over het laken en het voelde heerlijk behaaglijk, vertrouwd, vriendelijk en warm aan. Als huid. Even zacht als huid en het had een troostende geur, als het troostkussen. Paul sprak tegen haar, herinnerde haar eraan hoe aardig ze elkaar vonden, dat het belangrijk was om vriendelijk tegen elkaar te doen en elkaar te helpen. Ze voelde zich heerlijk.

Opeens drong het kille besef tot haar door en haar ogen schoten open. Het troostkussen was van plastic. Ze lag op een stuk plastic.

Paul zat naast haar op een stoel, zijn benen over elkaar geslagen, en hij sprak zachtjes tegen haar. Hij was goed gekleed: een elegant blauw overhemd en een blauwgrijze pantalon met bandplooi. Hij kleedde zich het liefst als een zakenman. Hij zag dat ze schrok, maar zei dat ze nergens bang voor hoefde te zijn. Alles kwam in orde. Maak je maar geen zorgen.

Langzaam knipperde hij met zijn ogen en Kate zag dat hij loog. Ze wist wat Paul Neilson zag. Een vrouw zonder neus, een broodmagere vrouw die al wekenlang leefde op een blik ham en een paar koekjes. Hij minachtte vrouwen die hun uiterlijk verwaarloosden. En ze wist wat Paul kon doen met mensen die hij minachtte.

Ze bevonden zich in een onbekende, akelig ingerichte woonkamer. Een geverniste rand om de gashaard besloeg de lengte van de kamer, overal zaten uitsteekseltjes voor lelijke prullen: porseleinen hondjes, geslepen kristal, aardewerken beeldjes met zwierende rokken. Aan het plafond hing een peertje in een kleine kap. Het scheen recht in haar ogen.

Knox stond achter Pauls stoel en observeerde haar.

'Kate.' Paul boog zich naar voren en met een vinger tilde hij een blonde lok van haar voorhoofd. 'Katie, vertel me maar waar het is. Het pakket.'

Het maakte waarschijnlijk toch niks meer uit, maar ze was gewend hem te gehoorzamen. 'In de Mini. Aan de overkant. Het is... het is bijna leeg.'

Paul zag er beeldschoon uit. Zijn donkere haar was uit zijn gezicht gekamd, en ondanks het late uur was zijn kin glad, zonder een zweem van een baard. Hij zag er altijd chic en verzorgd uit. Zijn overhemd was van linnen en gestreken door een beroeps, zijn manchetten waren gesteven en de manchetknopen waren van zilver ingelegd met tijgeroog. Hij droeg geen stropdas, maar het overhemd zat tot aan zijn hals dichtgeknoopt, alleen het bovenste knoopje was opengelaten en toonde de holte onder zijn keel.

Hij sloeg zijn armen over elkaar en keek haar met opgetrokken lip aan. 'Waarom ben je hier gekomen, Kate?'

Ze begon te huilen, zielige jammerkreetjes die uit haar buik opborrelden. Paul kon niet tegen scènes en keek de andere kant op; hij trok met zijn nagels over zijn hals en ze zag de striemen opzwellen en rood worden. Pas toen ze geen geluid meer maakte, begon hij weer zachtjes te praten.

'Ik kan niet toestaan dat je onze vrienden bedreigt, Katie, dat is ongepast.' Zijn stem klonk kalm, maar zijn blik was des duivels. 'Waar is de bmw? Die ben je zeker ergens kwijtgeraakt.'

Ze was zich bewust van een geluid achter haar hoofd. Het was Lafferty, die naar Paul keek, wachtend op een teken, zijn gewicht van de ene voet naar de andere verplaatsend. Ze strekte haar hals en zag zijn grote lijf en de spierbundels op zijn armen. Het zachte plastic kreukelde zo lekker bij haar oor. Aan zijn grote hand bungelde een hamer. Hij ging haar vermoorden. Anders zou hij hier niet zijn.

Lafferty zag haar kijken en trok zich terug, uit haar gezichtsveld. Kate probeerde rechtop te gaan zitten, maar Paul stak zijn hand uit en nam haar keel in een stevige greep, kneep haar luchtwegen dicht en duwde haar weer op de met plastic bedekte bank.

'Ik ben hiernaartoe gekomen omdat ik jou zocht,' zei ze wanhopig. 'Ik heb niemand bedreigd. Ik wilde jou zien, zeggen dat het me spijt.'

Paul hield zijn hoofd schuin en keek haar recht in de ogen. 'Je hebt zelf tegen me gezegd dat je hier bent gekomen om Knox te bedreigen. Dat heb je me net verteld.'

'Nee, niet waar.'

'Een paar tellen geleden heb je me dat nog verteld. Als hij niet wil dat jij naar de krant gaat, moet hij me terugfluiten. Dat heb je net gezegd.'

Kate was verloren. Ze had het volmaakte praatje afgestoken tegen de verkeerde man, ze had niet onderhandeld en geen tijd voor zichzelf gewonnen. Ze had het er gewoon uitgeflapt, voor niks. Het kinderstemmetje dat diep uit haar binnenste opsteeg, verraste haar. 'Waarom heb je mijn Vhari vermoord?'

Paul ademde in, zette zijn borst uit en nam een verdedigende houding aan; hij zoog zijn wangen naar binnen en hield zijn hoofd schuin, een beetje verlegen. 'Ze wilde niet zeggen waar jij was.'

'Dat wist ze ook niet. Ik ben niet naar haar toe gegaan.'

Hij torende boven haar uit, zijn gezicht rood van woede, en schreeuwde: 'Hoe moest ik dat godverdomme weten? Jij bent er per slot van rekening met de handel en de auto vandoor gegaan, en die waren samen zestigduizend pond waard. Wat moest ik anders?'

'Sorry.'

Hij stond op van zijn stoel en boog zich over haar heen, maar zijn stem was nog even luid en ze sloot haar ogen.

'Wat moest ik anders, Kate? Thuis zitten wachten tot je terugkwam?'

Hij laste een pauze in zodat zij zich kon verweren, maar haar stem was niet tegen de zijne opgewassen. 'Je hebt me geslagen,' zei ze en ze hield haar ogen gesloten.

Zijn stem was zo luid dat er een haartje van haar wang werd geblazen. 'Je was weer helemaal van de wereld. Welke man wil nou elke dag thuiskomen bij een bewusteloze junk?'

'Je had haar niet hoeven vermoorden.'

Hij liet zich weer op de stoel vallen en ze opende haar ogen om naar hem te kijken. Hij maakte een berouwvolle indruk. 'Ze was heel koppig. We moesten de muziek harder zetten om haar geschreeuw te overstemmen, maar zelfs toen wilde ze me niet vertellen waar je was. Lafferty werd kwaad nadat de politie aan de deur was geweest. Hij heeft het niet op de politie. Hij wordt er agressief van. Je weet niet half, Kate, wat een puinhoop je ervan gemaakt hebt. Mijn geduld raakt een keer op. En nu is het op.'

'Echt?'

'Ja.' Weer dat trage geknipper met zijn ogen. 'Mijn geduld is op. Dat weet je zelf ook.'

Opeens zag ze zichzelf helemaal, hoe dom ze was, hoe lelijk ze was geworden, hoe waardeloos. En ook hoe verloren. Ze jammerde het uit, kromp ineen, trok haar knieën tot borsthoogte op zodat het plastic onder haar luidruchtig kreukte.

'Alsjeblieft, Paul, niet de Kaffer in het prikkeldraad.'

Hij had haar het verhaal verteld toen ze elkaar pas kenden. Het verhaal betekende een keerpunt in hun relatie, op dat moment hadden ze hun overeenkomst gesloten, stemde ze erin toe alles van hem te accepteren. Het gebeurde op hun buitenverblijf in Zuid-Afrika, net buiten Johannesburg. Op een ochtend, nog voor school, had Pauls vader een onbekende Kaffer in de tuin zien staan, in het volle zicht. De man keek naar de grond. Zijn vader griste een geweer mee en rende naar buiten. De Kaffer zette het op een lopen toen hij een blanke man op zich af zag komen. Hij rende zo hard dat Pauls vader overwoog terug te gaan om de pick-up te pakken.

De Kaffer stak een stuk grasland over en verdween achter struikgewas. Hij rende in een rechte lijn, en daaraan konden ze zien dat hij het platteland nog maar kortgeleden had verlaten. Hij rende in een rechte lijn tot hij een kleine twee kilometer verderop in een prikkeldraadafrastering terechtkwam die de grens van het terrein markeerde. Hoe heviger hij worstelde hoe erger hij verstrikt raakte.

Terwijl Pauls vader toekeek, sneed de man in het draad zichzelf helemaal aan flarden. Toen hij zich ervan had overtuigd dat de Kaffer onmogelijk kon ontsnappen, liep hij langzaam terug naar het huis om Paul op te halen, dan kon hij zien hoe stom die Kaffers waren, hoe ze zich steeds dieper in de nesten werkten en niet wisten wanneer ze moesten stoppen. De man deed er drie dagen over om dood te gaan.

Paul en Katie keken elkaar voor de laatste keer aan. Ze hadden elkaar zeven jaar gekend, hadden amper een dag zonder elkaar doorgebracht. Ze las walging op zijn verwrongen lippen en in zijn halfdichte ogen.

'Wees maar niet bang.' Met een kort handgebaar gaf hij een teken aan Lafferty. 'Zo zal het niet gaan.'

Kate Burnett sloot haar grijze ogen en ademde uit, verbijsterd om haar eigen domheid, aan het eind van haar krachten. Ze hoorde Lafferty een stap naar voren zetten en voelde het plastic kreukelen toen ze ineenkromp in afwachting van de klap.

Een flits van verblindend witte pijn en toen fluwelen duisternis.

32

Knox

I

Paddy had geen idee hoeveel een hoofdcommissaris verdiende, maar ze vond wel dat Knox in een gigantisch huis woonde, weliswaar zonder de onbeschaamde luxe van het huis in Killearn, maar toch een groot, vrijstaand huis, met een lap grond eromheen.

'Zullen we gaan?' Sean had inmiddels twee sigaretten gerookt en de boterhammen opgegeten die zijn moeder hem voor de nachtdienst had meegegeven.

'Nee. Laten we nog even wachten.'

'Waar wachten we op?'

'Weet ik niet. We wachten gewoon.'

Paddy had gedacht dat Sean haar over Elaine zou vertellen, maar dat had hij niet gedaan. Zelf durfde ze het onderwerp niet aan te snijden, bang dat ze zich dan zou blootgeven. Terwijl ze het huis in de gaten hielden, oefende ze zich stilletjes in vage verbazing en desinteresse. Wat geweldig, Sean. Goed zo. Je houdt het zeker niet langer; nee, dat klonk nogal lomp. Wat zul je blij zijn. Ik ben heel blij voor je.

Vanuit haar ooghoek zag ze gedaanten in de voorkamer, achter de gordijnen; ze bewogen, soms snel, als destijds, toen ze vluchtige bewegingen had waargenomen in de woonkamer van Vhari Burnett, en soms was het hooguit een langzaam verschuiven van licht. Het was halfdrie 's nachts en alle brave burgers lagen nu te slapen. Maar waarschijnlijk had Knox een gezin, het huis leek veel te groot voor een man alleen. Ze had niet gekeken of hij een trouwring droeg, want ze vond hem niet aantrekkelijk.

Op de eerste verdieping telde ze drie donkere ramen, geen van alle met het matglas dat op een badkamer duidde. Misschien had hij in alle onschuld ruzie met een dwars kind. Of een tiener zat tv te kijken in de voorkamer, met een stel vrienden wellicht, en nu gingen ze naar de keuken voor thee, of stonden ze op om een andere zender te zoeken.

Een eind verderop in de straat, op discrete afstand, zag ze de bekende vorm van een BMW, maar veel aandacht schonk ze er niet aan: voor hetzelfde geld was de auto van een van de buren en bevond Lafferty zich elders, in Ierland bijvoorbeeld, of had hij zijn auto in de Eastfield Star geparkeerd en hield hij een oogje op het donkere slaapkamerraam van haar vader en moeder, terwijl Sean en zij postten voor het huis van een onschuldige man wiens gezicht haar niet aanstond.

Ze keek het parkeerterrein rond. De pub achter hen was gesloten en donker, en de lege haken voor hangmanden leken net kaboutergalgen. Het enige wat hen scheidde van het grote huis was een roestige groene Mini, met zijn neus naar de weg geparkeerd, alsof hij in allerijl was achtergelaten.

'Er komt iemand naar buiten,' fluisterde Sean.

Paddy leunde naar voren en kromp ineen toen ze de gestalte zag van de man die de voordeur uit kwam en de glazen entree door liep. Hij was breed en kaal en ze herkende hem onmiddellijk. 'Zet de scanner uit.'

'Waarom?'

Ze dook op de scanner af en stootte haar toch al gevoelige maag hard tegen de passagiersstoel. Het werd doodstil in de auto. Ze hoorde Lafferty's voeten over het trottoir klossen toen hij met zijn snoeverige loopje op de BMW afstapte, de sleutel in het portier stak en achter het stuur plaatsnam. Zonder de lampen aan te doen reed hij achterwaarts de weg op, in hun richting.

'Bukken!' Ze duwde Seans schouder naar beneden en hij zakte weg op zijn stoel. 'Hou je hoofd onder het dashboard.'

'Wie is dat?'

De soepele motor zoemde hun kant op.

'Die vent van de brandbom. Dat is 'm.'

Ineengedoken zaten ze in de donkere auto, zonder enig idee wat er op straat gebeurde. De automotor veranderde van klank toen Lafferty een manoeuvre uitvoerde en stopte. Zachtjes ging een portier open en dicht. Bij de eerste tik van zijn hak verbeeldde Paddy zich dat hij op hen afkwam, maar de volgende stappen verwijderden zich en klonken opeens gedempt. In de koude nachtlucht hoorde ze het verre geklik van een deurknop, en ze hees zich net ver genoeg overeind om Lafferty de glazen entree weer te zien binnengaan.

De voordeur ging open, maar de hal was nu donker. Planten onttrokken het glazen paneel aan het zicht. Ze kon niet volgen wat er binnen gebeurde, maar enkele tellen later zag ze Lafferty weer verschijnen; hij droeg iets op zijn heup, een kleed misschien. Toen hij naar buiten stapte en de straat op liep, zag ze dat hij zijn arm rond het middel van een slappe gestalte had geslagen. Warrig haar viel voor het gezicht, maar Paddy herkende haar niettemin.

Kate was heel klein. Lafferty kon haar moeiteloos met één arm dragen. Haar voeten sleepten achter haar aan en haar tenen schuurden over de grond. Ze leek dood, maar terwijl Paddy keek, viel het licht van een straatlantaarn op haar slap neerhangende arm, en de kleine rechterhand trok samen alsof ze pijn had.

Paddy kon zich Lafferty's nek nog goed herinneren. Naast Kates tengere gestalte leek hij gigantisch en bruut, en hij bekommerde zich totaal niet om haar voeten. In Paddy's verbeelding had hij zijn gespierde arm om haar eigen middel geslagen en perste hij alle lucht uit haar longen. Misschien bracht hij Kate alleen maar naar huis. Misschien had hij er genoeg van de hele tijd achter het vriendinnetje van zijn baas aan te sjouwen.

Bij de BMW aangekomen opende hij het achterportier en dumpte Kate in de auto. Hij pakte haar voeten vast en propte haar benen naar binnen. Toen draaide hij zich om en strekte zijn arm achterwaarts uit naar het portier, dat hij met een klap dichtsmeet, net toen een slanke kuit terugleed naar het wegdek. Het portier sloeg keihard tegen het bot. Paddy hapte naar adem. Het been was ongetwijfeld gebroken door de kracht van de klap, maar Lafferty bleef onaangedaan. Zonder enige emotie tuurde hij naar het obstakel, bukte zich en duwde het weerbarstige been weer in de auto, en deze keer keek hij wel terwijl hij het portier sloot. Hij bracht haar niet naar huis. Hij ging haar vermoorden.

'Sean, kun jij die auto volgen zonder dat hij het merkt?'

'Welke auto?' Hij zat zo ver mogelijk onderuitgezakt op de bestuurdersstoel, met zijn lange benen gekruist voor zich en zijn knieen klem onder het stuur.

'Kijk maar.'

Toen hij zichzelf overeind had gehesen en over het stuur naar buiten tuurde, zag hij de BMW nog net wegrijden. 'Ik zal het proberen.'

'En niet slingeren.'

Hij draaide het sleuteltje om in het contact. 'Ik zal het proberen.'

Het was te rustig op de weg om ongezien vlak achter de auto te rijden, en daarom hield Sean zijn vaart wat in, waardoor Paddy bij elke bocht en kruising bang was dat ze Lafferty uit het oog zouden verliezen. Algauw hadden ze de voorstedelijke doolhof achter zich gelaten en volgden ze de grote open weg naar het noorden van de stad.

Paddy klemde zich vast aan de rugleuning van de passagiersstoel en met haar blik op de rode achterlichten in de verte gericht beloofde ze Vhari Burnett dat ze deze keer niet weg zou lopen. Vhari was gestorven om Kate te beschermen, daarvan was ze nu overtuigd, en Thillingly had zelfmoord gepleegd omdat hij de zusjes in de steek had gelaten. Deze keer mocht Paddy het niet laten afweten. In haar eentje was ze echter niet tegen Lafferty opgewassen, en Sean was geen vechtersbaas; Lafferty zou hen moeiteloos kunnen doden.

Het duurde niet lang of ze hadden de hoofdweg achter zich gelaten en reden over een slingerende, smalle strook asfalt, met aan weerszijden dichte begroeiing. Het kostte Sean moeite om onopgemerkt te blijven en toen hij vaart minderde, verdween de auto vóór hen uit het zicht om weer op te duiken toen ze een bocht door gingen. Hij deed de koplampen uit.

'Sean, dat is niet veilig.' Paddy knipperde snel achtereen met haar ogen om de weg vóór hen te kunnen onderscheiden.

'Komt wel goed.' Over het stuur gebogen tuurde hij voor zich uit. 'Ik ken deze weg. Hier zijn we gisteravond ook geweest. Ze zijn op weg naar Killearn.'

'Weet je het zeker?'

'Ja. Ik kan me die bocht van daarnet nog goed herinneren.'

'Als je een telefooncel ziet, moet je even stoppen.'

'Waarom?'

'Ik ga de politie bellen.'

Ongeveer een minuut lang reed hij zwijgend door. 'Paddy, wie is die vent?'

Ze wist niet wat ze daarop moest antwoorden. 'Hij is slecht. Hij heeft een vrouw bij zich en die gaat hij vermoorden.'

Van het ene moment op het andere minderde Sean vaart en zette de auto stil.

Paddy gaf hem een klap op zijn schouder. 'Doorrijden! Doorrijden!'

Hij wees naar links. 'Telefoon,' was alles wat hij zei.

Aan de kant van de weg stond een eenvoudige rode telefooncel. De heg erachter was keurig geknipt en de lamp aan het plafond gloeide zachtgeel in het donker.

Paddy klom de auto uit en zocht in haar zak naar een muntje van vijf pence. Na elke negen draaide de kiesschijf op zijn dooie gemak terug terwijl zij het muntje al boven de gleuf gereedhield. Maar ze had het niet nodig. De telefoniste vroeg haar op kalme toon of ze de brandweer, de politie of een ambulance wilde.

'Politie,' zei ze, en ze keek naar de blinde hoek voor hen, bang dat ze hem nu helemaal kwijt waren. Ze vertelde de politieagente dat er een vrouw werd vermoord in Huntly Lodge, in Killearn.

'Hoe weet u dat, mevrouw?'

'Ik heb gezien dat ze door een man werd geslagen en nu hoor ik haar gillen,' loog ze.

'Aha.' Ze klonk totaal niet bezorgd. 'U kunt haar nú horen gillen?'

'Ja.'

'Juist ja, en uw naam...?'

Haar eigen naam zou misschien doorgeseind worden naar Knox. Ze wist niet wie ze kon vertrouwen. 'Mary Ann Knox,' zei ze. 'Wilt u alstublieft opschieten?'

'Ja hoor, juffrouw Knox, en u kunt haar horen gillen, zei u?'

'Ja.'

'Juist ja, eh, tja, de telefooncel van waaruit u belt is op vijf kilometer afstand van Killearn, dus hoe kunt u haar horen gillen?'

Ze kwamen niet. Paddy keek naar Sean, die in de auto zat. 'Ik hóórde haar gillen. Komt u, alstublieft.'

'Hoe weten we dat het geen vals alarm is?'

'U wilt toch niet dat het net zo gaat als met de Bearsden Bird?' zei ze en toen hing ze op. Ze zat alweer in de auto, en nog voor ze het portier had dichtgetrokken, reed Sean weg.

'Komen ze?'

'Ja,' zei ze, maar eigenlijk had ze geen idee. 'Ja hoor, ze komen.'

Gedurende drie lange minuten reden ze in het donker over de weg, zonder te weten of hij zich voor of achter hen bevond of zijn auto al ergens op een parkeerhaven had gezet en Kate nu wurgde in een of ander veld en haar hulpeloze lichaam in een ondiep graf begroef.

'Daar!' riep Sean, zo plotseling dat Paddy haar adem inhield. Op een heuvel in de verte blonken rode achterlichten, die even later om een bocht verdwenen.

De weg werd recht toen ze het donkere dorp binnenreden. Sean minderde vaart en liet de trage BMW de hele Killearn Main Street in zijn eentje afrijden, waarna hij hem weer volgde door een daling in de weg naar Huntly Lodge.

Ze waren het hek naar Huntly Lodge al gepasseerd voor Paddy het besefte.

'Was dat het?'

Sean concentreerde zich op de weg. 'Was dat wat?'

'Was dat het hek waar we vannacht zijn gestopt?'

'Ja, inderdaad. Hij is er voorbijgereden. Moet ik stoppen?'

'Nee.' Verbijsterd om haar gigantische vergissing leunde ze achterover op de bank. Ze had de cavalerie naar de verkeerde plek ontboden. 'Nee, blijf hem volgen.'

De achterlichten gingen hen voor en Sean volgde op veilige afstand. Paddy hoopte dat ze de verkeerde auto volgden, dat Lafferty bij Huntly Lodge was gestopt en daar op de politie was gestuit, dat de auto vóór hen een onschuldige nachtelijke automobilist was, een aardig iemand die naar huis ging na een lange avond stappen. Maar toen hij de top van een heuvel bereikte, konden ze hem zien en het was Lafferty: hij zat voor in de auto, zijn ronde kale hoofd en brede schouders duidelijk zichtbaar in het maanlicht.

Ze hadden de groene, glooiende heuvels nu achter zich gelaten, evenals het betrekkelijk vlakke boerenland, en volgden de weg naar beneden, langs de oever van Loch Lomond. Rechts van hen verrezen steile hellingen, en door de wind vervormde bomen klemden zich op spectaculaire wijze vast aan de loodrechte rotswand. Links van hen liep het vlakke land af naar het glanzende water. Noodgedwongen verloor Sean Lafferty uit het oog, en een tijdlang wisten ze niet eens of ze zich nog op dezelfde weg bevonden.

Ze kwamen bij een bocht in de weg en passeerden een huisje dat gedeeltelijk schuilging achter een groepje bomen. Het zou hun niet zijn opgevallen als de lichten van de BMW niet hadden gebrand. De voordeur van het huisje stond wijd open en toonde het donkere interieur. Ook de autoportieren stonden open. Lafferty was binnen.

Paddy wachtte tot ze de bocht om waren. 'Stop hier maar.'

Sean stuurde de auto langzaam naar de kant van de weg. Hij keek haar via het spiegeltje aan. 'De politie komt niet, hè?'

'Nee. Die komt niet.' Ze keek uit over de vlakke, zilverkleurige uitgestrektheid van het Loch. 'We staan er alleen voor.'

33

Twee twintig per uur

I

Paddy opende het portier en stapte de zachte, modderige berm in, die de zolen van haar laarzen verzwolg.

'Kut.'

Sean boog zich vanachter het stuur naar haar toe en fluisterde luid: 'Zal ik ook meegaan?'

'Jeetje, natuurlijk ga je mee,' zei Paddy afkeurend. 'Het is een beest, die kerel.' Ze betrapte zich erop dat ze Burns' woorden herhaalde.

Sean stapte de auto uit en keek bezorgd achterom naar de weg. 'Weet je zeker dat ik niet beter in de auto kan wachten?'

'Hij gaat haar vermoorden. Het is een beer van een vent. Ik kan wel wat hulp gebruiken.'

'Maar de politie...' Nerveus haalde Sean zijn schouders op. 'Kunnen we niet doorrijden tot we een telefooncel tegenkomen en ze dan hiernaartoe laten komen?'

'Tegen die tijd is ze misschien dood.'

'Tegen die tijd zijn wíj misschien dood.' Onmiddellijk sloeg de schaamte toe en hij ontweek haar blik. 'Hier heb ik eigenlijk niet voor getekend.'

'Oké.' Ze was laaiend. 'Hou jij dan maar hier de wacht.'

'Ik ben niet zo'n vechtersbaas, Paddy...'

'Zoek het godverdomme maar uit, Ogilvy.'

'Paddy...'

'Ik probeer iemands leven te redden. Ik heb geen tijd voor gehakketak.'

'Kan ik niet...'

Maar ze was al vertrokken, sloop al over de weg terug naar het huisje, kwaad op Sean en misselijk van angst. Aarzelend stapte Sean achter haar aan.

Het was een klein, negentiende-eeuws huisje, een mini-villa. Op de witgekalkte muren rustte een laag, leistenen dak, en de zwarte houten luiken voor de schilderachtige ramen stonden aan beide kanten open. De voordeur was ook laag, en door de zware zwarte latei leek het net of hij fronste. Aan weerszijden stonden gietijzeren voetenschrapers, waaraan ruiters hun laarzen konden afvegen.

Aan de overkant van de weg stelden Paddy en Sean zich verdekt achter de bomen op. Door de ramen aan de voorkant zagen ze licht dat via open deuren de hal in scheen. Lafferty verkeerde in de veronderstelling dat hij alleen was: hij kon het licht nu gerust aanlaten.

Paddy keek achterom naar het Loch en aan de oever zag ze de contouren van een gammel houten botenhuis. Ze speurde de grond af en raapte een dikke tak op. Hij was verrot en toen ze hem stevig beetpakte, verpulverde hij in haar hand. Verder lag er niets langs de kant van de weg, geen stukken metaal of grote ronde stenen. Ze had niet eens een plan.

Sean keek naar het huis, zijn vuisten diep in zijn zakken gestoken en zijn ellebogen dicht tegen zich aan gedrukt. Hij zag haar naar zijn handen kijken en glimlachte nerveus. 'Koud, vind je ook niet?'

'Ik ga eropaf,' zei ze boos. 'Je bekijkt het maar.' Ze stak de weg over en liep in haar eentje langs de zijkant van het huis.

Anders dan bij het huis in Killearn was het pad hier met planten overwoekerd. Ze moest zich een weg banen over de takken van een oude boom die was afgebroken en tegen een van de ramen was gevallen. Een struik voor haar voeten gaf een muntgeur af toen ze erlangs streek.

Aan de achterkant ging het pad over in een steil oplopende tuin, ondiep, met aan het einde een loodrechte rotswand, zwart en nat. De tuin was mooi aangelegd, maar nu overwoekerd. De enige plek waar niets groeide, was een groot stuk omgespitte aarde aan haar voeten.

In de achtermuur van het huis zaten twee kleine ramen aan weerszijden van een stel tuindeuren, die toegang gaven tot de keuken. Het verst afgelegen raampje was donker en zou van een badkamer kunnen zijn. Door het raam aan haar kant kon Paddy over de gootsteen naar binnen kijken.

Ze sloop langs de muur en bij elke stap zakte ze weg in de zachte, kale aarde. Ze ging vlak tegen de muur staan en keek naar binnen. Het was een mooie keuken, van rond de eeuwwisseling, met prachtige houten planken en ventilatiedeurtjes voor de provisiekast, lichtgeel en korenbloemblauw geschilderd. In een ruime hoek bij de open haard stond een ouderwets zwart fornuis.

De hele keuken was overhoop gehaald: de kastjes aan de muur stonden open, deurtjes waren van hun scharnieren gerukt, de tafel was ondersteboven gekeerd. Borden en kopjes van hetzelfde servies lagen in scherven op de zwarte leisteinen vloer. Vlak onder het raam was een porseleinen spoelbak met een druipende kraan waaronder losse theeblaadjes en lege potten lagen; een dikke zwarte scheur kronkelde van de ene kant naar de andere. Een pak meel was door de hele keuken leeggeschud zodat alles met een dun laagje poedersuiker bedekt leek te zijn, alsof het kerst was.

Eerst zag ze de benen niet. Pas toen ze de sleepsporen bespeurde die uit de deuropening kwamen, ging haar blik naar de vuile, in kousen gestoken voeten bij het raam. De onderste helft van Kates kuit was verschrikkelijk opgezwollen en lag verdraaid in een onlogische hoek; het bleke, doorschijnende materiaal van haar panty hield de bloederige troep bij elkaar. Haar voeten waren smerig, bedekt met een laag modder, en de nagel van een grote teen was losgeraakt: Paddy zag een vorm ter grootte van een munt en daaronder een rauwe, bloederige plek.

Met moeite wendde ze haar blik af van de gestalte op de vloer en zocht naar een wapen. Nergens in de keuken zag ze een mes; bij de deuropening lag een stel koperen pannen, maar die leken niet al te zwaar. Ze week terug over de zachte aarde en keek de tuin rond. Geen gereedschap. In de rotstuin lagen grote keien, maar haar handen waren te klein om ze op te rapen.

In paniek liep ze terug naar het raam en tuurde naar binnen. Er was iets met die sleepsporen op de vloer wat haar aandacht trok. Ze keek nog eens goed naar de voetafdrukken van Lafferty naast het dubbele spoor van Kates voeten. De voetafdrukken liepen door elkaar heen, alsof Lafferty zich had omgedraaid. Niet omgedraaid. Hij was teruggegaan. Lafferty's voetstappen maakten rechtsomkeert, de keuken weer uit.

Hij was teruggelopen naar de auto, naar de voorkant van het

huis, waar Sean zat te wachten. Paddy verstarde van ontzetting. Sean was alleen met hem. Ze spitste haar oren, elk zintuig in opperste paraatheid, en probeerde een kreet of een roep of wat voor geluid dan ook op te vangen.

Op de hoge heuvel achter haar kraakte de wind door de bomen, dode bladeren ruisten rond haar enkels. Verstard van besluiteloosheid en nauwelijks in staat om met haar ogen te knipperen stond ze daar; een vrouw lag voor haar ogen te sterven en terwijl haar adem telkens het ruitje in het raam besloeg, luisterde ze of ze Seans doodskreten hoorde.

Het licht verschoof in de deuropening naar de keuken en geschrokken sprong ze terug in het donker, waarbij haar hak wegzonk in de grond.

Lafferty kwam op zijn dooie gemak de keuken weer binnen slenteren en stapte heel bedaard over de tafel heen op Kate af, een groot mes in zijn hand. Met een flauw glimlachje op zijn lippen pakte hij de zoom van zijn sporttrui en veegde het lemmet eraan af.

Paddy kon haar hart horen bonken in haar oren. Toen Lafferty zich vóór Kate op zijn knieën liet zakken, streek hij met zijn vrije hand langs het gebroken bot; ze zag Kates been trekken en ving door het raam een wanhopig gekreun op.

Ze was als verlamd. Ze was bij Vhari weggelopen, had roerloos in een rotstuin gestaan toen Lafferty Sean vermoordde, en nu keek ze toe terwijl hij Kates keel doorsneed. Opeens zag ze een schaduw in de deuropening van de keuken.

Omdat hij vanuit het donker was binnengekomen, werd Sean verblind door het plafondlicht en hij knipperde heftig met zijn ogen. Lafferty was al overeind gesprongen, rechtte zijn rug en draaide zich vanuit zijn middel naar de deur, waarbij hij het grote mes voor zich uit hield.

Paddy rukte zich los van het raam, greep een enorme steen die voor haar voeten lag en kwam weer overeind, verbaasd over het gewicht. Ze slingerde hem naar de tuindeuren. Het kabaal waarmee de ruitjes aan diggelen gingen en oud timmerwerk tot aanmaakhoutjes versplinterde, kaatste tegen de achterwand van de tuin en galmde de deuren door. De tuindeuren zwaaiden lusteloos naar binnen. Ze zaten niet op slot.

Zonder enig idee wat ze moest doen zodra ze binnen was, sprong

Paddy de keuken in en haar voeten gleden over de glasscherven. Razendsnel draaide Lafferty zich naar haar toe, met ontblote tanden, zijn nek een massieve spierkabel. Met een woeste zwaai liet Sean zijn vuist op zijn achterhoofd neerdalen.

Paddy keek naar Lafferty's gezicht toen hij de klap incasseerde. Zijn kaak verslapte en even week de woede uit zijn ogen. Achter hem trok Sean zijn arm terug en wachtte af.

Lafferty knipperde met zijn ogen en terwijl hij het mes hief, dook hij ineen en draaide zich op zijn hakken naar Sean toe.

De bodem van de koperen pan bleek heel zwaar te zijn. Het laagje meel op het handvat verstevigde Paddy's greep toen ze het ding met twee handen tot boven haar hoofd hief en op het zijne liet neerkomen.

Weer bleef Lafferty staan en het mes glipte tussen zijn vingers door; de punt bleef steken in de houten vloer en het heft trilde van de kracht waarmee dat gebeurde.

De enorme bonk van een kerel gleed op zijn knieën en tuimelde zijwaarts tegen de tafelpoot, die afbrak toen zijn borst ertegenaan sloeg. Hij strekte een grote hand uit om zijn evenwicht te bewaren en trof niets dan lucht. Hij kwam op zijn gezicht terecht.

Sean keek naar Lafferty's roerloze rug en toen naar Kate, die tot een balletje opgerold bij het aanrecht lag. 'Godsamme, Paddy, hier mag ik wel meer dan twee twintig per uur voor vangen.'

Kate trok met haar gebroken been en ze schrokken allebei. Ze probeerde iets te zeggen.

Paddy haastte zich naar haar toe. 'Het komt goed. Je bent nu veilig, Kate.'

Haar blonde krullen plakten aan haar gezicht. Ze leek sprekend op Vhari, op haar neus na. Het was alsof die met een strijkbout was vermorzeld. Ze mompelde iets, deed haar uiterste best om gehoord te worden. Paddy legde haar oor tegen Kates mond, maar de woorden waren moeilijk te verstaan omdat haar stem zo zwak en nasaal klonk.

'Schat,' zei ze. 'Wat heerlijk.'

'Heerlijk?' herhaalde Paddy, die zich verbluft afvroeg of ze het wel goed had verstaan.

'Om je te zien schat. Wat heerlijk. Ik kan je horen, schat.'

Kates lippen weken terug: een voortand ontbrak en kleverig

bloed scharnierde haar lippen aan elkaar. Haar adem was walgelijk. Toen Kate haar tanden ontblootte, hoorde Paddy een soort doodsrochel, een gegorgel achter in haar keel. Kate lachte.

II

Aan de kapstok in de hal was een laag zitje gemaakt waarop negentiende-eeuwse dames en heren konden plaatsnemen om hun overschoenen en rijlaarzen aan en uit te trekken. Het was breed genoeg voor één achterste, hoe welgedaan dat ook was, maar nu zaten Paddy en Sean heel dicht opeengepropt, met hun bovenbenen stevig tegen elkaar aan. Paddy was blij met de warmte. De politie wilde per se de voordeur wijd open laten staan; het was een koude nacht en op het vloerkleed vormde zich rijp.

In de keuken was het ambulancepersoneel met Kate bezig. Paddy hoorde haar gorgelen, lachen en kreunen, tot verontrusting en vervolgens verbijstering van de medische ploeg. Ook zij hadden geen idee wat er zo grappig was. Het was helemaal niet grappig: dat been was er beroerd aan toe, heel beroerd.

In de hal was een telefoon en toen de politie arriveerde nadat Sean had gebeld, gingen die ervan uit dat Lafferty de bewoner was en aanvankelijk waren ze nogal tekeergegaan tegen Paddy en Sean. Ze hadden hen in de handboeien geslagen en ze er pas weer van bevrijd toen de meldkamer had bevestigd dat Paddy inderdaad voldeed aan de beschrijving van een journaliste bij de *News*, en dat ze bij de auto hoorde die ze geparkeerd om de hoek hadden aangetroffen.

Lafferty was dood. Nergens was bloed, ook zijn darmen waren er niet uitgerukt, kortom, aan niets kon Paddy zien dat het echt was. Hij was gestorven aan een zware hersenbloeding die hij had opgelopen toen de pan hem raakte.

Hij werd met een laken over zijn gezicht langs haar heen gedragen, maar ze voelde slechts opluchting omdat hij Sean niet had vermoord. Ze dacht aan die arme Mark Thillingly, die na een onbeduidend handgemeen Vhari's adres had prijsgegeven. Zij zou ook op de brug hebben gestaan als Sean om haar was gestorven. Ze zou niet zijn gesprongen, maar er wel hebben gestaan.

De politieagenten hadden zich rond hun auto's geschaard: een van hen had zich over de radio ontfermd terwijl drie anderen in een halve cirkel rond de open portieren stonden, in hun koude handen wreven en alert naar het vertrouwde gebrom en geknetter van de zender luisterden. Een van hen vertrouwde het nog niet helemaal en keek nors naar binnen, naar Sean en Paddy.

'Je bent verloofd,' zei Paddy mat.

Sean leek te schrikken, maar toen knikte hij. 'Ja.'

'Gefeliciteerd.' Ze stak hem haar hand toe, vanuit een onhandige hoek. Hij pakte hem aan en bewoog hem één keer op en neer. 'Dat je maar gelukkig mag worden.' Ze bedoelde het goed, maar het klonk eerder als een bevel dan als een wens.

'Wie weet.'

Twee agenten in uniform kwamen naar de voordeur en gebaarden dat ze mee moesten komen. 'We nemen jullie auto,' zei de ene en hij voerde hen langs de wachtende patrouillewagens.

'Komen zij niet met ons mee? Waarom gaan we met onze wagen?'

De agent wachtte tot ze op de donkere weg stonden, buiten gehoorsafstand. 'Er is nog een lijk gevonden, in de achtertuin. Een man. Hij is door zijn oog gestoken. Ze vermoeden dat die meid hem vermoord heeft.'

'Waarom denken ze dat?'

Hij haalde zijn schouders op. 'Het is haar huis, toch? Ze gaan ervan uit dat er nog iemand naar haar op zoek was en dat ze die heeft omgelegd.'

Ze pakten Seans sleutels en lieten hen allebei achterin plaatsnemen, ook al hadden ze niks misdaan. Sean vroeg of ze de verwarming hoger wilden draaien en de ventilator aan wilden zetten, en terwijl ze weer leven in hun koude vingers wreven en hun neuzen droogden, reden ze in een verstikkend hete luchtstroom weg van het huis.

Toen ze terugkeerden over dezelfde weg waarlangs ze waren gekomen, kwam de zon op en klom laag over de oeroude, door de wind vervormde bomen op de heuvelhelling. Onderweg passeerden ze een paar andere auto's, maar de agent achter het stuur weigerde op uitwijkplaatsen te stoppen en reed vreselijk arrogant, alsof hij in een politieauto zat en alle recht van de wereld aan zijn kant had.

Ze reden van het bos het boerenland in en keken elkaar aan toen ze beseften waar de auto naartoe ging. Ze waren weer op de weg naar Huntly Lodge.

34

De confrontatie

I

Het door korstmos aangetaste hek stond open, tegen een heg geduwd. Te oordelen naar de diepte van de bandensporen bij de modderige ingang waren heel wat auto's het smalle pad opgereden sinds
ze het eerder die nacht waren gepasseerd.

In het ijle ochtendlicht zag de plek er anders uit. De bosjes rond
de oprit waren minder dicht dan ze in het donker hadden geleken.
Paddy kon er dwars doorheen kijken naar de zacht glooiende velden
verderop. Toen ze de laatste bocht naar het huis hadden genomen,
zag Paddy Sullivan naast een van de drie geparkeerde auto's staan, in
een dikke jas en met grijze, wollen politiehandschoenen aan. Hij
sloeg zijn blik naar haar op en een brede glimlach nam langzaam bezit van zijn gezicht.

De agent achter het stuur bracht de auto tot stilstand en Sullivan
stapte op hen af.

'Nu neem ik het wel over, Kevin.'

De twee agenten stapten uit de dienstwagen en voegden zich bij
hun geüniformeerde maten.

Sullivan opende het achterportier aan Paddy's kant van de auto
en liet zich op zijn hurken zakken. Luid krakend protesteerden zijn
knieën tegen de roekeloze actie, maar Sullivan deed alsof hij het niet
merkte.

'Dat was me het nachtje wel.' Zijn blik schoot naar Sean.

'Dit is mijn chauffeur, Sean Ogilvy.'

Met de nodige plichtplegingen schudden de twee mannen elkaar
respectvol de hand, voor haar gezicht langs. 'Goed dat je er was, jongeman.'

'Ik heb hem trouwens geraakt, hoor,' zei Paddy verontwaardigd.

Sullivan wees naar haar, maar richtte zich tot Sean. 'Op roem belust,' zei hij, en ze zag dat hij onder de indruk was, maar het haar niet rechtstreeks kon vertellen.

Ze sloeg zijn hand weg. 'Heb je Neilson gearresteerd?'

'Dat kunnen we niet. We kunnen hem nergens op pakken. Er zijn geen getuigen die hem met Lafferty in verband kunnen brengen of met het huisje aan Loch Lomond of het huis van de Bearsden Bird.'

'Nou, jullie hebben mij toch, ik heb hem bij Vhari's deur gezien.'

Sullivan knikte grijnzend. 'En er staan vingerafdrukken op dat bankbiljet. Maar aan alleen een ooggetuige hebben we niks. Het moet ook op andere wijze gestaafd worden, en bovendien staan zijn afdrukken niet geregistreerd. Pas nu jullie dit gemeld hebben, kunnen we hem meenemen voor verhoor en zijn vingerafdrukken afnemen. Zo komen we aan vergelijkingsmateriaal.'

'En Gourlay en McGregor dan? Bevestigen die het echt niet als ze hem zien?'

Sullivan zuchtte en keek naar zijn voeten. 'Ik denk dat we allebei het antwoord op die vraag wel weten, denk je ook niet?'

Ze vroeg zich af of het wijs was om de naam Knox te laten vallen. Als Sullivan zich al zo terughoudend opstelde wanneer het twee lager geplaatste agenten betrof, dan zou hij al helemaal niets over de baas van de baas van de baas van zijn baas willen horen. Toch moest ze het proberen. 'Hoor eens, we hebben gezien dat Lafferty Kate Burnett uit een huis in Milngavie haalde; zo zijn we hem ook op het spoor gekomen.'

Met een knik gebood Sullivan haar om door te gaan.

'Ornan Avenue 15, ken je dat adres?'

Sullivans nek verstrakte zo plotseling dat zijn hoofd er een beetje van begon te wiebelen. Hij keek alsof zijn nieren het hadden begeven, maar hij was te beleefd om iets te zeggen.

'Aan de buitenkant zit een glazen entree en ertegenover is een pub.' Hij wilde niet horen wat ze te vertellen had, zag Paddy. 'Een ouderwets soort pub, nogal Engels. Met een parkeerterrein.'

'Oké.' Hij knikte geprikkeld. 'We zullen het eens bekijken. Echt.'

'Kún je dat, het bekijken?'

Hij keek haar smekend aan. 'Zoals het er nu voorstaat, hebben we al genoeg op ons bord. We doen wat we kunnen.'

'Je doet het niet, hè?'

Voor hij de kans had om te antwoorden, riep een agent bij een van de andere auto's dat ze zover waren. Sullivan probeerde overeind te komen om hem te antwoorden, maar zijn knieën stonden het hem niet toe. Gegeneerd zakte hij weer op zijn hurken. 'We doen ons best. Meer kunnen we niet.' Langzaam en bedaard kwam hij overeind. 'Ik rij wel.'

'Waar gaan we naartoe?'

'Je moet Neilson uit een confrontatierij pikken. Durf je dat aan?'

'O, ja hoor,' zei Paddy. 'Wat durf ik niet aan?'

Behoedzaam reed Sullivan terug naar Glasgow, achter de andere auto aan. Af en toe zag Paddy het gesoigneerde achterhoofd van Paul Neilson in de auto voor hen. Dat was de man die ze bij Vhari Burnetts voordeur had zien staan. Ze wist het zeker.

11

Terwijl Paddy in het zijkamertje zat te wachten, zo uitgeput dat ze er maagkrampen van kreeg, luisterde ze naar het rumoer aan de andere kant van de deur en probeerde zich er een beeld van te vormen. Geschuifel van voeten en wat oppervlakkig gebabbel: de geluiden van mannen die elkaar niet kenden en af en toe een terloopse opmerking uitwisselden. Twee van hen hoestten telkens een flegmatisch rokersrocheltje op.

Met het oog op de confrontatie werd een groepje samengesteld van mannen die enigszins op Paul Neilson leken, terwijl zij, de kroongetuige, zat te wachten in een saaie zijkamer waarvan de muren zakelijk beige waren geschilderd. Tegen een van de muren stonden een tafel en drie stoelen. Een raam ontbrak en aan het plafond hing alleen een kale gloeilamp, die zestig watt het hok in pulseerde.

Onwillekeurig dacht ze aan Paddy Meehan. Toen hij in de confrontatierij stond in verband met de moord op Rachel Ross besefte hij niet dat hij in de val was gelopen. Ook al was hij beroepscrimineel, toch bezat hij een kinderlijk vertrouwen in het rechtssysteem en hij had niet kunnen voorzien dat de politie de getuigen van tevoren had getipt. In de overtuiging dat ze zijn alibi vormde, had Meehan zich zelfs naar een van hen, een jong meisje, toe gebogen en gezegd dat ze niet zenuwachtig hoefde te zijn, alles was in orde, ze kon gerust zeggen dat hij het was. Maar in de rechtszaal bleek ze getuige à charge te zijn. Paddy wist nog wat ze over de echtgenoot van het slachtoffer had gelezen: de oude Abraham Ross moest wachten in de kamer waar de getuigen naartoe werden gebracht nadat ze Meehan hadden geïdentificeerd. Niemand kon het bewijzen, maar ze hadden ongetwijfeld met elkaar gesproken: wie heb jij gekozen? Ik de vent aan het eind van de rij, klein, gezet, pokdalig van de puisten. Die heb ik ook gekozen, dezelfde vent, aan het eind van de rij, hij had van dat rossige haar.

Sullivan had zijn nek uitgestoken en alles op alles gezet om te zorgen dat Paddy Neilson uitkoos. Een rit van ruim tien kilometer naar de stad, terwijl de verdachte in de voorste auto zat: dat was vast niet volgens het protocol. Af en toe had ze Sullivan via het spiegeltje naar haar zien kijken – als ze voor een stoplicht moesten wachten of wanneer de auto voor hen een scherpe bocht nam – in de hoop dat ze Neilson goed kon zien. Paddy keek echter niet naar de auto voor hen. Met haar ogen dicht had ze hem er nog uit kunnen pikken.

Het was warm in de kamer. Verbrand stof had de gloeilamp geel en bruin verkleurd. Ongetwijfeld hing hij er al heel lang. Het kamertje werd zelden gebruikt. Zo vaak werden er geen ooggetuigen opgeroepen, en dan was het meestal voor overvallen. Door haar werk met de dienstauto wist ze dat de meeste moorden werden opgelost als de met bloed bespatte echtgenoot werd gearresteerd terwijl hij met het mes in de hand over het lijk gebogen stond.

Plotseling werd het rustig aan de andere kant van de deur, een eerbiedige stilte daalde neer over de wachtende mannen en voeten staakten hun geschuifel. Een laatste controle werd aangekondigd en ze hoorde een schouder langs de deur van de wachtkamer schampen.

Die ging open en tot haar eigen verbazing schoot ze overeind, op benen die slap waren van de spanning. De deur sloeg weer dicht.

Opnieuw zwaaide hij open, nu langzaam, en een overgedienstige agent in uniform tuurde naar binnen. Fronsend nam hij haar van top tot teen op en vroeg of ze er klaar voor was. Nerveus knikte ze en het zweet brak haar uit. Hij liet de deur helemaal openvallen en wenkte haar de kamer binnen.

Vijf mannen stonden op een rij tegen de muur. Terwijl ze samen met de agent de rij langsliep, werden ze geobserveerd door een groepje in de hoek, onder wie Sullivan en een vermoeid uitziend advocatentype in een bruin pak.

Met ernstig gezicht gingen Paddy en de agent de rij langs en ze deed alsof ze elk van de mannen nauwlettend bekeek, zich bewust van de ademloze stilte die bezit had genomen van het publiek achter haar.

De mannen droegen allemaal hetzelfde, maar toch had ze Paul Neilson er moeiteloos uit kunnen pikken aan de hand van zijn kleren. Zijn witte overhemd was verkreukeld; het was duur en van linnen, waarschijnlijk uitgegooid toen hij naar bed ging en snel weer aangeschoten toen de politie midden in de nacht op de stoep stond. De overige mannen droegen keurig gestreken overhemden van een of ander oersterk kunststofmengsel, rechtstreeks uit de politievoorraad: slecht zittend en met manchetten die over hun polsen hingen. Sommigen hadden donker haar, anderen zwart, net als Neilson.

Ze liep naar het einde van de rij, keerde om en liep terug naar het midden. De mannen vermeden oogcontact en staarden naar de achtermuur alsof ze boven een pisbak hingen; Neilson keek echter nog steeds arrogant, met een zelfingenomen trekje rond zijn mondhoek en leunend op één voet. Zijn kapsel zag er duur uit.

Paddy ging voor hem staan en zo liet ze zien dat ze niet bang voor hem was. Hij keek terug. Achter hem liet de advocaat een bezorgd kuchje horen. Ze stapte op Neilson af en bekeek hem onderzoekend, keek naar de handen die Vhari Burnetts deur dicht hadden gehouden, naar de hals die bespat was geweest met Vhari's bloed. Hij zag op haar neer en lachte vriendelijk.

'Dat is hem,' zei ze.

Paul Neilson grijnsde, zijn donkerbruine ogen twinkelden en zijn kraaienpootjes breidden zich over zijn wangen uit. Het was alsof ze hem een fantastische mop had verteld, hem had geprezen om zijn kledingkeuze of had gevraagd of hij iets te drinken voor haar wilde halen.

Voor alle zekerheid keek de agent naar Neilson. 'Nummer twee?'

Paddy wees naar hem, met haar vingertop op nog geen tien centimeter van zijn borst. 'Deze hier, nummer twee.'

Neilsons grijns werd steeds breder, tot zijn ogen bijna dichtzaten.

Sullivan deed een stap naar voren. 'Oké.' Hij nam haar bij de elleboog en loodste haar naar een deur aan de andere kant van het vertrek. 'Dat is het voorlopig.'

III

Ramage was op zoek naar haar en had het politiebureau gebeld, en van Sullivan mocht ze zijn telefoon gebruiken.

Ze vertelde hem tot in detail wat er gebeurd was, maar ze verzweeg het bankbiljet van vijftig pond, dat zou tijdens het proces toch wel aan het licht komen en tegen die tijd wentelde ze in roem. Sullivan zweeg angstvallig over Knox. Ze vermoedde dat zijn rang te laag was om de man aan te pakken, en daarom zei ze niets over hem tegen Ramage. Ook over Neilson konden ze nog niks vermelden, dat moest wachten tot het proces, maar Ramage beloofde haar een hele voorpagina met een artikel over het voorval bij het huisje, de dame die in levensgevaar verkeerde en de onversaagde verslaggeefster van de *Daily News*. Het verhaal zou details bevatten over de aanval op Kate en het lijk in de tuin, en omdat Lafferty dood was, mochten ze hem naar hartenlust zwart maken.

Ze werd naar de redactie ontboden om het artikel voor de zaterdageditie op papier te zetten, en daarna mocht ze naar huis. Zo te horen was hij tevreden over haar, zelfs enigszins onder de indruk van het verhaal over het huisje, en ze besloot Seans rol wat aan te dikken voor het geval ze erachter kwamen dat hun nieuwe chauffeur geen rijbewijs had.

'Hij was geweldig. Een geluk dat hij erbij was, anders had ik het niet gered.'

'Nou, hou die hotelkamer maar tot morgen, mocht je vanavond gaan stappen en je een stuk in de kraag drinken.'

Paddy dacht aan Mary Ann, die de volgende ochtend naar Frankrijk vertrok. 'O, bedankt, chef, maar ik denk dat ik na afloop gewoon naar huis ga.'

'Prima,' zei hij resoluut. Ze had het gevoel dat hij haar bijna evenzeer waardeerde omdat ze zo goedkoop was als om het verhaal.

Ze hing op en zag Sullivan aan de andere kant van het vertrek staan, somber kauwend op een gescheurde nagel, alsof hij zojuist

330

had vernomen dat de kerstman niet bestond. Hij ving haar blik op en wendde zijn hoofd af.

Hij had het gehoord over haar en Burns. Ze kende die oude kerels maar al te goed. Ze hielden van vrouwen, maar bij het eerste het beste schandaaltje stonden ze vooraan met een zak vol stenen.

Paddy stond op en liep naar hem toe. 'Wat is er?'

Hij haalde zijn schouders op, haar blik nog steeds vermijdend.

'Sullivan, wat is er aan de hand?'

Hij liet zijn handen langs zijn zij vallen en zijn schouders hangen. 'We hebben hem laten gaan.'

'Neilson? Maar ik heb hem eruit gepikt. Hij was toch nummer twee?'

'Hij was inderdaad nummer twee, maar dat briefje van vijftig...' Weer beet hij beschaamd op zijn nagel. 'Dat briefje is weg.'

35

De schandelijke aftocht van Colum McDaid

I

Colum McDaid stond op het punt de baan te verliezen waaraan hij zijn leven had gewijd, maar dat weerhield hem er niet van zich als een heer te gedragen en Paddy thee met koekjes aan te bieden.

'Er is al iemand onderweg om mijn plaats in te nemen, ze hebben een gepensioneerde politieman van een ander district opgeroepen. Tegen de lunch ben ik vertrokken.'

Ze observeerde hem terwijl hij zich door het vertrek bewoog: het water aan de kook bracht, haar suiker voorhield, eerst de melk inschonk om schiften te voorkomen. Ze observeerde hem en het viel haar op dat hij haar geen moment in de blinde hoek liet tussen hemzelf en de kast met bewijsmateriaal of de kluis. Behalve zijn stoel stond er nog een in de kamer, maar die zat met bouten aan de vloer verankerd, vlak naast de deur.

Hij reikte haar de theekop aan, met op het schoteltje twee chocoladebiscuitjes, en ging op zijn eigen plek achter het bureau zitten.

'Dus het is weg?'

McDaid knikte boven zijn thee. 'Ik ben hier de hele tijd, ik controleer iedereen die weer naar buiten gaat. Ik snap het niet... ze zullen wel zeggen dat het komt doordat ik oud ben.'

'Het is gewoon weg?'

'Het is weg. Ik ben vannacht tot halfvier hier gebleven om ernaar te zoeken. Het is weg. Het is niet in deze kamer en ook niet in de kamer hiernaast, er is niets wat op inbraak duidt en de dag ervoor ben ik niet één keer de kamer uit geweest zonder de boel af te sluiten.'

'Kan iemand niet gewoon de sleutel hebben gepikt en zo zijn binnengekomen? Er moet toch een stel reservesleutels op het bureau zijn.'

McDaid schudde zijn hoofd. 'Nee, zie je, ik doe het precies zoals mijn voorganger.' Hij ontweek haar blik. 'Voor de jongere mannen brengt dit werk een stuk verleiding met zich mee, moet je weten. Ze hebben een gezin, kleine kinderen, en het salaris stelt niet veel voor. Wij, als ouderen, zien het als onze taak om die jonge mannen daartegen te beschermen. Er gaat geld rond, mensen zijn op gunsten en dat soort zaken uit. Voor een jonge kerel is het moeilijker om nee te zeggen. Daarom bewaren wij de sleutel.'

'Welke sleutel?'

'Tja, het is eigenlijk een geheim, maar het heeft toch geen zin meer om het voor me te houden: ik heb een sleutel van de kluis en die laat ik niet op het bureau. Iedereen denkt dat ie hier is, maar dat is ie niet. Niemand kan erbij zonder die sleutel, wat betekent dat dat bankbiljet overdag gestolen is, toen ik hier was. Toen ik hier op deze stoel zat.'

Ze dacht aan Knox. 'Weten hoge politiefunctionarissen van die sleutel af?'

'Nee, alleen ik.'

'En weet je zeker dat dat briefje er gisterochtend nog was?'

'Absoluut.'

'Wie is hier gisteren binnen geweest?'

Hij haalde een blauw schrift uit de bovenste la en met zijn vingertoppen schoof hij het aarzelend over het bureau naar haar toe. 'Over een jaar zou mijn volle diensttijd erop zitten,' fluisterde hij. 'Nu krijg ik niet eens pensioen. Mijn vrouw... ik weet niet hoe we het gaan redden.'

Paddy liet haar blik over het lijstje met drie namen gaan en daar, bovenaan, had Tam Gourlay zijn handtekening gezet, om tien over negen 's ochtends. Hij moest naar binnen zijn gekomen net voor hij werd geschorst, voor Burns hem op het parkeerterrein tegenkwam en in elkaar sloeg. Ze liet het blaadje aan McDaid zien en tikte met haar vinger op de naam.

'Deze hier. Is hij de kluis in geweest?'

'Zeker, hij heeft er een bewijsstuk in opgeborgen. Hij was de eerste.' Hij keek naar het getal van zeven cijfers dat naast Gourlays naam stond. 'Bewijsmateriaal van winkeldiefstal. Rechttoe rechtaan. Maar ik weet zeker dat hij het niet was, want hij kwam binnen in zijn hemdsmouwen en ik heb hem de hele tijd in de gaten gehouden.'

'Hoe stond hij?'

McDaid kwam overeind en boog zich naar de kluis toe, met zijn achterste in de lucht. 'Bewijsmateriaal van kleine vergrijpen gaat op de onderste plank.' Hij ging weer zitten en op dat moment beseften ze allebei dat vanuit McDaids positie achter het bureau Gourlays handen aan het zicht onttrokken waren.

McDaid stond weer op, een gebroken man. 'Maar hij was in hemdsmouwen en ik zou het gehoord hebben als hij het briefje had opgevouwen en meegenomen. Een briefje van vijftig is heel groot. Het was nieuw. Ik zou het vast gehoord hebben.' Twijfelend aan zichzelf trok hij zijn wenkbrauwen samen. 'Ik ben oud, dat weet ik, maar ik ben nog wel scherp. Ik zou het vast gehoord hebben.'

II

Paddy liep naar buiten, de koude ochtend in, en werd misselijk toen ze aan Neilsons brede krokodillengrijns dacht. Toch kwam het ontbrekende bankbiljet haar goed uit; zo werd dat zwijggeld nooit ontdekt of ook maar genoemd, en ze had nog steeds haar verhaal, met Lafferty als de enige boef. Zonder dat briefje was het verhaal trouwens beter, want nu hoefde ze zich niet aan voorschriften te houden of informatie te verzwijgen tot de zaak voor de rechter kwam. Paul Neilson was echter een vrij man, hij was teruggegaan naar zijn opzichtige villa in Killearn, waar hij zich lekker in zijn zwembad kon ontspannen. Het klopte van geen kant.

Toen ze het parkeerterrein van de supermarkt overstak op weg naar het station trok haar maag samen; ze klapte dubbel en kotste het kopje thee er weer uit dat McDaid op het politiebureau voor haar had gezet. Over de bruine plas heen gebogen voor het geval er nog meer kwam, wachtte ze tot haar hoofd niet meer tolde, en diep vanbinnen wist ze het.

Langzaam stond ze op, knipperend tegen het licht en zonder dat ze het van plan was, zei ze hardop: 'O, shit.'

Nu er zoveel was waaraan ze niet mocht denken, kwamen de woorden moeiteloos, vloeiden tussen haar vingers door en rechtstreeks het papier op, volmaakte alinea's in de nieuwe, krachtige huisstijl van de *Daily News*.

Het was een spannend verhaal: de juriste die was gestorven om haar zusje tegen een gestoord vriendje te beschermen, de beeldschone Kate die in groot gevaar verkeerde, het uitzicht vanuit het tuinraam bij Loch Lomond. Ze moest er ook wat commentaar van 'bronnen' in verwerken, feiten ingekleed als speculatie zodat de juristen het vrij zouden geven voor publicatie, maar ze wist dat de politie geen bezwaar zou hebben. Die kwam er ook goed af in het verhaal.

Aan het eind van haar zevenhonderdvijftig woorden stopte Paddy en ze vroeg zich af waarom het nooit eerder zo gemakkelijk was geweest. Misschien was ze door uitputting tot het juiste niveau afgedaald voor een dergelijke schrijfstijl; meestal ging ze te doordacht te werk om er massa's korte zinnetjes uit te kunnen rammen, elk met één feit, en dan een kop en staart aan het artikel waarin ze aangaf wat ze te zeggen had, en een samenvatting van wat ze net had gezegd. Sullivan had haar een aantal citeerbare uitspraken met bronvermelding aan de hand gedaan waaraan ze de hele zaak kon ophangen. Het las perfect, maar ze dacht aan alles wat ze had moeten weglaten: Neilson, en het allerbelangrijkste: Knox. Ook al voldeed het als *News*-artikel en ook al zou Ramage ermee in zijn schik zijn, zelf was ze er niet tevreden mee en dat besefte ze maar al te goed.

Ze keek op van haar bureau. Drie loopjongens zaten op het randje van de bank en speurden rond op zoek naar het geringste teken. Op de hele redactie hielden mannen zich met hun eigen zaakjes bezig, maar iedereen leek opeens anders. De energie in het vertrek scheen zich rond haar te concentreren, rond het exclusieve verhaal dat ze aan het schrijven was. Niemand waagde zich in de buurt van haar bureau. Shug Grant en Twiedeldie en Twiedeldom stonden bij de sportredactie, met de rug naar haar toe. Een fotograaf wendde zijn hoofd af toen ze naar hem keek. De eindredacteur van de nieuwsredactie ving haar blik op en glimlachte. Een loopjongen sprong overeind en kwam op een drafje naar haar toe, gebarend met een denkbeeldige mok, om te vragen of ze thee wilde.

Nu had ze het respect van haar gelijken. Ze streek met haar tong langs haar tanden. Het smaakte metalig, als melk die een beetje zuur was.

36

Patrick Meehan

I

De vrijdagavondlucht van vermoeide mannen drong haar neus binnen: een mengeling van zweet en teleurstelling. De Press Bar was niet langer een leuke plek om iets te gaan drinken. Het merendeel van de grote gangmakers had op vrijdag helemaal geen zin in *News*-intriges en dronk in de Press Club, anderhalve kilometer verderop, waar de drank door de vakbond werd gesubsidieerd en waar ook mensen van andere kranten kwamen.

Een armzalig klein groepje drinkers hing rond de bar of zat aan de tafeltjes, lezend of voor zich uit starend. Veel werd er niet gezegd. Achter de bar was McGrade glazen aan het spoelen en hij begroette Paddy met een vriendelijk knikje.

McVie zat in zijn eentje aan een tafeltje, en opgelucht constateerde Paddy dat Patrick Meehan niet was komen opdagen. Ze rechtte haar rug en liep op het tafeltje af. 'Heb je bot gevangen?'

'Huh?'

'Je kijkt zo beteuterd. Heeft Meehan het laten afweten?'

McVie wees met zijn hoofd ergens achter haar en toen ze zich omdraaide, zag ze hem uit de toiletten komen en voor alle zekerheid nog even zijn gulp controleren. Hij was klein en droeg een zware, zwarte jas. Zijn huid was gelig en zat onder de acne-littekens, en hij maakte een chagrijnige indruk. Toen hij bij het tafeltje was gearriveerd, keek hij Paddy vanuit de hoogte aan.

'Hoi,' zei ze.

'Je bent maar een meid.'

Daar had ze niks op terug. 'Inderdaad, ja.'

McVie kwam tussenbeide. 'Deze meid is toevallig wel een van de scherpste jonge journalisten in Schotland.'

Enigszins spottend nam Patrick Meehan haar nog eens op en stak haar toen zijn hand toe.

Aangezien hij net uit het toilet kwam, voelde Paddy er niet veel voor om hem de hand te schudden, maar ze zette zich over haar afkeer heen. Hij kneep iets te hard, om haar te laten voelen hoe sterk hij was. Zijn kleine gestalte en arrogante houding, het rossige haar en de korte beentjes, dat alles deed vermoeden dat hij nooit erg aantrekkelijk was geweest voor de vrouwen en ze vermoedde dat hij de bekende rancunes koesterde die ze maar al te goed kende van andere mannen als hij, alsof zij persoonlijk verantwoordelijk was voor elke afwijzing en belediging die hij ooit van een vrouw in ontvangst had genomen.

'Ik heet ook Paddy Meehan,' zei ze.

Hij knikte naar McVie. 'Dat zei hij al. Je heet net als ik,' zei hij, waarop hij een kort, stomp sigaretje uit het pakje nam dat op tafel lag en het opstak.

'Ja.'

Weer keek hij haar onderzoekend aan. 'De Meehans van Eastfield? Waar komt je familie vandaan?'

'Uit Donegal, meen ik, in de buurt van Letterkenny.'

'Wij komen uit Derry.'

'Dat geldt voor de meeste Meehans, hè?'

'Ja.'

Hij leek haar wat meer te vertrouwen nu ze hadden vastgesteld uit welk Iers graafschap hun overgrootouders waren gevlucht. 'Gaan we zitten?'

'Ja.' Ze schudde zichzelf wakker. 'Ik haal wel iets te drinken voor u, meneer Meehan.'

Erkentelijk voor haar hoffelijke aanbod trok Meehan een stoel naar achteren en ging erop zitten. 'Doe mij maar een kopstootje.'

Paddy keek naar McVie, maar die fronste zijn wenkbrauwen ten teken dat hij de bijeenkomst het liefst zo kort mogelijk wilde houden of anders zou hij 'm voor het einde smeren.

McGrade, de minzame barkeeper, glimlachte toen ze naar hem toe liep. 'Ik zie dat je een plaatselijke beroemdheid interviewt.'

Paddy glimlachte terug en bestelde. 'Volgens mij is zo ongeveer iedereen in de krantenwereld me voor geweest.'

Hij zette het glas whisky en het kleintje bier naast elkaar neer.

'Ach, je kunt altijd wel iets nieuws verzinnen, toch?' zei hij, en zo liet hij doorschemeren dat zelfs hij wist dat het verhaal over Meehan zo dood als een pier was.

Het rondje kostte haar meer dan vier pond.

Ze gingen zitten en rookten en ondertussen praatte Meehan, vertelde hij zijn verhaal. Hij begon bij zijn arrestatie voor de moord op Ross. Daar zat ze niet op te wachten, maar hij wilde er per se over praten.

'Ik was eigenlijk vooral geïnteresseerd in de tijd die u achter het IJzeren Gordijn hebt doorgebracht,' zei Paddy ten slotte.

Traag knipperend met zijn ogen keek hij haar waarschuwend aan. 'Zoals ik al zei, die confrontatie was doorgestoken kaart.' En hij vervolgde zijn verhaal vanaf het punt waar hij gestopt was. Tegen de tijd dat het proces aan de beurt was, stond McVie op en vertrok, zodat Paddy in haar eentje de hele geschiedenis moest aanhoren.

Tijdens haar buitengewoon serieuze jeugdjaren had Paddy elk artikel en ieder boek dat ooit over de zaak Meehan was verschenen van a tot z en achterstevoren verslonden. Sommige formuleringen herkende ze uit de artikelen. Het was duidelijk dat hij dit verhaal ettelijke malen had afgestoken. Er trok een waas voor zijn ogen en soms leek het alsof zelfs hij maar matig geïnteresseerd was.

Eindelijk zweeg hij en ze keken elkaar aan. Zijn bierglas was half-leeg. Het zou beleefd zijn geweest om hem er nog eentje aan te bieden, maar ze had niet genoeg geld.

Paddy legde uit dat ze een boek over de zaak wilde schrijven waarin ze niet de moord op Rachel Ross als uitgangspunt nam, maar zijn tijd als spion, die anderhalf jaar achter het IJzeren Gordijn en zijn aandeel in de ontsnapping van Blake.

'Ik heb ze verteld hoe ze het moesten aanpakken...'

'Dat weet ik.'

Weer knipperde hij langzaam met zijn ogen, en zijn opgetrokken lip maakte haar duidelijk dat het een slecht idee zou zijn om hem nogmaals te onderbreken.

'Ja, ik heb ze verteld hoe ze een radio bij hem naar binnen konden smokkelen. Dat wist je toch, hè?'

Hij was het gewend dat er naar hem geluisterd werd en beroepsmatig wist Paddy hoe ze mannen zoals hij te vriend moest houden. 'Inderdaad, min of meer, maar ik zou het waarderen als u het nog eens vertelde.'

Hij pakte het borrelglaasje en goot de whisky in het halflege bierglas. De handeling was perfect ingeschat: het bier bruiste een beetje, steeg op in het glas, bolde over de rand en net toen het eroverheen dreigde te stromen, slonk het weer.

'Een oudemannendrankje,' luidde Paddy's onbezonnen commentaar.

Dat vond Meehan wel mooi. Hij glimlachte naar haar. 'Ik zat in een gevangenis in Oost-Duitsland. Ze wilden van me weten hoe ze een zender-ontvanger bij een gevangene binnen konden smokkelen en ik begon erover na te denken, liet er mijn gedachten over gaan. Ik had plattegronden voor ze getekend van elke gevangenis die ik kende. De meeste mensen weten niet half hoe makkelijk het is om je gang te gaan in de gevangenis. Heel wat bewaarders zijn corrupt, en je kunt gaan en staan waar je wilt. Het probleem zit hem bij de zwaarbewaakte vleugel, en daar hadden ze het over.

Ik vertelde ze het volgende: stuur een radio naar een zwaarbewaakte gevangene. Gewoon een normale radio, niks wat de aandacht trekt.' Hij boog zich over de tafel heen. 'Je neemt een radio die er precies hetzelfde uitziet, maar dan met een zender-ontvanger, en die stuur je naar een gevangene die minder streng wordt bewaakt. Die kijken ze niet na, want met hem is er geen verhoogd risico, snap je? Snap je?' Hij wachtte tot ze ja zei. 'Weet je wat de huisdienst is? De huisdienst zijn gevangenen die het vertrouwen van de bewaarders hebben en die allerlei klusjes doen, dus iemand binnen de muren.' Ze dacht aan Tam Gourlay. 'Zorg dat je twee radio's de gevangenis binnen krijgt en ruil die dan om. Dat was mijn voorstel. Je laat ze omruilen door iemand van de huisdienst, begrijp je wat ik bedoel?'

Ze begreep het. Ze begreep het maar al te goed.

'Toen George Blake uit de gevangenis ontsnapte, wat denk je dat er in zijn cel werd gevonden?'

Paddy knikte. 'Een zender-ontvanger.'

'Een zender-ontvanger,' beaamde Meehan. 'Verstopt in een transistorradio. En ze hadden die transistorradio een week eerder nog vanbinnen bekeken.'

Opeens stond Paddy op. 'Het spijt me, maar ik moet gaan. Ik moet iemand bellen.' Ze schoof achter het tafeltje vandaan.

Beledigd keek Meehan naar haar op.

'Meneer Meehan, ik wil een boek over u schrijven.'

'Er zijn al genoeg boeken over me geschreven.'

'Nee, geen flutboek over de moord op Ross, gewoon een boek over u. Over de communistische partij en de agent-provocateur die u naar Oost-Duitsland stuurde en over het leven van een beroepscrimineel in de jaren vijftig. Een goed boek. Mag ik u volgende week een keer op een lunch trakteren zodat we het erover kunnen hebben?'

Hij trok zijn schouders op. 'Maar ik ben nu toch hier?'

'Sorry, ik moet iemand bellen.'

Meehan keek naar zijn halflege glas. 'Ik weet het niet, hoor. Misschien schrijf ik zelf wel een boek.'

'Ik bel u nog.' Paddy trok haar jas aan terwijl ze de deur naar de straat al opende. 'Ik bel nog.'

11

Ze ging op haar vaste plek aan het bureau van de nieuwsredactie zitten, nam de hoorn van de haak en belde McCloud op het bureau in de Marine.

'Cloudy? Ik moet Colum McDaid spreken.'

'Ah, meisje Meehan, ben jij het?'

'Ja, ik ben het. Zou ik zijn telefoonnummer kunnen krijgen?'

'Dat van McDaid? Hé, hij is toch niet je vriendje, hè?' McCloud moest lachen bij het idee, tot iemand aan de balie kwam om hem iets te vragen. 'Ja ja. Niet nu, nee. Hallo? Meehan?'

'Ik ben er nog.' Haar pen hing al boven het papier.

McCloud gaf haar het gevraagde, een lokaal nummer in Partick.

Ze draaide het en kreeg mevrouw McDaid aan de lijn. 'Ja hoor, kind, hij is thuis.'

Ze riep iets in het Gaelic en McDaid kwam aan de telefoon.

'Agent McDaid, u spreekt met Paddy Meehan. Het briefje ligt nog steeds in de kluis.'

'Hè?'

'Gourlay heeft het toch niet meegenomen. Het ligt in de kluis en ik durf te wedden dat het in een ander bewijsstuk zit verstopt.' Ze hoorde hem brommen. 'Wat bent u aan het doen?'

'Ik trek mijn jas aan. Ik woon vlak bij het bureau, om de hoek. Ben je er nog? Kun je een uurtje bij de telefoon blijven?'
'Ja hoor.'
'Ik bel je terug.'

III

Vrijdags was er altijd meer te doen op de redactie. Het aflossingsteam voor de dienstauto zat te kaarten bij de kamer van de fotoredacteur, en ondertussen aten ze vis en namen ze discrete slokjes uit een flacon whisky. Toen Paddy er pas werkte, dronk iedereen bij de *News*, maar sinds het vertrek van Farquarson had ze geen fles meer op de redactie gezien. Tijdens het wachten las ze een boek, zich ervan bewust dat Dub nu de open nummers aankondigde en dat Burns zat te zweten achter in de donkere ruimte en zenuwachtig zijn optreden nog eens doornam.

Na veertig minuten belde McDaid terug op de directe lijn. Hij begroette haar niet eens. 'Gevonden. Die lul had het achter in een andere envelop gestopt. De klootzakken waren van plan te wachten tot ik de sleutels had ingeleverd en dan gingen ze de kast zelf even opruimen.'

'Gaat u Sullivan bellen?'

'Reken maar.'

'Fijne avond, agent McDaid.'

'Insgelijks, juffrouw Meehan.'

IV

De club leek drukker dan normaal. Lorraine stond niet te posten bij de deur, die weliswaar net was dichtgetrokken, maar niet op slot zat. Paddy glipte de trap af en keek naar het podium. Dub was aan het woord en er hing een bruisende sfeer; zijn stem klonk hoog, hij sprak heel snel en wees naar het publiek, drijvend op een golf van liefde.

Lorraine stond bij de bar en schoof zijdelings naar Paddy toe, nu eens zonder te doen alsof ze haar niet herkende.

'Hij was beregoed.'

'Dub?'

'Burns. Hij was echt beregoed, man.'

Dub verliet het podium onder donderend applaus; hij rende veel te snel over het vijf meter lange middenpad en kwam onbeholpen tegen de achtermuur tot stilstand. Hij was zo uitgelaten dat hij ervan zweette.

Toen hij Paddy zag, sloeg hij een arm om haar nek en trok haar hardhandig mee naar de andere kant van de bar. Ze grijnsde, ondanks het vocht van zijn oksel dat nu in haar nek plakte, en strompelde met hem mee naar de halve vierkante meter achter het toneel waar de artiesten het mee moesten doen.

Hij liet haar los en ze kwam overeind. Burns stond aan de bar met zijn brave politiefrisdrankje, zelfvoldaan en opgefokt tegelijk.

'Ging het goed?' vroeg Paddy.

Burns nam haar van top tot teen op. 'Ik heb naar je gezocht tussen het publiek. Je was er niet.'

Paddy wachtte op de afmaker, maar die bleef uit. Ten slotte mompelde ze: 'Het spijt me, maar ik had heel veel werk te doen.'

Hij porde haar in haar borst en liet zijn vinger daar even rusten, waarna hij hem langzaam langs haar lange hals naar boven liet gaan. 'Het zou leuk zijn geweest als je had gekeken, ik had je steun wel kunnen gebruiken.'

Ze pakte zijn hand beet en duwde die weg. 'Aan mij heb je niet veel steun, Burns. Trouwens, ik breng altijd ongeluk bij open nummers, je had me hier helemaal niet willen hebben.'

'Dat is ook zo.' Hij deed een stap terug. 'Jij gaat voor de hoofdrol, een bijrolletje is niks voor jou, hè?'

Iemand uit het publiek kwam naar hen toe en pakte Burns bij zijn elleboog. 'Je was fantastisch, maat. Dat was het grappigste wat ik in eeuwen gezien heb en ik kom hier altijd.'

Burns' blik bleef nog even op Paddy's hals rusten, tot Lorraine zich een weg door de menigte baande en naast hem ging staan. Heen en weer zwaaiend stootte ze met haar tieten tegen Burns' arm. Burns sloeg zijn hand om Lorraines middel, en keek naar Paddy om te zien hoe ze zou reageren.

Ze grijnsde naar hem. 'O, was ik nou toch maar gekomen. Jaloers dat ik ben!'

Dub legde zijn arm om Paddy's schouders en nu stonden ze met zijn vieren bij elkaar. 'We hebben het allemaal geweldig gedaan vanavond. Het ging zo soepel. Een perfecte avond, de ene act kwam gewoon voort uit de andere. Er waren geen toonwisselingen, de sfeer sloeg niet opeens om, zoals meestal, je weet wel. Niks van dat alles.'

'O?'

Burns wierp haar een valse blik toe en voerde Lorraine bij haar middel mee naar een tafeltje. Paddy zag ze klef doen en schudde haar hoofd.

'Wat een stomme lul is die vent.'

'Vind je?'

'Het is een gigantische klootzak.' Burns keek haar recht in de ogen en ze hoopte dat hij kon liplezen.

'Nou, hij is anders ook gigantisch grappig, Paddy. Als we hem hier vast kunnen krijgen, zou dat helemaal niet slecht zijn voor de reputatie van de club. Trouwens, waar was je vanavond?'

Ze vertelde hem over Loch Lomond en Meehan en op fluistertoon over McDaid en het bankbiljet. Ze maakten zich los uit het gewoel en liepen naar de stoelen in de zaal, tot de barkeeper ze opstapelde en bij de andere stoelen tegen de muur zette, waarna ze op het podium gingen zitten. Nu waren ze van het tafeltje van Burns gescheiden door gasten die hun jassen aantrokken, een laatste drankje achteroversloegen en veel te luid praatten door alle opwinding die nog steeds in de club hing.

Dub luisterde aandachtig, met zijn gezicht op slechts een paar centimeter van het hare, en ze vond het heerlijk om met hem te praten. Ze maakte zich nooit ergens druk om als Dub bij haar was. In zijn gezelschap voelde ze zich nooit dik of naïef of onvolmaakt.

Hij boog zich naar haar toe om haar beter te kunnen verstaan, en ze keek naar zijn grote neus en de krul van zijn oor, naar zijn matbleke huid. Ze wist niet waarom, het had niets met de aanwezigheid van Burns te maken, maar ze wilde zijn wang kussen. Hij leunde achterover en keek haar aan, met heldere, bewonderende blik. 'Je bent echt nergens bang voor. Ik ken niemand zoals jij.'

Ze schrok ervan, zo graag wilde ze hem kussen. Het zou zo gemakkelijk zijn, ze hoefde alleen maar een paar centimeter naar voren te leunen en haar mond zou contact maken met de zijne. Ze keken elkaar strak aan. Hij was haar enige vriend. Ze schoof wat naar achteren en gaf hem een tik tegen zijn been. 'God,' zei ze, turend naar zijn knie, 'het is net alsof ik je al een eeuwigheid niet heb gezien, Dub.'

'En ik jou niet. Ook al is het een lul, bedankt dat je hem hier mee naartoe hebt genomen.' Dub glimlachte breeduit en keek haar vluchtig aan. Voor het eerst zag ze een zweempje teleurstelling in zijn ogen. Hij had vaker op die manier naar haar gekeken, besefte ze nu. In al die jaren dat ze elkaar kenden, had ze die blik talloze malen gezien, maar nooit eerder begrepen.

Ze glimlachte terug, blij dat ze hem niet had gekust. 'Je bent mijn beste vriend, Dub.'

Dub keek knikkend naar zijn voeten. 'Jazeker.'

'Breng je me even naar het station?'

Dub wierp een blik op Burns. Lorraine zat praktisch op zijn schoot, haar mond vastgeklampt aan de zijne. Burns had zijn hand tot halverwege haar T-shirt omhoog geduwd. 'Oké, ik breng je wel.'

37

Misselijk

Nog nooit had ze zo lekker geslapen. Tienenhalf uur ongestoorde slaap, bewusteloosheid, slechts onderbroken toen ze wakker werd en luisterde naar de stabiele metronoom van Mary Anns ademhaling.

Caroline weigerde naar John terug te keren en zou die avond naar Mary Anns bed verkassen. Ze was chagrijnig en depressief en snurkte doordat ze rookte.

Mary Ann maakte haar wakker met een kop thee met veel melk en de waarschuwing dat de trein naar Londen om elf uur van Centraal vertrok en dat ze zo zou gaan. Paddy ging rechtop in bed zitten, dronk van de thee en keek toe terwijl haar zus haar lichtblauwe kartonnen koffer controleerde om er zeker van te zijn dat alles erin zat wat ze nodig had voor een maand in Frankrijk.

Ze had zeven broekjes en hemdjes, twee beha's, drie truitjes, rokken en een jurk. De rest van de ruimte in de koffer werd in beslag genomen door gebedenboeken, rozenkransen en een boek met Franse zinnetjes dat Con voor haar had gekocht in een tweedehandswinkel.

Toen Mary Ann het deksel dichtklikte en de koffer op de vloer zette, leek hij heel klein.

Paddy droeg hem voor haar naar het station. Zwijgend wachtten ze op de trein naar het centrum. Paddy durfde niets te zeggen voor het geval ze ging huilen omdat ze haar zo zou missen, en Mary Ann was bang dat ze ging huilen omdat ze bang was.

'Ik ben nooit verder dan Largs geweest,' zei ze met bevende kin, terwijl ze haar blik over het spoor liet gaan.

'Je vindt het vast geweldig,' zei Paddy, alsof ze zelf ooit verder was geweest. 'Ik ben stikjaloers.'

De trein arriveerde en Paddy zette de koffer met een zwaai in de wagon. Mary Ann klom naar binnen en bleef tussen de open deuren staan om naar haar zusje te kijken. Paddy kon zich niet meer inhouden. Ze begon te huilen.

'Tot ziens.'

Mary Ann grijnsde zonder iets te zeggen, hief haar hand en begon zelf ook te huilen.

'Doe God de groeten van mij,' riep Paddy.

De deuren die hen van elkaar scheidden, schoven dicht, maar Paddy bleef Mary Ann aankijken terwijl de trein de toekomst in gleed.

Ze stond op het perron en zag het achterstuk van de trage trein wegkruipen over het spoor, en ze hoopte dat Mary Ann gelukkig zou zijn, dat ze zich zorgen maakte om niks, dat ze niet op het punt stond om haar moeders hart te breken.

In de regen liep ze naar de apotheek in Rutherglen. Gelukkig was de apotheker niet iemand die ze kende. Ze nam het doosje mee naar de openbare toiletten achter de Tower Bar. Het rook er naar carbolzeep en urine, en het was er ijskoud omdat de deur altijd openstond.

De mis van tien uur kon elk moment voorbij zijn. Dan zou er hier een hele rij vrouwen staan met geruïneerde bekkenbodems van het vele baren, vrouwen die het niet meer hielden na de dienst van vijftig minuten. Nog even.

Paddy sloot zich op in het verst afgelegen hokje, haalde het staafje uit de doos, las de aanwijzingen en volgde ze naar de letter op. Tijdens de vier minuten die het duurde, durfde ze niet te kijken, maar stond met haar hoofd tegen de koude muur gedrukt, smekend om de goedgunstigheid van een God die ze sinds haar zevende niet meer had gesproken.

Buiten het hokje hoorde ze stemmen naderen, bekende vrouwenstemmen. De mis was voorbij en iedereen die ze kende zou zich nu buiten opstellen. Ze zou iets tegen hen moeten zeggen als ze eruit kwam, zich heel normaal gedragen, ongeacht de uitkomst. Ze wist niet of ze ertoe in staat was.

Zichzelf overwinnend draaide ze zich om en keek naar het witte staafje op de spoelbak. Er hadden zich twee vage blauwe strepen gevormd, een in elk venstertje.

Het was onmiskenbaar: ze was zwanger.